许昌革命故事

许昌市老区建设促进会　编著

中国文史出版社

图书在版编目（ＣＩＰ）数据

许昌革命故事 / 许昌市老区建设促进会编著. -- 北京:中国文史出版社, 2023.12
　　ISBN 978-7-5205-4546-4

　　Ⅰ. ①许… Ⅱ. ①许… Ⅲ. ①革命故事－作品集－中国－当代 Ⅳ. ①I247.81

中国国家版本馆 CIP 数据核字(2023)第 243649 号

责任编辑：方云虎

封面设计：李　宁

出版发行：**中国文史出版社**

社　　　址：北京市海淀区西八里庄路 69 号

邮　　　编：100412

电　　　话：010-81136630

印　　　装：河南金之汇信息技术有限公司

经　　　销：全国新华书店

开　　　本：710 毫米×1000 毫米　1/16

印　　　张：27.25

字　　　数：300 千字

版　　　次：2024 年 2 月北京第 1 版

印　　　次：2024 年 2 月第 1 次印刷

定　　　价：86.00 元

毛主席视察纪念馆（襄城县）

中共河南调查组旧址（长葛市）

中共许昌第一个党小组诞生地纪念馆（长葛市）

宋聘三故居（禹州市）

司堂农民暴动纪念碑（建安区）

中原野战军司令部驻地旧址（禹州市城区怀邦会馆）

襄城县龟山党史展览馆

中共许昌第一个支部委员会旧址（长葛石固）

禹县第六区抗日人民政府旧址（苌庄镇玩花台村）

许昌烈士纪念碑

陈谢兵团司令部驻襄整训旧址

华野三纵首次解放许昌后，8师23团8连在西城门合影

程留宾烈士纪念碑（鄢陵县）

中共禹郏县委旧址（禹州市）

杨水才同志推车塑像（建安区）

李文成雕像揭碑仪式（鄢陵县）

扫码视频

许昌革命烈士纪念馆

中共中央中原局

中共许昌第一个支部委员会石固南寨

中共长葛组成立（许长公立中等蚕桑实业学堂）

中共禹郏县委旧址

中共许昌中心县委

司堂农民暴动

铮铮铁骨宋聘三

襄城高金城

河南军区机关

襄城陈谢兵团司令部

中原野战军司令部禹县会议

扫码视频

杨根思部队旅史馆

禹县抗日民主政府

禹州豫西抗日军政大学第四分校

烈士程留宾

中共襄城龟山党史展览馆

许昌私立灞陵中学

方山寨抗日战斗

中共颍桥区委旧址(柴子春)

襄城半坡店抗日阻击战

襄城商庄会议

襄城县郎庄抗日游击队五岳庙智退日军

襄城县颍桥回族镇农武会

前　言

　　许昌历史悠久,文化厚重。10多万年前,人类先祖"许昌人"就在这里繁衍生息,播下文明进化的火种。上古帝尧时期,高士许由在这里带领族人打鱼狩猎,辛勤稼穑,养殖畜禽,开启农耕文明。彪炳史册的"大禹治水"故事也发生在这里,并成为中华民族不屈不挠、勇于拼搏的精神象征。三国时期,曹操迎汉献帝在此建都,许昌一度成为中国北方政治、经济、文化中心。天下文人云集荟萃,开创了被史学家誉为"一代风骨、百世流芳"的建安文学盛世。

　　许昌也是马克思主义传播较早,中共党组织建立较早的地区之一。党领导的工人运动、农民运动、青年运动在这里如星火燎原,蓬勃发展,使许昌成为党的创建及大革命时期河南省重要的革命斗争中心区。早在1918年这里就留下了革命先驱传播进步思想的足迹。1918年8月,只有20多岁的毛泽东率陈绍康、罗章龙等18位湖南进步青年赴京途中因水灾受阻,便从郾城车站步行来许,深入附近农村考察,凭吊魏都遗址,并和罗章龙联吟了《过魏都》一诗:横槊赋诗意飞扬/自明本志好文章/萧条异代西田墓/铜雀荒沦落夕阳。

　　许昌有着悠久的革命历史和光荣传统,在每个重要的历史时期,都有一大批优秀共产党员脱颖而出,勇往直前,坚定信仰,视死如归,顽强拼搏,不懈奋斗,用自己的青春、热血和激情谱写出一曲曲惊天动地、感人肺腑的英雄壮歌,也留下了许多口口相传、生动卓绝的革命故事。这些革命故事不仅是许昌人民的宝贵精神财富,也为我们传承老区红色基因、弘扬老区革命精神、熔铸老区精神之"魂"提供了得天独厚的红色资源优势。许昌市老区建设促进会认真贯彻落实习近平总书记"发扬红色资源优势,深入进行党史、军史、老区革命史优良传统教育,把红色基因代代传下去"的重要指示,组织专门力量,对流传在许昌地区的革命故事进行了广泛收集和系统整理,精心编撰了这本《许昌革命故事》。该书在坚持尊重历史、恪守史实的基础上另辟蹊径,以人物为中心,以情节为主线,以通俗易懂、便于传播的故事体裁为载体,生动形象地讲述了发生在许昌这片红色土地上的可歌可泣的英雄事迹。同时配有扫码看图和点击听书等图文音像融合互动的先进传播手段,进一步增强了故事的感染力和震撼力。

习近平总书记多次强调,要"着力讲好党的故事、革命的故事、英雄的故事,厚植爱党、爱国、爱社会主义的情感,让红色基因、革命薪火代代传承"。革命先辈流血牺牲创造出我们今天的幸福生活,在许昌这片红色沃土上成长起来的一代新人,更要前赴后继,接续奋斗,不负先辈遗愿,共创美好明天。如今的许昌,已成为中原大地上的耀眼明珠和郑州都市圈的核心城市,全域被确定为河南省唯一、全国仅有的2个"国家城乡融合发展试验区"之一。站在"两个一百年"奋斗目标的历史交汇期,我们更要努力发扬革命先辈"敢为天下先"英雄气概和大无畏精神,以习近平新时代中国特色社会主义思想为指导,全面学习贯彻党的二十大精神,深入贯彻习近平总书记视察河南重要讲话重要指示,进一步解放思想,拉高标杆,勇立时代潮头,抢抓发展机遇,锚定"两个确保",实施"十大战略",高质量建设城乡融合共同富裕先行试验区,展现中国式现代化建设的美好许昌图景。

历史车轮滚滚向前,时代风云沧桑变幻。昨天的故事记载了先辈的奋斗足迹,今天的我们也要努力续写新时代的锦绣华章,为后人留下更加生动美好的许昌故事。

目　录

"一二·九"运动在许昌

1935年12月9日,北平爆发了轰轰烈烈的爱国学生运动,反对日本侵略,拯救民族危亡的强烈呼声风驰电掣般波及全国。古城许昌的灞陵中学、县立男子师范等校的青年学生和等待卖烟的广大烟农、工人一起,在许昌地下党组织的领导下,于12月25日举行了声势浩大的示威游行,并向国民党当局许昌专员公署请愿,抗议日本帝国主义的侵略,反对卖国投降,反对华北自治,在广袤的豫中平原上吹响了抗日救亡的号角。

(一)

许昌曾是曹魏古都,这里有着悠久的文化传统。土地肥沃,物产丰富,交通便利,是驰名中外的烤烟集中产区。同时,共产党早在这里建立了组织,工作甚为活跃。自从1923年"二七"大罢工前后起,不论是二次北伐之中,还是在大革命失败以后,许昌一带的工运、农运和白区工作都较有成绩,先后是中共豫中特委、许昌中心县委和河南省工委的所在地,曾一度成为全省党的领导中心,党播下的革命火种有着深厚的根基。

1933年暑假期间,失掉关系的共产党员、北大哲学系学生贺仲莲因组织参加东北义勇军失败而回到家乡许昌,以其父贺升平同盟会员的社会名望创办私立灞陵中学,并以此为阵地,团结进步力量,积极进行党的工作。这时,许昌教育界党的力量已相当发展,部分学校里已聚集了一些党员和进步教师,学生中也涌现出一部分积极分子。

如灞陵中学的郭洁民、路岩岭、栗元恒(栗在山)、曹乐生、郭秀杰;县立男子师范的蒋介民、王大明(柳林)、赵世明、师芳馨、郑国贤、张霖枝、谢国仁、王海卿、韩秀峰;县立女子师范的郭晓棠;女子小学的冯若舟、陈秀琴(齐欣);等等。党组织把各校的进步师生联系起来,成立了社会科学研究会,拟定了具体的工作纲领和计划,并以社会科学研究会为核心,组织学生读书会、新文字推行小组、世界语学习小组等。他们还从上海等地订购了大量的进步书刊,如《大众哲学》《社会发展史》之类的小册子及《大众生活》《妇女生活》《读书生活》《世界知识》《永生》等杂志,通过时事座谈会等形式有组织有计划地经常向进步教师和青少年学生进行马列主义基本理论和革命文化教育,启发他们的抗日救国热情。同时,还在许昌《新民日报》上开辟社会科学知识园地,撰写文章传播革命理论。中国共产党在长征途中发表《为抗日救国告全体同胞书》之后,郭晓棠等便从海参崴出版的《拥护新文字报》上得到了拉丁化新文字的宣言全文。他们译成汉语印刷出来,在群众中广为散发宣传。我们的国家和民族已处于千钧一发的生死关头,抗日则生,不抗日则死。抗日救国已成为每个同胞的神圣天职!停止内战,一致对外!中国共产党的这些伟大号召和口号,很快为广大青年和工农大众所知晓并接受,为"一二·九"运动在许昌爆发奠定了坚实的思想基础。

(二)

1935年12月9日和16日,北平大中学校进步师生两次发动爱国斗争的消息传来,千里中原引起巨大反响。省城开封四十余所学校的爱国学生起来响应,举行游行示威,卧轨请愿,带动了全省各地爱国运动的迅猛发展。

在"一二·九"爆发之后,许昌即收到了北平学联发表的宣传大纲,其中指出:"中华民族的唯一出路,只有在正确的认识和行动中。"根据全国掀起抗日救国运动的形势,郭晓棠、路岩岭、郭洁民、贺仲莲、蒋介民等共同商量决定,以灞陵中学、县立男师为骨干,组织许昌各校的青少年学生和烟农、工人,迅速举行游行示威,向国民党许昌专署请愿,以实际行动声援北平的爱国学生运动。

当时许昌还有省立第四中学、私立进德中学、县立女子师范、第一小学、回教小学、中山小学,城外几里远还有农林高中等十几所学校。灞陵中学的国文教师郭洁民向在该校半工半读的栗元恒和三年级学生吴思温讲了当时的形势和北平、开封等地学生运动的情况,并布置了向许昌各校串联发动,准备示威游行的任务。吴思温是共产党员,还是学校的长跑运动员,曾参加过省里的田径运动会,他和栗元恒一起利用与许昌各校运动员熟识的有利条件,先去省立四中和进德中学活动。省立四中校长曹少华是中统特务;进德中学校长何国暹,是许昌专员公署的秘书长。这两所学校紧紧控制在反动当局手里。吴思温、栗元恒进校后先和运动员取得联系,其后通过运动员鼓动学生。经过一天的努力,这两所学校大部分学生都发动起来了,积极准备参加游行示威。第二天,他二人又到中山小学和女子小学取得联系,统一了行动的步调。县立男师和女师党的工作基础好,已经按照事前的布置做好了准备。这样,经过短短几天的串联,许昌城内的学校都已充分发动起来,只等一声令下,便可出动游行。

为了扩大斗争的规模和声势,党组织决定联系当地工人、烟农和学生一起游行示威。于是,郭洁民又派吴思温、栗元恒到西关英美烟公司去动员正在那里卖烟的烟农组织起来参加反帝反投降的斗争。此时,卖烟的人特别多,大小车辆,肩挑手提,排队等候卖烟。数九寒冬,挨饿受冻,烟农苦不堪言,广大烟农早已充满了对外国侵略者的无比愤恨。吴思温、栗元恒在他们中间开展宣传,用切身事例揭露侵略者剥削中国人民的罪恶,以日军霸占我国东北三省,妄图吞并整个中国的事实,愤怒控诉帝国主义的侵略行径,从而,激发烟农的爱国热情。经过两天的宣传,烟农的情绪也被鼓动起来了,他们三五个人成为一个小组,由一个人领头,准备参加学生的游行。

在发动学生、烟农的同时,郭晓棠起草了《反对"华北自治运动"宣言》,各校准备了许多标语、传单和旗帜。为使游行示威有计划、有目的进行,贺仲莲、郭洁民、曹乐生三人组成了游行指挥组,跟随在队伍后半部,并决定栗元恒做灞陵中学的指挥员,吴思温做整个游行队伍的联络员,加强先头队伍和指挥组之间的联系。游行的前一天夜晚,郭晓棠在女师召开了各校参加的小型会议,对次日的游行作了进一步安排。

12月25日上午八时,按照预先部署,许昌各校师生一起出动游行。灞陵中学的师生们心情十分激动,走出校门,排开整齐的队形,迈着雄健的步伐,高唱《义勇军进行曲》,涌向街头,出校向西,穿过北大街到考棚街。省立第四中学和私立进德中学都在这条街上,距专员公署仅有几十米远。当局对这两个学校早有戒备,事先堵住了学校大门,禁止学生外出。游行队伍一到,有的同学就把反对法西斯反动教育的标语和砖头捆在一起扔进校园内,并呼唤同学们快出来参加游行。灞陵中学的一些学生翻墙跳进省立四中,帮助他们冲破阻拦。省立四中和进德中学的学生听到了嘹亮的救亡歌声和口号声,心情急切,拼力弄开门锁往外跑,门卫用木棍、皮鞭劈面乱打,赤手空拳的学生临危不惧,高喊:"中国人不打中国人!""枪口对外!"学友们大喊"往外冲啊!"他们不顾被打伤的疼痛,冲出校门,立即加入到游行队伍。

参加游行的学校和师生越来越多,游行队伍的士气更加高涨。他们雄赳赳、气昂昂往西走与男师学生队伍会合,转向南北大街时,女子师范、中山小学、第一小学、女子小学、回教小学也按规定的时间先后在这里等候，汇成了一支浩浩荡荡的游行大军。同学们散发着红绿传单，张贴各色标语，高呼"打倒日本帝国主义!""反对华北自治!""反对冀东伪自治政权!""打倒汉奸卖国贼!"等口号，沿城内各街示威游行。这时，备受奴役和压迫的市民、店员、工商业者也纷纷走上街头，童叟妇孺皆有，热情参加示威游行队伍，有的还自己制作了小旗和标语牌。

队伍在城内游了几条街后，又沿南大街出南门往西，经过火车站时，具有光荣革命传统的许昌铁路工人亦踊跃前来参加游行。然后向西北英美烟公司方向走去。队伍一到英美烟公司，事先组织好的烟农争相加入游行。这样，游行队伍越来越大，有万余人，其中教师、学生有二三千人，其余大都是烟农、工人、市民、店员等。学生最有声势，连连呼喊口号，高唱救亡歌曲："同学们，大家起来，担负起天下的兴亡。听吧，满耳是大众的嗟伤。看吧，一年年国土的沦丧。我们要选择'战'还是'降'？我们要做主人去死在疆场，我们不愿做奴隶而青云直上……"慷慨有力的歌词，奔放激昂的旋律，发人深省，催人泪下。同学们的心和中华民族的危亡紧紧地连在了一起，国难当头，政局腐败，整个华北之大，竟安放不下一张平静的书桌了，难道我们这中原腹地就能摆脱沦亡的命运吗？要救国，要抗日，抗日则生，不抗日则死，誓死不做亡国奴，这已经成为广大青年学生发自心底的强烈呼声。

游行队伍从南关到西关一直游行到中午，过午后又从西门进城，再游大街小巷。然后，到衙前街国民党许昌专员公署请愿。专员公署的院子虽然很大，但仍容纳不了整个游行队伍，大多数人只好站在南北大街上。指挥组派出代表，拿着请愿书，与专员公署当局展开了面对面的交涉。请愿书上写着：保障救国运动自由；要求言论、出版、集会、结社、信仰绝对自由;没收日货和汉奸企业财产;停止一切内战;释放一切政治犯等等要求。

时值隆冬,北风呼呼地刮着,大家的爱国热情依然是那样地高涨,接连不断的救亡歌声在专员公署的上空荡漾。"释放北平被捕学生""打倒日本帝国主义""打倒汉奸卖国贼"的呼喊声此起彼伏。

谈判的代表进去半个小时仍不见回音,也不见有什么动静,指挥组就又派人进去。这样一连派了四批人仍无人出来报告消息,大家的心情非常焦急。

天色渐渐地暗下来,已近六点钟了,风越刮越大,气温也越来越低,同学们还没有吃午饭,但大家全不在意,仍然坚持着。尤其是低年级的同学,当不少家长给送来饭时,他们却说:"不答复我们的条件,我们不吃饭。"

过了一会儿,代表们出来了。专员徐亚屏没敢公开露面,只派一个工作人员出来当众答复了请愿书上所提的部分条件。"释放一切政治犯"的条件没有答复。当时,所谓政治犯就是被作为共产党抓起来的人。这一条他们是难以答复的。指挥组的同志经过冷静地分析和研究,认为尽管没有达到全部要求,但从整个情况来看,集会游行的目的已经达到。再者,参加游行的人,尤其是低年级的同学一整天都没有吃饭了,为了有利于继续斗争,决定当天的游行到此结束。

回校后,指挥组决定次日再次游行,继续进行斗争,并预定集合地点在城隍庙。但次日上午正在集合时,警备队向城隍庙包围过来,并鸣枪威胁。同学们在急忙中纷纷冲了出去,队伍四散,游行计划未能实现。

形势突然变化,使党的活动和学生运动受到严重影响。当天夜里,当局便开始搜捕活跃学生。接着,当局便出动警察、特务和一些复兴社分子侦察这次学生运动的政治背景,并把灞陵中学和县立男师作为重点。中共党组织马上采取措施,巧妙地设法周旋,使当局妄图逮捕学生的阴谋未能得逞。通过游行示威,中国共产党的抗日救国政策为广大人民群众所知悉、所拥护,深入人心。

(三)

"一二·九"爱国运动,在许昌附近各县,同样引起强烈反响。

舞阳在外地求学的进步学生,在 1935 年的寒假陆续返回县城,组成舞阳留外学生假期救国学生会。他们向各学校和广大群众进行抗日救国宣传。同时组织文艺话剧宣传队,演出抗日节目,激发群众的爱国热忱,并发动募捐活动,支援抗日救国运动。还在县教育馆出版的小报上增设副刊,宣传抗日爱国运动。

长葛县经学生抗日联合会组织串联,县中数百名学生在校院操场集会声援北平学生,会后游行示威。县高等小学师生在城隍庙集会,校长高玉杰向到会者讲演"一二·九"爱国运动。城西石固镇小学也进行了同样活动。

漯河励行中学得知北平"一二·九"运动的消息,国文教员在课堂上向学生讲解后,罢课声援,又立即拍发两份快邮代电,一份致北平学联,声援其斗争;一份致南京政府,要求停止内战,一致抗日。1936 年春,学校来了共产党员,成立了"学生自治会",开展抗日救亡活动,通过各种形式,宣传"八一宣言",唤起人们的觉醒,燃起抗日的火焰,还发展"民先"队员,建立了"民先"组织。使这里的抗日爱国运动得到了更加深入的发展。

(四)

1936 年初,北方局派沈东平到许昌工作,带来了中共中央关于把抗日救亡的学生运动引向纵深发展的指示。他根据许昌的情况,决定:第一,撤退几位暴露了的同志,其中,有两位送北平工作,后又有五位同志到国民师范学校受训,继而投入了伟大的抗日战争。第二,利用寒假机会,抽调、介绍外地同志和朋友来许昌工作,保持党的力量,坚持各校党的工作继续进行。第三,把工作注意力转向农村。沈东平、路延岭、栗元恒、吴思温等到西华开辟农村工作,逐步建立起一个隐蔽的农村武装据点。许昌爱国青年学生运动产生的积极影响,在保卫中华民族、抵御外侮的斗争史上写下了光辉的一页。

纪念"一二·九"运动

禹县早期共产党人宋聘三

宋聘三是禹县中共早期党组织和农民运动的领导者。1929年牺牲于开封，时年48岁。1958年3月1日，国家民政部批准宋聘三同志为革命烈士，并向其家属颁发了革命烈士证明书，以资褒扬。

1881年10月24日，宋聘三出生在河南省禹县城西北30里浅井村一个富裕农民家里，父亲宋日修，经商，为人厚道，品性正直，母亲赵氏以俭为本，操持家务。

宋聘三幼读私塾，聪颖博学，20岁考取清光绪年间秀才。1904年，考入京师大学堂（北京大学前身）。1907年，赴日本东京法政大学深造。多次拜见旅居日本的孙中山先生，接受孙中山资产阶级民主革命思想，并加入中国同盟会。1910年，被派回河南，与同盟会会员张钟端、张钫、张善屿、刘积学、刘峨青、李钦五等，秘密组织发动以推翻清王朝为目的的武装起义，但由于叛徒告密，起义失败。1912年，受孙中山指派到上海等地做联络和发展同盟会会员的工作。1914年3月，参加了孙中山在东京组织的中华革命党。1915年，积极参加了反袁护国斗争。

1917年，孙中山在广州组织护法军政府，誓师北伐，"护法战争"开始。宋聘三坚决拥护孙中山"南下护法，恢复约法和国会"的宣言，积极参加护法运动。1924年1月，宋聘三作为孙中山指定的代表参加了在广州召开中国国民党第一次全国代表大会并向大会作了《河南政治和党务报告》。在会上，亲自聆听了共产党代表李大钊等人光明磊落的发言，更坚定了他革命到底的思想，会议选举共产党人李大钊、林伯渠、毛泽东、瞿秋白等为国民党中央执行委员和候补执行委员，宋聘三欣喜若狂，激动万分。挥笔在自己大会留影的照片上题诗：奔走呼号卅四年／而今代表到南天／造成三五拼腔血／继续前贤觉后贤。

1926年春，宋聘三经中共豫陕区委、军委委员、信阳党支部负责人郭安宇（禹县大郭庄人）介绍加入共产党，牢记入党誓言，决心把自己的全部精力和智慧奉献给无产阶级革命事业。入党前，他以国民党身份为共产党做了很多有益工作，但从不居功自傲，更不以国民党元老和"一大"代表身份自居，而是从头开始，虚心向年轻同志学习。宋聘三说："别看我年龄比你们大，但我是个新党员，党组织有什么指示，尽管让我去做，我一定完成党交给的任务。"1926年春，受党组织派遣，宋聘三从信阳回到禹县，担任中共禹县党组织负责人，负责禹县、密县、新郑、许昌、登封5县党的联络工作。他多次召集密县的樊百泉、张书印、尹光明，新郑县的胡建华，登封县的袁毅，许昌县的郭靖宇等共产党员，到禹县城内龙庭后街他的家里开会，传达党的指示，研究各县党的工作和活动计划。宋聘三积极开展农民运动，组织共产党员郭靖宇、郭春宫等发动禹县农民和青年学生，为反抗苛捐杂税，改善人民生活，举行罢课请愿示威活动。在斗争中，他提出了"有饭大家吃，有活大家干，打倒贪官污吏，打倒土豪劣绅"等口号，使更多的群众起来同贪官污吏、土豪劣绅作斗争。他发动和组织进步学生贴传单，编唱快板，揭露禹县县长耿介全、商会会长梁乾元、土匪首领王殿华等人欺压百姓的罪行；还亲自编写独幕话剧《打倒贪官全耿光（系当时禹县县长耿介全）》，让学生到古钧台演唱。这些快板和话剧观点明确，故事生动形象，易记易传，深受群众欢迎。他鼓励学生在斗争中要勇敢，并说："不要害怕，出事由我负责。"一次，他利用贪官污吏间的矛盾，借县长之名，向其上司控告了民愤极大的县警察局局长的罪行，结果这个局长被撤职查办。

1926 年 7 月,广东革命政府出师北伐。10 月,北伐军攻克武汉。宋聘三积极组织禹县共产党员和进步青年宣传北伐的意义,散发"打倒军阀""打倒列强""打倒土豪劣绅"的革命传单,在群众中引起强烈反响。同时,为配合北伐进军,组织许昌、长葛、禹县、密县等地的共产党员大力开展农民运动,掀起轰轰烈烈的革命高潮。据 1927 年 1 月《中国农民问题》刊物统计,当时河南省成立县级农民协会的有许昌、信阳等四县,其中许昌有 4 个区农会、58 个乡农会、会员总数为 4.8 万人,占全省会员总数的近 1/5;长葛有 3 个区农会、31 个乡农会,会员 1.7 万人;禹县农民协会也积极筹备。这三县农民运动的迅猛发展,凝聚着宋聘三的大量心血。

宋聘三利用国共合作的有利条件,以国民党元老的身份,活动于几个县的上层人士和一些乡村,大力宣传建立农民协会的好处,得到各国民党县党部和广大农民的支持。国民政府为继续北伐,要求河南派人前往武汉汇报农民运动开展情况。宋聘三和郭靖宇研究后,派郭春宫、陈子林、李保等人作为许昌、禹县、长葛三县代表,于 1927 年 3 月初,步行到达武汉,受到毛泽东、邓演达等人的接待。1927 年 3 月 15 日至 21 日,河南全省武装农民代表大会在武昌中央农讲所召开。郭春宫、陈子林、李保等人出席会议,陈子林还被选为河南农民自卫军临时执行委员和豫中代表并在大会发言。

1927 年 5 月,宋聘三等人组织成立禹县农民协会,刻制"农协"印章。禹县农协成立后,宋聘三多次派人到各乡村进行社会调查,大力发展农民入会,组织群众开展斗争,支援北伐向郑州、开封进军。1927 年 7 月,大革命失败后,中共组织转入地下秘密活动。宋聘三在禹县县城进步青年王伯骏家,召集共产党员和进步青年开会,揭露反动派镇压革命的罪行,号召群众组织起来坚持斗争。他说:"革命失败是暂时的,革命不是一帆风顺的。只有依靠共产党的领导,革命才能成功。"他鼓励大家要坚定信念,继续革命。同年秋,曾任国民革命军豫西别动队总指挥的共产党员张之朴及妻子顾效颜,因受国民党反动当局通缉,潜到禹县避难。宋聘三不避风险,将他们夫妇安排在自己家乡浅井村,在生活上给予无微不至的关怀和照顾。同年冬,为

壮大革命力量,培养青年骨干,宋聘三在县城南街田协堂家、龙庭后街和福音堂等处举办读书会,陈兆祥、余士清、艾伯良、王伯骏等进步青年参加。他向学员宣

部分同盟会会员在广州合影,左二为宋聘三

传马克思主义和俄国十月革命的经验,宣传共产党的革命主张,同时组织他们张贴标语、散发传单、扩大党和革命在群众中的影响。

宋聘三在家乡浅井村组织穷苦百姓成立贫民寨局,同本村富人寨局进行斗争。他利用晚上集合穷人看寨的机会,教他们学文化、学习革命道理,并拿出自家的白面供应大家夜餐。他知道靠自家的一点粮食是无济于事的,便引导农友们组织起来开展斗争。一次,他带领农友们抬着土炮,拿着布袋,前往地主家开仓放粮,并说:"再不开仓就轰掉你全家。"地主见势不妙,只好答应开仓放粮。通过这件事,农友们认识到大家组织起来的力量。宋聘三因势利导,教育大家:只要穷人齐心协力,地主老财、贪官污吏就害怕。从此,一到晚上,贫民寨局的人越来越多。他们既能解决家庭生活问题,又可以学习文化,还学会了算账和写信。同时提高了思想觉悟,壮大了农民运动的力量,孤立打击了富人寨局。

1928年初,国民党禹县县长魏宗太在县政府审案大堂召开各机

关头目以及地方绅士参加的大会,宋聘三借人已到齐、会尚未开之机,突然站起来当众演说,指出:"国民党新军阀土豪劣绅都不是好东西,革命不能向后转,要起来干……"县长魏宗太上前劝阻时,宋聘三言辞激烈地高喊:"现在土豪劣绅又有新抬头,要打倒国民党新军阀,打倒土豪劣绅!"结果会议不欢而散。宋聘三极端仇视国民党反动当局倒行逆施的卑劣行径,经常以国民党一大代表和县党部委员的身份同国民党反动势力进行斗争。1928年春,宋聘三介绍进步青年余士清加入共产党,并赠折扇一把,上题五言诗一首:"痴心我独甚,其愚学宁武。不求乐中乐,愿作苦中苦。是非即不论,得失亦不顾。大胆任独行,良心我自主。俯仰意悠然,慷慨足今古。"以此勉励新党员不畏艰险,革命到底。

1928年2月下旬,宋聘三在县城龙庭后街主持召开周围几县的中共组织工作负责人会议,决定继许昌司堂农民暴动之后,组织农民自卫军,联合红枪会、庙道等农民武装,促使不满国民党独裁统治的赵振江旅倒戈,由宋聘三等亲自指挥,发动一次武装围城斗争,以铲除土豪劣绅、贪官污吏,分田地给农民。会议周密部署后,各县分头发动和组织农民武装。宋聘三亲自做赵振江旅的起义工作。3月1日深夜,各路农民武装按照计划秘密开赴禹县城郊的指定地域待命。次日早晨,数千人的武装包围县城四关,要求守城军阀马士彬立即速捕梁乾元、王殿华等93名民愤极大的反动分子,交给人民公审。围城斗争坚持了17天,后被国民党军队镇压下去。这次禹县围城虽然失败了,但给国民党反动势力以沉重打击,也使广大群众看到了组织起来,武装起来的力量,鼓舞了革命群众的斗志。

1928年夏初,宋聘三派共产党员余士清到禹县张得乡一带宣传发动群众,揭露反动当局敲诈农民的罪行。7月,宋聘三以国民党禹县党部名义在县城南街田协堂家等处举办党务训练班,聘请共产党员李天降、顾维钧和进步青年陈兆祥为教员,招收90余名有志青年培训,讲解政治经济学和社会进化史,同时借讲孙中山的三民主义宣传共产党的革命主张。他经常到党务训练班听课和演讲。不久,李天降被禹县反动当局以"共党"嫌疑逮捕入狱。宋聘三获悉后心急如焚,设法营救。他派人往狱中送信,设法保释。在他的精心安排下,由党训班学生肖爱荣等人联名将李天降保释出狱,先将李天降接到自己家里,热情款待,而后让李天降和顾炳信二人带着准备好的路费,乘车脱离险境。当敌人发觉追捕时,李天降已转移外地安全的地方。

1928年秋,禹县白色恐怖十分严重,宋聘三和同志们不避艰险,坚持为党工作,在城西康城建立禹县第二个农民协会,刻制印章,由陈兆祥、葛霖普、田协堂等分别担任农协主席、副主席。1929年1月11日,国民党禹县党部以开会为名,将宋聘三以"共党"嫌疑逮捕。在县城关押期间,面对敌人的威胁利诱,宋聘三置生死于度外,始终严守党的机密。当敌人逼问他为什么要加入共产党时,他慷慨陈词地说:"共产党坚决维护孙中山先生的三大政策,一心为人民大众谋利益,是正大光明的;国民党反动派背叛孙先生的遗嘱,破坏国共合作,镇压革命群众,是不得人心的!"敌人用皮鞭凶猛地抽打,他咬紧牙关,一声不吭,致使全身被打得皮开肉绽,血肉模糊。宋聘三宁死不屈,以共产党人的钢铁意志战胜了敌人的严刑逼供。敌人又封官许愿,要他供出共产党的组织。宋聘三怒斥道:"我早年追随孙中山先生参加同盟会,现在跟共产党干革命,都是为了建立一个没有压迫没有剥削的新中国,如今让我供出党的秘密是万万办不到的,愿杀即杀,何必废话!"凶狠的敌人束手无策,只好遵照国民党河南省政府主席韩复榘的指示,连夜将宋聘三押往省府开封。翌日,国民党禹县党部又派反动警察一起到龙庭后街宋聘三家里,搜出了一些革命书刊和共产党的文件及农协印章,并将他的妻儿押往县府,毒打审问。后经多方营救,他的妻子赵氏出狱,不久含恨而死,长子富民患了终生不愈的精神病,次子富国未满周岁,从此遗孤无托,家破人亡,令人唏嘘。

宋聘三被押往开封不久,反动军阀韩复榘便下令将宋聘三杀害于开封宋门大街。临刑时,宋聘三昂首挺胸,神情自若,面对悲愤的人群高呼:"打倒国民党反动派!中国共产党万岁!"英勇就义,表现出一个共产党人英雄气概和高贵品德!

位于禹州市浅井乡宋聘三故居广场

辛亥先烈刘凤楼

刘凤楼（1878—1911），字子修，襄城县北关赵堂村人。同盟会会员，河南辛亥革命十一烈士之一。家有薄田15亩，由其父刘秉义及弟刘凤尚耕种度日。刘凤楼性情豪放，有胆识，善辞令，具辩才。幼入村塾，聪敏好学，13岁时受业于许昌张钟端，开始萌发了愤世嫉俗，反清爱国的思想。

刘凤楼25岁就读于开封优级师范学堂，因反对校长李梁不理校务，几被开除。每与同学纵谈天下事，愤清廷腐败，哀生民涂炭，就声泪俱下。常说："吾辈入此学堂，当作革命学子，日后毕业，即以革命功课教诸生，使人人知革命思想，务达革命目的而后已。"

刘凤楼在优级师范毕业后，任开封第一中学教员。此时，张钟端以公费赴日留学，进入东京中央大学学习法律，并在日本加入中国同盟会，成立河南籍留日学生同盟会支部，创办宣传革命思想的《河南》杂志。杂志旗帜鲜明，文笔犀利，内容丰富，每期印数在万份以上。期刊除在留日同盟会会员中发行外，其中大部分被邮递到河南省进步青年手中。每出一期，张钟端就利用日本在我国东北设立的侵略机构"南满洲铁路株式会社"的宣传品杂志包裹寄送给刘凤楼。邮寄时每次都要附信一封，介绍留学日本青年反清活动的情况和爱国救亡、"反满"、民主共和等思想，向刘凤楼传播用暴力革命的极端手段来改变中国现状的激进思想。

在河南省会开封。已开办了革命党人经营的大河书社。散播了大批的革命宣传品，为河南革命组织的发展打下了思想基础。在这种风起云涌的革命思潮影响下,刘凤楼等人迅速接受了暴力革命的思想,成为资产阶级民主革命坚定不移的维护者和实现者。

"秀才造反,十年不成。"刘凤楼等人不相信这个说法,他们虽然热血沸腾,却不失理智。知道仅靠青年学生是把清政府骂不倒的。但是,刘凤楼和所有资产阶级民主革命的先驱者一样,没有把主要精力放在深受压迫的工农大众身上,而是寄望于清政府的新军和警察身上,盲目认为这些武装者反戈一击,革命便能成功。

光绪三十四年(1908)七月,刘凤楼与王庚先、周维屏、刘巩仙等在开封公立法政学堂校舍密谋策反驻汴新军、警察,为起义做准备,不慎为巡警邹道沂探知,密报巡抚林绍年查办。王庚先被捕监禁,起义未成。

这次起义落空并没有停住刘凤楼继续革命的脚步。

1909年秋,在开封南关中州公学一间偏僻的小屋里,刘凤楼等十几名青年经过热烈而简短的讨论,决定成立中国同盟会河南分会。分会机关是在中州公学,这些革命党人一边在公学教书,一边宣传革命思想,扩大革命组织。

1911年10月武昌起义,各省纷纷响应。刘凤楼迅疾返回开封,与同人合谋起义事宜,以声援陕西、湖北义军。遂与张钟端、王庚先、岳秀华等共筹方略,部署起义。大家公推张钟端为河南起义军总司令,刘凤楼为民军督队长。定于公历12月22日夜发难,以放火鸣枪为号,里应外合攻取督署。

在开封城内,他们组织已经联络好的新军、警察、学生和各阶层群众2000余人先攻占开封铁塔寺旁的弹药库。配备弹药后,以其中1500多人攻占巡抚衙门,其余500人守卫起义军司令部,并任命张照发为革命军副司令,刘凤楼为革命军督队长,王天杰为革命军敢死队队长。所有人员届时均左臂缠白布,以资识别;组织暗杀队,届时刺杀新任巡抚齐耀琳、巡防队统领陈得贵等;驻在禹王台的炮兵营把四门管炮移往小高地,准备起义时向巡抚衙门开炮;预先联系豫东民军和中牟县民军,事先埋伏在开封城东大堤外和城西郊,待城内起义打响后,里应外合攻取省城开封。革命风暴即将到来,古城开封处在一个重要的历史转折时刻。

1911年10月20日下午,新郑县、中牟县集合起来的民军约百人来到开封城西25里的韩庄驻扎,准备到晚上10时移至开封城西北角靠近城墙根的地方。那里因多年积沙,地面几乎与城墙一样高,可以看清楚城中火光信号。从豫东集中过来的一批仁义会、红枪会会众也如期在开封南关和东大堤集结待命,一些起义民众装扮成贩夫走卒进入省城开封,开封城内革命党人趁天黑把一桶桶柴油堆放在巡署旁边。

然而,由于革命党人警惕性不高,政府的奸细混入起义军司令部,他们早已把革命党人的起义方案掌握得清清楚楚,并且对防范和破坏起义进行周密部署,革命党人却蒙在鼓里。正在张钟端、刘凤楼等革命志士分头在各起义点紧张准备时,1911年12月22日夜11时,根据开封巡防营统领柴德贵所派之奸细告密,清政府开始了全城大搜捕。埋伏在开封优级师范学堂附近的巡防队突然包围设在开封优级师范学堂的起义军总司令部。起义军与清兵展开激烈战斗,激战中,刘凤楼腿中两弹。这次起义,除王庚先等5名革命党人跳墙逃出外。刘凤楼等四五百人全部被捕。

庭讯时刘凤楼坚强不屈,慷慨陈词:"我等今日愤神明华胄,论于异族,欲尽力革命为炎黄子孙吐气耳,他非所知。"清吏问:"何职?"刘厉声答:"民军督队长。"1911年12月24日晨6时,刘凤楼与张钟端、张照发、王天杰等11人分别在开封西关、南关凛然就义,刘凤楼时年33岁。

中华民国成立后,刘凤楼被确定为"河南辛亥革命十一烈士"。1934年,国民党河南省政府将十一烈士遗骨迁葬于开封南关纪念塔东侧,修建公墓。中华人民共和国成立后,人民政府将烈士墓妥加修缮。1981年,因烈士墓地狭隘,凭吊瞻仰不便,由河南省人民政府拨出专款,迁公墓于开封禹王台公园之西北隅。

襄城县商庄军事会议旧址

开封火药库爆炸案中的鄢陵群英谱

开封火药库爆炸案始末

1913 年 7 月 1 日（农历五月二十七）晚 9 时左右,时令正值夏至时段,中原地区昼长夜短,暑夜难熬。开封人喜欢消夜,每至日落后人们便纷纷聚集于鼓楼夜市,男人喜欢小酌几杯,宽敞的鼓楼夜市显得异常喧嚣热闹。在省会开封市中心的鼓楼、马道街的夜市远近闻名,夜市里的人们兴致盎然,各种小吃摊位排列一街两巷。上身赤膊下着短裤的男人,个个袒胸露背,围坐在一张张小桌四周,菜蔬三四碟,老酒一壶,吆五喝六,猜拳行令。

正当大家陶醉在酒局中兴奋之际,忽然西南方向闪出一道亮光,灼人眼目,瞬间一声霹雳,大地颤抖,烟雾升腾,火光冲天,在火光映照下,只见刚刚还在手舞足蹈、吆五喝六的人,一个个被吓得目瞪口呆。有的人从凳子上滑落在地,有的人左右摇晃站立不稳,有人跌倒,有的干脆趴在地上不起来,所有消遣纳凉的人都不知道发生了什么事情。附近房屋的门窗嘎吱作响,大树树叶枝丫一下子被折断,浓密的树叶纷纷落地。愕然之际,满街的人一个个灰头土脸、呆若木鸡。众人惊魂稍定后,侧目西南,但见亮光闪过之后,烟尘弥漫开来,遮天蔽日。热闹的夜市顿时大乱,人们四处乱窜,尖叫声、呼喊声响成一片。片刻工夫,热闹的鼓楼夜市一片狼藉,桌倒凳歪,盘盏遍地。半个时辰后,终于有人获悉消息:地处开封城西南角的火药库爆炸了! 这不啻一声惊雷,让消夜的人们惊魂未定后,陡然增添满腹的错愕与好奇。人们惊魂未定,纷纷猜测爆炸的起因和爆炸危害的程度。

第二天,开封城的老百姓纷纷聚集到城西南角的火药库一探究竟。火药库已被军警用绳子围了起来,围观的人只有伸长脖子瞧看。但见昔日戒备森严的火药库房,已经荡然无存,地上有四五个大坑,深丈余,砖瓦碎片堆积在坑的四周和坑底,散落的砖瓦上挂着丝丝缕缕的衣服碎片。有人就辨识出那是守库兵丁的衣裤残片,守护火药库房的十多个兵丁全被炸飞了,尸骨四分五裂,全无一个完整的尸首。周围一百米内的所有树木都是光秃秃的只剩下树干,朝向库房的一侧皆被灼焦,裸露着黑黢黢的树皮。

据知情人讲,火药库内存有 30 万斤炸药,一下子爆炸了,可以想象其威力之大之猛。

河南开封发生如此大的爆炸案,震惊全国,各大报均在头条位置刊发消息。河南督军张镇芳大为震怒,发誓彻查此事,责令军警联合调查,限期破案,揪出元凶。为加强安全防范,督署增加门岗守卫,严密盘问,一有疑处,即予拘留审查;公务人员出入除佩戴徽章外,还配发腰牌,经两者验证后,方可出署进衙。为了及早破案,军警联合会经过秘密协商,定下规矩,大兴密告之风,许多无辜良民死在军警人员的枪口之下。经过 4 天的严密侦查,军警获悉一条重要消息:在一家茶馆内,两个三轮车夫掷骰子赌博,因赌资发生口角,争吵中泄露 50 大洋分配不公之事,同桌涉赌人听出端倪,立即向军警署禀报,旋即逮捕二人审讯。二人经不住酷刑伺候,当场道出事情原委。原来,火药库有 12 名兵丁轮流值守,经多方联系,有人买通其中 11 人,其中一名兵丁出差未归,不曾参与此事。6 月 30 日,《民立报》贾侠飞将大洋 100 元交予尹新宪带来的 2 名人力车夫,每人 50 元,事成后另有赏金。章培余向他们交代了任务及注意事项,由尹新宪带领 2 名人力车夫行动,并交代其具体安放物品的办法,由章培余在家听候消息。得到大洋 50 元的酬资后,2 名三轮车夫利用傍晚时分守护兵丁晚饭时,二人蹬肩翻墙进入火药库,把捆扎成包的火柴放置在火药库堆放的缝隙间,在捆扎的火柴正中插上更香(旧时,没有钟表,人们用于计时而特制的一种香。即在香上标出刻度,根据燃点后更香的长短,来计算时间的长短和迟早。)点燃后悄悄溜出。约莫一个时辰后,引爆了火药库,爆炸冲击波影响到百余里外的郑州。

三轮车夫到案后经受不住酷刑,供出100大洋酬资及更香、炸药系《民立报》贾侠飞、张笃庆、罗锐清安排。军警旋即逮捕贾、张、罗三人,并包围《民立报》社,不许走漏一人。三人到案后,在严刑拷打下供称:"用洋火一包,更香一支,燃着由窗外投入,越两小时即燃烧爆炸。俟将来南北决裂,无药可用,即不能挡南兵北进。"

至此,火药库爆炸案告破。开封军警破获此案,抓捕《民立报》十数人,无论参与与否,悉数枪毙之。社会上的无辜群众被杀者不计其数,偌大的开封城一时间血雨腥风、尸横街头。

爆炸案中的鄢陵籍人士姚黄、谢子芳、姚德欣

在开封火药库爆炸案中,有3位鄢陵籍的革命人士参与其中,他们分别是姚黄、谢子芳、姚德欣,虽然当时的报纸无确切记载,但在后来的历史典籍中,分别记载了他们三人参与了爆炸案的行踪。

姚黄、谢子芳、姚德欣三人中,姚黄的年龄最长,参加同盟会的时间最早。1913年,姚黄系《民立报》校对,他的身份并不公开。因为此前的1911年冬,他曾参与了鄢陵县彭店查家村查天化、麻天祥领导的"黄道会起义",被聘为"主谋先生"。"黄道会起义"举事后,兵分两路,一路从鄢陵出发向东,直奔扶沟、太康;一路由姚黄率领北攻杞县、开封,意图攻取省会开封城。后来,东征的义军在太康县被清军围剿,北征的一路义军在杞县被清军包围,人马被剿杀殆尽。失败后,姚黄侥幸逃脱,隐姓埋名潜入开封城,投靠革命党人在开封办的《民立报》当临时校对。早在1907年,姚黄在开封参加同盟会。1908

年,姚黄毅然南下广州,追随黄兴从事推翻清廷统治的活动,并结识了许昌老乡、革命党人张钟端,他们一起受到孙中山先生的亲自接见。姚黄在《民立报》当校对期间,与鄢陵籍老乡谢子芳联系频密,加之乡党姚德欣的加入,三人曾间接参与爆炸案细枝末节。开封爆炸案发生后,姚黄因故外出不在报社,侥幸躲过军警的搜捕。谢子芳、姚德欣二人脱逃出城,西逃郑州。

因姚黄系《民立报》的临时校对,并非报社的在册人员,不在开封军警的视线之内,他们忽略了姚黄的存在,故不曾被强力追捕。姚黄从开封逃脱后,曾与豫西白朗联系无果。不久,他又参与制订炸毁郑州黄河大桥的计划。1913年8月2日,姚黄正准备分头行动炸黄河大桥,因事情泄密,在郑州德化街被捕,旋即押解至开封,1913年9月4日,姚黄被解往开封孝严寺行刑。面对如狼似虎的刽子手,姚黄面色坦然,给妻子手书信函:"十三载之恩爱,一旦永别,以内助恩爱之感,或可为来世鸳鸯。"姚黄英勇就义时,年仅37岁。

谢子芳(1882—1915),他是鄢陵县只乐河北谢村人,他擅长书画,工于诗文,曾就读于革命党人创办的"河南师范法政系",其间加入同盟会。1908年,随同姚黄一起参加"广州黄花岗起义",逃脱追捕后潜归河南。姚黄隐名《民立报》当校对时,谢子芳时常以投递书画诗文稿件的名义出入报社,密谋炸毁火药库之事他间接参与。谢子芳曾和姚黄、王拱壁(郾城人,同盟会会员,当时任教于留美欧预备学校)、王从周(西华人、革命党人,国会议员)、万仞千(省议员)等革命志士结盟联络频密。《民立报》被查封后,数十人被当局杀害,军警盘查行人甚严,为躲避军警的搜捕,谢子芳与姚德欣一起缒城而下,悄然逃回老家鄢陵县只乐河北谢村匿迹数月。为策应河南的"二次革命",他与老乡杜世清一起到豫西投奔白朗"讨袁军"。

1914年2月,白朗越过京汉线从信阳进入湖北。3月,白朗率部出湖北老河口,经河南淅川荆紫关入陕。旋又返豫,遭敌围困,后身染重病,战死于豫西山区。谢子芳到豫西后知道白朗兵败身死,就与杜世清一起在豫西灵宝一带山区组织当地破产农民暴动,发展"讨袁"武装,队伍很快发展到五六千人,谢子芳任主帅,称"谢天王",杜世清任副帅称"杜地王"。队伍盘踞灵宝、卢氏大山(寺河山)深处,打富济贫,骚扰官府,直接威胁西安,震慑京师。是时,袁世凯严令陕西陆军第四十混成旅旅长、陕北镇守使陈树藩"限期剿灭,以靖地方",派大军围剿"义军"根据地。因这支队伍装备差、弹药缺乏,面对装备精良之强敌,虽浴血奋战,终因弹尽粮绝而惨遭镇压。谢子芳在突围战斗中壮烈牺牲,年仅33岁。谢子芳牺牲后,由杜世清将谢子芳灵柩运回鄢陵县只乐河北谢村安葬。

在开封火药库爆炸案中的另一个鄢陵籍人是姚德欣。据知情人回忆,姚德欣是鄢陵柏梁姚家村人,与姚黄同姓同宗。姚德欣(生卒不详),乳名姚骡子,清代武生,身长体健,膂力过人,力大无穷(绰号姚黑虎)。此为人比较仗义,故有侠士之风。姚黄系经过考试取入府、州、县学的武童生,通称武生员,俗称武秀才。因其练就一身武功,又有功名在身,姚德欣曾供职于县衙,任巡捕房小头目。他家境殷实,为人豪爽侠义,喜欢扶危济贫,从不恃强凌弱。姚德欣虽不能识文断字,却对文化人崇敬有加,骨子里对有知识、有文化之人有一种天然的敬畏。"广州黄花岗起义"失败后,姚黄潜归故里鄢陵彭店大洪沟村,与乡党姚德欣结识成为挚友,遂成莫逆之交,发誓与姚黄一起从事革命干出一番事业。经过一段时间的考察,姚黄发展姚德欣为同盟会会员。在姚黄的带领下,姚德欣参与了姚黄、查天化、麻天祥领导的"黄道会"栗园农民起义,成为其中重要成员。栗园农民起义举事时,姚德欣跟随姚黄北征杞县、开封,随时守护在姚黄前后,身兼姚黄的贴身保镖。起义军在杞县被击溃后,为躲避官府的追捕,姚德欣随姚黄一起隐姓埋名来到开封。姚黄在《民立报》谋得校对一职,姚德欣做一些体力活儿,伺机待发。火药库爆炸案发生后,军警大肆逮捕与《民立报》有牵连的人,他与姚黄、谢子芳一起从开封缒城而下潜到郑州。后来,姚黄在郑州被捕后解往开封,不久即被杀害。此后,姚德欣与谢子芳潜回鄢陵只乐河北谢村,多次躲过军警特务的追杀。鄢陵地方官府侦知姚德欣曾追随姚黄参与栗园农民起义,派人缉捕姚德欣,他两次被抄家,数次躲过官府的追捕。在疲于奔命中,姚德欣于20世纪30年代身染重疴,在家乡柏梁姚家村逝世。

发生在民国初年的开封火药库爆炸案,在轰轰烈烈的河南二次革命中占有举足轻重的地位,鄢陵籍人士的积极参与并表现出了大无畏的英雄气概和革命精神,值得后人永世铭记。

鄢陵乾明寺塔

血洒张掖的革命英烈高金城

　　高金城(1886—1938),字固亭,襄城县蒡岭(今麦岭镇)高庄人。兄弟三人,金城居长。祖、父辈皆务农,信奉基督教。高金城幼年入襄城南关福音堂小学读书,后进开封教会医院习医,擅长骨、外科,并精通英语。

　　1917年,高金城去西北传教、行医,在张掖开设福音医院。因医术精湛,性格爽直,对贫苦病人不收药费,还赈济饮食,故深受当地人民爱戴。1925年,因反对酒泉镇守使吴桐仁鱼肉百姓的苛政,被捕入狱。至国民革命军入甘后,始获释放。1927年,应冯玉祥的邀请,出任西北军伤兵医院(设在郑州)院长。次年,在郑结识共产党员吴波,并渐成为挚友。1930年,蒋、阎、冯大战后,冯离豫,高金城至北京协和医院任外科医生。1932年1月,日本军队发动侵沪战争,协和医院派高金城赴上海参加战地救护工作,支援十九路军抗战。

　　1934年,高金城离开北京协和医院,偕夫人牟玉光在兰州开办"福陇医院"。1936年12月西安事变后,高对中国共产党和平解决西安事变,停止内战、建立抗日民族统一战线的主张竭诚拥护,开始向中共党组织靠拢,为党工作。1937年初,国民党政府因高常有"不满言论",借登记注册为名,迫使福陇医院停业。

　　是年,中共中央指示八路军驻兰州办事处(以下简称兰办),营救失散在河西走廊的西路红军指战员。当时河西一带为国民党军马步芳、马步青部的防地,控制极严,营救工作不易开展。吴波商请高金城以传教士和医生的身份,进入该地营救西路红军战士,他即慨然承诺,接受了党的委托。

8月1日,中共中央驻兰州代表谢觉哉和兰州办事处彭加伦、朱良才,在五泉山同高会晤,研究了营救方案,高金城即安排其夫人在兰州开设"牟玉光助产所",作为失散的红军战士与兰办的联络点。8月13日,以"甘、凉、肃抗敌后援委员会"主任名义,持甘肃省政府的介绍信去张掖。迅速与张掖中共地下党组织取得了联系,另以河南同乡会名义,集资在大庙开设"福音堂医院",收容抗日部队伤病员。这所医院后来成为中共从事地下斗争的秘密联络点,地下党经常在此开会,高金城亲自放哨。为便于更好地开展营救和收容工作,高金城以医院缺少护士为由,向驻在张掖的马军师长韩起功交涉,让被俘红军女战士王定国、徐世淑到医院任护士。

在此期间,他常向住院红军伤病员传达党中央的关怀和指示,并组织他们赴兰州与兰办联系去延安;利用传教、治病、宴会等社交活动,向马军官员、地方士绅宣传中共抗日民族统一战线主张,建议释放红军被俘人员共同抗日,多次派遣医院医生陈大伟、张明新,护士王定国等,借行医之名,四出寻觅失散在各地的红军人员,先后有200余人被救回到延安。

一次,护士王定国在张掖县县长马鹤年的谈话中,获悉张掖县监狱关押西路红军干部的情况。地下党支部与高金城磋商营救,决定派人连夜密报谢觉哉和兰州办事处。后经甘肃省主席贺耀祖的几番周旋,终于迫使马步芳释放了关押的红军干部刘瑞龙、魏传统、徐宏才、惠子明等。红军流散人员一批批地神秘"失踪"引起了韩起功的怀疑,他们在福音堂周围布下了许多便衣特务,严密监控高金城及其来往人员的行动。临时支部决定将分批撤离,党支部书记刘德胜撤离时,高金城给他化了妆,打扮成粮食贩子的模样,并把他安全送到甘州城外。离别时,刘德胜对高金城说:"我这一走没危险了,可你还是不安全呀!"高金城不假思索地说:"这不要紧!好歹我还有医生这个身份呢,他们也奈何不了我!你就放心走吧。"刘德胜紧紧握住高金城的手,依依不舍地告别了甘州。

一天,韩起功司令的一位处长刘光弟以看病为由,来到福音堂医院,冒着风险悄悄地告诉高金城:"马步芳要密谋杀害共产党员,他们的名单上有你的名字,你赶快离开这里吧!"高金城也知道形势一天比一天严峻,可是还有许多失散的西路军将士需要营救,如果离开这里,别人不熟悉这里的情况。他对刘光弟说:"我的根就在这祁连山下,哪里也不去!"面对这一危险局势,高金城置个人安危于不顾,继续采取各种办法,营救西路军将士。

高金城的言行,逐渐引起国民党方面的注意,当他们发现常有红军战士出入福音堂医院后,便对高金城蓄谋杀害。1938年2月3日晨,韩起功诈称验医诊病,将高骗至司令部后,立即拘捕审讯严刑逼供。他"慷慨高歌,视严刑如无睹,盖以生死置之度外也"。最后,残忍地断其四肢,是日晚秘密活埋在甘肃省张掖县大衙门后花园里(《高金城碑志》语),时年53岁。

中华人民共和国成立后,张掖县人民政府对烈士墓进行了修葺。1951年,甘肃省民政厅批准高金城为革命烈士。1952年2月3日,中共甘肃省委在张掖召开了"纪念高金城同志遇难14周年大会"。1954年,中共中央组织部根据甘肃省委的报告,批准追认高金城为中共党员。1968年,国家内务部为高金城颁发了烈士光荣纪念证书。

长葛革命英烈霍树中

　　长葛是河南省红色革命发源较早的地区之一,许多革命英烈为之奋斗并献出了宝贵的生命。其中,有一位革命英烈霍树中(又名信卿,字云浮),在长葛革命史上有着极其重要的地位,他的感人故事要从长葛县城东南双树王村讲起。

　　1905 年 2 月,霍树中出生在长葛县城东南双树王村一个贫苦农民家庭。父亲霍普兰,曾在县教育局任职,为人正直,但收入微薄;母亲张氏勤劳善良,俭朴持家。全家人以种田为生。霍树中兄妹四人,他排行老大,尽管生活艰苦,但读过书的父亲仍将儿子送进附近私塾学堂读书。霍树中深知读书不易,学习勤奋,塾师看他聪明伶俐,课外时间就给他讲历史上民族英雄的故事,使他受到了爱国思想的熏陶。1920 年春,霍树中考进了新式学堂——长葛县蚕桑学堂,在新学堂里开了眼界,求知的欲望更加迫切。

　　1922 年,他以优异成绩考入开封省立第一师范,1923 年初,共产党员冯品毅来省立一师,以英文教员的公开身份作掩护进行革命活动。冯品毅经常深入到青年学生中,了解他们的思想和要求,给学生讲当前形势,传播马克思主义。他在自己住室的外间,开办图书室,购买《新青年》《向导》等革命书刊供大家阅读。2 月,冯品毅亲手创建了河南第一个社会主义青年团组织——省立一师支部并任书记。在冯品毅的亲切指导下,不少青年进步很快,思想觉悟也大大提高。不久,霍树中加入了社会主义青年团。

　　1924 年,是霍树中生命中极其重要的一年。这一年,经冯品毅介绍,霍树中加入了中国共产党,为后来霍树中成为长葛县中共党组织的创始人之一奠定了基础。

(一)

1923年2月,京汉铁路工人大罢工遭军阀吴佩孚镇压而失败。霍树中从学校回到长葛,组织县第一高级小学等学校的师生举行集会,声援工人的正义斗争,讲述京汉铁路大罢工斗争的经过和军阀镇压工运的罪恶行径,在校长高宜亭的配合下,县城有四百余人参加了游行示威。游行队伍高呼"打倒帝国主义""打倒军阀"等口号,在群众中引起了很大反响。3月,为从日本帝国主义手中收回旅大主权,全国人民掀起了一场声势浩大的反日爱国运动。3月16日,开封各学校学生举行大游行,省立一师团支部是领导这次斗争的核心。霍树中与同学们一道,积极组织和参加示威游行,并手执写有"还我故土""誓死力争"等标语,在开封街头散发。这次斗争,曾被当时国内各报报道,影响很大。

不久,霍树中邀集志同道合的同学一起,共同创办了《溶金》壁报,撰写和发表文章,宣传进步思想,抨击时弊。他还带给家乡的青年朋友一些进步书刊,给朋友们讲外边形势和当前的重大问题,引导他们深入思考,倾向革命。

1924年春,在冯品毅和进步教师嵇文甫等的直接帮助下,霍树中和同学韩沉波、刘英、裴光等发起成立了"青年学社",还和同乡孟炳昌、李友三联系,成立中州大学附中青年学社小组,后来还成立了分社,经常开会学习讨论革命问题,对外宣传,还成立了书刊贩卖部,出售省内外进步书刊。同年,经冯品毅介绍,霍树中和刘英、韩沉波等加入了中国共产党。

（二）

1924 年寒假，霍树中与孟炳昌、李友三根据团组织的要求，利用假期回到长葛进行社会调查，并到县蚕桑学校与社会主义青团团员汪涤源取得联系，在学生中传播马克思主义，引导学生阅读《向导》《共产主义 ABC》《唯物史观》等书刊。霍树中深入学生，了解他们的思想和要求，先后发展了进步青年黄梅岭、高玉杰、崔南山、樊丙鉴、谢南松等人加入中国共产党，并主持建立了党小组，由黄梅岭、高玉杰任组长。

霍树中还通过关系深入长葛红枪会，经过艰苦细致的工作，想方设法使部分会首和会员初步脱离迷信，并使这股自发的武装力量逐渐走上了革命的道路。1925 年初，霍树中先后发展孟排寨红枪会首领马胜军、胡青田，二郎庙首领刘政文、刘自修，石桥路路林东，段庄段开勋，石固杨庄杨景贤等参加了中国共产党。霍树中不愧为长葛早期农民运动的主要领导人。在做好红枪会上层工作的同时，和黄梅岭、高玉杰等共产党员深入农村，特别是在红枪会会众中，宣传进步思想，使其认识到谁才是贫苦农民的敌人，认识到只有自己组织起来，团结起来，才有力量反对地主的剥削，官府的苛捐杂税和军阀土匪的骚扰。接着，霍树中在一些条件成熟的乡村，改造红枪会为秘密的农民协会，先后成立了石桥路、段庄、孟排、二郎庙、石象等村农民协会。1925 年春，霍树中帮助建立了中国国民党长葛县党部，九名共产党员担任县党部委员，并在霍树中具体指导下开展革命工作。

"五卅"惨案发生的消息传到开封，共产党和共青团组织立即发动各界声援斗争。霍树中和孟炳昌、李友三受中共组织派遣到长葛发动、组织和领导长葛各界群众开展反日、英帝国主义，进行爱国斗争。霍树中号召大家一定要把这场爱国运动进行到底，提出了"不买日货""取消英帝国主义在中国的领事裁判权""取消一切不平等条约"等口号,还与其他共产党员一起领导各界群众开展了一次查禁洋货和募捐活动。县学生会的同学分编了许多查货募捐小组,走遍县城和乡间各大集镇,边查洋货边搞募捐。成功查获县商务会会长王瑞桐从外地运回一批英国产白糖 20 余车,罚王瑞桐 150 元。学生会将募捐得来的 300 余元一并汇到上海,捐给蒙难的工人和学生。

(三)

1925 年 10 月,中共豫陕区委成立后,为了响应中共中央关于开展农民运动的号召,派共产党员和共青团员分赴各地搞农运试点。霍树中和胡伦、唐士奎、马士俊等先后被派到荥阳县的水磨、双楼郭、贾峪一带开展农运工作。霍树中利用与当地农民拉家常的机会,向群众传播革命思想,宣传组织建立农民协会的意义。经过发动组织,双庙、水磨等区、乡农民办会纷纷成立。

霍树中在双楼郭期间,还担任了共青团支部书记,他注意和重视对青年农民的宣传教育工作,先后在双楼郭、双庙等村设立青年俱乐部,举办夜校并亲自任教,教青年农民学习文化,同时也灌输革命道理。霍树中和胡伦与该校教师扬西平一起建立了少年先锋队,经常帮助学生解决思想问题和学习问题。他还组织学生进行课外活动,开阔学生的视野,带领学生走上街头宣传国民革命和农民运动。

1925 年 12 月,共青团豫陕区委组织部部长张霁帆来荥阳考察时,对霍树中的工作给予高度评价。在给团中央的信中,张霁帆说:"吾校在此工作曾开始不久,但所得成绩极好。凡加入农会之农民,大多数均出于自觉自卫的观念,我们的一切主张亦颇能使群众有真的了解,脱去豫地许多工会中的敷衍和个人政策的恶弊。此时未成立(农会者),各区农民正纷纷自动要求组织,并将原有之红枪会改编为农民自卫军。"12 月 24 日,张霁帆到双楼郭镇后,当晚就召集团支部会议,听取霍树中的汇报和工作计划。在肯定成绩的同时,张霁帆也指出了他们工作的不足,并对今后青年运动和农民运动的发展作了具体指导。

(四)

1926年初,霍树中离开了荥阳,到许昌开展农运工作。霍树中到许昌后与党组织取得了联系,立即开展了艰苦的农运工作,并根据上级指示成立了由7人组成的许昌特别支部,霍树中任特别支部负责人。他深入到离县城30多里的许昌、禹县、长葛三县交界处的石固镇,与郭靖宇、戴善同等一起发动农民组织进行抗捐、抗税、抗差斗争,发展党的组织,建立农民协会。在他任职期间许昌的农运工作发展很快,先后建立了村农协会50多个,全县四区有会员5.3万多人。

1927年4月,北伐军逼近信阳,军阀吴佩孚为了挽救其灭亡的命运,增兵南援,以阻止北伐军的前进。为了支援北伐军,霍树中亲自带领长葛县石桥路村的农民武装,拿着铁撬、板子、钳子、榔头等工具,在京汉铁路和尚桥北边,切断铁路干线铁轨三节,割断电线数控。

1927年7月,蒋汪合流镇压工农运动,大革命运动遭到失败。河南革命形势急转直下,党的工作一度比较活跃的长葛、许昌一带笼罩着白色恐怖。为了保存力量,将党的工作由公开转入秘密活动。霍树中不畏艰险,不辞劳苦,组织力量继续同反动势力作斗争。由于白色恐怖的日趋严重,中共长葛县委负责人黄梅岭被人告发,被国民党政府逮捕关押在开封第一监狱(后英勇就义)。不久霍树中也被县税务局局长高已酉(大劣绅)告发不幸被捕(由于李友三等人的担保才被安全释放)。继而崔南山、谢南松等同志也被人告发,家庭被查抄,因此一些党员思想消沉,长葛党组织曾一度陷于半瘫痪状态。

霍树中组织共产党员,研究分析革命形势,鼓舞同志们的革命斗志,加强与民团的联系,进行剿匪,匪首朱、杨二人逃遁。对县长潘天林纵容包庇反动校长高寿臣与吸食毒品、贪污公款、开除学生的罪行,给予坚决的斗争。霍树中亲自会同有关团体组成一个请愿组,霍树中、周鼎(共产党员、时在教育局任职)为请愿组代表,赴开封到省教育厅告状。因霍树中等人的数次控诉,据理力争,迫使高寿臣被撤职查办,学校收回开除学生的成命,请愿终于取得了合法斗争的胜利。

为了贯彻"八七"会议和中共"六大"精神,中共许昌党组织于1928年2月在许昌西北司堂发动了农民武装暴动。中共长葛县党组织在霍树中的领导下,组织党员和武装农民前赴司堂参加和支援暴动队伍。由于原计划暴动时间的提前,结果造成暴动的失败,策应人员途中闻讯而返回。

1928年3月末,河南省军政执法处派警察官张镒和密探队队长程淑才到长葛将参加许昌司堂暴动的共产党员李友三逮捕,押往开封监狱,经霍树中等同志多方营救才被释放。国民党禹县县党部在石固镇又将郭安宇逮捕,并把郭转押开封。霍树中得知消息后,立即组织带领人员在途中营救,因郭安宇担心组织恐怕遭到更大损失,执意不允揭案,结果营救没有实现。

1930年4月,中共河南省委决定将共产党、共青团合并建立中共许昌中心县委。上级党组织派人到许昌中心县委工作,该同志(名字不祥)来到长葛与霍树中取得了联系。由于该同志单身独行,不便隐蔽,为了同志的安全,霍树中让自己的妻子化装结伴而行,送往许昌。

1930年6月,中共许昌特别支部改建为许昌特委,并建立了军委,杨建民任特委书记兼军委书记,刘晋任组织委员,霍树中任军事委员,刘仁、石文卓、宋延寿任委员,霍树中从此开始搞军运工作。秋末,豫中(许昌)特委召开扩大会议,要求城乡建立"穷人会""游击队""少先队"等青年武装组织。经过霍树中的组织发动,军运工作取得了很大的成绩,许昌、长葛都组织起青年武装。轰轰烈烈的农民武装运动引起了反动当局的惊恐,他们赶忙派出大批兵力和特务凶狠地搜剿,妄图扑灭刚刚燃烧起来的革命火焰。在这紧要关头,霍树中不顾个人安危,深入乡村发动群众,宣传党的方针政策,揭露敌人的阴谋和罪恶,带领武装农民和党员,在腥风血雨的岁月中,坚持不懈同反动势力展开斗争。

1930 年 10 月,中原大战以冯玉祥、阎锡山失败告终。蒋介石的军队占领了开封,他的嫡系刘峙被任开封行营主任,兼河南省政府主席。新军阀的统治对革命运动的摧残更加严重,他们采取"宁可错杀一百,也不错放一个"的宗旨,大肆搜捕共产党人和革命群众。同年 10 月,霍树中受党的委托前赴南京执行任务,途经开封时,被叛徒出卖,当即被捕。

霍树中身陷囹圄,却宁死不屈,敌人的残酷刑讯,丝毫动摇不了他的革命意志。1931 年 2 月 8 日,敌人将霍树中杀害于开封西关外。霍树中临刑前,一身正气,威武不屈,大骂刘峙,高呼"共产党万岁"等口号,周围群众无不感动落泪。时年,霍树中才 26 岁。

许昌第一个党支部旧址

薛朝立在狱中

1929 年的开封,在国民党河南省政府主席、反动军阀韩复榘的血腥统治下,国民党军警特务疯狂地镇压革命人民,搜捕共产党员和进步人士,白色恐怖笼罩着这座中原古城。

1 月,中共河南省委派遣 18 岁的中共党员薛朝立,到开封从事党的地下工作。

薛朝立是许昌县苏桥磨李村人,出身贫苦农家,1926 年 3 月加入共产主义青年团,同年 11 月转为中共党员,曾任许昌县司堂村农民协会主席,在武昌农民运动讲习所参加过学习。1928 年同黎光霁、李杜、陈云登一起领导发动了司堂农民暴动。

薛朝立来到开封后,为了掩人耳目,男扮女装,化名吴开云,声称是吴记石印馆老板的女儿,与同来工作的陈云登假作夫妻,在双龙下街租了两间房子,以开缝纫店做掩护,秘密进行革命活动。白天,他们收布料,量尺寸,一个剪,一个做,俨然一对缝纫匠;到了晚上,便紧闭门户,遮严窗户,投入紧张的革命工作。他们编印党的文件、简讯、党刊,采用各种有效手段,把中央和省委的指示发往各地党组织。由于他有勇有谋,沉着机智,一次又一次地躲过国民党军警特务的搜查,工作完成得非常出色。

1929 年 9 月 7 日深夜,党小组会议在缝纫店秘密进行。大家认真学习党的指示,讨论斗争方案,研究下一步的行动计划……

突然,急促的敲门声把大家惊呆了,"快开门! 快开门! 你们被包围了,不开门就砸啦"!

在这一瞬间,薛朝立意识到出了叛徒,敌人来抓人了。他一手抓过文件在煤油灯上烧掉,一面示意大家沉着,并随口问道:"谁呀,深更半夜也来做衣服?"

"少啰唆,砸门啦!"

随着哗啦一声,门被推倒,几个荷枪实弹的特务,气势汹汹地闯进来厉声喝道:"不准动!你们被捕了。"

大家镇定自若地问:"我们犯了什么法?"

"少废话,到了法庭,自然知道。"薛朝立他们被抓进了监狱。

狱中,敌人发现薛朝立是男扮女装,料定他身份不凡,一定是共产党要犯,严加看管还不放心,又上了手铐和脚镣。

敌人开始审讯了。

"你是不是共产党?"

"不是。"薛朝立沉着地回答。

"不是共产党,为什么好端端的一个男子汉要装扮成女人?"

"我原叫吴启明,由于家境贫寒,想进城学个手艺,单身租不到房舍,为生活,假扮夫妻,难道这也犯法吗?"薛朝立不卑不亢地反问。

"哼!好一个手艺人吴启明,有人已供出了你的全部底细,你根本不叫吴启明。"

薛朝立心里一惊:"难道敌人真的知道了吗?"但马上又镇静下来,"我不叫吴启明又叫什么?"

"说!你到底是不是共产党!"敌人吼叫着。

面对敌人的恐吓,薛朝立面不改色,泰然自若。

敌人恼羞成怒,将薛朝立的衣服扒光,用皮鞭凶猛地抽打,直打得遍体鳞伤,皮开肉绽。薛朝立咬紧牙关,始终没有暴露自己的真实身份,以顽强的毅力保守着党的机密。汗流浃背的敌人十分震惊:"难道你的脑壳是钢铁铸成的?"

审讯失败后,敌人见来硬的不行,就变换手法,采用攻心战术。

数日后,敌人将薛朝立请到一间明亮宽敞的办公室,又是倒茶,又是递烟,非常客气。一个敌军官假惺惺地劝说道:"青年人应该砥砺学业,努力上进,不应听信谣言,误入歧途。你只要写个自白书承认错误,痛改前非,即可获释。"说罢,笑眯眯地将笔墨纸砚递了过去。

薛朝立深知敌人阴险毒辣,早已置生死于度外,便"嘿嘿"冷笑一声,走到桌边,抓起砚台猛地向敌人砸去,墨汁泼了那个敌军官一脸一身。气急败坏的敌人暴跳如雷,又将薛朝立痛打一顿,五花大绑丢进了监狱。

敌人妄图从薛朝立身上打开缺口,将我党在河南的各级党组织一网打尽。这天,韩复榘决定亲自审讯薛朝立。

国民党省政府大院里,军警林立,戒备森严,如临大敌。

"带薛朝立!"一声鬼哭狼嚎似的叫声,薛朝立被押到韩复榘的私人办公室。

"如此无理,快松绑。"韩复榘训斥手下人,并假惺惺地给薛朝立让座、倒茶。

韩复榘一边饮茶一边用极其宽容的长者腔调慢腾腾地说:"薛先生是读书人,应该知道,三民主义乃吾党所宗,当今革命尚未成功,需要大批栋梁之材。我韩某一贯珍惜人才,特别像你这样聪明能干的有识之士,更是要破格提拔重用。如你迷途知返,与我们同心同德,我可以委以重任,薪水从优。"

薛朝立冷笑道:"我是个穷汉子,恐怕没有那份福气。"

"你要是坐失良机,将后悔莫及呀!"

"哈哈……"薛朝立忍不住大笑起来,"主席大人为了我真是用尽心机,可惜这个情我领不了哇!"

韩复榘咆哮如雷,把桌子擂得咚咚响,喝道:"你不要执迷不悟,你的同案犯马国忠(叛徒)已经供认不讳。证据确凿,你还能抵赖?"然后又变换一种腔调说,"虽然你的所作所为我们都已清楚,但你只要答应从此洗手不干,做个安分守己的国民,我保证开释你,否则……"

薛朝立轻蔑地瞥了韩复榘一眼,接道:"否则?否则就要杀头,是吗?我告诉你,不要白费心机了。壮士以身许国,死而无憾!用不着任何人替我担忧。"

韩复榘气得脸色乌青,凶相毕露,咬牙切齿地说:"此人顽固不化,非杀不可!"

几天以后,薛朝立被国民党军警押赴曹门刑场。敌人抱着一线希望,再一次对薛朝立说:"上峰有令,只要你现在能坦白悔过,还可以免于一死。"

薛朝立怒目相对,哈哈大笑:"你们真是'仁至义尽'呀!告诉你们吧,革命不怕死,怕死不革命!血债要用血来还,将来人民会向你们算账的!"

面对敌人的枪口,薛朝立面不改色,昂首高呼:"打倒国民党反动派!工农革命万岁!"

一阵枪声,薛朝立倒在了鲜红的血泊中,为革命事业献出了年轻的生命。

长葛早期共产党人李友三

李友三,字汉杰,1905年5月出生在长葛县老城镇老庄村一个农民家庭,自幼熟读"四书""五经",聪慧好学,成绩出众。1921年以同等学历资格考入开封留学欧美预备学校(后改为河南大学)。当时,由于军阀混战,政府腐败和外来侵略,社会一片混乱。李友三有感于国内形势的危机,深知国家兴亡、匹夫有责的道理,故于1923年先后加入国民党和青年学社,研究三民主义和共产主义,以及《向导》和《中国青年》等刊物,从此开始了他为共产主义事业而奋斗的新篇章。

点燃长葛革命火种

1924年秋,李友三、孟炳昌(二人均系开封留学欧美预备学校学生)、霍树中(开封省立第一师范学生)三人一同回到家乡长葛与蚕桑学校英语教员汪涤源取得联系,在学校开展革命活动,发展党的组织。时年冬,他们又利用假期回到家乡长葛县立甲种蚕业学校,开展宣传教育,引导学生学习进步书刊,如《向导》《共产党宣言》《共产主义ABC》《唯物史观》《资本论》等铅印小册子,启发学生觉悟,引导学生参加革命。

1925年春,霍树中根据李友三平时的表现和对革命的贡献,正式介绍他加入中国共产党。每周的党小组常务会有范义、李求石(省委书记)指导,临时会有王若飞作指导,每次会议他都受益匪浅,"五卅"惨案发生后,在学校他积极做好宣传工作,带领学生查禁仇货,还领导工人捣毁英、美烟草公司等。暑期他和孟炳昌、霍树中返回家乡,宣传、发动各界群众开展反日、英的斗争活动，经过大家的共同努力，使广大青年、学生和民众的爱国热情激发了起来，学生开始罢课、民众罢市，霍树中、李友三、高玉杰（学生会会长）以学生会的名义组织蚕业学校和高等小学两校学生，在蚕业学校大操场集会，声讨日、英帝国主义的罪行。会后，又组织了示威游行，学生们手执"打倒英日帝国主义""取消英帝国主义在我国的领事裁判权""不买日货""取消不平等条约""打倒日本帝国主义""打倒军阀"等口号的小红旗，沿街高呼，在长葛县城举行了空前的大示威，在学生队伍的带动下各界民众也纷纷加入游行行列，使广大民众普遍受到一次爱国主义的教育。看到广大群众的爱国热情被激发了起来，李友三、霍树中等共产党员又领导各界民众和学生在全县范围内掀起了一次查禁仇货和募捐运动。当查到商务会会长王瑞桐从外地运回的英国白糖 20 余车，"学生会"决定予以罚款。王瑞桐贿通军阀在长葛的驻军营长范西海，企图以范之势来压学生。对此李友三、霍树中、黄梅岭等领导学生与范西海及王瑞桐的商警开展了斗争。经过双方的斗争，范西海看到压服不了学生，并在学生共愤的威慑下，交出了 15 元捐款溜了，学生会罚王瑞桐贩仇货款 150 元。加之募捐来的 300 元，一并捐于"五卅"惨案蒙难的工人。从此，反劣绅的斗争有禁无止。

假期结束返校，学校当局为了整治学生运动，出一些难题怪题让学生补考来治学生，李友三等一些进步学生在学生会的领导下，反对补考的斗争开始了。李友三等学生会干部组织领导学生罢课，此时警备司令张群露出了亲日的真面目，命令武装包围学校，并亲自率领爪牙向各级学生代表威迫承认补考。还声称："我本不愿给诸位见面，可是见面的机会到了，本市 30 多个中学和专科学校，唯你们大学'马首是瞻'你们如要执迷不悟，政府要对你们采取断然的手段处理。"云云。当局看到学生个个义愤填膺，怕不好收场，不得不作狡猾的让步，学生反对补考的斗争取得了胜利。可是从此之后，媚外军阀摧残学生爱国运动不遗余力。事隔不久学校党组织为了迎接北伐进军河南,发动了一次大规模的游行活动,公开集会,散发传单,揭露军阀的罪行。队伍在出发之前,张群又命令把学校武装包围起来,学生们对反动派的行动无比愤恨,纷纷要求突围,冲上街去,学生会代表立即讨论突围的办法和步骤,这时警备司令张群跑到台上厉声呼叫"你们就是帝国主义……你们就是军阀……先打倒你们"。学生们冲到台上和他讲理,他连连摆手说:"不听,不听。"他看到学生个个愤怒的目光,吓得扭头溜走了,敌人蛮横的举动,不仅吓不倒正义的学生,反激起了革命青年学生的大无畏精神,此时,李友三大声喊道"同学们冲出去"! 一声令下,呐喊声震破天空,学生们冲破包围走上街头,可是由于李友三的鼓动,又是学联常务主任,故被扣留。在党组织的领导下,学校当局出面才得保释。

发动群众武装自卫

1926年冬,中共豫区委遵照中共中央的指示将工作的重点转移到铁路沿线的城市和乡村,增派干部到农村工作,组织建立农协和农民自卫武装,迎接北伐,派遣一批党团员骨干力量深入农村,宣传革命思想,建立革命组织,发动农民暴动。李友三也被组织派遣回到长葛指导工作。

1927年春,中原已陷入奉军势力范围之中,长葛也驻守了奉军部队,他们对老百姓敲诈勒索,强掠硬夺,闹得民无宁日,学校被驻军占用为营房,学生被迫停课,李友三、黄梅岭等组织党员和青年学生,在城乡的交通要口,用粉笔到处书写"打倒军阀""奉军滚出长葛"等标语,还印制传单散发和张贴,鼓动民众反军阀斗争的热情。5月,革命北伐军将到长葛,李友三等在县城灵鸡庙召集党员开会商量准备依照确山县苏维埃新政权"治安委员会"的形式,待北伐军一到立即建立长葛县"治安委员会"接管县政府。后因情况的变化,计划未能实施。7月,武汉国民党政府叛变革命后,河南的革命形势急转直下,党的工作一度比较活跃的长葛、许昌一带笼罩着白色恐怖,党组织一些人被逮捕,一些人被抄家,一些党员思想消沉,党的组织一度陷于半瘫痪状态。黄梅岭以国民党长葛县党部执行委员的职务为掩护继续同反动势力作斗争。在形势比较困难的情况下,上级党组织帮助建立了中共长葛县委员会,黄梅岭为书记,李友三、霍树中为委员,办公地点设在城内李友三的家里,同时,建立了六个基层党支部,有党员四十多人,隶属河南省委领导。秋,中共长葛县党组织和农民协会,遵照中央"八七"会议和省委关于暴动问题的决议精神,在县北、县西举行农民暴动,摧毁反动政权的统治,于是有 37 个村的武装农民起来向各保的首事、团总进行斗争和围攻。11 月,为了反击国民党"清党",配合全国各地大规模的武装暴动,霍树中、李友三等人组织党员在官亭与和尚桥之间破坏铁路、割电线。秋末,李友三返回学校和同学们一起办理学校,以贩卖布匹名义进行党务工作,不断深入开封印刷厂和工人师傅交朋友,发展党的组织,介绍他们加入中国共产党,为革命多做工作,帮助党组织印刷宣传品。李友三每星期六和星期日都到豫区委党团部做宣传书写工作,发传单,张贴标语。冬,河南的白色恐怖日趋严重,国民党反动派到处捕杀共产党员和革命人民,长葛党组织领导人霍树中根据党的指示转移到开封隐蔽,长葛县的劣绅高已西派人追随其到开封,下车后,高已西的狗腿诬陷霍树中是"火车贼"被车站警察当即逮捕。此时在学校从事党务工作的李友三同志得知霍树中被逮捕的消息,心急如焚,立即到处奔走,并以全家人的生命担保,才使霍树中获释。

被捕入狱坚持斗争

　　1928 年 3 月,河南省军政执法处派警官张镒和密探队队长程淑才到长葛追查参加许昌司堂暴动人员,反动当局供出是李友三组织领导参加的,他们遂将李友三逮捕押送开封监狱。国民党反动派立即对李友三施以严刑,逼他招供,可李友三宁死不屈,执法官拿出一份供状和在李友三家中搜出来的马克思学说之类的书籍,以作煽动群众,违反治安的证明。李友三据理分辩:关于供状是劣绅指名诬告,书籍是学生应备的食粮,攻击劣绅是天职主动,良心驱使,这是中华有血气男儿应持的态度!敌人无奈将李友三暂押回牢房。

晚上,敌人对李友三又进行了提讯,用电灯照射、用绳子将李友三拴在老虎凳上毒打威逼:"快快承招……"直至李友三昏死过去,敌人用冷水把他浇醒。这样,敌人每隔数日,提讯一次,非刑审问多次,未有任何结果。敌人耍尽了花招,对李友三毫无办法。由于李友三连遭敌人的酷刑拷打,遍体鳞伤,一次又一次地昏死过去,他视死如归、威武不屈的精神,直到敌人认为没有感化的可能了,才又把他押回了监狱。

1929年秋,适逢国际法调视察团入狱视察,李友三乘机向视察团申述,并揭露当局对自己酷刑审讯的经过,同时,李友三的父亲托律师胡延彦贿通高等法院的法官,法院在司法团监查之下,将其宣判释放。李友三在入狱前身体就很虚弱,又经多次审讯拷打,出狱后,周身病症日趋严重,眼病已成不治之症,失去光明,再加上父母相继逝世,儿女幼小,佃种地主的土地亦无力耕种,依靠自己的几亩薄田度日,全家人生活的穷困和疾病的折磨,再加上和党组织失去联系的痛苦,李友三度日如年,幸有胡清瑞同志常到家中畅述抗日的情形,介绍长葛党组织复兴的经过,给李友三增添了新的生命力。

长葛解放后,李友三带病参加农会,参加剿匪反霸和土改工作。直至1963年2月18日病情恶化,溘然长逝,终年58岁。

"红色理财专家"郑义斋

郑义斋,原名邓少文,1901 年 7 月 18 日出生于许昌城关镇,自幼家境贫寒。郑义斋 8 岁上小学,13 岁辍学到许昌城内一家印刷厂当学徒工。他虚心向工人师傅学习技术,勤学苦练,逐步掌握了印刷工艺,善于团结大多数工人。

少小革命增才干

1923 年 2 月,受到京汉铁路罢工风潮影响和鼓舞的印刷厂工人,在邓少文的发动和组织下,毅然举行罢工,响应并支持京汉铁路工人斗争。不久,邓少文因"鼓动罢工"而被厂方资本家开除。

经人介绍,邓少文到京汉铁路当客车检票员。从此,他和中共地下党组织有了接触。1925 年 2 月 7 日,全国铁路总工会在郑州召开第二次代表大会。在党组织和工会的教育帮助下,邓少文逐渐懂得了马克思主义基本理论,开始信仰共产主义。他利用在铁路客车上当检票员的身份,主动掩护中共地下工作人员,秘密协助运送党的文件和枪支弹药等重要物资。1927 年冬,邓少文加入中国共产党。1929 年,他被调到上海党中央机关做地下交通工作。他经常冒着生命危险,由上海奔赴各地,传递党的指示、文件,护送干部、经费,出色地完成了党交给的任务,也经受了锻炼,增长了才干。

白色恐怖下的红色交通员

1930 年春,党组织在上海开办"义斋钱庄",任命邓少文为经理。

钱庄一面为党筹集经费,一面作为党的秘密交通站。从此,他改名为郑义斋。在白色恐怖严重的大上海,郑义斋按照党的指示,在各地党组织的配合和掩护下,经常由上海到北平、天津、大连、青岛、武汉、郑州、信阳等地,为党筹集、转运经费,为苏区红军购买转运军火物资,为党做调查或传送指示,多次机智灵活地完成党交给的任务。领导和同志们称赞他为"白色恐怖下的红色交通员"。

1931年4月24日,顾顺章在武汉被捕叛变,致使中央机关和领导人面临重大威胁。根据周恩来等领导的紧急指示部署,郑义斋急忙关闭了义斋钱庄,果断处理好善后工作,迅速转移到安全地带,及时停止了顾顺章所知道的一切秘密工作方法和交通联络关系。

殚精竭虑为党理财

1931年5月,党中央派郑义斋到鄂豫皖苏区工作。新成立的鄂豫皖中央分局和临时省委为加强财经工作的领导,任命郑义斋为鄂豫皖区苏维埃政府财政经济委员会副主席兼苏区财经学校校长。郑义斋认真学习有关财经工作的政策,虚心向政府内务部部长、财经委主任郑位三求教,刻苦钻研财经业务,全身心地投入到建设发展革命根据地工作中去。1931年6月,郑义斋和财经委员会积极发动干部群众参加鄂豫皖中央分局组织的"生产运动周"活动,同时提出积极发展农业生产、大力节省粮食、多种南瓜杂粮、开展粮食互济运动、夺取豪绅地主和敌军的粮食、发展粮食流通买卖、颁发粮食储蓄办法等七项措施。由于各级党委、政府领导干部群众积极进行生产自救,落实各项有效措施,终于渡过苏区粮食难关。

1931年8月,郑行瑞接任苏区财政经济委员会委员长兼人民银行行长。郑义斋积极协助郑行瑞传达贯彻区苏维埃代表大会通过的财政经济决议,并于8月26日至9月3日组织举办了"财政经济政策运动周",大力宣传苏维埃政府征收累进税的意义和章程,开展税收工作;广泛发动群众检举政府和群众团体中腐化舞弊、损公肥己的问题;积极开展节省资财、反对贪污浪费的运动,反对投机取巧、谋取私利;鼓励发展生产,切实整顿和发展经济公社、合作社和私营商店;充分发挥人民银行的作用,发行苏区货币。经过郑义斋和财经委的努力,苏区财政经济状况逐步好转。1932年2月,郑义斋担任鄂豫皖省苏维埃政府财经委员会主席兼人民银行行长、红四方面军总经理部部长。

郑义斋领导财经委员会积极发动干部群众,全力支援红军的反"围剿"斗争,通过鄂豫皖苏区各级财经部门千方百计筹集粮食、食盐、衣被、鞋袜、药品等军需物资及枪支弹药等武器装备和必需的经费,保证了红四方面军和地方武装的需要,同时努力安排好广大干部群众的生活,为鄂豫皖苏区反"围剿"胜利做出了积极贡献。

1932年10月,红四方面军主力因在第四次反"围剿"中失败退出鄂豫皖根据地,向西转移。郑义斋随部队西征川陕,投入到紧张而繁重的创建和发展川陕新苏区的工作。1933年2月上旬,在中共川陕省第一次党代表大会上,郑义斋被选为中共川陕省委委员,后又担任川陕省工农民主政府财政委员会主席兼省工农银行行长、红四方面军总经理部部长,并兼兵工厂和造币厂厂长,为尽快开辟川陕革命根据地新局面,保证苏区和红军的供应、给养做了大量工作。

作为省财委会主席、红四方面军总经理部部长的郑义斋,掌管着财政大权和全军物资,但他严格要求自己,公私分明,从不以权谋私,时时处处带头发扬党和红军廉洁奉公、艰苦奋斗的优良作风。1934年4月,他同杨文局结婚,婚礼办得非常简朴。新郎、新娘穿的是普通灰布军装,吃的是荞麦面疙瘩;操办的婚事,没花公家一个铜板,没用公家一样东西。

1935年3月上旬,长征后担任西北革命军事委员会总经理部部长的郑义斋,率领总经理部及其所属工厂,随部队行动并迅速建立了三个兵站,就地筹集粮草、物资,分配各部使用。长征途中,凡有两天以上的休息,他都指示各个工厂抓紧进行生产,就地取材,赶制被服用品、修理枪械、制造弹药等,争分夺秒地为长征大军提供急需物资。

为迎接红一、四方面军会师,郑义斋号召并组织总供给部所属全体同志积极行动起来,每人每天节约半两粮食,还准备了许多衣服鞋袜送给中央红军部队。1935 年 6 月,红一、四方面军会师后,于 7 月18 日重新成立中国工农红军总部,郑义斋被任命为总供给部政治委员。9 月,郑义斋调任红四方面军工作部部长,1936 年 6 月又调任红四方面军总供给部部长。从 10 月 25 日起,红四方面军开始了艰难悲壮的西征历程。郑义斋任西路军总供给部部长,带领所属队伍携带大批辎重,边行军边战斗,随主力向西转移。

浴血祁连留英名

1937 年 1 月 21 日,马步芳、马步青匪军调集重兵于临泽县城下,城内只有郑义斋领导的总供给部和一个警卫连,而且妇女和非战斗人员居多,形势非常严峻。郑义斋把全体人员按战斗需要编成了班、排、连,委托秦基伟为守城前线总指挥。经过四天四夜的浴血战斗,他们终于在红三十军的策应下突围,转移到西路军总部和主力所在的倪家营子地区。2 月下旬,突围出来的红军又被敌人围困在倪家营子一带,在这里与敌人血战七天七夜,伤亡惨重,弹尽粮绝。3 月 5日,西路军又从倪家营子突围,向祁连山转移,在战斗中大量减员。到 3 月 12 日,连伤病员在内已不足 3000 人,整个西征行动失败。这天傍晚,郑义斋率领总供给部剩余人员随军来到祁连山里的石窝附近。总部通知他次日到石窝开会,决定部队日后的行动方针。郑义斋把总供给部分散保管的黄金和银圆收集起来,包成一包,让杨文局用针线缝牢实,准备开会时带到石窝,交给总部领导,作为返回延安的经费。然后,又把秘书廖静民、处长李世民等人叫到跟前,一一交代工作,并鼓励他们带领大家继续战斗。

1937年3月13日凌晨,郑义斋带着10多名警卫战士,带上金银,骑马顺着山沟,向西路军总指挥部所在地石窝出发,刚走出不远,就被敌人包围。他沉着指挥,边打边往山坡上撤退。为不使携带的经费落入敌手,他当机立断,命令一名战士带上黄金和银圆冲出去,自己组织掩护。激战中,郑义斋身中数弹,壮烈牺牲,年仅36岁。

中华人民共和国成立后,党和人民政府在甘肃省高台烈士陵园为郑义斋等西路军英勇牺牲的将士们建立纪念碑。朱德元帅在题词中写道:"伟大的革命先驱的事业和英名将永远留在人民的记忆里。"徐向前元帅为碑文的题词是:"振堂、海松、厚发、启华、义斋及西路军牺牲的诸烈士们,你们为中华民族的解放和劳动人民的利益坚韧不拔、自我牺牲精神和英雄气概,是我军的无上光荣。"

长葛县党组织领导下的学生运动

　　长葛县的革命运动中,学生在党的领导下发挥了巨大的作用。"五四"运动爆发后,进步学生们为北京和全国各地学生反封建军阀、反对帝国主义的斗争所感染,盼望着长葛也能掀起北京那样的革命风暴,向贪官污吏、土豪劣绅进行斗争,拔掉县里那些封建爪牙,为民除害,支援全国大革命。

　　1923 年 2 月,京汉铁路总工会领导全路工人总罢工,于 7 日遭到军阀吴佩孚的武力镇压,50 人惨遭杀害,300 多人受伤,领导罢工的共产党员林祥谦、施洋在敌人屠刀面前宁死不屈,英勇就义。同月,中国共产党号召全国人民和工人阶级团结起来,打倒压迫和残害工人的军阀。此时,在开封省立第一师范读书的霍树中(又名逊卿、宇云浮,石象乡双树王村人),回长葛到第一高等小学向师生讲解"二七"罢工斗争经过及吴佩孚镇压罢工的罪恶。通过宣传发动,激起了全校师生的义愤,在校长高宜亭、体育教员段体仁的带领下,组织了全校师生和民众 400 余人的游行队伍,手执小红旗,高呼"打倒军阀吴佩孚""坚决支持京汉铁路罢工工人的正义斗争"等口号,在县城四街举行游行示威活动。

　　1925 年,上海"五卅"惨案的消息传到长葛,激起城内学校师生强烈的愤怒,原参加汪涤源"读书会"的学生,更是义愤填膺,他们在共产党员霍树中、李友三、孟炳昌等同志的领导下,以学生会名义迅速组织了起来,进行罢课、罢市、游行示威活动,学生们整队走出校门,撑着"打倒日本帝国主义""打倒军阀""打倒贪官污吏"的横幅标语,高呼革命口号,在长葛县城举行了大示威游行,游行队伍所到之处,深受民众欢迎,他们在游行的同时,还分队组织向民众讲演,尽管当时天气炎热,民众却站在烈日之下静听,当讲演者将日本帝国主义狂杀我国人民如杀鸡的暴行向民众诉说后,民众的呼声就随即雷动,一霎间古老的县城沸腾起来。

1925 年 7 月,长葛的反帝怒潮日益高涨,霍树中等同志又领导学生开展了查禁仇货和募捐运动,这次查禁仇货还是以学生为主力军。学生会把学生分为许多募捐和查禁小组,他们打着旗帜,走遍县城和乡间各大村镇,边宣传、边查禁、边募捐,通过宣传使群众认识到查禁仇货是反帝爱国的实际行动。所以民众都以最大的努力解囊相助,因他们同情为争取自由、争取解放而遭难的工人,都愿意为他们尽兄弟般的援助。

查禁小组不避权势,对长葛的一些土豪劣绅也不讲客气。当查禁小组在和尚桥查到商务会会长王瑞桐从外地运回的英国白糖 3 万斤时,吓坏了这个一贯面善心恶的假善人,他迫于众怒难犯,苦苦向学生求饶,但学生对他的行为早已恨之入骨,决定以罚款 150 元作为处理。之后,王对学生极为恼怒,他利用职权控制邮局,检查学生来往信件,企图抓到什么把柄。就此学生与王瑞桐进行斗争,将王压迫人民、侵吞公款行为列罪连续上诉十余次。通过这次查禁和募捐运动,有力地打击了土豪劣绅,使他们嘴险暴露无遗。

1925 年至 1926 年间,国民军范西海部、军阀吴佩孚部马吉弟师在长葛驻防时,军纪很坏,不断勾结土匪流氓,敲诈勒索,兵差徭役很多,苛捐杂税很重,人民恨之入骨,对此,共产党员李友三、黄梅岭等领导学生和民众,连续上诉范部通匪罪行,联名通电马吉弟师罪恶,不久报纸上刊出"青天白日,长葛县城公然拉票,距城三里之王庄,被土匪抢劫一空"的消息通报范部,有力打击军阀部队,使他们的恶行大为收敛,1926 年下半年,奉军在长葛驻防时,党组织领导学生,竟把传单暗放在警察的帽子上。

1928年,国民党县长潘天林与大劣绅勾结起合谋作弊,反动校长高寿臣吸食毒品,违法渎职。对此,共产党员霍树中领导学生,组织了一个以学生为主体的上告团体,赴省府开封上告县长潘天林、校长高寿臣罪恶,使高被撤职查办。

可以说,各地学生运动的兴起,沉重打击了帝国主义及其军阀,极大鼓舞了全国民众的斗争情绪。通过斗争实践,在学生中间涌现出了许多的优秀分子。长葛也是如此,出现了一大批像霍树中、黄梅岭、李友三、陈伯瑾、陈瑞图等优秀学生和中共党员,他们还相继发展了更多的中共党员,为后来长葛县党的不断发展壮大,奠定了牢固的基础。

大革命时期的长葛农民运动

    大革命时期,中共长葛县地下党组织领导长葛人民创造了一个又一个激荡人心的英勇事迹,比如改造红枪会,建立了农民协会和农民自卫军武装,响应北伐,向封建官僚、军阀、土匪、土豪劣绅进行斗争,在长葛农民运动史上写下了光辉的篇章。

    长葛地理位置优越,自古以来为兵家必争之地。因长葛地处中原,交通方便,气候适宜。长期以来,长葛人民不满封建官僚的统治和压迫,历史上曾出现过许多反抗斗争,因没有真正代表人民利益的组织的领导,均以失败而告终。

    民国以来,各大军阀之间为了扩展各自的势力范围,不顾人民疾苦,连年混战不休,使得全国人民苦不堪言,长葛县人民也不可避免地深受其害。军阀混战,各自为政,互为刀俎,把百姓当鱼肉,你来你吃,他来他抢,就地勒索,强派硬夺,苛捐杂税,名目繁多。由于军阀混战,一些地痞流氓便乘机结伙为匪,夜聚明散,公然抢劫,绑肉票,闹得民不聊生。据资料记载:1924 年冬,城西北大孟村被土匪烧毁的房屋就达百余所。1925 年春,土匪在城东沙沃、毛里等村烧杀掠抢,同时,又因军阀混战,在和尚桥设立支所一个多月,搜掠老百姓 3 万元洋元。3 月,一股土匪攻破城西河乍李寨,接着又攻破城北罗庄寨和城东斧头寨,掠抢大批人畜。4 月,土匪攻破竹园董村,烧房 200 余间,杀死 20 余人。夏,因土匪猖獗,请官兵围剿,又设支应所,每日费钱六百串无止期。秋,又因直奉战争,征款近 6 万元,麸料 14.6 万斤,柴草 49 万斤。11 月 18 日,土匪在城东大马、柳压、盆刘等村抢掠后,放火将三个村庄的房屋烧毁殆尽。11 月 20 日,土匪攻破城东北新寨。12 月 10 日,土匪攻城东北老官赵村百姓,惨死之数无法计算,许多妇女被迫跳井,连刚满月的婴儿竟然也在匪刀之下裂体洞腹,惨无人道。土匪在乡间横行,人民处在水深火热之中,而官匪、兵匪又相互勾结,更加重了人民群众的灾难。1925 年秋,陕军范西海部在长葛驻兵时,为扩展他的实力,将县城北有名的李格意、宋田、李四贤、孟增恩等匪首和匪徒予以收编,这些土匪到县城后,分设巢穴,门前高竖令字大旗,耀武扬威。为了防兵防匪祸害,长葛许多村镇纷纷联合起来,成立了自卫保家组织——红枪会。

1924 年冬,中国共产党长葛组建立,领导长葛人民的反抗斗争进入了新阶段。中共长葛小组,根据上级党组织的指示,深入红枪会做工作,争取把红枪会改造成党领导下的农民群众组织。党组织派党员到红枪会势力强的孟排寨、二郎庙、段庄、石桥路、石象等村庄对其进行教育改造。这些党员到后,为了和他们建立感情,开始和他们一起烧香、磕头,同他们拜把兄弟,喝血酒,同时,向他们宣传革命道理,拓宽他们的视野,提高他们的觉悟,并逐步把思想进步有斗争经验的红枪会的马胜军、刘自修、杨景贤、段开勋、路林东等人发展为党员,从而加强了党对红枪会的领导,为后来建立农协组织和农民自卫军武装奠定了基础。1926 年初,中共豫陕区委派往许昌开展工作的负责同志来长葛做组织宣传工作,开展农民运动。不久,在一区八村建立村农协会。4 月,信阳、杞县、许昌、荥阳四县建立农协之后,党为发展河南农民运动,在开封秘密召开河南省农协成立大会,长葛是河南已建立区村农协组织的九县之一,因此派出 3 名代表参加了会议。省农协成立后,为加强长葛农协组织的领导,省农协派一名领导来长葛农协作指导,之后,又在三区的 31 个村成立了农协组织,同时筹备了二区农协,会员发展到 17500 人(红枪会会员未列入)。是年夏,秘密成立县农协会,共产党员杨景贤任负责人,使长葛的农民运动从此有了集中统一的领导机关。

1926 年冬,河南省党组织遵照党中央的指示,将工作的重点转移到铁路沿线的城市和农村,增派干部下乡做农运工作,组织建立农协和农民自卫军武装,迎接北伐。广州农讲所第六期学员高介民受省委指派来长葛任农运特派员,发展长葛的农运工作。高与长葛党组织负责人霍树中取得联系后,在县甲种蚕校谋了一个教员的职业为掩护,开展农运活动。他先到石固、孟排寨、二郎庙、石桥路、石象等农运工作开展得较好的村进行视察,掌握各处农运情况,后又选定石固、二郎庙村农协为重点,组织农民武装。

1927 年 3 月,武昌农讲所分配给河南学员名额 36 人。长葛党组织选派黄梅岭、谢南松、李芙镜赴武昌农讲所学习。不久又推选党员刘征文、马胜军二人,与石固党组织推选的陈子林、郭春观、李保三同时赴武昌汇报农运情况。3 月 15 日在武昌召开的河南武装农民代表大会上,陈子林被选为执行委员。4 月,黄梅岭、谢南松、李芙镜被组织分配到中央总政治处为政治员随军北伐。北伐军到达郑州后,黄、谢、李三人回县领导农民运动。又先后在城西黄庄、段庄、二郎庙、孟排寨等村和城东石桥路、付桥、石象等村,发展会员,组织农民自卫军武装联合会,壮大了农协组织,会员发展到两万多人,形成了一支强大的农民自卫武装队伍。

长葛县农民群众组织发动起来后,在第一师范学校,他得到进步教师徐光(后加入共产党)的关怀和指导,在思想上和学习上进步很快。1923 年初,共产党员冯品毅来省立开封第一师范学校、以英文教员的公开身份作掩护,进行革命活动。冯品毅经常深入到青年学生中,了解他们的思想和要求,给学生讲当前形势,传播马克思主义。他在自己住室的外间,开辟图书室,购买《新青年》《向导》等革命书刊供大家阅读。2 月,冯品毅亲手创建河南第一个社会主义青年团组织——省立开封第一师范支部委员会,自任书记。在冯品毅的亲切指导下,不少青年进步很快,思想觉悟大大提高。不久,霍树中加入社会主义青年团。

1923年2月,京汉铁路工人大罢工遭北洋军阀吴佩孚的镇压失败。霍树中回到长葛,组织县第一高级小学等校的师生举行集会,声援京汉铁路工人的正义斗争,讲述京汉铁路大罢工斗争的经过和北洋军阀镇压工运的罪恶。在校长高宜亭的配合下,县城有400余人参加游行示威。游行队伍高呼"打倒帝国主义""打倒军阀"等口号,在群众中引起很大反响。这次斗争也是长葛第一高级小学最早的一次政治斗争。

3月,为从日本帝国主义手中收回旅大主权,全国人民掀起一场声势浩大的反日爱国运动。3月16日,开封各校学生举行大游行,省立一师团支部是领导这次斗争的核心。霍树中与同学们一起,积极组织参加游行示威,手拿写有"还我故土""誓死力争"等标语,在开封街头散发。这次斗争,被当时国内各报报道,影响较大。

不久,霍树中邀集志同道合的同学一起,讨论革命青年的理想,探讨革命理论。与其他同学共同创办《溶金》壁报,他以极大革命热情,撰写和登载文章,宣传进步思想,抨击时弊,在校园内颇有影响。暑假,他带回长葛一些进步书刊,让家乡青年朋友阅读,经常给朋友们讲外边形势和当前的重大问题,引导他们深入思考,倾向革命。开展了许多有声有色的斗争,主要有以下几项。

(1)反匪与剿匪。1925年12月,党组织根据陕军范西海部勾结土匪对群众敲诈勒索等事实,领导长葛群众联名上诉范部通匪,随即省报登出:"青天白日,长葛城关竟然拉'票',距城三里王庄,被土匪抢劫一空。"这一消息,给陕军和土匪以沉重打击。1926年秋,长葛北乡一时土匪猖獗,人民群众深受其害。党组织通过联系发动,以农协会武装力量为主,联系各处的红枪会武装数万人,奔赴双洎河北,以岗李一带为重点,对土匪进行清剿,通过清剿,北部乡村土匪一度敛迹。同年,县城西北高庙郭村郭五、郭四两人,作恶多端,民愤极大。

党组织以耿庄农民武装为主,联合黄庄、大绳赵等十多个村农民武装,赴高庙郭村,将其抓获,交给群众处死,为当地人民除了害。

(2)配合北伐,扰敌后方。1926年10月10日,北伐军攻下武昌后,吴佩孚增兵南援。为了配合北伐军作战,阻敌援兵,农运特派员高介民领导石固、二郎庙农民武装,霍树中领导石桥路农民武装,在和尚桥北段扒毁铁路3节,割断铁路电话线数控。与此同时,在党组织的领导下,农协会员经常在铁路沿线的村庄和交通要道上贴标语、撒传单,宣传北伐意义,鼓舞人民的斗志,涣散军阀部队军心。群众到处传说:"不得了呀,北伐军神通真大,大军未到,'先遣军'就来了。"

(3)迎接北伐军。1927年5月末,北伐军到了长葛,中共长葛党组织以国民党县党部名义,迅速组织了以农协武部为队员的慰问队,分两路欢迎北伐军,一路由共产党员崔南山(时任县党部常务)带队,到和尚桥车站欢迎;一路由孟排农协负责人共产党员胡清田带队,在县西水磨河一带欢迎,还编有欢迎词:"欢迎、欢迎,欢迎革命军北伐;欢迎、欢迎,欢迎唐靳二先生。"

(4)举行暴动。1927年秋末,中共长葛县委和长葛县农协,遵照中央"八七"会议和省委关于暴动问题的决议精神,决定在县北和县西两地举行武装暴动,摧毁反动政权统治。在党组织的领导下,37个村的武装农民起来,向各保的首事团总进行了围攻斗争,并当场宣布解除他们的职务,由农协会取而代之。中共河南省委于10月6日向长葛县委致信作了五条指示,并对长葛革命形势给予充分肯定。

1927年10月后,长葛县委乘全国各处暴动的斗争形势,利用民众因不满冯军决心起来反抗有利条件,决定是年冬举行大规模的武装暴动,建立人民政权组织。但由于汪精卫集团叛变革命后,革命形势急转直下,使暴动计划未能实现。此后,由于白色恐怖日趋严重,长葛农民运动处于低潮。

中原惊雷

——震惊全国的司堂农民暴动

1928 年 2 月 13 日,许昌县西北乡司堂村一带爆发了一次震惊全国的农民暴动。这是一次由中国共产党领导的农民暴动,它有着明确的政治目的和深厚的群众基础,是豫中发动最早、规模最大、影响最深的一次农民暴动,在许昌人民的革命斗争史上留下了光辉的一页。

农民运动风起云涌

进入 20 世纪 20 年代,许昌连年水害灾荒,苛捐杂税日繁,加上军阀混战,土匪蜂起,广大人民群众生活在水深火热之中。为反抗军阀的残暴统治和土匪溃兵骚扰,许昌一带的广大农民拿起大刀、长矛,自发地组织起了既带有一定封建意识又有很大进步作用的农民自卫团体——"红枪会"。此外,还有诸如"硬肚会""孝帽会""大刀会"等农民自卫武装团体。这些群众武装在反抗军阀和国民党反动派苛捐杂税的斗争中是一支重要的革命力量。当时许昌共有以陈子麟、李子清、李炳旺、宋子文为首的四支红枪会武装,指挥着 9000 余人的红枪会会员,有枪械 800 余支。他们打土匪、驱溃兵,为民除害。到第一次国共合作的大革命时期,许昌的红枪会运动已形成高潮,以致官军、土匪在许昌一带不敢轻举妄动。

为推动许昌农民运动的发展,引导自发的农民组织向正确的方向发展,中共豫陕区执行委员会于 1925 年秋,先后派共产党员郭安宇、肜德忱到许昌发展党的组织。1926年3月,在党组织的领导下,许昌县首先建立了农民协会,成为全省最早成立农民协会的四个县份之一。在县农协之下,成立了四个区农协会和58个村农协会,农协会会员48000人。农运中心设在县城西北约30里的石固镇。同时党组织逐步对红枪会加以教育改编,建立了有25000人参加的农民自卫军。从此,红枪会便成为农民的武装。他们印制传单、张贴标语,利用庙会戏台进行"北伐必胜"的讲演。4月的一天,许昌城西河街有庙会,中共许昌县党的负责人肜德忱、丁绍洛亲自登台演讲,台下熙熙攘攘的人群中许多是农协会会员。肜德忱在讲演中说,庄稼人受剥削、受压迫,吃不饱、穿不暖,军阀混战,民不聊生。北伐就是要替老百姓铲除困苦和战乱根源的……在场的农协会会员和民众听后深受鼓舞。庙会后,农协会会员又分散在群众中宣传北伐的革命道理。其次筹备建立了有共产党员和国民党员共同参加的统战组织——国民党许昌县党部,以便使党领导下的许昌农民组织进行合法的迎北伐活动。共产党员、农民运动领导人戴善同、陈子林和学生运动领导人丁绍洛、韩子文参加了县党部工作。国民党县党部的成立,使我党领导的许昌农民组织能够为迎接北伐做大量的准备工作。全县的农民协会组织也迅速增加,农民运动蓬勃发展。

"八七"会议精神指引农民武装暴动

蒋、汪合流,使国民政府完全走向反动,他们公开屠杀共产党员和革命民众。中国共产党和中国人民并没有被吓倒,他们继续坚持战斗。1927年8月1日南昌起义打响了武装反对国民党反动武装的第一枪。8月7日,党中央在汉口召开了紧急会议,结束了陈独秀的右倾投降主义在党中央的统治,确定了"土地革命和武装反抗国民党反动派"的总方针。在"八七"会议精神的指引下,许昌党组织进一步加强了农民协会的建设,更加注重了在农民组织中发展武装力量。

第二次北伐开始后,中共许昌县地方执行委员会书记肜德忱调离许昌做省委农运特派员工作。为加强党对许昌农运工作的领导,"八七"会议后,省委又派李杜和陈云登来许昌分别担任中共许昌县委书记和共青团许昌县委书记。李杜和陈云登到许昌后,把党组织的主要精力投入到发展农民组织,建立农民武装上。县委根据全县农运工作开展的情况,确定以西北乡司堂村一带和西南乡长村张一带为重点进行武装发动。为了把西南乡和西北乡的农运工作开展得更好,县委明确由李杜、陈云登、薛朝立负责司堂一带,张兆梅、张梦梅负责长村张一带,深入扎实地开展工作。薛朝立是司堂村的外甥,从小寄养在舅家,直到长大成人,对司堂村及周围的情况非常熟悉。长村张是张兆梅、张梦梅的原籍,其父张钟端曾为辛亥革命军河南总司令,享有很高的社会威望。

这些得天独厚的条件,对组织农民武装、开展武装斗争十分有利。他们在那里组织农会竖旗帜、斗豪绅、分田地,影响和推动着许昌全县的农运工作,使全县的农民运动向武装暴动的方向发展。

为了扩大农运影响、壮大武装组织,许昌县委、许昌县农协利用刹门寺古庙会的机会,举行盛大的农协会会员大会。到会会员达2000多人,来自四面八方的赶会群众不计其数。李杜、陈云登、张兆梅在会上就如何进一步发展农

司堂农民暴动纪念碑

民运动、开展武装斗争分别进行了讲演,使农民协会的声威大震。当即就有许多村庄的群众纷纷要求县农协派人帮助他们建立农运组织,有许多尚未武装起来的农运组织则要求武装起来。

9月中旬,中共河南省委召开会议,根据"八七"会议精神,为响应"两湖"暴动,决定成立豫南、豫中、豫北三个特别委员会(以下简称特委)直接领导农民武装,开展武装暴动工作。豫中特委设在许昌,由省委常委兼工委书记张景增任特委书记。张景增和许昌县委书记李杜积极筹备许昌农民暴动事宜。他们深入农村,在西北乡戴庄一带指导农民运动训练班,并亲自编写讲义大纲。

9月29日,中共河南省委再次召开会议,拟定了《河南目前的政治与暴动工作大纲决议案》,并定于10月10日全总暴动。但是,由于省委决议不切实际,暴动时机不成熟,许昌未能暴动起来。推迟到10月17日,暴动又没搞起来。12月,省委照搬11月19日至20日在上海召开的中共中央临时政治局扩大会议拟定的《政治纪律决议案》,也制定了省委《政治纪律决议案》,实行惩办主义,错误地对抵制带有"左"倾盲动主义暴动计划的各地许多党的负责人以纪律处分。许昌县委书记李杜受到撤职和留党察看一个月的处分,县委农运负责人李自清被开除党籍。特委也随之停止了活动。

虽然这次暴动计划因脱离实际而未实现,但农民运动却空前发展。除了西北乡司堂村一带和西南乡长村张村一带几十个村庄农民协会的活动搞得轰轰烈烈以外,城东北水口张和城东五女店一带的许多村庄农民协会也搞得热火朝天。他们强烈地提出了建立苏维埃的口号。

根据农会的普遍要求,中共许昌县委在城里和水口张召开了两次苏维埃代表大会。会议选举李杜为许昌县苏维埃主席、薛朝立为西北乡苏维埃主席、张兆梅为西南乡苏维埃主席。在苏维埃政权的领导下,许昌县的农民武装斗争深入发展。

党内"左"倾盲动主义影响在河南省党组织内仍在继续。1928年1月18日的《河南省委通告第十九号》中指出:"豫中特委立即成立,工作以郾、临、许为中心,普遍地发动游击战争,破坏铁路,收缴枪支,组织革命群众巩固豫南的割据局面,促进整个河南暴动的实现。"1928年2月1日至3日,中共河南省委在开封召开第三次代表大会,继续贯彻党内第一次"左"倾盲动主义的错误路线。为加强对各地暴动工作的领导,会议决定改组全省各特委。同时,许昌县党组织在城东北水口张召开第二次苏维埃代表会议,选举李杜、薛朝立、张兆梅分别担任县、西北乡、西南乡苏维埃主席,讨论进一步发动群众、武装农民组织,准备举行全面农民暴动问题。

司堂农民暴动提前举行

豫中特委改组后,积极创造暴动条件,立即在许昌城南河沿周召开了有郾城、临颍和许昌等县的党组织负责人参加的联席会议,以加强豫中农民运动的协调联系。临近春节,豫中特委、许昌县委决定在农历正月二十七日(即公历2月18日)发动以许昌司堂为中心的豫中农民暴动,并研究提出22条暴动口号,如"实行武装暴动""成立工农兵苏维埃政权"等,并把这些口号用红纸写上中国共产党的名字,贴遍了各乡村庄。同时,以党团的名义发了一个《告农民群众书》,印刷1000多份,西北乡撒了一半,其余的带到西南乡去

司堂农民暴动碑文

了。司堂一带的地霸保董余金池之流嗅到农民革命对他们冲击的信息，召集保甲爪牙开会，密谋破坏农民运动，导致了本来就操之过急的这次暴动又提前举行。

1928年2月12日（农历正月二十一日），地霸保董磨李村余金池的家聚集了全保所有地主豪绅，策划继续向农民摊粮派款，以此给农协施加压力。如果任敌人继续对穷人敲诈勒索，无疑会影响群众的革命情绪，因此他们决定赶在敌人行动之前立即举行暴动。于是农协立即组成了暴动指挥部，第二天，即1928年2月13日上午，将司堂的武装农民分成两个大队，分头通知各村农协迅速集合队伍。司堂一带，大革命时期许昌许多党的负责人如赵宗润、陈云登、李杜等曾在那里进行过宣传发动工作，党的影响较深，群众基础也比较好。由于军阀连年混战，苛捐杂税繁多，加之旱涝灾害不断，地处偏僻的司堂一带农民苦不堪言，他们迫切要求革命、武装反抗的情绪像一触即燃的干柴。1927年秋，县委委员、西北乡苏维埃主席薛朝立与县委负责人李杜、陈云登一起到司堂组织发动，培养了一批如司中灿、司聚才、司林仓、司永合等骨干。经过宣传发动，司堂村的农民协会组织竖起了农民武装的大旗。

司堂村建立农民武装的消息很快震动了西北乡附近村庄。在特委及县委的领导下，郑庄、蔡庄、谢庄、磨李、杜寨、尚庄等方圆20多里，50多个村庄的贫苦农民，仿照司堂村的形式，也都建立了农民协会和革命武装，会员发展到2000多人。县委在水口张召开第二次苏维埃代表会议后，司堂一带苏维埃政权进一步得到了巩固和发展，并建立了武装赤卫队，拥有长枪100多支，大刀、长矛1000多件。

暴动这天上午，100多名扛枪、提刀、拿长矛的英雄们颈上系着红绫标记，扛着书有"工农革命军"字样的红旗，在司堂村前街司中信家门口集合后，浩浩荡荡地直向磨李村余金池的家奔去。暴动队伍包围了大恶霸余金池的家。李杜当众揭露了余金池的累累罪行,并向余金池索要向群众摊派的钱、粮、财物。而余金池反而恶言秽语攻击农会,激起群众更大愤怒。陈云登、薛朝立、司聚才3人将余捆绑,拉到村南打谷场上,在义愤之下开枪将他打死。接着,暴动指挥部把余金池家的粮食、钱财分给了贫苦农民。

暴动旗开得胜,大大激发了群众的革命热情,蔡庄、杜寨、谢庄、郑庄、湾湖、肖庄等十几个村的农协会员和贫苦农民纷纷赶来参加武装暴动的队伍。到14日,暴动队伍猛增到2000多人,计有长短枪100多支,大刀、长矛上千件。暴动指挥部对暴动队伍再次进行了整编。这天紧接着又摧毁了附近村庄地主恶霸的庭院,分掉了他们的家产。队伍开到杜寨,大地主杜建坤早把粮钱疏散,逃之夭夭。暴动队员在他家的地窖里挖出了大量银圆和铜钱,当即抬到村头,分给穷苦农民。大地主梁川和李春荣听闻暴动队伍进村,慌忙把自己的大门锁上,企图负隅顽抗。农暴队员义愤填膺,随即砸开大门与他们进行了针锋相对的斗争。下午,队伍来到湾胡村村长、大地主胡海成家,公分了他的财产,还结果了他民愤极大的儿子胡戊已的性命。按照预定计划,当天傍晚队伍从湾胡撤离辗转到孟店村,他们组织了40多人的小分队,由司中灿领导去扒铁路、割电线,以阻止敌人调兵。因小分队携带工具不力,未能实现。

司堂村的豪绅进许昌城搬兵,苏桥火车站上的反动分子也用电话向郑州报告了农民暴动情况,要求派兵围剿,情况异常紧急。深夜,李杜、陈云登、薛朝立等暴动领导人召开紧急会议,分析情况,研究对策。

15日夜,队伍挥师西山肖庄,肖庄大恶霸肖老茂已逃离肖庄,只有其母在家,起义队伍收缴银圆800多块,留作军费。队伍准备次日进攻西山,但到16日晨,队伍还未来得及出发,冯玉祥部孙桐营师约两个团的兵力连夜开来，先将司堂村包围，敌人扑了个空，接着又向肖庄开去。暴动领导人认为敌强我弱，不能硬拼，必须抓紧时间突围。当夜队伍迅速撤离肖庄。刚出寨门，恰遇敌军，李杜带领队伍巧妙地摆脱了敌人。当农民武装行至郑庄时，又和部分国民党兵相遇，农民队伍被冲散。农会会员司林昌、司合昌、司聚才等20多个同志将李杜、陈云登等县委领导同志护送到许昌和禹县交界的水潮店村脱离了险境。县委在水潮店立即召开紧急会议，决定暴动队伍暂时隐蔽，分散活动继续发动群众，坚持地下斗争。

革命斗志　前仆后继

司堂农民暴动沉重地打击了当地的反动势力，唤起了广大民众的觉醒。但是由于受党内"左"倾盲动主义的影响，操之过急，暴动过早，又没能与西南乡、石固、繁城等地的农民武装联系上，最后因敌我力量悬殊而失败。

司堂农民暴动失败后，地主豪绅对贫苦农民实行了野蛮镇压。司堂村除地主豪绅外，共103户人家，被抄家的就有66户，有不少农户被洗劫一空。郑庄、杜寨、蔡庄、磨李等村也同样遭到洗劫。敌人还三番五次出动马队、便衣队，到处查找参加暴动的农协会会员，先后逮捕农民达120多人，十几名骨干分子为革命献出了宝贵生命。死于敌人屠刀之下的革命同志、人民群众、家属子女达107人。年仅18岁的郑庄村农会积极分子郑长喜和郑建松，在暴动队伍撤离肖庄时，被地主肖连生抓住拉到肖庄寨东门外的马家潭，用乱刀砍死。

继镇压司堂农暴队伍之后不久，敌人又派民团头子任子杰带领其民团对西南乡的农民运动进行了血腥镇压。他们在长村张首先开刀，继而向周围逐村搜捕。近200名群众被抓往疙瘩寨监禁起来，其中十多名农运积极分子被押往许昌监牢。敌人的野蛮行为，使西北、西南乡的群众背井离乡、流离失所。

　　在反革命的屠杀下，许昌党组织遭到了严重破坏，党组织和共产党员并没有被敌人的气势汹汹所吓倒，他们仍在继续战斗。暴动领导人之一薛朝立就是这些共产党员中突出代表。暴动失败脱险后，薛朝立辗转活动在许昌、繁城、漯河、项城、开封等地继续进行革命活动，并多次设法营救被捕人员。后来由于叛徒出卖，他不幸落入敌手，最后被敌人杀害于开封西关。

　　司堂农民暴动虽然失败了，但它向民众宣传了党的主张，扩大了党在群众中的影响，极大地鼓舞了人民群众的革命斗志，对当地反动势力是一次有力的冲击，在许昌人民的革命斗争史上留下了光辉的一页。

中共长葛县党组织创始人黄梅岭

1932 年 8 月 21 日凌晨,黑云如山,腥风血雨笼罩着开封古城。刚刚出版的《河南民报》上,一则"昨枪决赤匪要犯记(吉)国桢等十四名"的消息,使人们感到震惊和愤怒,进一步认识到当局的反动残忍。

进步青年追随革命

黄梅岭,字景先,1907 年 11 月出生在河南省长葛县官亭乡田庄村一个农民家庭。祖父黄文星一生教书,文章名扬乡里,是当地有名气的学问人,父辈兄弟四人,其父黄子晏排行老大,一生务农。母亲刘氏勤劳俭朴,宽厚善良,终生不辍劳作。黄梅岭系长门长孙,无兄无妹,自然被全家人所疼爱,并对他寄予无限希望,盼他长大成人,兴家立业,光宗耀祖。他的祖父更希望长孙习文成名。在其祖父的关怀影响下,黄梅岭自幼聪明好学,博读强记,所学"四书""五经"皆能背诵,很受祖父及乡邻的喜爱和器重。

黄梅岭少年时期,正是社会风云变幻的年代,帝国主义列强加紧侵略中国,清朝政府腐败无能,民族危机日益深重,劳动人民处于水深火热之中。俄国十月革命一声炮响,给中国送来了马克思列宁主义。中国人民开始觉醒。1919 年爆发了反帝反封建的"五四"爱国运动,革命风暴席卷全国,使黄梅岭看到了光明和希望,也在他心里播下了推翻反动势力,改革不合理社会制度的种子。正当黄梅岭发奋学习之际,他敬爱的祖父不幸去世,他为失去祖父极度悲痛。梅岭的母亲怕他为此影响学习,就让梅岭跟随舅父刘鹤鸣上学。

1921年,14岁的黄梅岭约同本村黄丙辰等同学离开家乡,到许昌报考育德中学,黄梅岭以优异的成绩被录取。在育德中学,黄梅岭开始接触到一些进步启蒙读物,如梁启超等主编的《新民丛报》和康有为的《大同书》等,对这些书籍产生了极大兴趣,经常手不释卷,对民主革命思想,对为什么会产生不合理的社会现象,有了粗浅的认识,变革社会现状的思想开始萌动。1922年底,黄梅岭从许昌育德中学转到"长葛甲种蚕校"读书,这时的甲种蚕校由于受"五四"运动的影响,校内进步空气浓厚。

1924年夏,社会主义青年团员汪涤源、共产党员霍树中等一些革命青年知识分子相继回到长葛,在甲种蚕桑学堂传播新文化、新思想,还带回《新青年》《向导》《共产党宣言》等进步书刊让学生传阅。充满求知欲的黄梅岭对这些书刊产生了浓厚的兴趣,他如饥似渴地进行阅读,开始接受马克思列宁主义,初步懂得了什么是压迫、什么是无产阶级、什么是资产阶级等道理。在霍树中、汪涤源的影响下,黄梅岭的革命觉悟不断提高,他积极参加学校里的各项进步活动,成为长葛甲种蚕校的骨干。

1924年冬,霍树中根据党组织的安排,同在开封一起学习的李友三、孟炳昌回到家乡长葛宣传组织民众,在进步师生中发展党的组织,开展反帝反封建的宣传活动。这年冬,由霍树中介绍,黄梅岭和崔南山、高玉杰、樊丙鉴等进步青年光荣地加入了中国共产党,成为长葛县的第一批党员。在霍树中的帮助指导下,随即建立了长葛县党小组。根据黄梅岭、高玉杰的表现和在学生中的影响,大家推选黄梅岭、高玉杰为党小组长。

1925年春,中共长葛党小组根据中国共产党第三次代表大会关于"共产党员、社会主义青年团员以个人资格参加国民党和建立各民主阶级的统一战线"的决议精神,帮助建立了国民党长葛县党部,黄梅岭当选为商民部部长。

发动民众反帝爱国

1925 年 5 月 30 日,英、日帝国主义者,在上海野蛮屠杀中国工人游行队伍,激起了中国人民的强烈愤慨。消息传到长葛,长葛各界人民义愤填膺。此时在开封求学的霍树中、李友三、孟炳昌受党组织的派遣回到家乡长葛,发动各界民众开展反对英日帝国主义屠杀中国工人的斗争。黄梅岭密切配合霍树中、孟炳昌在长葛的活动,组织学生踊跃参加,在甲种蚕校组织建立了"学生联合会",黄梅岭任学生会主席。他带领学生走向街头游行示威,向各界群众宣传英、日暴行,呼吁各界民众,团结一致,打倒英日帝国主义,为被害同胞报仇。经过黄梅岭等同志艰苦细致的宣传发动,大大激发了长葛县各界群众,特别是青年学生的反帝爱国热情。在霍树中、孟炳昌、黄梅岭的领导下,长葛县城各校师生在甲种蚕校操场召开了声讨大会。黄梅岭在会上发了言,他愤怒揭露了帝国主义者逮捕屠杀我工人学生的暴行,呼吁全县各界人民团结起来声援上海工人的正义斗争,打倒帝国主义。黄梅岭慷慨激昂的发言,使各界群众受到了极大鼓舞。会后,在霍树中、孟炳昌、黄梅岭的带领下,举行了盛大的示威游行,一时间"打倒英、日帝国主义"等口号响彻长葛县城上空。

黄梅岭和学生们一起高唱起:

"天昏地暗沪江边/美英日逞强权,惨杀我青年/弹如雨血如泉,/赤手奋空拳,尸横大道前/此仇不共天/野蛮大和魂,野蛮不列颠,/同胞莫忘,五月三十民国十四年……"这悲壮的歌声,更进一步激起各界民众的反帝爱国怒潮。

7 月,广州沙基惨案的消息传到长葛,霍树中、黄梅岭等组织学生再次举行示威游行,学生们手执"打倒英日帝国主义"的小红旗,沿街高呼:"取消英日帝国主义者在我国的领事裁判权""取消不平等条约""坚决不买日货"等口号。紧接着黄梅岭协助霍树中、孟炳昌领导长葛县群众以学生为骨干，在长葛开展了查禁仇货和募捐活动，黄梅岭领导学生会，将学生分为许多查货募捐小组广泛进行。在查货中他们规定："所有仇货概行封存停售，个别商品可当场销毁。"这些规定得到大多数商民的赞同。商务会会长王瑞桐运回一批英国进口白糖在和尚桥车站下车，他以为有权有势，学生奈何他不得，就照常运售。查货的学生非常气愤，黄梅岭等带领学生前往，宣布扣车，予以没收。王瑞桐贿通长葛的驻军营长范西海，企图以范之势压服学生。霍树中、黄梅岭等带领学生与范西海、王瑞桐展开说理斗争。在学生们义正词严的斗争下，王瑞桐、范西海不得不低头认错。最后，范西海拿出15元灰溜溜地走了，王瑞桐被罚款150元。学生们把罚款连同300多元募捐款一并捐给上海、广州蒙难工人、学生。

"五卅"运动后，长葛的学生运动蓬勃发展。黄梅岭经常组织学生利用课余时间向民众展开反帝爱国宣传。这年麦收前，县城南关外的郭庄庙会，热闹非凡，县文胜戏班也在庙会上演戏助兴，黄梅岭和学生会副主席高玉杰认为这是向民众做宣传教育的好机会。于是他们以学生会的名义，组成宣传队到庙会做爱国宣传。宣传队在黄梅岭的带领下来到文胜戏班演戏的地方，让他们停止演出，由宣传队进行爱国宣传，黄梅岭亲自登台演讲，他激动地说："同胞们……我们再不能忍受了，不能让那些帝国主义者和卖国求荣的走狗、刽子手们任意枪杀和逮捕我中国人民了。起来吧！同胞们，赶快起来吧，举起你们的铁拳，来拯救我们的祖国，拯救自己的命运吧！"他的演讲使台下群众很受感动，爆发出阵阵掌声，响起"打倒帝国主义"的吼声。听讲的群众受到深刻的爱国主义教育。

见义勇为除霸安良

长葛地处中原腹地，军阀连年混战，给长葛人民带来了深重的灾难,军队的饷银粮草及各种名目繁多的差役,全部压在农民身上,贫苦农民苦不堪言。黄梅岭对横征暴敛非常痛恨,曾多次发动学生向派车派粮的公差作斗争。一次黄梅岭和几个学生见到县衙的一个叫皮屯的公差,正气势汹汹地强迫一位农民出官车,这位穷苦的农民因家里穷没有牛车,便向公差苦苦哀求,公差仍强逼不止。黄梅岭早就恨透了这些家伙,见此情况分外愤恨,他和几位同学一押而上,打得公差呼爹叫娘,跪地连声求饶。此后很长一段时间,公差再也不敢在街上仗势欺压百姓了。人们对黄梅岭见义勇为的行为非常敬佩。

"五卅"运动以后,黄梅岭遵照党的指示,深入农村发动群众。当时,长葛一带由于军阀混战,散兵游勇、土匪恶霸互相勾结,打家劫舍,祸害百姓。全县许多村镇纷纷联合,成立农民自卫组织"红枪会",抵御兵匪的骚扰抢掠。后来,不少红枪会组织被当地地主所控制。为争取改造红枪会,使之变为党领导的农民武装,1925 年,黄梅岭深入农村到城西孟排寨、段庄、二郎庙,城东石桥路、石象等地,利用各种关系,接近红枪会,向他们宣传革命的道理,启发红枪会会员们的觉悟,教育感化红枪会首领,红枪会首领在他的启发教育下,提高了觉悟,愿意接受共产党的领导,其中胡清田、马胜军、段开勋、刘征文、路林东、周鼎等红枪会首,还被发展为党员,使党组织掌握了一定的农民武装。

1926 年 3 月,直系军阀吴佩孚部的马吉弟师驻防长葛,其一切军需粮秣费用,全加在长葛老百姓身上,他们的兵差徭役,苛捐杂税非常多,钱粮提前几年预征。长葛人民深受其害。黄梅岭、胡清瑞组织党员发动学生和各界群众起来反抗,联名向四方通电,控诉马吉弟师的罪恶,在全县范围内掀起了一次声势较大的反军阀斗争。1926 年 4 月,在豫陕区委的帮助下,建立了中共长葛县党支部,黄梅岭被推选为党支部书记。

1926 年夏,长葛十二保团总黄玉卿依仗职权欺压百姓,敲诈勒索、无恶不作,民愤极大。黄梅岭和谢南松一起发动学生与黄玉卿展开斗争。根据黄玉卿的罪恶事实,黄梅岭同大家商量,捉拿黄玉卿治罪,为不使黄玉卿逃脱,把学生分成五个行动小组,分别把守五个城门。黄梅岭、谢南松率领部分学生到县衙捉拿黄玉卿。黄玉卿听到消息赶快藏了起来。学生们到处搜查,没有找到,便向县长要人,并提出两个条件要县长当场答复:一是撤掉黄玉卿县团总职务;二是废除不合理的摊派。在黄梅岭及同学的坚决斗争下,县长不得不同意同学们提出的条件。

1926 年冬,黄梅岭领导长葛党组织以国民党县党部的名义,开展了破除迷信、树立新风的活动。黄梅岭带领学生几天内就把县城和乡间一些大寺庙宇的神胎、偶像扒光,把腾出的房子全都作为小学校舍,在长葛城乡引起了强烈反响,认为黄梅岭他们做得好。

"我要为穷人翻身干点事"

1927 年 2 月,中央农民部为了加强对农运工作的领导,毛泽东同志在武昌举办了农民运动讲习所。中共豫陕区委派到长葛的农运特派员高介民,介绍黄梅岭、李芙镜、谢南松、陈子林等到武昌讲习所学习。黄梅岭在农讲所学习了《三民主义》《帝国主义与中国》《中国民族革命史》等革命书籍。他还聆听了毛泽东同志讲授的《农民问题》和《农民教育》两门课,革命理论水平有很大提高。随着形势的发展,战时农民运动委员会4月在武汉成立。为了胜利进行北伐,战时农民运动委员会决定选派熟悉北方情形的宣传者百余人赴河南各地开展宣传工作。正在武昌农讲所学习的黄梅岭被选为战时农运委员会宣传员,一起随北伐军到河南农村开展工作。6月,黄梅岭随北伐军到河南开封暂住待命。在此期间,黄梅岭找到北伐军中的同事,时任国民党省党部常委陈泮岭,向他谈了要回家乡开展革命活动的心愿。经过研究,省党部指派黄梅岭回到长葛组建"国民党临时执行委员会"。黄梅岭回到长葛后,经多方努力,于10月正式建立了国民党长葛县执行委员会,黄梅岭任执行委员,负责长葛农运工作。在长葛,黄梅岭把整个身心投入革命工作,和穷苦人在一起串联发动,很少回家,他母亲很为儿子担心。一天他母亲把他叫到跟前说:"景先呀,你也不小了,家里的事你很少管,只见你和那些吹糖人的、换针的、做小生意的(为掩护身份的共产党人)整天拉扯,有个啥前程哩?"母亲的心情黄梅岭是知道的,可这是党的秘密工作,不好向母亲说明,他连忙安慰母亲说:"娘您放心吧,我会走正道的,我和他们来往,是可怜他们是穷人,天下穷人要翻身,我要为穷人翻身干点事。"

1927年,武汉国民政府继蒋介石之后叛变了革命。长葛的革命形势非常严峻,长葛党组织负责人张檀调离,党组织虽未遭到破坏,但反动当局严令各保监视共产党的活动。为了加强党的组织,黄梅岭不顾处境危险,在上级党组织的指导下,组建了中共长葛县委,黄梅岭负责县委工作。9月中旬,河南省委召开会议,拟定了《河南目前政治与暴动大纲决议案》,确定10月10日全省举行大暴动。中共长葛党组织在黄梅岭的领导下,根据省委暴动大纲决议案精神,制订了以农民为主,在县西、县北两地举行武装暴动的计划,在黄梅岭的组织发动下,有三十七个村的武装农民起来向所在保甲的首事和团总进行斗争,并解除了他们的职务,由农协会的领导人取而代之。黄梅岭及时把这一情况报告省委,受到省委的赞同,河南省委写信给长葛县委对他们组织的暴动予以肯定。

1927年国民党"清党"后河南白色恐怖日趋严重,可黄梅岭仍然以旺盛的革命精神忘我工作。就在这一年的12月,因叛徒告密,省警察局派武装警察将黄梅岭逮捕,押解到开封。在审讯中敌人虽威胁利诱,施以重刑,但黄梅岭为了党的组织不受损失,始终没有向敌人吐露一点机密,保持了共产党员的坚定立场,敌人无奈只好以政治犯定罪,关押在开封第一监狱。

坚贞不屈英勇就义

黄梅岭入狱后不久,先后又有400多名革命者也被关进了开封第一监狱。在开封第一监狱,党组织为了继续领导狱中政治犯同敌人斗争,建立了"难友会""党团干事会"。黄梅岭在狱中党组织的领导下,积极开展同敌斗争,向宪兵宣传革命道理,开展政治攻势,使他们同情革命,他曾以交朋友的方式,做宪兵孙敬斋的工作,让他帮助传递消息。开封第一监狱大部分关押的都是政治犯,管理森严,为了使狱中党组织领导斗争的意见、措施传递到政治犯中,黄梅岭利用放风、上厕所的机会,写到牙膏皮上传给他们。当时,省委宣传部部长谷迁乔也关在第一监狱,是党在狱中进行对敌斗争的主要组织者。黄梅岭经常设法和谷迁乔联系,开展狱中对敌斗争。为了避免更多的同志牺牲,狱中党组织决定举行越狱,并且规定了行动暗号,黄梅岭积极参加,不料叛徒告密,越狱计划失败。在狱中,为了鼓舞政治犯同敌人斗争到底,保持革命气节,黄梅岭参加组织政治犯高唱自编的狱歌,歌词大意是:革命青年真勇敢/一旦被捕了,不惧敌刑惨/假若无凭据,力争早脱险/如若有物证,个人来承担/坐狱家常饭,牺牲重泰山/革命志士视死如归/流芳亿万年……

1932年,时任驻豫特派绥靖主任的刘峙疯狂地逮捕镇压共产党人,许多共产党员惨遭杀害。这时关押在开封第一监狱中的共产党政治犯因搞越狱活动被加重刑。黄梅岭是狱中坚持活动的积极分子,于1932年8月20日,与省委书记吉国桢等14人一道被敌人杀害。时年25岁。

马克思列宁主义
在长葛最早的宣传者汪涤源

汪涤源虽然不是长葛县人,却是马克思列宁主义在长葛最早的宣传者、组织者。

汪涤源1900年生于商城县武家桥街上,武家桥位于商城、固始交界处,距两县县城均五六十里,是乡村中一个很平常的小街。每月凡到了农历双日逢集的日子,四乡的农民纷纷拥到集镇,使这个小集镇更加拥挤繁闹。这里还是固始至商城的必经之路,平日过往人很多。因此,地处商城县城边缘的武家桥,并不闭塞、萧条。

汪涤源兄弟四人,老大汪晏甫,汪涤源居二,老三汪新源,老四汪探源。汪涤源的父亲因自己不识字,尝到了"睁眼瞎"的苦头,就都把孩子送进学堂,读书识字,盼望将来好有个出人头地,光宗耀祖。因此,汪涤源兄弟四人都有一定的文化,并且在汪涤源的影响下,都参加了革命,汪涤源上过黄埔军校,汪晏甫参加过长征(后开小差回家),后来汪新源、汪探源都为革命而献身。

汪涤源自幼在街上私塾馆里就读私塾,"四书""五经"皆能背诵。每天放学回家后,他不是与同街上的孩子上山割草砍柴,就是帮助家里挑水做饭。农忙季节,私塾馆照例放假,他就跟着家里人到地里去干活儿,收割、点种,样样都干,并都干得很好。街邻都夸他心灵手巧,将来有出息。

1915年,汪涤源考入县立小学,因他聪明过人,老师便在课外辅导他学习英文,1918年,汪涤源考入商城县笔架山农业学校(因商城县中停办,笔架山农校是当时商城唯一的一所中学)。1919年,在俄国十月革命的影响下,中国爆发了反帝反封建的"五四"运动,革命风暴席卷全国。"五四"运动给偏僻的大别山区送来了马克思主义,送来了新文化、新思想。汪涤源朦胧地感到中国处在急剧的变化中。为探求真理,有所作为,他学习更加刻苦用功,各种成绩名列前茅。其间,他开始较多地接受马克思主义,积极参加学校的进步活动,思想进步很快,于1922年秋在学校加入了社会主义青年团,从此走上了革命的道路。

1924年夏,汪涤源因家庭经济不济,不能继续在学校求学。于是,他带着发展组织的任务,来到河南开封,通过关系,到长葛县立甲种蚕业学校教书,以英语教员的身份,开始宣传马克思主义。汪涤源到学校后,很快置身于学生之中,积极进行马克思列宁主义宣传,启发同学们认识自己的社会地位,并很快在进步师生中成立了"读书会",向学生推荐《向导周报》《中国青年》《马克思传》等进步书刊,进行共产主义思想的启蒙教育。继之,又组织"学生会",以团体形式开展社会教育宣传工作。在汪涤源积极宣传引导下,对马克思列宁主义的学习越来越深入,影响也越来越大,此时,在开封求学的霍树中、孟炳昌、李友三等回县与汪涤源联系后,县立甲种蚕业学校马克思列宁主义宣传更加深入,为后来长葛县党团组织的建立奠定了基础。

1925年春,汪涤源经马沛毅介绍,离开了长葛,前往杞县甲种农业学校任教。他走到哪里,把革命的种子撒到哪里。在杞县农校任教期间,他又积极在进步师生中传播马克思主义,并与党派到杞县的吴芝圃、张海峰、阎风书等团员一起,开展革命活动。"五卅惨案"爆发后,汪涤源根据党的指示,在农民和工商学各界,组织开展宣传和募捐,援助罢工工人群众运动,是年8月,中共杞县特别支部成立,汪涤源同志即由社会主义青年团员转为中国共产党党员。

1926年3月,汪涤源随同信阳的郭绍义、周性初、周其刚、牛有恒等人赴广州农民运动讲习所学习。9月中旬学习结业,随北伐军到达武汉,担任湖北省农民协会特派员。11月,省委派他到汉川县视察农运情况,帮助工作,在汉川县第一次党代会上当选为县委书记。1927年2月,汪涤源调回武汉,协助毛泽东同志举办武昌农讲所。1927年3月15日至21日,河南省武装农民代表大会在武昌召开,汪涤源出席了这次大会。4月,汪涤源参加了"战区农民运动委员会"工作,5月,信阳反动头子熊幽、张显卿掀起一股反革命逆流,捕杀革命党人,掘毁铁路,拦截列车,阻止北伐,在反击反革命斗争中,信阳县委书记周叙论不幸牺牲,上级党组织调汪涤源任信阳县委书记,在继续进行平叛斗争中,汪涤源腿部受伤,加之形势日益恶化,不宜留在信阳,遂返回武汉。

"七一五"政变后,党中央在武汉的共产党员和革命人士疏散转移,1927年10月,汪涤源奉命回乡。此时,在开封工作的共产党员汪探源、汪旨源等也先后回到家乡武家桥。"八七"会议后,汪涤源把在家乡的共产党员组织起来,成立了支部,继续开展革命活动。

1928年2月,豫东南特委建立后,决定在潢川大荒坡举行暴动,汪涤源因腿伤不便,特派30余人前往参加。3月21日在商城党的代表大会上,汪涤源被选为中共商城县委委员。大荒坡暴动失败后,汪涤源被派到固始县担负党的领导工作。以固始县中学英文教员身份进行党的活动,组织国民党十二军任应岐部的第一师举行兵暴,计划中秋节起义,打死师长颜芝兰,占据固始县城。因计划暴露颜芝兰将汪涤源逮捕,并对其施用酷刑,汪涤源坚贞不屈,被押送潢川军部,任应岐继续对其威逼、引诱,汪涤源大义凛然,被杀害于潢川北门外大桥下,时年29岁。

倾心禹西抗日根据地
发展的王其梅

　　王其梅(1913—1967)，字时英，号魁伯，曾用名王时杰、王瀚伯，湖南桃源县人。1945年2月，追随王树声等人到豫西开辟抗日根据地。他遵照党的指示，积极组织抗日武装，带领广大贫苦群众开展倒地运动，改善群众生活，为禹西抗日根据地的发展壮大和禹县党政军建设做出了很大贡献。

　　1913年12月27日，王其梅出生于湖南省桃源县三阳乡王家坪一个地主家庭。王其梅自幼上学，初中毕业后到北平大学附属高中读书。九一八事变后，他同北平进步学生一道走上街头，举行游行示威。1932年，王其梅考入北平私立弘达学院，受同学沈继芳进步思想熏陶，开始接受共产主义思想。1933年1月加入共产主义青年团。4月23日，王其梅参加李大钊公葬的游行示威活动，遭到军警特务逮捕，经学校保释出狱。1933年5月，王其梅受党组织委派到冯玉祥部训练班学习。7月，他由青年团员转为中国共产党党员。11月，党组织派他任北平东城区委组织委员。12月，中共北方局将他派往国民党四十一军孙殿英部搞兵运工作。1934年秋，他任中国大学经济系党支部书记。1935年5月，王其梅转入民国学院任青年团支部书记兼西城街头支部书记。1936年2月，王其梅任北平学联会交际股股长和党团委员。同年3月5日，王其梅被捕，后经组织营救获释。1936年12月，他到西华县担任普理学校教员，党内职务是支部书记。1937年4月，王其梅兼任豫东特委交通站站长。七七事变后，任中共西华县委书记、普理学校校长职务。同年底,他举办第二期抗日干部训练班,任教官和队长。1938 年 5 月下旬,豫东特委和西华县委建立约 3000 人的人民抗日自卫团,王其梅任政治部主任。7 月下旬,王其梅和沈东平等同志,分率武装 1000 余人,渡过黄河,到杞县、睢县南部活动。8 月下旬,中共长江局和河南省委派干部充实豫东特委,王其梅任组织部部长。1939 年春,西华人民抗日自卫军改编成三个支队,王其梅将政工干部分别派任为副连长、副排长、副班长、文书、参谋等职务。1940 年 11 月,新四军六支队睢杞独立团成立,王其梅领导的西华部队被编为该团三营,他任营长兼教导员。王其梅由豫东地区主要负责人降为营级干部,他不计较个人得失,没有怨言。

从 1941 年 5 月到 1942 年 11 月,王其梅领导水东地区军民,开展武装斗争,将抗日武装发展到 2000 多人,建立政权,战胜灾荒,粉碎日伪军的多次扫荡,击退国民党顽军的进攻。1944 年 12 月,他随河南军区副政委刘子久和豫西二支队政委韩钧率领的部队南渡黄河到豫西开辟豫西抗日根据地。1945 年 1 月,他被分配在二分区,负责改编李桂五领导的在洛宁庙山一带活动的抗日自卫军。1945 年 3 月,他奉命随豫西第四支队到达禹县、密县、新郑、临汝一带活动。不久,建立四地委四分区,他任地委副书记、分区副政委,分管地方工作。半年时间内,在张才千的领导下,王其梅负责建立禹县、密县等县委县政府,还建立七八个区级政权以及县中队、区干队等地方抗日武装。同时,还负责组织农会、妇救会等群众团体,开展轰轰烈烈的减租减息运动。1945 年 12 月,王其梅任桐柏地委书记兼分区政委。1946 年 2 月,他调中原局组织部工作。5 月,王其梅乘车南下回到家乡开展工作,因身份暴露,被迫回到晋冀鲁豫中央局所在地邯郸。1946 年 7 月 9 日,王其梅回到水东解放区(当时叫冀鲁豫边区六地委六军分区),担任地委书记兼分区政委(原地委书记李中一改任副书记)。1946 年 12 月 12 日,豫皖苏边区党委和豫皖苏军区在睢县平岗成立。

以冀鲁豫边区六地委六分区和原华中八地委八分区为基础,成立3个地委3个分区。王其梅任一地委、一分区书记兼司令员、政委,领导一分区部队在对敌作战的同时,迅速发动群众,扩大武装,进行土地改革,建立基层政权。扩大解放区,改变敌我斗争形势。1947年10月,豫皖苏区党委和军区决定开辟黄泛区及平汉路以东、陇海路以南地区,建立五地委、五分区,调王其梅任地委书记兼司令员、政委。他带领几十个干部奔赴新的工作岗位。经过他的精心组织,很快建立地委、分区、专署以及鄢陵、西临鄢、扶沟等8个县委、县政府、县大队。在施德生(地委副书记)、王建青(分区司令员)等领导的配合下,他率领五分区军民先后开展双减、土改、三整三查、生产自救、组织精干县区武装、肃清散匪敌特、安定社会秩序、组织支前等群众工作,扩大解放区,扩大武装,有力地配合支援在中原地区作战的各野战军。1948年10月24日,省会开封二次解放,王其梅奉命参加开封的解放和接管工作,任开封市特别军事管制委员会主任。

1949年1月28日,王其梅任二野五兵团十八军党委委员、五十三师政委。3月,他随军南下。1950年初,他调任西藏工委委员兼任十八军政策研究室主任。昌都战役后,他担任昌都解放委员会主任。1951年7月25日,十八军组建以王其梅任司令员兼政委和党委书记的进藏先遣支队。支队从昌都向西藏首府拉萨进军。1951年9月6日到达拉萨,9月9日完成先遣任务。1952年1月,西藏军区成立,他调任副政委。1952年12月,他调到西藏军区后方司令部任政委。1955年授予王其梅少将军衔。1959年3月,在北京住院的王其梅,带病从北京回到西藏,参加平定西藏武装叛乱的斗争。1962年,他调西藏军区和西藏工委工作,次年3月兼任工委副书记。1965年兼任自治区党委书记处书记。他先后当选为第一、二、三届全国人大代表和第一、二、三届民族委员会委员。1967年,周恩来将王其梅接到北京。1967年8月15日,病情恶化,溘然长逝,终年54岁。

中共河南省工委领导许昌群众开展"红五月"斗争

1932年夏,中共河南省委遭严重破坏,省委主要领导吉国桢、杨斯萍等人,以及许多地、市党的负责人被国民党反动派逮捕杀害。豫中许昌,唯有省委与许昌的通信联络处负责人李文甫一人遇难牺牲,其他各个党的组织没有受到任何影响,仍继续开展工作。

中共中央为尽快恢复河南省的党组织,配合苏区和红军的反"围剿"斗争,于1932年12月决定派吕文远(化名李亚英,后曾任湖北省人大常委会副主任)到河南。1933年元月他到达许昌,遵照中央指示,在原中共许昌中心县委的基础上组织建立了中共河南省工作委员会,吕文远任书记(后任省委书记),原中心县委书记张本(现名刘晋,后曾任湖北省人大常委会副主任)任组织部部长,办公地点设在许昌城内。

1932年,日本侵略军继"九一八"事变后步步逼近华北,蒋介石集团对日军持不抵抗政策,且调兵遣将,筑公路,筹粮饷,集中重兵准备对各个革命根据地进行大规模的第五次"围剿",妄图消灭苏区和红军。

中共河南省工委建立后,吕文远和刘晋深知河南地处中原,与鄂豫皖苏区接壤,地理位置分外重要。即确定把拥护苏区和红军,打通与苏区的交通关系,向苏区输送和护送干部,开展兵运,支援苏区物资等作为重要任务。故决定一面尽快恢复和建立各地党的组织;一面积极准备在全省开展"红五月"斗争活动,以唤起民众,共同奋斗。

1933年4月22日,由中共河南省工委向全省党组织发出了《关于"红五月"工作的决议》。所谓"红五月",即"五一"国际劳动节、"五四"爱国青年节、"五五"马克思诞辰日、"五九"国耻日(李鸿章承认日本亡我中华的二十一条之日)、"五卅"惨案等。决议要求各地党组织,以公开和半公开的团体、学校、工厂俱乐部等发起纪念会、游艺会、演讲会、辩论会、小报、板报、墙报等形式,开展宣传纪念活动,贯彻中共中央告全体同志信和省工委的宣言,要求深入发动群众,号召革命团体成立救国会,配合红军的反"围剿"斗争,揭露日本侵略军的罪行,声讨国民党反动当局投降卖国与镇压民主运动的丑恶行径。

在许昌,"红五月"的冲锋周(5月1日至7日),适逢国民党许昌县政府紧步蒋介石进攻苏区和红军的反动意图后尘,赶修许昌至南阳的汽车路,指令各区派出1800名民工,在8天之内修筑完5丈宽、4尺高、50华里长的许昌段汽车路。当时,正值春荒,小麦即将成熟,修筑这条路的代价是:强占农民的土地,强令割掉将要成熟的麦子,还强迫农民群众出卖劳役为他们卖命,广大农民对之极其愤怒。吕文远和刘晋同志非常重视这一关系人民切身利益的大事,省工委就如何发动群众开展斗争,认真研究部署并单独讨论了两次反筑路斗争,立即动员10多名同志深入农村,发动群众,并于5月上旬在城西北乡老吴营村召开了反对国民党许昌县政府强迫筑路农民代表大会。在党组织和进步群众的宣传下,代表们集体讨论并印发了《反抗强迫修汽车路的宣言》和就《国民党强令修路告许昌劳苦群众书》,并公布了以"反抗强令割麦苗修筑汽车路!"为内容的十条口号。农民以宣言和告劳苦群众书形式,诉说自己切身疾苦:"我们赶着半死不活的春荒,指望到了麦熟,我们能吃几顿饱饭?可是国民党反动派强迫筑汽车路,不知将要毁坏我们多少将要成熟的麦田,我们多少血汗挣来的麦田""我们在春荒时吃的是白水青菜,面黄肌瘦,少气无力,为着我们父母妻儿奔波衣食……"接着,他们继续陈述,"国民党统治我们六

82

年,已把我们赶入极度悲惨的境地,天灾人祸,千捐万税,剥去了我们一层皮又一层皮……,现在十分之八、九没有饭吃……"但国民党反动派还欺骗说:他们是"利国利民",这纯属鬼话。试问:"日本侵略军在华北打得炮火连天,蒋介石不调一兵一卒去打,反出了个'巩固后方'的亡国之策。修筑这条汽车路实际是用来运兵防御四川、湖北、陕西的红军北上抗日……"这些生动的言辞倾吐了农民群众的困苦和热爱红军的心情,给国民党反动派以有力驳斥。纷纷表示:我们决不做亡国奴,大家联合起来,一致罢工不去筑路,就是有民团局子强迫修路,我们坚决起来反抗! 行动口号是:一致团结起来反对强迫修路! 反抗国民党的一切剥削与压迫! 拥护苏区和红军冲破敌人四次"围剿"! 以示爱国和痛恨国民党反动派的决心。鉴于民众高昂的斗争热情,结合"红五月"斗争活动,进一步加强了党的宣传工作。艾伯良(共产党员)在美国基督教会学校教书,以其与各校师生熟识之便,积极动员学生和青年教师向农村散发传单,张贴标语,课余夜晚亲赴城西北乡与农民座谈,鼓动民众参加斗争。关春林(关延寿,基督教育德中学毕业),与艾伯良早已熟悉,家贫如洗,品学兼优,受了革命的影响,热情地投入反筑路斗争,深夜到大同街铁路工人宿舍,在公路沿线的白庙、黄庙等农村散传单,张贴标语。短短几天,散发2000份传单,扩大了政治影响,大大鼓舞了农民群众的革命斗争意志。

省工委吕文远和刘晋等,深入铁路工人、马车夫、洋车夫、土车工以及小贩等群众中,座谈交朋友,组织工会,动员工人支持农民反筑路斗争,开展拥护抗日,搞募捐,声援红军工作等。在"红五月"反筑路的斗争中,省工委的巡视员杨宗柏常赴农村巡视指导农民斗争,有一次返城时,城关戒严,敌人从他身上搜出了党内文件而被捕。当特务拷问他"谁是共产党员?"杨(又名杨松柏)毫无畏惧地回答:"穷人都是共产党!"始终坚贞不屈,严守党的秘密,后被国民党押解开封杀害。

　　由于党的宣传,各界民众要求民主,反对日本侵略的斗争热情高涨,农民抵制筑路的斗争非常激烈。国民党许昌县县长和敌军二十五师头目为迷惑群众,转移视线,借"五九"国耻日,亲自包办草草开了群众大会,标榜他们抗日。省工委得知后,火速派人参加了会议,散发了200份宣言,给予揭露和抵制。

　　通过"红五月"的活动,人们渴望民主,反对日本侵略,声援红军的爱国思潮深入人心,民众公开责骂蒋介石:"国民党当局不打日本,光打中国的革命群众。"于是,当地人民的抗日斗争进一步向前发展。

许昌群众反筑路斗争

土地革命战争时期
中共许昌特委的三次组建及其活动

　　土地革命时期的 1927 年至 1930 年,为适应当时许昌革命斗争形势的变化,更有力地开展反抗国民党反动统治的斗争,中共河南省委曾先后三次在许昌建立党的特委组织。这三次特委的建立,对于领导许昌一带的党组织,推动豫中地区的革命斗争,打击国民党反动统治,宣传扩大党在豫中地区的影响,发挥了重要作用。

第 一 次 组 建 特 委

　　1927 年 8 月 7 日,党中央在汉口召开紧急会议,结束了陈独秀的右倾投降主义在党中央的统治,确定了"土地革命和武装反抗国民党反动派"的总方针。在"八七"会议精神指导下,许昌党组织挑选大批骨干深入农村,发动组织农民群众,扩大农民协会组织,并抓紧建立农民自卫武装。许昌西北、西南、东北等地的农民协会迅速发展,许多农民协会建立了武装,拥有步枪、大刀、长矛等武器,为武装反抗敌人的血腥镇压,奠定了群众基础。

　　9 月中旬,河南省委召开会议,根据"八七"会议精神,为响应"两湖"暴动,决定成立豫南、豫中、豫北三个特别委员会(以下简称特委),直接领导暴动工作。许昌设中共豫中特委,由省委常委兼工委书记张景增任书记。为督促早日暴动,省委还专门给长葛、临颖的党组织发了指示信。豫中特委成立后,张景增和许昌县委书记李杜积极筹备暴动事宜,他们深入农村,在西北乡戴庄一带指导农民运动训练班,并亲自编写讲义大纲:《同志与同志的关系》《党的组织与系统》《党的纪律的训练》等。

9月29日,中共河南省委再次召开会议,拟定了《河南目前的政治暴动工作大纲决议案》,并定于10月10日全省总暴动。但未能暴动起来,推迟到10月17日,又没搞起来。12月,省委根据11月中共中央临时政治局扩大会议制定的《政治纪律决议案》,实行惩办政策,错误地对抵制带"左"倾盲动主义暴动计划的各地许多党的负责人以纪律处分,特委随之停止活动。

虽然此次暴动计划因脱离实际而未能实现,然而,革命的火种已经播撒,农民运动空前发展。以许昌县为例,除了西北乡司堂村一带几十个村庄和西南乡长村张村一带几十个村庄成立了农民协会外,城东北的水口张和城东的五女店一带的许多村庄也都成立了农民协会组织,并响亮地提出了建立苏维埃的口号。根据农会的要求,中共许昌县委先后在城里和水口张召开了两次苏维埃代表大会,选举李杜为许昌县苏维埃主席,薛朝立为西北乡苏维埃主席,张孟梅为西南乡苏维埃主席。在苏维埃政权的领导下,许昌县农民运动搞得轰轰烈烈。

第二次组建特委

1928年2月18日,中共河南省委通告各地党组织,为了便于发动斗争和指挥暴动,将河南划分为豫南、豫中、河北、豫东、豫西五个工作区域。以临颍、郾城、许昌为中心,包括长葛、郑州、荥阳在内的豫中地区应立即成立特委。"工作以郾、临、许为中心,普遍地发动游击战争、破坏铁路、收缴枪支、组织革命群众巩固豫南的红色割剧局面,促起整个河南暴动的实现。"1928年2月1日至3日,中共河南省委在开封召开第三次代表大会，大会通过的《组织问题决议案》，要求对各级党的组织进行改造。这次会议继续贯彻党内第一次"左"倾盲动主义错误，认为：一些省委委员，豫南、黄河北特委及杞县、焦作、许昌等县党的组织犯了所谓机会主义错误，对中共豫中特委进行了调整，成立了新的豫中特委，任命省委常委黎光为豫中特委书记，张景增和李书当、张槐林、邢文建为委员。全省代表大会后，根据中央巡视员李维汉关于"不要采取普遍主义，而应当抓住几个中心去集中力量发展"，"许昌、郾城为中心一区……"的指示，中共豫中特委领导许昌县党组织在城北水口张召开了第二次苏维埃代表会议，参加会议18人，代表全县被组织起来的农民约2000人。会议选举李杜、薛朝立、张孟梅分别任县、西北乡、西南

豫中特委旧址

乡苏维埃负责人，同时还讨论了进一步发动群众，准备举行全面农民暴动的问题。

按照省委《河南目前政治与暴动工作大纲决议案》的精神，豫中第二届特委积极创造暴动条件。在许昌城南的河沿周召开了有郾城、临颍等县党的领导人参加的联席会议，以加强豫中农民运动的协调联系。

1928年2月司堂暴动失败后，豫中特委被迫转移到临颍、郾城一带，2月至4月，党团河南省委遭到破坏，省委书记周以栗、宣传部部长任作民、常委冯金堂、秘书长雷晋笙被捕入狱。4月下旬，省委常委黎光霁、张景增返回开封组建临时省委，5月5日，中共河南省委重新

建立,张景增任书记,黎光霁任组织部部长。在许昌组建的这届特委因无坚强的领导核心,停止活动。

第三次组建特委

1930 年 4 月,蒋冯阎大战爆发。中原大地战云密布,展开了一场百万大军的厮杀,人民蒙受了极大的战争灾难。混战结果,阎冯失利,蒋介石一手控制了河南。大战期间由冯倒蒋的万选才部七十五师从豫东撤至许昌、临颍一带。在七十五师任职的地下共产党员郑宝钟经过努力,将万选才部七十五师三个团中的两个团半数以上的基层军官和士兵掌握在地下党的手中。

5 月,中共河南省委为组织领导七十五师兵暴,组建红十五军,决定建立中共豫中特委,这届特委开始建立于尉氏,来学照任书记。7月,为加强对万选才部兵士暴动和许昌"八一"暴动的领导,河南省委决定由开封市委书记杨剑民调任中共豫中特委书记,特委机关设在许昌,负责领导许昌、长葛、洧川、尉氏、新郑、密县、临颍、叶县、郾城、舞阳、西华、西平、杞县十三个县党的工作。其中许昌、尉氏、临颍、叶县有县委组织,洧川有区委,长葛、舞阳各有一个支部。特委建立后不久,又建立了共青团豫中特委,书记由宋延寿担任,委员赵迪(赵秀兰)、符元亮。中共豫中特委重新组建后,利用各种关系,在万选才部七十五师中开展兵运工作,组织兵暴,为及时指导特委的工作,中共河南省委多次派人到许昌指导工作。同年 5 月,在《河南省委通告第十号》中指出:"组织兵变与注意发展士兵工作,尤其在东(即豫东)及中(即豫中)加紧这一工作。发动兵变……要发展士兵到五千人数。"5 月 17 日,《河南省委关于政治状况、群众斗争、党的工作的报告》中指出:"豫中之许昌……工作有很快的发展。""从推动河南本身工作上,这一区域的暴动有很大的意义,即从夺取武汉的政权的观点看来,也是非常重要,这一区域正邻郑、汴,其发展将打击北方的军阀不能向武汉应援,因此这一区域的地方暴动将成为党的最中心的工作了。"5 月 19 日《河南省委关于目前工作的布置给许昌县委的指导信》中说:"豫中游击战争的条件已经成熟。""在大军集中豫中,你们也许想,游击战争是不可能或异常困难的,这种思想是不正确的! 因为游击战争绝不是单纯的军事行动,而是有广大群众基础,兵变、农民抗租分土地……""士兵工作:组织兵变是中心策略……你们要抓住兵变总策略,去发展士兵工作,方法就是公开找士兵谈话,……尤其要谈起红军(朱、毛)的事,没有不发生作用的。"等等。

特委书记杨剑民按照省委的指示带领特委同志打入万部与郑宝钟等地下党员取得联系,积极开展兵暴的准备工作。8 月中旬的一天晚上,杨剑民、郑宝钟主持召开秘密会议,研究暴动方案,眼看即可行动,胜利就在眼前,可惜被敌人发现,郑宝钟等部分同志壮烈牺牲,兵暴夭折。在组织兵暴同时,豫中特委还领导了许昌、长葛、临颍、尉氏、洧川的穷人会、贫人会抗款、抗粮斗争。许昌县的群众提出十亩以下农户不交款、不交粮,并决定组织"八一"暴动。当时许昌县已发展同志(共产党员)70 人,建立农民组织——穷人会近百个,游击队员50 余人,群众 150 余人,并重新建立了苏维埃政权。计划暴动从三个村庄开始,而后逐步扩展。但到了这天,由于工作不成熟,参加人员甚少,计划未能实现。

与此同时,特委委员、尉氏县委书记石文卓根据特委的决定在尉氏组织农民暴动,制订了"九九"暴动计划。9 月 8 日晚,暴动开始,2000 多名农民手持长矛大刀,进攻张市集,搞掉了国民党民团。接着,连夜进攻大庄,杀掉土豪劣绅王长和,分了他家的粮食。10 日计划进攻县城时,被国民党军队包围在张市集。石文卓、朱光明等领导被捕,暴动归于失败。

为了扩大党的影响、宣传党的方针政策、及时指导豫中基层党的工作,夏季,中共豫中特委创办了《豫中红旗》,海观澜担任主编。接着,团豫中特委又创办了《列宁青年》以指导青年工作,符元亮任主编。9月,杨剑民调任河南省军委书记,马西山接任豫中特委书记。12月马西山调走,刘晋负责特委工作。

1931年初,由于"左"倾路线的影响,许昌党的组织遭到很大挫折,党员数量锐减,开展工作非常困难。鉴于特委组织非常庞大,干部缺乏,不利于各项工作的开展,1931年1月12日,省委决定:"取消许昌、洛阳特委",1931年3月,豫中特委改为中共许昌中心县委(又称豫中区中心县委),刘晋任中心县委书记。自此以后,许昌党组织不再有特委的名称出现。

中共许昌中心县委遗址(中共河南省工作委员会旧址)

许昌人民同英美烟公司的斗争

豫中地区的许昌、襄县、禹县、郏县、长葛、舞阳、郾城、临颍等县早在明末清初就开始种植烟草,迄今已有350多年的烟叶生产历史,是我国烟叶种植较早,面积大,产量高,质量好的集中产区。但是,这样丰富的资源,优良的特产,过去在英美帝国主义的掠夺下,不但未给人民带来幸福和欢乐,而是一种严重的灾难。

(一)

1916年,英美烟公司派技术人员来许昌考察,看到襄城县颍桥烟叶生产情况时,发现长势很好,品质优良,即与当地名绅马文杰一起宣传推广烟叶种植和烘烤技术。后来,英美烟公司又派英籍技术员牛森(群众俗称小牛)到许昌开发豫中烟叶生产基地,大讲种烟收入多,烟叶由英美烟公司负责收购等。到了第二年,原来传统的晒烟生产逐渐转向烤烟生产,产烟区由原来的8个县发展到12个县。

1917年,帝国主义者看到许昌烟叶生产面积大,质量高,成本低,可榨取的剩余价值多,是一块不可多得的肥肉,就勾通卖国的军阀政府,以上海永安公司总经理任伯言的名义,由洋奴高仙乔出面,在许昌西关铁路东侧盗购了100多亩土地,设立了"许昌英美烟公司"(亦"东公司"),建起了庞大的收购场和复烤加工厂。稍后不久,南洋华侨、中国著名的民族资本家简玉阶、简照南兄弟二人也看中了这块肥肉,在许昌铁路西侧建立起"南洋兄弟烟草股份有限公司"(也叫"西公司")。他们彼此倾轧,互相争夺,垄断了整个烟叶市场。

英美烟公司是个资本雄厚、规模庞大的帝国主义兴办的企业。它为了独占许昌烟叶市场,采取"大鱼吃小鱼"的办法,连续提高收购价格,以此挤垮对方。收烟开始,上等烟南洋兄弟烟草公司收购价每磅为三角,它则提高到三角五分;当兄弟烟草公司提高到三角五分时,它又提高到四角。后来,兄弟烟草公司冒着亏本的危险,一下子将收购价提高到四角五分,而英美烟公司则每磅提高到四角八分,乃至五角。这样,经过一次又一次的争夺,仅两年多的时间就将一个宏大的南洋兄弟烟草公司挤垮了,当地的一些中小烟行也相继倒闭,整个烟叶市场被英美烟公司所垄断。

(二)

英美烟公司与南洋兄弟公司互相竞争,烟叶价格不断上涨,使烟农一度增加了收入。很多农民都把生活的希望寄托在烟叶生产上,出现了烟粮比例失调、畸形发展的状况。当时,人们编了一个顺口溜,形容种烟的好处:"十亩地,八亩烟,二亩红薯顶住天。"

然而,到了出售新烟的时候,给广大烟农带来的不是希望和幸福,而是一场深重的灾难和饥饿。英美烟公司为了多赚钱,一反常态,压低收购价格,停磅收购,一连几个月闭门不开。群众有烟无处卖,只好将烟叶堆放在家里,弄得不少烟农家里揭不开锅,吃不上饭,生活苦不堪言。到了严冬,英美烟公司看到时机已到,马上贴出"告示",宣布开磅收烟。当时,烟农家里早已缺粮少米,身上囊空钱无,都渴望早些卖掉烟叶,换取一些钱粮,救救燃眉之急,纷纷赶到许昌卖烟。在英美烟公司大门前和周围的旷野里,烟农成群结队,他们身披麻袋,露宿街头,人畜身上都结成了冰块。但等了一天又一天,却迟迟不见开磅。眼看带的口粮和牲畜草料已经吃光用净,烟农就壮着胆子去质问公司。但他们不是置之不理,就是故意推辞,说什么款子未到,技术人员未来,不予收购。烟农见此情景,只好忍着饥饿,啼哭叫喊,听天由命。一天夜里,气温骤然下降,大雪又纷纷扬扬下了起来,烟农更是苦上加苦,整个售烟场上充满着哭喊声和血泪,不少人畜处于生命垂危之中。到了第二天,人们发现一夜之间竟冻伤37人之多,冻死14人,冻死牲畜62头,其中牛驴52头,骡马10头,造成了血淋淋的售烟大惨案。

但是,英美烟公司乘人之危,继续压秤压价,大发横财。当他们看到烟农山穷水尽、走投无路时,就将收购价由最高时的每磅四角八分、五角降低到八分,次烟甚至降至三分乃至一分五厘,而且使的是十五两的大磅。烟叶的等级也由他们一压再压。在极其无奈的情况下,烟农只好忍着割腹之痛将烟叶卖掉,一车烟叶只能卖很少的钱。不少烟农绝烟断炊,甚至家破人亡。

又一年种烟之前,英美烟公司又故技重演,大肆宣传要提高烟叶收购价格,恢复每磅烟叶四角八分(当时可买十几斤小麦)的标准,继续欺骗烟农扩大烟叶种植。但到了收购季节,他们又降低收价,迫使烟农低价售烟。就这样,他们在许昌掠夺了烟农的大量血汗,榨取了巨额的利润。据烟草史记载,1918年共在许昌收购烟叶15.7227万斤,1919年收购687.3989万斤,1924年达到2132.2423万斤。

(三)

英美烟公司对烟农实行经济掠夺,对烟工在政治和经济上更是极端残忍。

1920年英美烟公司建立的复烤厂竣工投产之后,先后有900多名破产贫苦农民和无业市民进厂当了烤烟工人。他们在高温、潮湿、烟味熏人、生产条件极其恶劣的情况下,每天要出勤10多个小时,而工资却低得十分可怜。打包工人劳动一天。只能得到一角钱的菲薄工资,捡碎烟工人一天只得七分钱的收入,仅能买三斤馍。其中三四万名童工(最大的年龄为14岁,最小的只有8岁)的工资少得更为可怜,仅为成年工人的一半。不仅如此,他们对工人还任意打骂和迫害。工人颜德来因在烟包上打错了一个字,童工金振东因推烟时踩碎了一把烟,监工的上去就劈头盖脸地打他几耳光,后又将他俩开除出厂。年仅13岁的赵保林因其父在厂里遭到监工的毒打,卧床不起,只好顶替父亲上班。他年小体弱,又饿又累,到厕所稍微喘息了一会儿,工头就举起"哭丧棒"(孩子们叫打爷棒)没头没脑地打起来,直打得他奄奄一息,倒在血泊之中,后又将其扔到厂外。还有些童工,因饥饿和劳累过度,每天都有数人晕倒在地,特别是七八月间晕倒的更多。对于一些女工他们也视如牛马,除了任意打骂之外,还要受到人身蹂躏和人格的污辱。

压迫和剥削激起了工人群众的极大愤怒。1920年,全公司900多名烤烟工人举行了第一次罢工斗争,要求改善生活状况,增加工资,不准任意打骂和开除工人。当时,公司正在加紧复烤烟叶,急待运往上海、天津等地加工,如果罢工多持续一天,就会使他们受到更大的经济损失。为了缓和矛盾,避免经济损失,答复了工人的要求,每人每天增加工资2分。同年冬季,在公司收购烟叶的紧要时刻,工人再次举行罢工,继续要求增加工资,改善生活条件。经过激烈的斗争,终于取得了第二次罢工的胜利,每人每天增加工资2角。工人们从两次罢工斗争的实践中认识到,只有团结起来,共同进行斗争,才能取得胜利。

1925年,许昌中共地下党组织建立之后,烟草工人的斗争由原来的自发行动逐步走向有组织、有领导的阶段。特别是1927年5月大革命的烈火烧到中原后,豫中大地人心沸腾,烟草工人的斗争情绪更加高昂。慑于革命的强大威力,英美烟公司的上层分子只好悄然离去,逃回上海英美烟草总公司。

同年5月底,北伐军进军许昌古城。在共产党的领导和革命形势的推动下,许昌工人、农民、学生、市民和工商业者数千人集会联欢,欢迎北伐军并进行了游行示威,强烈抗议帝国主义侵略中国,掠夺人民财产的罪行。积蓄既久,其发必速。早已对英美烟公司怀有满腔仇恨的工农大众游行至西关时,趁机拥进厂区,一把火将英美烟公司和复烤厂全部烧毁,熊熊烈火将 6.47 万多平方米的厂区和楼房、车间、仓库、机械设备以及堆积如山的烟叶全部化为灰烬。

(四)

1930 年,英美烟草公司又派牛森来到许昌,准备再次设厂收烟。许昌、襄县一带的广大农民和民族工商业者闻讯后,以"许昌不是通商口岸,没有外国租界,不准外国人设厂"为法律理由,联名控告,坚决反对他们设厂收烟。许昌反动当局对广大人民群众的合理要求不但不予理睬,还和牛森暗中勾结,支持他们的计划。牛森等趁机而入,以 2 万元大洋的重金贿赂国民党第五(许昌)行政公署专员徐亚屏,8000 元贿赂公署秘书长陈伯矞,之后又利用大买办邬挺生和其子邬申朋出面,于 1933 年正式设立"中国许昌烟草股份有限公司",以此名义代替英美烟公司经营烟叶。他们以不收烟农卖烟的佣金(四分)和税金(二分)的"优惠"手段,吸引烟农到此售烟,很快就挤垮了许昌及其周围的 40 多家烟厂,重新垄断了烟叶市场。

1935 年 3 月,正当烟农出售烤烟时,许昌烟草公司凭着国民党许昌当局发布的"烟叶一律售给许昌烟草公司,不得外销,违者依法治罪"的布告和官府势力,故技重演,继续时停时收,压级压价。烟农见此情景,怒火满腔,大有一触即发之势。中共地下党员路延岭(灞陵中学美术教员)、蒋介民(县立男师校长)、宁子襄(县保安大队分队长)等得知这一情况后,立即开会研究,决定抓住这一有利时机,发动烟农开展斗争。他们一边派部分学生深入烟农中调查情况,一边亲自到收烟现场,暗中进行发动。他们对烟农说:事到如今,咱们贫苦人已经没有别的出路,只有起来干,起来拼,才能死里逃生,并要求大家做好准备,寻找时机,一定和他们斗争到底。

一天,烟草公司的收购人员看到烟农争先恐后卖烟,一片拥挤,不由分说,抬手就打,更加引起了烟农的愤怒。烟农一拥而上,进入公司院内,一边放火烧毁烟包,一边找总经理邬挺生讲理。邬挺生见势不妙,便坐上洋车,从公司后门溜走,身后还有保镖持枪保护,准备到公署请求派人出面平息事态。烟农见邬挺生向城里逃去,便尾随其后,决定途中乘机除掉他。当邬自西向东走至西大街西端时,一阵枪响,将邬挺生和他的保镖刘振邦打死在地,为广大烟农和工商业者除了一害。

英美烟公司旧址

民国初年的"鄢陵三杰"

——姚黄、查天化、麻天祥

辛亥革命在武昌起义成功,消息迅速传播至大江南北,地处中原腹地的鄢陵县深受其影响,民间暗流涌动,反满情绪高涨。鄢陵人姚黄在开封考入革命党人举办的"中国公学",1907年,他在开封加入同盟会。1911年12月,姚黄为响应武昌义举,与查天化、麻天祥在鄢陵彭店栗园村举行"黄道会起义"。此次起义以宗教之名,行革命之实,聚众数千人,意欲夺取省城开封。姚黄率领一路起义军北攻开封,在杞县被清军包围,后侥幸脱险。查天化、麻天祥二人起义失败先后牺牲,三人在风云激荡的社会激流中成就了"鄢陵三杰"的英名。

姚　黄

姚黄(1875年至1913年9月),男,字耀中,又名中黄,号冠五,河南省鄢陵县彭店镇大洪沟村人。姚黄是河南"二次革命"的先驱之一。他7岁入私塾,15岁中秀才,以机警聪明见称于乡里。年轻时曾习医数年,济贫救苦,颇受乡邻称道。

姚黄素有大志,曾书"虽无旋乾转坤手,却有翻天覆地心"以明志。孙中山在南方组织"同盟会",姚黄毅然到开封,考入革命党人举办的"中国公学",于1907年在省会开封加入同盟会。1908年秋,在新兴思潮的影响下,为追求革命真理,姚黄南下广州,随革命党人黄兴从事推翻清廷活动。姚黄带领几名学友来到当时的革命中心——广东,受到孙中山先生的亲切会见。1911年3月,姚黄参加了著名的

"广州黄花岗起义"。失败后,受黄兴派遣回到河南,发展革命势力,同许昌的革命党人张仲端一起组织武装力量,伺机起义。姚黄回到家乡鄢陵后,分别结识了查天化、麻天祥。经过反复商议,决定与好友查天化、麻天祥领导栗园反清农民起义。起义军在豫东地区的六县(鄢陵、扶沟、太康、杞县、尉氏、通许)影响较大。栗园"黄道会起义"对腐朽没落的清王朝反动势力给以沉重打击,唤醒了民众对腐朽无能的统治者的反抗意识。

姚黄家境富裕,有农田300亩,为资助革命,他卖掉家中土地200亩以助资费。由于他参加了"广州黄花岗起义",大家都很尊重他,查天化、麻天祥组织的黄道会聘他为"主谋先生"。1911年12月10日,查天化、麻天祥在鄢陵彭店栗园村举行"黄道会起义",姚黄率领一路起义军北攻开封,在杞县被清军包围。队伍被打散后,姚黄侥幸脱逃,他多次秘密潜回开封,再潜至郑州,从事革命活动。

1913年,河南二次革命爆发,姚黄是这次革命活动的参与者之一。他曾拟定联络豫西白朗起义军,策动敌军哗变。他还在开封参与了炸毁河南开封火药库。被追杀逃脱后,又在郑州积极参与制订了炸毁郑州黄河桥的计划。同时,姚黄还谋划在开封、洛阳、郑州举行起义的计谋。同年8月2日,他在郑州拟订起义计划后正分头行动,因事发突然而泄密,姚黄等10余人在郑州德化街被逮捕。次日,姚黄被解往省城开封。据传,袁世凯政府曾以河南省政府要职诱其投降,被其嗤之以鼻。在审判法庭上,姚黄慷慨陈词,并借机宣传革命,怒斥政府的腐败无能。1913年9月4日,姚黄被押解至开封孝严寺受刑。临刑前,姚黄神态自若,挥笔给夫人手书一封情真意切的信函,"十三载之恩爱,一旦永别,以内助恩爱之感,或可为来世鸳鸯"等语感人肺腑,使人读之悲泪涕流。姚黄在开封就义时,年仅37岁。

查 天 化

查天化（1870年至1911年12月），男，河南省鄢陵县彭店查家村人，世代务农，并兼营小手工业，清末鄢陵县栗园农民起义首领之一。查天化幼时曾寄居于其舅父家——扶沟县司家村。幼时上过私塾，精通文字，少时曾从事擀毡做毡帽手艺，兼以卖帽子为生。成年后独自经营，生活自给自足。查天化为人秉性刚直，仗义疏财，向为人所称道。

清朝末年，豫东一带连年灾害，豪绅横征暴敛，加之政治腐败，激起了查天化对反动统治者的憎恨。他借着经常在外做生意的机会，结识了不少山东豪侠和流散江湖的义和团旧部。因他与麻天祥等人在邻村栗园村设神坛祭堂，成立了"黄道会"，开始以传道为名，联络底层群众。不到两年时间，在鄢陵、扶沟、太康、杞县、通许、尉氏等六县设分会堂百余处，成员达数千人。1911年10月，适逢同盟会会员姚黄在广州黄花岗起义失败后返回原籍，三人成为挚友。查天化、麻天祥二人在姚黄的支持下，密谋起义，并聘请姚黄为"主谋先生"，后来，又聘请参加过义和团起义的山东人范东海及遂平人王德成为黄道会武术教师，教习会员习武强身，伺机举行武装起义。

1911年12月10日（农历十月二十），查天化在城北栗园村以演戏为名，主持聚集黄道会会员武装起义。因泄密，遭鄢陵县令曹蕴建的镇压。查天化率部向东转移，麻天祥负责断后。其中姚黄率领的一路人马直取开封、杞县等地，沿途扩军达5000人，对沿途的地主恶霸、劣绅官商给以沉重打击。东行的起义军行至太康县西重镇扶乐城时，查天化举行了誓师大会，并效仿捻军将人马分为黄、红、绿、蓝、黑等5色旗队，查天化自任大帅。12月16日，由于清军兵力雄厚，起义队伍遭大军镇压。起义军行至太康县西关蜜蜂刘村时，遭到清廷南阳统带谢瑞祥洋枪队的截击，经激烈战斗，起义军惨遭失败。查天化在太康县壮烈牺牲,时年41岁。

黄道会起义事件历时仅一周时间,就在清廷的镇压下惨遭失败。不久,鄢陵县地方反动武装对黄道会发起地——鄢陵县彭店查家、栗园村进行了血洗,查天化一家9口人全部被杀。

麻天祥

麻天祥(1861—1911),男,河南省鄢陵县彭店栗园村人,幼时习武,举秀才,系鄢陵县栗园农民起义主要发起人之一。麻天祥和查家村的查天化相距不到3华里,两人虽相差10岁,但结下了生死友谊,是黄道会创始人之一。在黄道会初创时,麻天祥已年近50岁,正值中年,家中开有油坊,少有田产。他和查天化对清朝反动统治横征暴敛、压榨百姓的行径愤恨已久,两人多次密谋反清大计。1908年,他和查天化一起在栗园村麻天祥家的油坊前筑起祭坛,聚众成立了"黄道会",以传教的名义聚集会员,发展道徒成员。受同盟会会员、鄢陵人姚黄的影响,查天化、麻天祥二人的思想发生巨大变化,决计借"黄道会"的名义发动武装起义。

辛亥"武昌起义"后的两个月,即1911年12月10日,麻天祥和查天化、姚黄响应辛亥革命的大潮,以演戏为名,在栗园村举行了数千人的起义誓师大会。之后,栗园"黄道会"起义队伍在姚黄的带领下从鄢陵东北栗园村出发,一路向东,先后在豫东的扶沟、太康等县横扫了地主恶霸及奸商。起义队伍向东出发后,麻天祥分工留守鄢陵,同鄢陵县的反动派进行斗争。

事后,鄢陵县反动武装千余名匪徒血洗了栗园、大洪沟、查家等村。麻天祥被捕后,他的全家十多口人及周围村庄群众数百人惨遭杀害。

长葛县支援"五卅"运动始末

1925 年 5 月 30 日,震惊中外的"五卅"运动在上海爆发,并很快席卷全国。"五卅"运动在很大程度上大大提高了全国人民的觉悟程度,不但在全国范围内为北伐战争提供了充分的群众基础,也将国民革命推向了高潮,更是揭开了 1925—1927 年中国大革命的序幕。其中,长葛县人民异常激愤,学生尤其奋勇,全县爱国热情高涨,积极为国发声,支援党的革命运动。

1925 年 5 月 30 日,上海发生了轰动全国的"五卅"惨案。这一震惊国人的消息传到长葛后,激起了全县人民的强烈愤怒,在地方党组织的领导下,长葛县爱国志士们群起激愤,积极地投入到反对帝国主义和反对封建势力的革命斗争中。

1925 年 6 月初,豫西党组织把长葛籍开封一师学生、共产党员霍树中和留学欧美预备学校学生、共产党员李友三及孟炳昌等 3 人派回长葛。他们 3 个都是长葛县人,回县以后,他们首先与甲等蚕业学堂的党组织负责人汪涤源取得了联系。经秘密商议,决定以该学校为阵地,以学生为骨干,逐步发动全县人民进行抗日革命斗争。经过一段时间的发动和组织,学生和群众的爱国热情激发了起来,开展了一系列的罢课、罢市、游行和宣传活动。学生们激情昂扬,爱国热情高涨,他们齐心整队走向街头,纷纷举着"打倒帝国主义""打倒军阀""取消领事裁判权""不买日货、取消不平等条约"的横幅标语,高呼"打倒日本帝国主义""帝国主义滚出中国去""打倒卖国军阀""打倒贪官污吏"等口号,在长葛县城举行了有史以来未有过的游行大示威,游行队伍过后,反对帝国主义的标语贴满街头。悲壮的口号,醒目的标语,老师和学生们激动的演说,使群众清楚地了解到,英、日帝国主义又欠下了中国人民一笔无法偿还的血债。

长葛县城街头,处处可以看到游行队伍在前进,反对帝国主义和反对封建势力的革命口号震天响,群众的怒火在燃烧,激荡得整个长葛县人民爱国热情沸腾无比。除了声援,长葛县还积极号召全县人民进行募捐,以实际行动支援上海革命运动。

1925年7月,长葛在掀起反英、日帝国主义浪潮的同时,党组织又领导各界群众,开展了一次查禁敌货和募捐运动。英、日帝国主义是"五卅"惨案的罪魁祸首,所以反帝斗争的主要对象是英国和日本两个帝国主义。在中国共产党的领导下,以实际行动支援上海"五卅"运动,粉碎英、日帝国主义的阴谋,愤怒提出"和英、日经济绝交"的口号。所以在全国各地展开了查禁敌货运动。7月初,查禁英货、日货和募捐支援上海罢工工人运动在长葛蓬勃兴起。

学生思想积极活跃,所以,查禁敌货和募捐运动仍然是以学生为主力军。在党的领导下,学生会把学生分成许多查禁敌货和募捐小组,他们打着旗帜走遍长葛县城和全县比较大的村镇,向群众演讲宣传查禁敌货的重要性和禁止买卖敌货的规定,并且向他们指出查禁敌货开展之后,如果再发现贩卖就要罚款。经过一段时间的反帝宣传和查禁敌货运动,敌货已在市面上几乎绝迹了,中小商人都自觉地不贩卖敌货了。这对唤醒长葛民众反抗外敌侵略意识起到了重要推动作用。

长葛县党组织开展的募捐运动是与查禁敌货运动同时进行的,能够取得更大的效果。这个捐款支援上海罢工工人运动开展以后,全县人民思想得到了统一,自觉地都把它当作反帝爱国的实际行动。因此通过宣传和发动,群众都能够尽自己最大的努力倾囊相助,积极捐款、捐物。因为,同为中国人,同为中华民族的炎黄子孙,人民群众同情那些为全国人民争取自由，争取解放而惨遭灾难的工人，愿意为他们尽自己手足兄弟般的情谊。但是，那些"士大夫"阶层却完全不同，毫无爱国和同情之心。当募捐小组请他们捐款时，他们却装出一副"菩萨心肠"，大笔一挥在募捐册上写道"大洋20元"，但何时付款却是从不谈及。学生们一次又一次地催他们交款，他们终于急了，暴露本性，毫无赧色地不给了。县长张玉文大言不惭地说："上级已从薪金中给我扣了"，一文也不拔。劣绅王瑞桐认捐20元，却只拿出了5块钱。

王瑞桐是长葛县当时的一个大劣绅，又是地主、资本家利益的代理人，绰号"假善人"。当"假善人"匿财不出的时候，查禁敌货小组在和尚桥车站查出他刚从汉口贩运回来的英国白糖。王瑞桐这种表面说着"爱国"，暗地贩运敌货的卑鄙行为，激起了学生们的极大愤怒。白糖约3万斤，足足装了20辆大车，按查禁敌货小组规定给没收了。这对于5块钱都不想拿出的"假善人"来说，是极大的损失。"假善人"又气又急。气的是学生"不识抬举"，急的是"咋能把白糖弄到手"。"假善人"在气急交迫的情况下，活脱脱像是油锅里的螃蟹，七上八下地想找出一条脱险的途径。"假善人"为想把敌货3万来斤白糖弄到手，把长葛所有的"士绅"都找遍了，让出来给他说情，把"学生会"扣留的白糖，归还王瑞桐。"学生会"为在查禁敌货运动中，狠狠打击这个"假善人"，坚持把白糖统统没收。最后，"假善人"又把驻在长葛县的陕军范西海搬出来说情，经过由他出面与学生会交涉，党组织决定以罚款150元作为这一事件的结束。此时，范西海也捐出了15块钱。经过全体师生的努力和广大人民的支持，长葛县募捐到现款300多元，以实际行动和实物支援上海罢工的工人，为反对帝国主义和封建地主劣绅等势力做出了贡献。

坚贞不屈的革命者彤德忱

彤德忱,原名润身,1902 年出生于新野县樊集乡彤庄村一个自耕农家庭。1925 年 7 月,在信阳省立第三师范加入中国共产党。彤德忱虽然不是长葛县人,但是他在长葛从事革命事业,开展革命斗争,他的革命事迹永远铭刻在长葛县人民心中。

1926 年 1 月,彤德忱被中共豫陕区委派往许昌工作。同年 4 月,赴广州参加毛泽东主办的第六届农民讲习所学习,11 月返回许昌,任中共许昌县地方执行委员会书记,1927 年 5 月,任武汉国民政府河南战区农民委员会特派员。1928 年 5 月后曾到敌军中做兵运工作。1930 年冬,到国民党河南省党部农民协会工作。1931 年 1 月被捕,3 月 28 日在开封被杀害,时年 29 岁。

思想进步投身革命

彤德忱一家世代务农,祖父母、父母和三个叔叔,每天早出晚归,辛勤耕作,仅能维持全家人的最低生活。彤德忱在兄弟二人中居长,全家人对他这个"长门长子"抱着莫大期望,集中全力供他读书,指望他出人头地,以改变其家庭的贫困状况。他 9 岁入私,13 岁进入县立第二高等小学。他深知上学机会来之不易,日用所需十分节俭。在学习上,他天资聪明,勤奋好学,所以学业成绩总是名列前茅。他还酷爱文体活动,后来成为擅长体育、音乐、美术的优等生。彤德忱喜爱阅读《岳飞传》《水浒传》《三国演义》等书籍,爱听老师和长辈们讲述反抗官府聚众起义的捻军和太平军在新野一带活动的轶事。他还

104

常常把岳飞、文天祥、武松和鲁智深等英雄豪杰坚持正义、为民除害、为国捐躯的故事,讲给同学们听,同学们都爱和他交朋友。

1921年秋,彤德忱考入信阳省立第三师范。因为经济困难,曾一度连吃饭的钱都没有,他便悄悄给一家茶馆担水,挣钱糊口,艰苦求学。这时,他更加刻苦学习,各科成绩优良,加之他忠厚实在,和老师同学团结得好,遇事有勇气、有胆略,敢说敢干,所以,在全校师生中有相当高的威信。1924年初,他在信阳县立师范讲习所参加了"实现生活社",阅读了《向导》《新青年》《中国青年》等进步刊物,开始接收先进思想。同年秋,又多次听取中共党员秦君侠利用课堂,宣传李大钊、陈独秀和鲁迅等人的文章,受益颇深。从此,他的思想认识有了较大提高。同年冬,他被选为省立第三师范学生会主席。

1925年春,彤德忱结识了中共北方区委派到信阳工作的共产党员刘少猷,刘以国民党信阳市党部执行委员、信阳铁路工会秘书的公开身份,多次到第三师范进行宣传活动,还将一些革命书刊送给彤德忱阅读。3月12日,革命先驱孙中山先生在北京逝世。4月5日,彤德忱带领全校学生参加了信阳各界追悼孙中山先生大会。他下定决心学习孙中山的革命精神,要为完成孙中山提出的国民革命而奋斗。他阅读了《中国国民党第一次全国代表大会宣言》《建国方略》《三民主义》等书,希望从三民主义和联俄、联共、扶助农工的三大政策中寻找救国救民的途径。于是,他和六十多名学生集体参加了国民党。

5月30日,上海发生了震惊中外的"五卅"惨案。中国共产党领导上海人民举行罢工、罢市和罢课斗争,并号召"全国各界被压迫阶级的群众来反抗帝国主义野蛮残暴的大屠杀"。全国各地各界人民奋起响应,信阳人民掀起了声援"五卅"运动的反帝爱国斗争。6月8日,国民党信阳市党部(其成员多为中共党员)、省立第三师范和信阳铁路工会等单位,发起召开市民大会。9日,在省立第三师范召开了筹备委员会,议决成立"信阳沪案后援会",推选彤德忱任总指挥。决定立即掀起反对英、日帝国主义的斗争高潮。10日起,各校一律罢课;12日召开市民大会;向上海学生、工人发慰问电,募捐接济沪案同胞;创办刊物。彤德忱根据同学秦汉书写"我们要为死难烈士报仇,非和英、日帝国主义血拼不可"的誓言,提议刊物定名为《血拼》得到了筹会的一致同意,此刊物每三日一期,发行量达1000多份。

23岁的彤德忱,风华正茂,血气方刚。6月12日在信阳车站新舞台召开的有万余人参加的市民大会上,他作了慷慨激昂的演说,大会通过了"实行与英、日经济绝交"的决议案;组织豫南后援总会,推举彤德忱任会长,大会当场散发传单7000多份,募捐银圆830余元。会后,举行了声势浩大的游行示威,工农商学兵各界群众齐声高呼"打倒英、日帝国主义!""为死难烈士报仇!""废除不平等条约!""抵制英、日仇货!"游行队伍浩浩荡荡地穿过市区的街道和居民区,大街小巷挤满了围观的群众,不少人跟随游行队伍一同前进。示威游行后,彤德忱和后援会宣传股的同志们组成抵制仇货小分队。到街坊开展宣传活动,查禁英、日仇货。他们在信阳市商会会长朱浩然的店铺,首先向朱晓以大义,但朱敷衍塞责,根本没把小分队放在眼里。于是,彤德忱下令搜查朱的店铺,将搜出的大量日货当场烧毁,影响很大。

6月中旬,彤德忱参加国民党信阳市党组织的"敢死队","以期与英、日帝国主义直接交锋,以泄积愤而雪耻之辱"。他和"敢死队"队员从信阳乘车北上郑州、开封,参加了开封各界声讨英、日帝国主义大会。6月下旬,彤德忱受中共信阳党组织的派遣和黄文庆等同学回故乡开展宣传活动。他回到新野县城后,以县立第一高等小学为阵地,组织进步师生走上街头,开展宣传。6月28日,经过努力,成立组织,发动各界人士踊跃捐款,援助上海的罢工同胞。彤德忱亲自到县公署向代理县知事王元顾讲述了全国的反帝斗争形势,县知事勉强同意他们召开大会的要求。31日,在五瘟庙召开了新野县声援上海人民斗争大会,悼念死难同胞,抗议帝国主义的暴行,参加大会的有各界群众1000多人,会后进行了游行示威,查禁了"公益恒""合兴永"等商号的仇货。下午,肜德忱组织文明戏公演,节目内容都是以沪案为背景的新戏,如《洋人下饭店》等,揭露英、日帝国主义枪杀中国无辜群众的罪恶行径。7月,肜德忱回到信阳省立三师,和张家锋,黄文庆等一起,光荣地参加了中国共产党。他入党后,在党的领导下,有组织有领导地开展革命活动,在实践斗争中,他越来越厌烦那些枯燥无味的教科书和老学究们那令人昏昏欲睡的陈词滥调。于是,他带领同学冲破旧教育的牢笼,公开提出废除旧教育制度的要求。8月,学校当局以违反校规为由,将肜德忱等23名同学开除学籍。

青运农运积极分子

1925年秋,中共党组织把肜德忱调到开封做青运工作,其任务是通过开封学生联合会,加强校际团结,联合起来,壮大革命力量。他和吴芝圃、刘英等同志一起,在中共豫陕区委书记王若飞和萧楚女等的指导下,奔走于各个学校和青年学生团体之间,做艰苦细致的宣传和组织工作。经过近三个月的努力,把影响较大的"河南青年社""河南青年学社""河南青年干社"和"河南青年救国团"合并为"河南青年协社"。于1926年1月10日在开封中州大学演讲厅召开了"河南青年协社"成立大会。在开封的400多名社员都参加了大会,还有省总工会、省女界联合会和荥阳、信阳、杞县等地的农民协会派员参加,共1000余人,大会选举产生了协社的领导机构,刘英等五人为河南青年协社常务委员,肜德忱等人为协社执行委员。还发布了协社简章和宣言。《宣言》号召"有觉悟的青年团结起来""打倒军阀""打倒帝国主义"。这个宣言,在中共豫陕区委机关刊物——《中州评论》一月号上发表,协社的总社设在开封,郑州、信阳、杞县等地设分社。"河南青年协社"的成立,标志着河南青年实现了第一次革命大联合,更有利于反帝反封建的革命运动的开展,经过革命实践的锻炼,一部分社员后来被吸收为共产党员或共青团员,成为革命斗争的骨干。

1926年初,中共豫陕区委派肜德忱去许昌开展党的工作。他首先到许昌县石固镇,经过和中共南寨支部的同志们反复讨论,一致认为石固镇处于许昌、长葛、禹县的交界处,距县城、铁路太远,应向许昌县城和郊区发展。于是,他们派支部成员孙益三到县城西郊铁路附近的碾上村开展工作,先后发展党员五人;和党员戴善同一起到戴庄和县城省立第十四中学工作,发展党团员26人;并先后建立了中共碾上村支部,戴庄支部和共青团许昌特支,还以石固镇为中心,争取红枪会,组织农民协会。3月,建立了许昌县农民协会。同时,肜德忱还和长葛县的党小组取得了联系,并到禹县、临颍、漯河等地开展宣传。他奔波于城乡之间,以多种方式去接触工农群众,通过和铁路工会接触,指导铁路工人运动的开展。

3月底,肜德忱受中共豫陕区委派遣,和吴芝圃、郭绍仪等到广州参加第六届农民运动讲习所学习。他集中精力,刻苦学习各种课程,尤其对毛泽东、彭湃等领导同志关于农民问题的讲述,兴趣浓厚,常常联系农民运动的实际进行思考,和同学们共同探讨回故乡后如何开展工作的问题。他不仅认真阅读讲义,反复核对笔记,而且还通读完了学校规定的20多种必读之书,课余,他还到阅览室内读有关书刊,真是达到了如饥似渴的地步。在军事训练中,他努力钻研,脚踏实地去操作,很快掌握了一定的军事知识。在去海丰参加彭湃领导的农民运动的实习过程中,他深入农家,和农协会的干部群众促膝谈心,学习到不少农运经验。

1926年9月,肜德忱从广州农讲所毕业。10月,他和郭绍仪一起,绕道香港,途经上海和南京,回到开封。当时,北伐军虽然占领汉口,但河南省还为直系军阀所盘踞,党组织决定派他仍到许昌工作。

11月,在中共豫陕区委委员张景曾的帮助下,建立了中共许昌县地方执行委员会,肜德忱任书记,他住在碾上村,以铁路职工的身份进行党的活动。此时,他已患肺病,生活条件很艰苦,但是为了革命事业,仍然忘我地工作着。在县委召开的第一次工作会议上,他和委员们一致认为:当务之急是做好发展党组织和开展农运的工作,以迎接北伐军的到来。会后,他对已有的两个党支部、一个党小组和一个团支部,一个一个地进行整顿,召开会议,建立制度,以提高战斗力。在巩固组织的同时,积极发展党、团员,使党、团员迅速发展到100余人。

依据在农讲所学习到的经验,他在许昌一些农村创办了农民夜校,对农民进行革命启蒙教育,使农民懂得贫穷的根源和必须组织起来的道理,自觉地参加反对封建主义的革命斗争。他结合许昌的实际情况,从石固镇开始,逐步建立起农民协会,很快发展到灵沟河、杜寨和五女店等四个区域58个村庄,会员达5300多人。同时,他以农民自发武装组织红枪会为基础,组织农民自卫军。其中,农协会员参加农民自卫军的就有2500多人,有步枪800余支。这些农民协会和农民自卫军,在配合、支援国民革命军北伐中起到了重大作用。1927年4月下旬,北伐军挺进豫南,肜德忱发动组织许昌等地的农民自卫军积极支援北伐军,阻止了奉系军阀张作霖部的南下。5月初,许昌县一带的农民赤卫队,拆毁了大石桥的铁路,并在奉军后方进行袭扰,使北伐军得以三师之众,击败了奉军主力,加速了奉军在河南的全线崩溃。

1927年5月,肜德忱调任武汉国民政府在河南组建的战区农民运动委员会特派员。他带领工作队从驻马店到西平县开展农民运动,支援北伐进军。他深入农村,大力开展党的宣传组织工作,向农民讲演,散发传单,唤醒农民群众起来革命,不到十数日,就成立了68个村农民协会,会员达2600多人,并筹建起县农民协会和五个区农民协会。为了培养农民运动的干部,他在西平县东关福音堂举办了农民运动干部训练班,参加训练班的学员有 150 多人。他亲自给学生们讲课,联系西平县的实际,讲得生动具体,非常感人,学习结业后,这些学员就奔赴农村,成为农民运动中的骨干力量。

5 月下旬,肜德忱随北伐军到漯河、临颍和许昌开展农民运动。他和中共许昌县委的同志们一起,以国民党员的身份进行革命活动,建立起国民党许昌县党部,并在县公署前召开了有 3000 多人参加的"欢迎北伐军军民联欢大会"。随后,他就在这里继续领导农民开展反帝反封建的斗争。

不惧危难舍生忘死

正当大革命轰轰烈烈地开展之时,蒋介石、汪精卫相继背叛革命,对共产党员和革命群众进行大屠杀,白色恐怖笼罩全国,许昌地区亦处于黑暗之中。中共河南省委调肜德忱任中共洛阳县委候补委员。肜德忱来到洛阳后,工作完全处于地下的秘密状态,由于他长年忘我的工作和艰苦的生活,他的肺病越来越严重。他置个人生命安危于度外,坚持在城乡之间奔波,一直到病魔缠身卧床不起。当时,由于白色恐怖十分严重,党的经费甚缺,生活和治疗都很困难,经党组织同意,他暂时离开工作岗位,回家休养。1927 年冬初,他回到家乡,经过一段休息和治疗,身体稍有恢复,便又在家乡从事革命活动。1928 年 3 月,他帮助组建了中共新野县委员会。5 月,他和新野县委书记黄文庆等人,打入驻新野县城的建国豫军第五师,建立了秘密党支部。10 月初,建国豫军被石友三部所击败,肜德忱被党组织调赴开封工作。

1929 年夏季,肜德忱被党组织派到杂牌军王振部队做兵运工作,准备条件成熟时实行兵变,建立党领导的革命武装。1930 年春,王振部队进驻鄢陵县,肜德忱以师部参谋的身份,利用蒋、阎、冯中原大战的机会,加紧进行兵运工作。他物色平时比较进步的青年官兵,给他们讲反对帝国主义侵略，反对新军阀混战，开展土地革命的道理，启发其爱国热忱和阶级觉悟，并通过他们积极争取士兵群众。5月以后，在党内"左"倾冒险主义错误的指导下，因急于组织士兵暴动，加之工作方法简单，使暴动准备工作被师部发觉，彤德忱被扣押。他深知师部没有抓住其真凭实据，其他共产党员也没有暴露，所以，在审讯中他据理相争。同时，和党组织取得联系，请求在开封的"新野旅汴同乡会"和在开封北仓女子中学任校长的进步人士马载武先生进行营救。马载武老先生与彤德忱系同乡，早就对他十分器重，当得知他被扣押鄢陵的消息后，即和"新野旅汴同乡会"一起，找到几位在王振部队有老相识的亲朋，修书备礼，派同乡何兴善送到鄢陵。由于党组织和各方面积极营救，彤德忱很快就被释放。于是，他辞去军职，回到开封。

坚持斗争英勇献身

1930年冬，他以国民党员的身份，到国民党河南省党部农民协会任执行委员。当时，任国民党省保安处副处长的肖洒，一听说他在省农协会任职，为报北伐军到许昌时斗争其父的私仇，马上告密。1931年初，党团河南省委和开封市委遭到严重破坏，不少共产党员被捕，彤德忱共产党员身份也被暴露。1月6日凌晨，国民党河南省政府主席刘峙的亲信、省公安局局长李国盛派便衣警察将他秘密逮捕，关押于行营军法处。在监狱里，国民党反动当局用种种残酷手段，对彤德忱进行刑讯逼供。他大义凛然，毫不屈服，和反动派针锋相对地斗争。穷凶极恶的敌人对他施以重刑，他傲然挺立，不失共产党员的气节，决心斗争到底。

中共党组织通过国民党省党部的关系进行营救，被省公安局以"奉中央密令严押"而推脱。尤其是河南省主席刘峙竟以国民党中央执委的名义，发表《告河南全省同志辞》，说什么"中央密令、对共匪元旦暴动之计划严加防范","据李局长报告,奉命获拿彤德忱到案"。这时,连奔走营救的马戢武老先生,也被以"案情重大"为由,逐之门外。

反动当局从他身上什么也没有得到,便下了毒手,于1931年3月28日,将他枪杀于开封鼓楼街。彤德忱牺牲后,其父将他的尸体运回家乡安葬。他为无产阶级革命事业奋斗终生,英勇献身。

率全家走向革命的李尧如

李尧如,原名铁柱,号振堂、字尧如,曾用名吕亚阁。1945 年参加革命,曾任禹县抗日民主政府副县长,桐柏县、光山县政府副县长,豫西第五专员公署副专员,禹县临时人民政府县长;中华人民共和国成立后,先后任河南省花纱布公司的副经理、省盐业公司经理、省人民政府参事室参事、省政协委员和常务委员。

1897 年 1 月 19 日,李尧如出生于河南省禹县方岗乡李庄村一个农民家庭。1 岁丧父,5 岁开始读私塾,10 年间半耕半读,念完了"四书"《诗经》《左传》《礼记》等传统国学经典。1912 年,15 岁辍学在家从事田间劳动,艰苦环境养成了他勤劳朴实的优良品质,奠定了他后来率全家投奔革命的思想基础。

1918 年至 1937 年间,李尧如在教私塾、烟酒稽征所当职员期间,社会上军阀混战,民不聊生,目睹国民党政府腐败无能,地方土豪劣绅横行乡里、鱼肉乡民的丑恶行为,使他认识到光靠劳动和技术是没有出路。在许昌难民总站工作时,亲眼看到蒋介石下令炸开黄河大堤后,一马平川的千里中原一夕间突遭灭顶之灾,数百万难民流离失所,无家可归。同时,日机轰炸许昌车站,人民死伤惨重,而难民总站却置若罔闻,漠不关心;在禹县慈幼院任事务股股员时,目睹了大恶霸陈子敬(基督教徒)利用慈幼院院长职权,以救济为名,大肆贪污、克扣救济粮款,对无家可归的儿童任意进行摧残,李尧如义愤填膺,满腔悲愤。

1937 年 8 月,李尧如被友人介绍接触了地下共产党员王永泉、许健生等同志,阅读了共产党的书报《新华日报》《论持久战》等,进一步加深了对共产党的信任与向往,经常主动和共产党人及进步知识分子交流思想,开始看到光明,认为:"只有共产党,才能解救受苦受难的中国人民。"

1942 年,李尧如任方岗镇经济干事,借此工作之便,深入群众,宣传抗日救国的道理,唤起民众起来抗日。1944 年,日寇侵占禹县,他为家乡沦入敌手百姓遭殃而痛心难过,又恨自己不能为国为民竭尽菲薄之力,一怒之下,将方岗镇的地契、文件全部烧掉。事后遭伪镇长的打击迫害,使李尧如从中悟出一个道理:没有一支自己的抗日队伍,是赶不走日寇的,只有组织起来,建立自己的武装,才能彻底打败日本侵略者。于是他千方百计接触青壮年,教育并支持长子李志斌四方联络,并秘密派长子去康城,动员和争取康城大队投奔八路军,共同起来抗日。

1945 年 3 月下旬,八路军河南军区第四支队抵达禹西山区,李尧如得知后心情万分高兴,很快派三子李志逊和葛伯园(当时是方岗抗日区政府区长)一起找军区首长联系,受到河南军区司令员王树声、政委戴季英等首长的热情接待。彼此交谈后,军区首长派参谋史树榕化装到李尧如住处东炉村(临时住此村),同李尧如会见,向李传达军区首长的指示。李尧如为自己盼来渴望已久的亲人队伍而激动得久久不能平静,主动为部队提供情报,献计献策,并千方百计为部队购买药品,然后又冒着生命危险徒步送到唐庄解放区,见到了河南军区第四支队司令员张才千、副政委王其梅,经过热情交谈和周密布置,李尧如决定做其长子李志斌(李志斌当时任席子猷部大队长)的思想转化工作,拉他到抗日阵营参加八路军。于是,即派三子李志逊等连夜到绳李把李志斌叫回来,张才千司令员同他见了面,并委任李志斌为禹县抗日独立二团团长。就在这一晚上,李尧如率全家 8 口人经一夜步行于次日凌晨到达解放区——登封马峪川,全家人光荣地参加了革命队伍,实现了他梦寐以求的愿望。他当即向河南军区首长表示:从此永远脱离国民党,开始新的革命生涯,决心在共产党领导下进行新的长征。一天夜晚,他同全家人欢聚一起,畅谈参加革命以后的喜悦,语重心长地对全家人说:"多少年来我们想共产党队伍,盼共产党队伍,经过多少艰难挫折,如今愿望总算实现了,咱们今后要在新的大家庭,把过去的一切统统忘掉,开始跟自己的队伍上山打游击。你看,司令员、政委、专员们,人家那么大的官,那么大的干部,多么艰苦呀!咱全家人也要有吃苦耐劳的思想准备。要革命,就要不怕苦,就要不怕死,党叫干啥就干好啥。我们要听共产党的话,把日本鬼子全部消灭掉,把国民党反动派彻底打败,全国解放了、人民群众都翻身了,咱们也同样好过了……"在艰苦的抗战岁月,他不仅能够严格要求自己,坚持学习和锻炼,而且时常用党的政策和革命故事教育全家人。因此在当时,李尧如率全家人加入八路军的事迹传出后,在豫西抗日根据地一带震动很大,许多青壮年纷纷向政府申请,要求参军参战,使根据地的抗日武装日益发展壮大。

1945年5月,共产党在禹西唐庄建立了禹县抗日民主政府,李尧如任司法科科长,6月,又任禹县抗日民主政府副县长兼司法科科长。在抗日战争的烽火里,他没有辜负党和人民对他的信任和期望,兢兢业业、坚定不移地贯彻党的各项政策,放手发动群众,主张民主建政,减租减息,发展生产,狠狠打击汉奸和土匪,动员群众参军参战,积极发展地方武装,为禹县人民的抗日斗争做出了自己应有的贡献。

抗日战争胜利后,八路军河南军区于1945年10月奉命撤离豫西抗日根据地,向鄂豫皖边界之桐柏山区转移,李尧如率全家同禹县抗日民主政府的干部和家属一道随军南下。行军途中,他每到一地,都主动深入细致地做群众工作。11月下旬,部队到达桐柏县与新四军五师会合,成立了中原军区,李尧如担任桐柏县政府副县长兼司法科科长。1946年1月,光山县城解放,他担任光山县政府副县长。无论走到哪里,他都能认真学习党的方针政策,出色完成上级党交给的各项任务。1月17日凌晨,国民党部队突然以一个军的兵力侵占了光山县城,在危急关头,他奋不顾身,率县政府20余名工作人员与敌激烈的巷战后,撤离县城,全部安全脱险。

1946年6月,蒋介石公然撕毁停战协议,密令刘峙统率30万大军向我中原军区逼进,企图歼灭我中原部队。6月26日,李尧如随军开始中原突围。7月1日,在部队与敌五六个师兵力激烈堵击中,越过京汉铁路封锁线,他经受了十几天的日夜急行军和紧张、激烈的战斗生活。当部队行抵湖北随县茅茨畈时,因情况极为恶劣,前进途中要经过几里宽的汉江,部队领导为保存部队实力,经组织决定,李尧如全家6口人化装暂离部队北上。途中多次遭敌人盘查和威胁,历尽艰辛,直到8月才到达许昌。当时敌人到处封锁,无法渡黄河前去华北,加上长期行军,他和全家都染上了重病,徒步行走困难,无奈只好投奔郾城县农村一个好友家里隐蔽。在友人的掩护下,他化名吕亚阁,一年多的隐蔽生活,全靠挖野菜拾干柴度日,随时还有被敌人察觉的危险。但他坚信中原突围一定会胜利,国民党反动派一定会灭亡,他教育全家人要艰苦度日,并用自己早年学到的中医术,无偿地给广大贫苦农民医病,赢得了群众的爱戴和拥护。1947年10月,李尧如终于与陈赓部队取得联系,全家人高兴归队。12月19日,他被任命为豫西第五专员公署副专员。

1948年1月18日,禹县第一次解放,以李尧如为首的禹县临时人民政府进驻县城,他为禹县解放后的第一任县长。无产阶级政权的建立,广大人民欢天喜地,敲锣打鼓,燃放鞭炮,热烈庆祝禹县人民政权的光荣诞生。但由于国民党残余势力和地方土匪还没有彻底肃清,社会秩序不够稳定,敌我仍处于拉锯战之中。因此,李尧如及其领导的禹县临时政府,边随野战军建立与巩固区级政权,边在五专署所辖的宝丰、郏县、临汝三县边界地区开展剿匪反霸斗争,胜利地完成了任务。

1948年11月,在他的组织与领导下,建立了禹县人民自己的武装——禹县独立团。他在长期艰苦的抗日战争、解放战争中,尤其是在禹县的4次解放中,身先士卒,出生入死,为禹县人民的解放倾注了大量精力和才华。1949年4月,李尧如奉命离开禹县,调河南省花纱布公司任副经理,开始从事经济工作。

1951年,李尧如被调到河南省委统战部工作。1952年,任河南省人民政府参事室参事、省政协委员等职。1953年,到中南政法学院学习。1956年,被任命为河南省盐业公司经理,后又担任河南省人民政府参事室参事,河南省政协委员、常务委员。此时,李尧如已年逾花甲,宽以待人,始终保持战争年代那种艰苦朴素的工作作风,经常节衣缩食,用省下来的钱支援灾区人民,为同志们排忧解难,被群众称赞是"为大家想得多,为自己想得少"的人。在古稀之年仍以惊人的毅力坚持研读马列书籍和毛主席著作,他理论联系实际,默默无闻地工作,受到同志们的赞扬和尊重。正当他继续为党和人民发挥余热的时候,1976年3月19日病逝于郑州,终年80岁。

赤胆忠心陈伯瑾

陈伯瑾,又名瑞章,1909 年 11 月 13 日出生于长葛县石固镇祥符梁村一个官僚地主家庭,幼年就读于家庭私塾,勤奋好学,深得长辈宠爱,1925 年,他以优异成绩考入武昌文华学校初中二年级。1926 年在上海补习英语,次年随赵紫哀老师就读于北平河南中学,1928 年转入河北省山海关田氏私立中学,1930 年未毕业即考入沈阳"东北农村专科学校"读果木园艺系,"九一八"事变后辍学。陈伯瑾同志是中国共产党的优秀党员,他热爱党、热爱人民,忠于党的革命事业,不论是在敌人的刀枪下或是在敌人的监狱中,甚至在十年动乱的年月里,他始终对党赤胆忠心,从不向恶势力屈服,表现出了一个无产阶级革命者的崇高品德和高尚精神。

蒋介石政权继"淞沪协定"允许日本永久驻兵上海之后,又和日本签订了"塘沽""何梅"等一连串的丧权辱国协定,断送了东北和华北的主权。在共产党"八一宣言"的感召下,在北平开始爆发了"一二·九"学生运动。但是蒋介石仍坚持"攘外必先安内"的反动政策,变本加厉地调动全国兵力阻截红军北上抗日,强迫国民党东北军围剿共军,把西北搞得一团糟。陈伯瑾痛恨万恶的内战,愤而离开西北,返回故里与他的岳父辛玉衡在密县开办煤矿,他想用自己开采的煤供应平汉、陇海两大干线的火车和工业使用,以偿他实业救国的夙愿。可是"七七"事变以后蒋介石仍对日寇一退再退,使华北大好河山沦陷于日寇的铁蹄之下。陈伯瑾对国民党的昏聩无能,丧权辱国十分愤慨,面对现实、学潮、工运此起彼伏,人民抗日的呼声一浪高过一浪。陈伯瑾的思想发生了翻天覆地的变化,国家危亡之难,增加了他忧国忧民之心,蔑视新旧权贵,宁为国捐躯,不当亡国奴,决心以身报国。他与弟弟陈瑞图(民先队员)认真讨论了国家的危亡,国民党的反动,共产党的北上抗日等一系列问题,认识到只有共产党才能力挽狂澜拯救中国的道理。经过深思熟虑下定决心,跟着共产党用自己的实际行动保家卫国。

1937年春,赵吉甫、陈伯瑾、李国璋等人在辛金生家中谈论时局及如何开展抗日救亡活动的问题,由陈伯瑾、赵吉甫倡导,于5月17日(农历四月初八)在辛金生家召开会议,宣布正式成立"读书救国会"。当时参加的人很多,赵吉甫他们分别在会上讲了话,阐明组织"读书救国会"的宗旨是唤醒民众宣传抗日救亡,尤其是对县中学生及社会青年进行抗日宣传活动。

"卢沟桥"事变后,日寇侵略的魔爪迅速向我中原伸展,在这民族危亡的紧急关头,中国共产党于1937年7月发表了抗日宣言,号召全国各族人民团结起来筑成抗日民族统一战线的钢铁长城,陈伯瑾激动得夜不成眠,立即找到弟弟陈瑞图商议,动员他的母亲亲自动手缝制棉衣、棉背心100多件慰问抗日战士,对开封的抗日捐献带了个好头。又联络已在长葛一小任教的河大学生路梅村、罗锐初、芦席珍等,仿照平津流亡学生会的形式组织了"旅外同学会",他们在举国共同抗日的鼓舞下积极开展抗日救亡的宣传活动。

长葛县中的同学们受读书会和陈伯瑾的影响组成了"抗日救亡话剧团"。同学们和负责老师一致推任陈伯瑾为"抗日救亡话剧团"团长,县中学生以董书林、方柏松、董金瑞及曾宪芳为骨干,他们还走街串巷,高唱抗日救亡歌曲,并演出自编的抗日小节目进行街头宣传。陈伯瑾还带领剧团的同学们扛起行李,道具,带着干粮顶风冒雪深入到乡、镇宣传演出,甚至,连大年三十和初一都未曾停息。陈伯瑾还带领剧团同学到许昌、禹县、洧川等邻邦县集镇演出。自己解囊资助,保证了演出的效果,使群众受到了抗日的宣传教育,《长葛三日刊》也常披露演出消息,为促进统一战线打下了坚固的群众基础。

1938年1月30日(农历除夕)陈瑞图、李思孝、南新民等3人在陈伯瑾的家中商议成立了长葛县中华民族解放先锋队,陈伯瑾不仅自己积极参加组织做好宣传教育工作,还发展辛金生、辛瑞芝、杨玉莲、魏永章、路海阔等参加民先,并建立了长葛西关民先分队。民先组织鉴于长葛当时的形势,决定长期占领县中作为培养骨干的阵地。4月,洛阳国民党第一战区长官司令部派于永林(地下党员)来长葛任民运指导员,不久他向第一战区司令部保荐陈伯瑾任长葛县民运指导员,陈上任后和于永林密切配合,开展民运工作。为了工作方便,于永林和陈伯瑾商定将民运指导员办公处由伪县政府搬到陈伯瑾的家中,在大门公开挂出"长葛县民运指导处"的牌子,成为民先活动的场所。这时陈伯瑾在李思孝、于永林、胡清瑞、赵吉甫等同志的帮助下进步很快,为抗日救亡工作做出了不少的贡献。

1938年5月,徐州、开封相继失守,日寇进犯豫东平原,长葛危在旦夕。民先组织根据上级党的指示精神,决定由于永林、陈伯瑾、谷德荣、方柏松、董书林等到城北自卫团第一大队驻地(三官庙)。司振东到第三大队驻地(铁佛寺),胡清瑞到特务大队,他们利用自己的各种关系,分别做董青山、赵华山、宋立宗等大队长和特务大队长王幼卿的工作,尽可能地团结和说服一切可以团结的人员,争取武装力量。是月,作为民运指导员的陈伯瑾代表长葛参加了上级民先组织在三官庙召开的密(县)、(郑)、登(封)、洧(川)、长(葛)五县联防会议。会后长葛民先组织根据"联合行动扩大武装力量"的精神,加强了抗日武装的组织工作。6月9日,民先组织领导长葛抗日武装自卫团一大队人员奋力阻击日寇西进,并对曹十一顽匪进行了追剿。

随着抗日形势的发展《新华日报》在汉口出版发行,这是中国共产党在蒋管区公开发行的报纸,也是当时积极推动和领导全国人民抗战的报纸,共产党员和民先队员每日必读,以便从中学习理论、吸取力量指导工作。5月初,陈伯瑾同志在群众迫切要求下,出资在和尚桥车站安排了一个《新华日报》的代销点,民先队员贾小俊负责,每日可销售《新华日报》100多份,对宣传抗日救亡工作起了一定的推动作用。可是,仅仅两个月即受到反动政府的注意,伪县长马维骖派便衣特务打报童贾小俊,撕毁报纸,禁止《新华日报》在长葛发行。

1938年7月初,中共长葛县党支部建立以后,第一次支部会议在陉山周德五家召开,支部书记李思孝就郑重地提出吸收陈伯瑾、辛金生同志的入党问题,根据本人表现,经研究一致通过。希望的火焰在陈伯瑾胸中燃烧,梦寐以求的愿望成了现实,从此成为一名光荣的中国共产党员,激动地暗下决心要把自己的整个生命交给党,决不负他的誓言。

8月,密县中心县委成立以后,为了安全起见,陈伯瑾让中心县委的办公机关,设在他岳父辛玉衡开办的中州煤矿里,书记刘清源、组织部部长苗树荣等同志得以长期的掩护。不久长葛县党支部奉命改为"长葛县工作委员会",组织部部长苗树荣代表密县中心县委宣布,工委由李思孝任书记,赵吉甫任组织委员,陈瑞图任宣传委员,陈伯瑾任统战委员,办公机关设在沂水寨。

中华人民共和国成立后,在党的正确领导下,建立了工商联合会筹备委员会,王青峰任主任,陈伯瑾任副主任,后到开封市第二区工商联任责任秘书。1957年安置到私立东京中学办理总务。

流落许昌的老红军忽兆麟

忽兆麟原名玉民,又名梦祥,1910 年 5 月 14 日出生于许昌县尚集镇忽庄村,幼时家贫,常年缺衣少食,生活十分艰难。十几岁他就到冯玉祥部队当兵,1930 年中原大战冯玉祥战败后,其部被蒋介石改编为二十六路军。忽兆麟在二十六路军曾任总指挥部上尉副官及高级执法队上尉队员,与总指挥部参谋长赵博生(中共党员)关系密切,参与了他领导的秘密组织活动。

宁都起义立功劳

1931 年春,二十六路军被蒋介石调到江西参加对中国工农红军的“第二次围剿”,总指挥部驻在宁都。二十六路军的官兵多为北方人,当年“九一八”事变发生后,该军官兵抗日情绪高涨,要求北上抗日,遭到蒋介石拒绝。同时,该军因非蒋介石的嫡系,粮饷不济,深受歧视,加之病疫流行,军心浮动。在此情况下,我党在该军的地下党特别支部和部分革命爱国军官,经商议并报请党中央同意,于 1931 年 12 月 14 日发动了著名的宁都起义。起义的主要领导人有总指挥部参谋长赵博生、七十三旅旅长董振堂、七十四旅旅长季松同和该旅一团团长黄中岳。忽兆麟在赵博生同志的直接领导下,为发动起义日夜奔波,立下了功劳。宁都起义一举成功,17000 余名官兵全副武装投奔中央苏区参加了红军,给国民党反动派以沉重的打击,极大地鼓舞了全国人民,对壮大红军队伍,巩固和发展中央革命根据地,起到了重大的作用。1938 年,毛泽东在延安凤凰山接见了参加宁都起义

122

的部分同志,并合影留念。毛泽东还亲笔题词:"以宁都起义的精神用于反对日本帝国主义,我们是战无不胜的。"

九死一生意志坚

宁都起义后,二十六路军改编为红军第一方面军第五军团,经过短期整顿和教育,即投入了反围剿的战斗。忽兆麟在第五军团先后任作战参谋和作战科科长,参加了赣州、龙岩、漳州、水口、黄陂、东陂等战役。二万五千里长征中,红五军团一直担任后卫任务,为保证全军安全转移起到了重大作用。原中央水利部副部长刘向三同志 1984 月 6 月 7 日在给许昌县民政局的来信中说,忽兆麟同志"在起义前同情我党并参加了一些秘密活动,起义后在屡次战争中也是积极勇

1938 年,毛泽东主席接见宁都起义部分人员合影,左四为忽兆麟。

敢不怕死的。在二万五千里长征中从没有表示悲观动摇过"。

西安事变后,忽兆麟被调到延安抗日军政大学工作。先后任四科科长和校务部处长。后经刘向三、张天斌(抗大科长)介绍,于1937年与许兰结了婚。

许兰,又名许桂英,1914 年 6 年 6 日生于四川省通江县张家湾,1933 年由张梅姐介绍参加苏维埃共产军,1934 年跟随红四方面军长征。长征路上,她的腿被子弹打伤,乳房也被打伤一个,手脖抬担架折断,前额上也留下一个伤疤,是活着到达延安的为数不多的红军女

战士。到延安后许兰在延安后方医院当护士和洗衣队队员。

抗战辗转到桑梓

1938年，忽兆麟被组织委派与刘向兰等同志去洛阳创办八路军办事处，许兰也随队前往并已怀有身孕。到洛阳后，因国民党当局多方阻挠，组织上安排忽带领全部军事干部到渑池设立兵站，待命调整。这时他们除了完成少量的兵站工作外，还加强干部自己的操练学习。以后忽兆麟他们曾掩护刘少奇同志在那里召集河南干部传达六届六中全会决议，地方党也利用这个公开机关办了多次党员干部训练班。国民党发觉后，命令撤销兵站，经多次交涉无效，中央决定将这里所有干部转移到新四军去。1939年春，忽兆麟带领这批干部往新四军转移途中，遭到国民党反动派阻击，原四方面军师长许世奎同志壮烈牺牲，其他人员下落不明。忽兆麟夫妇于3月回到许昌县忽庄老家，4月14日许兰生育第一个孩子，取名延生作为纪念。儿子满月后，他们夫妇打算去找部队，但因斗争环境恶化，带着幼儿又极不方便，就长期逗留在家，从此与组织、与部队失掉了联系。

坚持革命不动摇

为了生活，忽兆麟夫妇除在家种过地外，还在张潘开过饭铺。他多次设法与地下党组织联系，但均未成功。在与乡亲相处中，他不断宣传共产党的主张，散布对国民党的不满情绪，还煽动群众抗丁抗粮，几次被捕入狱。1944年，他为掩护地下党员陈寿山、孟景周，被抓到许昌警备司令部遭严刑审讯，几个月后被村上群众保释。许昌沦陷后，1945年，日伪组织护路队看护平汉铁路。陈寿山动员其带一部分人参加护路队，以便掌握敌情，相机行事。忽兆麟就与忽振祥、尚书勋、忽文松等30多人去当了护路队员，并任队长，负责看护许昌城以北至苏桥的铁路线。他利用职务之便，带领队员偷割过老吴营南边电线,烧过铁路上枕木,还把日本人的汽油倒进河里。

许昌解放后,忽兆麟动员忽天锋、忽天良、周书信、马喜彬等一起参加地方干部学校,结业后被分配到许昌城西北桂村、灵井一带搞剿匪反霸斗争,忽兆麟任工作队队长。后来,有人反映他当过日伪护路队队长,遂被清除回家。在中华人民共和国成立以后的历次政治运动中,他以有"历史问题"被作为五类分子对待,一直到1980年农历6月8日病逝。

战友情谊深似海

党的十一届三中全会后,忽兆麟夫妇曾向县有关部门反映过自己的历史情况,要求予以落实。1982年夏,刘向三同志因公事经许昌,曾打听忽兆麟夫妇的下落,因时间紧迫与所记住址有误,未获任何消息。1983年,河南党史征集委员会在北京邀请一些过去在河南工作过的老同志座谈,刘向三同志委托洛阳和渑池县做党史资料收集工作的同志到许昌找忽兆麟夫妇。他们按照刘向三提供的地址到许昌县尚集忽庄经过反复查询,终于找到忽兆麟夫妇的下落,可惜忽已谢世。许昌县民政局根据忽兆麟夫妇的申诉,经过详细调查,基本澄清了忽、许的问题,于1985年4月9日以许县民字〔1985〕第14号文件发了《关于承认许兰同志为红军流落人员的通知》,并落实有关优抚政策。

刘向三同志得知许兰的现实情况后,1989年5月与夫人张晶一起专程到忽庄看望老战友。旧友重逢,悲喜交集,他们畅叙数十年辛酸离别之情,并拍下彩照留念。

一生献给党的赵吉甫

赵吉甫又名赵景屋,赵瑞甫,1909 年 9 月 3 日出生于长葛县后河镇。1930 年 9 月参加革命,同年加入反帝大同盟和共产主义青年团,1932 年春加入中国共产党,曾历任组织委员、武装委员、副县长、干部团副营长,情报分处主任,省地质调查所所长,地质部储委主任、地质部地矿司处长、全国储委和省储委主任,省地质科研所党支部书记等职,1987 年 8 月 21 日在郑州逝世,终年 78 岁。久经考验的共产主义战士赵吉甫为党、为中国的革命事业贡献了自己的毕生精力。

满腔热血投身革命

赵吉甫,出生在长葛县后河镇的一个贫农家庭,全家 14 口人,全家人常年辛勤劳动,打下的粮食除交租外,所剩无几,还得依靠父亲卖豆腐、叔父卖菜为生。尽管家庭经济困难,但是其父亲还是把他送进学堂念书。贫困的生活锻炼了赵吉甫的坚强意志,深深感到读书的机会来之不易,因此,学习非常用功。经"五四"运动和新潮的影响,他对旧的"五经""四书"学着不感兴趣,毅然决然地投考了新学第二高小五年级插班生。这里的教师思想开明,大多数都赞成社会的改革,学习内容、学校风气较为开放,不断地给学生们讲历史上的英雄人物和孙中山的革命故事,在赵吉甫幼小的心中埋下的革命种子,在思想深处开始萌发。征得父亲同意后,赵吉甫带上干粮,长途跋涉,只身一人到开封投考,最终以优异的成绩考入私立中学二年级插班生。在这里他如饥似渴地学习,常常读书到深夜并阅读进步书刊,探索救国救民的真理。在进步师生的影响帮助下,他很快接受了马克思主义,在他心中逐渐树立了共产主义信念,给自己的革命道路打下了牢固的基础。

1928 年河南农民运动风起云涌,农民协会相继成立,处于水深火热之中的贫苦百姓,纷纷起来响应号召,打土豪分田地,赵吉甫的家乡也有新的变化。农民协会的兴起荡涤着世上不平之事,赵吉甫打心眼里高兴,不断地回到家乡与伙伴们一起参加革命宣传活动,以极大的热情向乡亲们宣讲革命理论,引导群众起来革命。

1929 年的一天,他们同宿舍的几个热血青年在一起谈论国家的前途,民族的命运,个个都激情昂然,愤愤不平,面对国民党政府到处抓捕共产党人,逮捕青年学生,更激起大家的公愤,他们清楚地认识到只有共产党才能救中国。这时有人谈起河南大学的学生郭涤生,因为国民党政府指名要抓他,郭涤生跑到北平参加革命了,赵吉甫听后很震惊,随后又喜出望外,心中荡起了波涛,暗下决心,要像郭涤生那样,到北平去参加革命,献身于拯救中华民族解放的伟大事业。毕业即将来临,他恨不得一下飞到北平去,但家里写信让他毕业后回家种地或教书。可是,赵吉甫对家中的不支持并没有灰心,他一边迎接毕业考试,一边设法筹借路费,一天他找到河南医学院的老乡张世希借到了 50 元钱,就匆忙地乘坐往北平去的拉货散车(不买票),约一个星期到达了目的地。到了北平,他首先找到了侯印书经介绍在亢春园公寓住下。为了避免查户口的麻烦,赵吉甫报考了民国大学附属高中,录取后得到了住公寓的合法身份,暂时有了安身之处,在公寓认识了邱荫堂和郭涤生,所以,赵吉甫常到他屋里聊天,借阅书刊,随着时间的推移,两人的关系逐渐地密切,赵吉甫就向邱荫堂打听郭涤生的下落,并说明了他来北平的目的,邱荫堂听后非常吃惊说:"你这样盲目地找多危险啊!若要遇到坏人你不就麻烦了!"随后他心平气和地说:"郭涤生最近没有来过,可我又不知道他在什么地方,等他来了我通知你。"等了 20 多天,郭涤生果然来了,见面后赵吉甫向他说明来意和要求,充分展示了他不凡的抱负,郭涤生对他那正直的性格和勇敢的精神很佩服,并对他的到来表示欢迎。两人促膝地交谈了思想,郭涤生临走安排王家骤、邱荫堂二同志介绍赵吉甫加入共产主义青年团组织,从此,赵吉甫结束了学生生活,开始了共产主义运动的革命生涯。赵吉甫和王家骤、陈建福、李森茂、邱荫堂等组织起来,编成一个团小组,之后不断沿街书写、粘贴革命标语,宣传党的政策。星期天到郊区大路口进行政治宣传,瓦解白军内部,使他们思想动摇携枪逃跑。

"九一八"事变后,蒋介石采取妥协让步的不抵抗政策,致东北各省相继沦陷,华北危急,中华民族处于危亡之际,全国人民对国民党政治腐败深恶痛绝,北平进步师生纷纷走上街头举行游行示威,讨伐蒋介石的不抵抗政策,赵吉甫不顾国民党警宪的血腥镇压,走上街头自发地参加到爱国学生示威游行的洪流中。赵吉甫在束鹿县、晋县、深泽县担任团中心县委书记期间,他不畏强暴,积极宣传抗日救国的真理,以各种方式反抗国民党的反动统治。为了广泛深入地发动群众,开展抗日救亡运动,吸收团结更多的青年加入团的组织,为地方培养了一大批抗日骨干力量。赵吉甫同志的能力和才干深受党组织的赞赏。1932 年春,经王家骤同志介绍,他光荣地加入了中国共产党,从此他梦寐以求的愿望实现了。

随着形势的发展,赵吉甫受党组织的派遣,第一批到门头沟中央煤矿做党的地下工作,发展党的组织。可到门头沟煤矿工作不久,党组织根据河北省委指示,决定派赵吉甫和一位姓李的同志到河南焦作福中煤矿公司工作,发展壮大党的组织,开展矿工革命斗争。他们二人依照上级指定地点到焦作煤矿与党组织接头联系,此时正是矿山大罢工后的混乱局面,赵吉甫和老李一直等了很长时间,也没能和组织取得联系。最终两人商定,由老李一人先回北平向党组织汇报请示,赵吉甫因母亲病故回家探望,等待老李同志的消息。

组织青年开展斗争

赵吉甫回到长葛后,一直没有接到老李的来信,可他也曾多次去信联系,均未回音,他时刻惦记着自己的战友,担心北平的局势。他想返回北平,但又不知道那里的情况,使他心中不安。他自己是一个共产党员,在家怎能闲住,决心在家乡开展活动。赵吉甫首先托人在学校找到教书的职业作掩护,积极组织青年,宣传党的政策,在他的努力下,使一时沉默的群众运动开始又有了生机。事隔不久,经胡青田的介绍,赵吉甫认识了在长葛县城西关住的辛玉衡,此人是清末的一个穷秀才,深受旧社会的痛苦,为人思想开朗,敢说敢干,爱打抱不平,对打土豪分田地非常赞成,儿子辛金生在他父亲的影响下思想也较进步,热爱人民,热爱共产党,赵吉甫和他二人接触,谈话很融洽,工作配合也很默契。频繁交往,在辛金生的家中结识了不少青年学生,如李友三、李国璋、方柏松、路海阔、董金瑞、董书林、辛瑞芝等,和他们在一起讲北平和外地的革命斗争形势;讲"五四"运动后马克思列宁主义在中国的传播,中国工人阶级走上政治舞台领导全国人民反封建的英勇斗争;讲"二七"大罢工工人阶级的反抗精神;讲"五卅惨案"英国巡捕在上海租界枪杀游行群众,与全国人民声援上海人民的反帝斗争;讲"九一八"事变,日军侵占我东北三省的罪行等等,激发战斗热情,团结他们共同参加革命。

1935年2月(农历正月初六)赵吉甫在辛金生的家中召集进步青年学生,共同分析研究了如何利用合法的斗争形式在长葛开展斗争,清除国民党在铁路以西的影响,向"八作会长"杨廷彦和反动区长徐中央作坚决的斗争,为开辟铁西工作铺平道路,扫除障碍。会后大家分头发动群众,收集证据,将他们吸食毒品、奸淫妇女、强占民财、横行乡里的罪行,由赵吉甫出面向县政府控告要求严惩。由于证据确

129

凿,群众要求强烈,终将扬、徐二人抓捕治罪,第一次取得了合法斗争的胜利。

"一二·九"运动爆发后,抗日救亡活动遍及长葛县城,在赵吉甫的领导下,长葛中学在《河南民报》上发表了声援北平学生运动的文章,县中的学生停课举行了游行示威活动。

随着日军侵华战争的加剧,民族危机日益严重,革命需要组织一支骨干力量,赵吉甫有的放矢地对青年学生进行耐心细致的教育工作,在条件不断成熟的情况下,于1937年5月(农历四月初八)组织召集陈伯瑾、辛金生、方柏松、董金瑞、董书林、李国璋、辛瑞芝等青年,在辛金生的家中成立了"读书救国会",使这股革命力量,紧紧团结在党的周围,为长葛的抗日宣传工作做出了贡献。

发动群众抗日救亡

1938年,日寇的铁蹄已踏入中原,豫东风雨飘摇,兵荒马乱,日军占领了尉氏县,长葛县境也不断受到袭扰,长葛县政府迁入西山,贪官污吏逃跑,在这兵荒马乱之中,抗日民族解放先锋队的负责人陈瑞图、赵吉甫等同志按照上级党的指示精神,将宣传抗日救国转入组织武装抗日。同时,结合面临形势研究决定,由李思孝、陈瑞图、赵吉甫等人到陉山一带开辟抗日根据地,一旦长葛沦陷,可以利用有利地形展开敌后游击战争。

陉山是长葛、新郑、禹县三县的交界地,比较偏僻,又是当地平原的唯一山区,这里建有不少的佛堂庙宇,经常有人来这里朝拜,来往人员复杂,是一个极其特殊的地方。但从抗战开始到建立民先组织以来,这里的人民对抗日是积极的。可是,也有一些民族的败类,或明或暗地煽动破坏抗日工作,进行投敌卖国的活陉山寨南门里的一个庙道头子金老六就是其中之一,他勾结日本汉奸田金锡等收罗了十几个游手好闲的家伙做帮凶,专门破坏抗日工作,为日军招募兵员,收集抗日情报,使民先队的活动计划屡遭失败。民先组织负责人陈瑞图、赵吉甫察觉后,经过研究分析,决定派人打入敌人内部,摸清情况消灭汉奸,扫除抗日障碍。可是,要打入老奸巨猾的金老六的内部,不是一件非同小可的事,选派谁合适呢? 赵吉甫经过了解观察,决定派胆大心细、身材魁梧的民先骨干队员敬子玉同志前往完成这项艰巨而又光荣的任务。敬子玉和助手昌玉东接受任务后,几经周折,终于取得了金老六的信任。敬子玉很快摸清了田金锡与金老六的底细,立即找赵吉甫、陈瑞图汇报了情况。赵吉甫召集骨干认真地分析研究,决定抓住时机一网打尽,赵吉甫亲自带领组织的武装力量,敬子玉通过新郑县党组织武装负责人陈子山带人协助,统战委员陈伯瑾通知长葛县国民党部南子平带人参加,统一行动,深入金老六的巢穴活捉汉奸五人,反复查抄,都未发现田、金二人。后来,探知他的狗腿发现了异常现象,给田、金二人通风报信,两个狡猾的家伙闻讯提前仓皇逃跑了。这次虽然没有抓到汉奸头子,却鼓舞了人们的斗志,使陉山这块抗日根据地得到了进一步的巩固。6 月中旬,"郑荥密工委"派委员石井来到长葛与李思孝、赵吉甫联系,研究筹建党的组织工作,通过大家的共同努力,于 7 月 1 日建立了中共长葛县党支部,李思孝任书记、赵吉甫任组织委员、陈瑞图任宣传委员。从此长葛党组织在这块土地上带领群众使刚刚燃起的抗日烽火越烧越旺。

白皮红心为民除害

1939 年 2 月,密县地委根据工作的需要,派杨长庚到长葛任县委书记,赵一凡任组织委员,赵吉甫改任武装委员,陈瑞图任宣传委员,陈伯瑾任统战委员,辛金生任青年委员,辛瑞芝任妇女委员。组织的健全使工作有了较大的发展,党员队伍迅速发展壮大,有党员 70 多名。8 月,县委根据上级指示,派赵吉甫同志打入伪政府内部,伺机夺取政权,掌握枪支,开展合法的斗争。赵吉甫不畏艰险,迎着严峻的形势,克服一切困难,发挥自己善变伪装技能和曾到郑州联保主任训练班学习过的有利条件,取得伪政府的信任,派他到和尚桥任联保主任。

在此期间,有群众告发杨景贤的狗腿李干卿吸食毒品,贪污钱财,无恶不作,李干卿曾扬言:"不杀穷人不富",百姓对他恨之入骨。赵吉甫决定除掉此人,抓住李干卿贪污公款、吸食毒品等犯罪事实,根据国民党惩办《条例》送县治罪。李干卿受到了应有的惩罚,当地群众拍手称快,赵吉甫为民除了一大害,受到赞扬。

在长葛的后河村,也有两个恶霸,宋玉如和宋子栋二人。一个是能说会道,坏点子多,善于无事生非;一个是善书会写、笔尖杀人。两个恶棍臭味相投,天生的一对坏蛋。二人还和洧川的大恶霸马绍文互相勾结,狼狈为奸,欺压百姓,丧尽天良,乡亲对他们咬牙切齿,恨之入骨,可谁都是敢怒而不敢言。就连当时的区长翟慎修也不敢动他们半根毫毛,遇事也要让他们几分。翟慎修对赵吉甫除害一事有所耳闻,佩服他的胆略,有意推荐赵吉甫到后河担任联保主任。对这件事县委书记赵一凡亲自召开会议研究,大家共同认为,翟慎修调赵吉甫到后河是有他个人目的的,这次来个顺水推舟。让赵吉甫去后河既符合群众的要求,又顺从了区长之意,还能为民除害,提高了党在群众中的威望,所以党组织同意赵吉甫到后河任职,并且还派了蔡广录协助工作,使赵吉甫为民除霸的信心更足。

赵吉甫到任后,一方面做好群众的思想工作,另一方面调查收集两个恶棍的罪恶事实。据他初步了解,两个恶棍在当地恶势强大,拉拢了不少地痞和打手,加之他们在此盘踞历史长久,对区长尚且不在乎,何况联保主任更是不放在眼里。以前,在此任职的联保主任上任后,得先拜两个恶棍的"码头",还得看两个恶棍的眼色行事,如有一点不合二人之意,便无法立足。赵吉甫到任不买两个恶棍的账,可是二人对赵吉甫在和尚桥为民除害的事也早有所闻,对赵吉甫的到任已有提防。赵吉甫到任后经过细致的多方调查了解,对两个恶棍的罪恶已经掌握,但要想除掉两个恶霸,还有一定阻力,必须等待时机,抓到他们的真凭实据才能动手。

这天终于来了,借宋玉如的女儿出嫁之日,赵吉甫便派人进入他的家中,把烟灯、烟具、大烟、老海等证据与二棍一起带到了联保处,可两个恶棍的爪牙连夜又把两个恶棍和证据一并劫走。赵吉甫根据国民党政府《禁烟毒条例》向伪县长汇报了他们的罪恶,要求查封两个恶棍的家产,限期归案,伪县长不得不同意赵吉甫的意见,贴出告示,限两个恶棍三个月内投案,如不按期归案,对其家产进行拍卖。两个恶棍对赵吉甫早有所怕,便自动地按期归了案。伪政府根据两个恶棍的罪恶事实,将他们押进了监狱。赵吉甫在人们的心中成为了不起的人物,为民除害的英雄,受到人民群众的拥护和爱戴。

赵吉甫为民除害的事迹在全县广为流传。石固的地痞劣绅听到要调赵吉甫到石固镇任职的消息,便闻风丧胆,想抓赵吉甫的把柄。在他到任不久的一天,劣绅张丙臣就下了手,向伪政府控告说赵吉甫是共产党员,伪政府对赵吉甫的一系列行动也有怀疑,想利用张丙臣从赵吉甫身上搞到共产党的地下活动情况。赵吉甫将计就计,以张丙臣有地不交粮、有钱不出款、有子不出丁为由在法庭上驳得张丙臣哑口无言,结果反动派什么也没有捞到,使张丙臣受到了应有的惩处,并且也打击了贩卖毒品的王幼卿。赵吉甫不管到哪里任职都不失时机地为民除害,充分体现了一个共产党员热爱人民的崇高品德。

巧妙脱身智救战友

1942 年,长葛的形势和全国一样进入了最艰苦的岁月,河南发生了大面积的自然灾害。在这天灾人祸的年头,日寇实行了残酷的"扫荡",国民党集中兵力疯狂地向我解放区进攻,地主豪绅横行乡里、横征暴敛、土匪趁火打劫、敲诈索物,劳苦大众饥寒交迫、流离失所,人民生活处在严重恐怖之中。7月,河南党组织根据中央指示相继转移,县委隐藏活动,只有赵吉甫的公开身份是联保处主任,在形势日趋恶化的情况下,为把工作搞好,赵吉甫和党员陈伯瑾、辛金生等密切配合,坚持武装斗争,依靠群众组织抢粮救济穷苦农民。赵吉甫还与伪政权展开面对面的斗争,惩办豪绅恶霸汉奸,摧毁他们一次次迫害群众的阴谋。由于赵吉甫的活动与群众接触频繁,被伪政府所注视,对赵吉甫的行动派人跟踪监视。一次在唆使特务狗咬狗的斗争中不慎身份暴露,国民党政府设计逮捕赵吉甫。

1943年1月,是赵吉甫与董勤的结婚日子。伪县长张金印,汉奸恶霸陈秀峰、王幼卿等想利用这一天逮捕赵吉甫,围杀共产党员,他们提前两天就派了一个自卫中队,到后河待命,又从新郑县自卫团调了一个中队驻沂水寨听命。一切布置停当,由魏锡堂出面请赵吉甫商议如何参加结婚典礼仪式等问题来迷惑赵吉甫上当,赵吉甫当面婉言谢绝,但他们还是要坚持上门道喜。在婚礼的前一天上午10点左右,赵吉甫接到辛金生、方柏松的情报,说"明天陈秀蜂等以上门道喜为名,捕杀共产党员,请你通知战友迅速转移"。在敌强我弱的危急情况下,赵吉甫沉着冷静地通知战友不要前来贺喜,自己也不露破绽地做好转移的准备。一切安排就绪,赵吉甫连夜转移到许昌县蔡庄隐藏,使敌人捕杀共产党员的阴谋破产。赵吉甫终因身份暴露不能继续在长葛工作,在党和群众的掩护下离开长葛转移到淅川,开始了新的革命工作。

转战南北奉献毕生

赵吉甫同志转移后,找到了皮定均司令,与党组织接上了联系。曾在豫西荥阳、汜水任抗日政府县长,在大别山根据地信、应、随县政府任副县长,在豫西干部团任副营长等职,为抗日救亡工作做出了卓有成效的贡献。

赵吉甫同志无论在敌占区开展党的地下斗争或在解放区地方政府工作,都能遵照党的要求认真执行党的路线、方针、政策,紧密依靠群众开展工作,因而赢得了人民群众的信任。

全国解放以后,赵吉甫同志曾在河南省委党校学习,1949年底从事地质创业工作,他工作积极,热情负责,重视科学,努力钻研业务,尊重知识,爱护人才,他把自己的后半生献给了祖国的地质事业。

中共许昌中心县委书记贺建华

贺建华,1908年3月17日出生于许昌县贺庄村,原名贺仲莲,1927年加入中国共产党。1933年,贺建华以其父贺升平的名义创办私立许昌灞陵中学,作为中共许昌地下党组织秘密活动机关,为地下党员和进步人士提供有效保护。1936年,贺建华担任中共许昌中心县委书记,在许昌县、禹县等地秘密组织"中华抗日救国北路军",计划武装暴动。后因叛徒告密,贺建华不幸被捕入狱。1938年经多方营救出狱。他不顾个人安危,再一次投身于革命浪潮中,开始在豫鄂边抗日根据地坚持8年的战斗生涯。1946年11月,在中原突围战斗中,贺建华被国民党军队残忍杀害,时年38岁。

追求真理走上革命道路

幼年的贺建华因其父出国留学,随母亲和祖父在农村居住。因灾荒连年,生活清苦,贺建华经常割草、拾柴,从小养成热爱劳动、勤劳朴实的品德。其父贺升平,早年赴日本东京早稻田大学求学,1906年加入同盟会,1913年选为国会众议院议员。1915年,贺建华随母迁往北平,入小学读书。1916年贺升平被选为国会议员,任外交委员。贺建华受父辈的感染,又耳闻目睹"五四"反帝爱国运动的壮举,在他幼小心灵中留下深深的革命烙印。

1921年暑假,贺建华考入北京大同中学,与进步同学在本校组成进步的学生会。北平党组织为此把他作为党的积极分子来培养。中共在北平的地下党员、北大哲学系学生王兰生利用自己父亲王鼎臣与贺建华父亲贺升平的朋友关系,曾住在贺建华家,以贺家作为共产党活动的联络点开展工作。王兰生经常对贺建华进行党的知识教育,为此,贺建华的思想觉悟不断提高。1927年上半年,王兰生介绍贺建华加入中国共产主义青年团,不久转为中国共产党党员。同年9月,贺建华考入北京大学哲学系。在学校,他团结进步同学,积极宣传俄国十月革命,宣传革命道理。在北大上学期间,贺建华进一步受到共产主义的熏陶。

1930年暑假,贺建华、白铁石到许昌县搞社会调查。为不使敌人发现,他把北京大学植物系郝景盛、张凤瀛两位讲师请来,几个人以采集植物标本为掩护,对许昌县部分农村情况开展调查了解。他们向群众讲解革命道理,为共产党领导农民开展民主革命播下火种。1931年6月,贺建华在北京大学毕业,暂时留校参加地下党的活动。10月中旬,在抗日反蒋的怒潮中,北京大学成立"毕业同学会",贺建华参加这个组织,走向街头向广大市民宣传抗日救国。

投身工农革命斗争洪流

1932年9月,北平地下党组织派贺建华、陶立中、贾庭杰、白铁石四人去秦皇岛做地下党的工作。他们组建秦皇岛地下党支部委员会,贺建华任支部书记,他们一面组织工人运动,一面在学校组织学生运动。党支部以临榆县立中学为重点,在校内秘密地建立学生会,在校外建立公开的同学会。与此同时,国民党特务盯上了贺建华,反动工会也派人到工人宿舍中进行盯梢。贺建华等地下党员虽数次转移,联络点均被察觉;再加上日军侵占山海关,形势吃紧,因而,贺建华等在秦皇岛活动一年后回到北平。这个支部虽然在此活动短暂,但却在工人学生中留下革命的火种。

1933年初,贺建华在北京大学地下党的领导下,组织以留校学生为骨干的抗日义勇军十三支队奔赴华北前线。后因义勇军处于孤立无援的境地,贺建华只得辗转承德、太原、张家口等地后返回北平。1933年春,贺建华带着中央北方局开的党员介绍信,从北平回到许昌。同年暑假,贺建华以他父亲贺升平的名义向社会集资创办私立许昌瀹陵中学。他变卖耕地5亩,动员爱人拿出200块银圆用作办学经费。其父任名誉校长,他任代理校长兼教导主任。为更有效地开展地下活动,他以其父在国民党上层人物中的声望,通过河南省政府秘书长齐振亚的关系,担任许昌县教育局局长。他利用这些合法身份积极进行革命活动,从四面八方联络失掉关系的共产党员和一些进步人士到瀹陵中学和许昌其他学校任教。

1934年底,王定南、郭洁民、郭晓棠、陈秀琴、曹乐生、王秀宜等共产党员和党的积极分子先后云集许昌,他们一面在各校教书,一面开展党的地下活动。贺建华牵头成立"科学研究会",经常在瀹陵中学举行座谈会、报告会;在学生中间建立"读书会""新文字推行小组""世界语学习小组"等进步组织。他团结各校的进步师生,组织他们深入工厂、农村宣传共产党的抗日主张,增强广大人民群众战胜日本帝国主义的信心。1935年12月,在贺建华和其他党员、党外积极分子的倡导组织下,许昌各中小学2000多名师生,举行声势浩大的声援"一二·九"运动游行示威。许昌火车站和英美烟公司的工人也参加游行队伍。他们派代表到国民党许昌专员公署请愿,提出保障救国运动自由等五点要求。国民党许昌专署对群众的合理要求被迫做出肯定的答复。

1936年1月,中共中央北方局派沈东平再次来到许昌,以瀹陵中学为基础,建立许昌县地下党支部,沈东平任支部书记。同年7月,沈东平与郭晓棠一起,在许昌组建中共河南省临时工作委员会,并指定建立新的一届中共许昌中心县委,任命贺建华为书记。北平"一二·九"爱国运动后,贺建华等根据中共中央的指示精神和北方局、省工委的部署,以许昌县为中心,涉及襄县、禹县、郏县、长葛等地,秘密组织"中华抗日救国军北路军",人员迅速扩大到百余名。1936年冬,他们制定起义的标志、信号,制作旗帜、臂章,刻制"抗日救国军北路军总司令部"的印章,并根据建立的机构下发委任状,计划在农历腊月二十三日家家户户放鞭炮时进行暴动。由于叛徒告密,致使暴动夭折,贺建华等5人于农历正月初九在原籍贺庄被国民党逮捕,押送至开封监狱。在狱中一年多时间里,敌人对他严刑拷打,致其多次昏死过去,但他始终坚贞不屈。1938年春,贺建华因其父亲贺升平的统战关系获释出狱。因身体虚弱,贺建华暂回老家休养。

战斗在豫鄂边抗日根据地

贺建华在养病期间,时刻关心着国家民族的安危。他不顾乡亲和家人的劝阻,于1938年秋带病离家去确山县竹沟镇找到中共河南省委请求分配工作。省委派他到豫鄂边区的腹地、大别山区的经扶县(新县)做党的地下工作。

贺建华以经扶县农村小学校长(后到息县张陶中学任教员)的公开身份为掩护,秘密进行党的工作。他扎根在群众之中,访贫问苦,宣传共产党的抗日主张。贫苦农民和青年学生很快团结起来,在贺建华的组织带领下开展艰苦的对敌斗争。为保存革命力量,贺建华将十几个农民和五六个学生转移到鄂东特委和新四军四支队留守处所在地白马山,在特委书记郑位三的直接领导下工作。

1939年1月24日,中共鄂东特委书记郑位三和鄂豫皖区党委书记郭述申电告中央书记处和中央军委后获准,任命贺建华为罗(山)礼(山)(黄)陂孝(感)中心县委书记。受中共中央的委托,李先念于1939年1月17日率独立游击大队自竹沟南下,2月初在狮子口与六大队会合。李先念向贺建华并通过他向六大队的罗厚福、熊作芳等同志传达中共六中全会精神。

罗礼陂孝中心县委及六大队在军事上取得节节胜利的同时,以贺建华为主开展的统战和锄奸工作也卓有成效。他说服谷山新集乡自卫队中队长蔡玉坤带领全队八九十人、50多支步枪和两挺机枪接受改编,使六大队扩展到300余人、枪200余支,实力大增。在争取进步士绅共同抗日的同时,贺建华对欺压群众、作恶多端的叛徒、汉奸和维持会长则坚决打击,镇压了叛徒丁少卿。

以贺建华为首的中共罗礼陂孝中心县委,在李先念的统一部署下,领导六大队,经过一年多连续顽强的战斗,打开罗礼陂孝地区的抗战局面,为确立共产党坚持武汉外围敌后抗战的领导地位做出了应有贡献。

1941年和1942年,边区敌后抗战进入最艰苦的阶段。根据形势需要和组织安排,此后贺建华致力于抗日根据地的建设工作。1941年4月,边区第二次军政代表大会正式选举出豫鄂边区行政公署,许子威当选为主席,贺建华为秘书长。

在主管机关工作中,贺建华认真贯彻"一切服从战争"的原则,坚持"部队第一、机关第二",紧缩机关开支,有效地保障部队供给。1942年3月1日,鄂豫边区第一届抗日人民代表大会胜利召开前,行政公署秘书长贺建华根据上级指示,结合边区的实际情况,听取各方面的意见,拟出《鄂豫边区施政纲领(草案)》(以下简称《施政纲领》),经过代表们充分热烈讨论而被一致通过。《施政纲领》的实施,极大地调动各阶层人民的抗日积极性,掀起根据地建设的热潮。

1942年9月,贺建华随边区党委组织的以陈少敏为首的鄂东巡视团视察工作,被留下任鄂东专署专员,1943年1月又改任长江专署专员。

在主持政府工作中,贺建华认真全面地贯彻执行《施政纲领》,根据当时当地的实际情况突出工作重点。他亲自领导黄陂县的减租减息斗争,以五区官谭乡为重点,大力宣传和坚决执行二五减租法令,组织广大贫雇农对大地主展开面对面的说理斗争,有效地推动鄂东专区的减租运动,缓解了群众生产和生活上的燃眉之急。他还发动和组织山乡挖塘、筑坝,湖乡修闸、挖河,开展水利建设,发展生产,战胜灾荒,实行"穷人出力,富人出钱、主佃合作、贫富互助"的政策。卓有成效的工作,使群众渡过难关,避免灾荒年景灾民向湖区逃荒的悲剧重演。群众感激万分,称赞贺建华是"穷人的救命恩人"!"鄂东人民的领袖!"

1945年2月,湘鄂赣区党委做出着重发展鄂南的决定,并于1945年4月派贺建华到地形复杂、条件艰苦、敌顽力量比较强大、斗争极为残酷的鄂南地区任专署专员。

以贺建华为首的鄂南专署,把支前作为压倒一切的中心任务,千方百计克服困难,为部队筹措粮款,支援南下部队。南下支队南进后,中央电示中共湘鄂赣区党委改为中共鄂南地委,湘鄂赣行政公署改为第七专署,贺建华任该专署专员,为最后打败日本帝国主义继续坚持斗争。

英 名 与 楚 天 共 存

1945年8月15日,日本政府宣布无条件投降。为准备对付必将到来的内战局面,中共中央调南下支队自粤北返,嵩岳部队自豫南下,与五师会合,组成中原部队,形成威胁国民党军出川的"铁拳"。9月19日,中共中央做出向南防御、向北发展的战略方针。根据中共中央决定,边区党委主动撤出驻鄂南、鄂皖边等解放区的部队。10月30日,中共中央中原局决定鄂东地区与黄冈地区合并,成立鄂东行政分署,贺建华任行政分署主任。蒋介石大搞军事包围和经济封锁,中原军民极度困难。

以贺建华为首的鄂东行政分署,一面揭露蒋介石"假停战,真内战"的反革命伎俩;一面动员和带领鄂东干部和广大军民,开展生产自救,与部队指战员一起,开荒种地,上山砍柴,打野兽,挖野菜。在这段极艰苦的岁月里,贺建华忘掉个人一切,全身心地投入紧张而繁重的工作,常常忙碌到深夜,有时还带病坚持工作。在恶劣的环境下,他的两个孩子因得不到及时救治先后夭折。

1946年6月26日,在中原突围中,鄂东军区部队奉命留在原地,以团为单位活动,以5000健儿之旅,牵制着敌人8个正规旅和10多个保安团的兵力,有力地配合主力部队的胜利突围。后部队于7月下旬分散坚持大别山的斗争。贺建华带领一部分地方干部同中原军区独二旅一起,发挥地熟人熟的优势,神出鬼没、机智勇敢地打击敌人。在一次遭遇战中,贺建华头部负伤,满脸是血,仍顽强坚持战斗。

11月,贺建华和独二旅政治部主任余潜带领张教导员、战地医院院长袁立山夫妇和战地医院一看护员,在蕲春县西北部仙人冲一带崇山峻岭中与敌周旋。一天夜里,他们正在一个山洞隐蔽,叛徒向敌告密,带敌军一个排的兵力将山洞团团围住。次日凌晨,在洞内未能突围出来的贺建华、袁立山与敌展开肉搏战,但终因敌众我寡,不幸落入敌手。国民党反动派对贺建华施以严刑,非人摧残。贺建华大义凛然,宁死不屈,最后惨死在敌人的屠刀下,年仅38岁。

革命文艺青年刘昭平

刘昭平,原名刘松茂,1918 年 10 月 29 日出生于许昌县榆林乡杜庄村,8 岁入学,少年时期就显露出对旧社会、旧礼教、旧家庭的叛逆性格。小学五年级的时候,因校长庞某排斥进步教师和侵吞办学经费,学生组织罢课"驱庞",刘昭平是领导者之一。

少年时代多才多艺

刘昭平在少年时代就显露出多才多艺的才华,不但文章写得好,绘画也是全校的尖子,还是学校的骨干演员。在小学和中学时期,他酷爱读鲁迅、茅盾、高尔基等进步作家的作品。他还订阅《作家》《译文》等进步刊物,把好书介绍给同学们读,并组织读书会,共同探讨,相互启迪。

1934 年,刘昭平考入河南省立第四中学。1935 年 12 月 9 日,北平爆发了爱国学生抗日救亡运动。许昌私立灞陵中学、省立四中、男子师范、女子师范、进德中学、第一小学的师生,在中共地下党员贺建华、王定南、郭晓棠、王大明、栗再山等的领导下,和工人、烟农、市民一起举行声势浩大的游行示威,声援北平"一二·九"运动。刘昭平和同学们一起积极参加这次游行。这场爱国运动使刘昭平思想觉悟有了很大提高。

1936 年春,他和周吉一、张远、黎辛、张明舜等 9 名志同道合的同学组织"圈外文艺社",宗旨是组织大家读书、写作和参加抗日救亡活动。为扩大"圈外文艺社"的影响,他们与《新民日报》联系,创办文艺副刊《圈外文艺》，刘昭平为刊头题字。这个副刊每周一期，从1936年春到1937年秋，办60多期。副刊的内容多是宣传抗日救亡，揭露社会的黑暗，抨击旧礼教，作品有诗歌、散文、小说、杂文和评论。刘昭平任副刊主编，又是主要撰稿人。不久，刘昭平、周吉一等在《许昌日报》上创办《初步》副刊。

刘昭平、周吉一等作为学生，既要做功课，又要办副刊，他们写出一篇又一篇揭露旧社会、宣传鼓动群众的好文章。学校教语文的周子凡老师是中共地下党员，对《圈外文艺》关心支持，经常把刘昭平的作品推荐给同学们读。刘昭平在周子凡的启迪下，思想觉悟逐步提高。

"圈外文艺社"的成立，引起学校当局的反对，但刘昭平这些热心青年，最终挫败校方的种种卑鄙伎俩，《圈外文艺》越办越好，不但吸引校内师生，校外也有人提出要求参加"圈外文艺社"。

刘昭平是学校抗日救亡活动的积极分子，讲演、演戏、查日货、到街头宣传，每次他总是走在前面。1937年夏，刘昭平考入开封黎明高中，结识了更多的进步学生。开封地下党组织的星期日下乡宣传活动，刘昭平每次都积极参加。

当时在青年学生中对抗日救亡有截然相反的认识，争论的焦点是依靠国民党抗日，还是参加共产党领导的抗日军队；是在学校里一边读书一边宣传，还是离开学校投身到抗日烽火中去。刘昭平坚决主张参加共产党领导的抗日军队，到战斗的烽火中去。他的鲜明立场和正确主张，在进步学生中产生了积极的影响。

奔赴延安投身革命

1937年"七七"事变，揭开了中国人民全面抗日战争的序幕。中共开封地下党组织一方面积极组织青年学生参加抗日救亡工作，另一方面动员介绍进步青年去延安参加革命。正在开封黎明高中求学的刘昭平决心投笔从戎到延安去,到抗日前线去。几经周折,他终于踏上奔赴延安的征途。

1937年底,刘昭平和李建彤、李震、沈唯彤、陈之平等一行5人,带着地方党组织的介绍信,离开许昌,乘火车来到新乡。因战局变化,驻新乡的游击队办事处已经撤走。于是他们又改赴西安,找八路军办事处。途中,他把自己的名字刘松茂改为刘昭平,还帮助其他人更改名字。他发现有的同学带钱较少、自己带得多,又提出把各人带的钱集中起来,统一管理、统一使用的建议。

到西安后,他们先到七贤庄八路军办事处。经办事处介绍,到安吴堡"青年干部训练班"(以下简称"青训班")学习。这里

圈外文艺社成员合影,前排左二为刘昭平

的干部和教官多是"抗大"毕业的。在这里学习时间虽只有一个多月,却使刘昭平他们大开眼界,耳目为之一新,是他们投身革命队伍后上的第一课。在这里,他学习中国共产党关于工人运动、农民运动、妇女运动、抗日民主统一战线的指示和政策,学习《大众哲学》《辩证唯物主义》等理论以及游击战术,革命觉悟和理论水平有很大提高。

1938年初,在"青训班"学习结束后,刘昭平和李震、陈之平被党组织分配到山西"民族革命大学"。他们出发赶到山西曲沃时,日军已占领临汾,"民族革命大学"正在疏散。刘昭平和一部分师生商量

到延安去。他们20多个人组织一个剧团,从曲沃启程,边行军边宣传,徒步向延安进发。他们在山西临晋吴王渡冒着生命危险抢渡黄河,经合阳、韩城、澄城、黄龙、洛川、富县,到达延安。路上没有盘缠,他们给群众演戏,群众管他们吃饭。他们演的都是自编自导的抗日救亡节目,很受群众欢迎。

这段时间生活虽然艰苦,但由于接近群众,接近抗日斗争的烽火,刘昭平的写作水平有很大的进步。他的创作热情非常旺盛,创作出许多富有战斗生活气息的诗文和剧本。

从曲沃到延安的路上,刘昭平经历不少艰难险阻,他几乎把所有的衣物包裹都扔光,只留着一大包剧本,边行军、边创作、边演出。刘昭平既是编剧又是导演,有时还是演员。他初步受到革命的锻炼,开始显示他的革命才能。

战斗中成长

1938年3月,刘昭平到达延安,被分配到抗日军政大学学习。他所在的大队住在宝塔山对岸的清凉山,两山之间只隔一条延河。在这里,他接受革命的洗礼,加入了中国共产党。

在"抗大"学习期间,刘昭平主办本大队的墙报。他一个人写稿、组稿、审稿,又抄写、插图,主办的墙报内容丰富、形式活泼,博得广大师生的赞扬。在"抗大"学习时,他曾一度存在重文艺、轻军事的思想倾向,对军事训练不太重视,制式教练和实弹射击成绩不佳。他接受同学和好友的建议与批评,从此,文艺和军事并重,军训成绩突飞猛进。

1938年冬,刘昭平从"抗大"毕业后,被分配到八路军陕甘宁边区留守兵团政治部搞文艺宣传工作,住延安西山。

1939年5月,刘昭平到"鲁迅艺术学院"深造。这年9月,"鲁艺"部分师生迁往晋察冀根据地,他和同志们一起唱着"到敌人后方去"的雄壮歌曲,来到晋察冀边区。之后,鲁迅艺术学院来的这一部分师生并入"华北联大"。同年底学习毕业,被分配到八路军一二〇师独立第三支队。

1940年秋,三支队编入一二〇师三五八旅,刘昭平在三五八旅"战火剧社"任编导,随部队转战于晋绥敌后根据地,曾和吕梁山区的英雄儿女并肩战斗,较多的时间则是在山西省的兴县和临县。

"战火剧社"是一支实力较强的文艺队伍,颇受人民群众和广大指战员的欢迎。部队行军时,刘昭平带领演员沿途表演小节目,搞宣传鼓动工作;在沿途村庄墙壁上和山间石壁上写标语、画漫画。一到驻地,他又总是忙着搞宣传,为群众演出,教群众唱歌。

当时,剧社里有些"小鬼演员",刘昭平除教他们演节目,还教他们学文化,给他们批改作业,教写通讯报道。这些小演员,年纪小的只有十二三岁,大的也只有十四五岁,连续行军,身体支持不住,刘昭平就搀着他们走,替他们背东西。每次急行军,过封锁线,过险山恶水,刘昭平都亲自照顾几个小演员。

剧社常常冒着生命危险,到敌伪碉堡林立的游击区演出,经常出现被敌发觉遭袭击的情况。1942年春,日军对晋西北根据地进行疯狂扫荡。一次,敌人集中十一路兵力,夜间包围了驻在兴县界河口附近孙家庄的三五八旅直属队,"战火剧社"处在敌人包围之中。当时,我军的兵力只有一个营,情况十分危急,直属队领导决定立即突围。刘昭平勇敢机智,带领两个小演员,利用地形找敌人的薄弱地带隐藏起来,寻机突出了重围。

为更好地发挥文艺鼓舞人民、教育人民、打击敌人的作用,刘昭平抽时间撰写不少散文、小说、诗歌,在报纸和刊物上发表。他以发生在许昌的真人真事为素材创作的报告文学《月黑杀人夜》,登载在

《战火报》第一版上,无情地揭露国民党特务杀害进步青年的罪行。

1942年春,根据战争和工作需要,三五八旅解散"战火剧社",成立八一中学,把剧社里文化低的小演员和各单位精简下来文化低的小战士,组织起来学文化。刘昭平被分配到八一中学任语文、历史教师。在八一中学将近一年的时间,刘昭平教课认真负责,勤勤恳恳,教语文,讲写作,讲历史,他都很拿手,讲得生动活泼,深受同学们的喜爱和敬重。

战 地 记 者

随着抗战相持阶段的到来,敌后抗战进入最艰苦最困难阶段。为克服困难、巩固根据地,坚持抗战、争取胜利,中共中央在根据地开展整风和大生产运动。1943年初夏,三五八旅奉调由晋绥返回陕甘宁,担负保卫延安的重任,驻地先后在葭县、富县。刘昭平在这里参加整风和审干。由于康生执行极"左"路线,运动初期刘昭平一度遭受诬陷,运动后期宣布平反。他对党忠贞不渝,积极投入大生产运动。

刘昭平响应党提出的"自己动手,丰衣足食"的号召,克服一切困难,艰苦磨炼,刻苦学习,终于学会开荒种地、纺纱和捻线,又一次经受锻炼和考验。他在自我总结时说:"我参革命队伍之前是个书呆子,革命后成为一手拿笔一手拿枪的革命战士,现在又成为一手拿锄头一手摇纺车的劳动者。革命队伍真是锻炼人的大熔炉!"

1943年秋,他随军驻富县王家角,这里是陕甘宁边区的南大门,是保卫延安的前哨。当时,刘昭平是三五八旅政治部宣传干事,主编三五八旅《战火报》,后又兼任一二〇师《战斗报》特派记者。

他主编的三五八旅《战火报》是一张用蜡纸刻印的两版油印小报。刘昭平既是编辑又是记者,有时还帮助刻蜡版、印刷、发行等。

他很重视部队的通讯工作。在领导的支持下,他依靠群众,把《战火报》办成了指战员们喜闻乐见的报纸,成为广大指战员的知心人、好朋友。刘昭平兼任一二〇师《战斗报》特派记者,为《战斗报》撰写许多高质量的报道。

刘昭平虽然身为部队记者,每次作战都冒着危险到前线采访。1945 年 8 月,胡宗南军队进犯陕甘宁边区,在爷台山狙击战中,刘昭平带上手枪,背上采访挎包,一边英勇地参加战斗,一边进行战地采访。他不怕牺牲,深入前线实地采访,写出许多好新闻,解放区不少重要报刊登载过刘昭平同志的作品。他写的报告文学《我要向你看齐》登载在延安的《解放日报》上(当时党中央机关报)。

血洒大同

1945 年 8 月 15 日,日军宣布无条件投降。9 月,刘昭平随三五八旅离开陕西富县,从柳林渡黄河东进,到晋绥边区驻扎卓资山。

1946 年 6 月,蒋介石撕毁停战协定,发动全面内战,向解放区全线进攻。1946 年 7 月下旬,刘昭平随三五八旅南进,开赴山西大同前线。大同守敌是阎锡山的主力,还有一部分阎锡山收编的日本人。他们龟缩在大同城内固守待援。我军将大同团团围困,夜里攻城,白天撤下来休息。

8 月 18 日晚,刘昭平和往常参加作战一样,插上手枪,背上装着钢笔采访本的皮挎包和进口照相机,和指战员们一起出发。他和战士们并肩前进,边记材料边拍照片。我军向敌人盘踞的坚固堡垒大同发动猛攻,很快攻进大同城北关,逼近天主教堂,战果不断扩大。

8 月 19 日黎明前,我军击毁一辆敌军坦克。在当时我军缺少反坦克武器的情况下,这是个很大的战斗成果。把这个镜头拍下来、尽快发表,可以大大鼓舞我军的士气。正当刘昭平把相机对准坦克残骸,按下相机快门的瞬间,一颗罪恶的子弹射向了他。他躺在血泊里,鲜血滴在相机上、滴在挎包上,染红挎包里的采访日记和尚未发出的稿件。刘昭平留下的最后一件作品,就是一幅拍着敌军坦克残骸的照片。战士们发现刘昭平中弹倒下,悲愤万分。几个战士组成敢死队,在我军火力掩护下,冒着敌人的炮火冲到前沿阵地,把刘昭平抬下来。此时,他已经奄奄一息,他断断续续地说:"我不行了,我衣袋里所有的钱是我最后一次的党费……"

刘昭平牺牲时,离他28周岁的生日还差两个月零十天。战友们把他安葬在大同市西北10余里南洋河西岸的云坡山下。

刘昭平牺牲后,三五八旅《战火报》、一二○师《战斗报》、晋绥边区《晋绥日报》和其他一些报纸都发表消息,新华社也发了唁电,有的报纸还发表悼念文章和他的遗作。《战斗报》编辑邹霄朗在题为《牺牲在战斗里的记者——忆战友刘昭平》一文里写道:"想象你临牺牲前的英姿,真不愧为战斗记者呀!你带着笔,也带着枪,枪和笔联结在一起!"

优秀国防干部周吉一

满腔热血的爱国学生

周吉一,原名李松立,1918年8月2日生于许昌县小召村一个农民家庭,1933年入县立第一小学,开始接触新思想。1935年,周吉一考入河南省立第四中学,他和同学刘松茂(刘昭平)、陈廷灿(陈曼迪)、旮范五(张远)、张明舜、艾荣泉等组织"圈外文艺社"("圈外"的含义是不受反动势力的操纵,是青年学生自己的园地)。他们经常在一起阅读鲁迅、高尔基、小林多喜二等中外进步作家的著作,并利用课外和假日走上街头或农村演节目、讲演,宣传抗日救亡,还参加查禁日货、抵制日货的活动。语文教师周子凡(中共地下党员)对"圈外文艺社"的活动很支持,给他们介绍进步作品和社会科学方面的书籍,使周吉一对马克思列宁主义基础理论和党的基本知识有初步了解。

"圈外文艺社"还编辑《圈外文艺》和《初步》两个副刊,在《新民日报》和《许昌日报》发表。周吉一写过许多宣传抗日救亡、针砭政治腐败现象和揭露旧礼教旧道德的诗歌、散文、小说和评论。《圈外文艺》深得爱国青年学生的喜爱,他们称赞《圈外文艺》有生气、有吸引力。1937年夏,"圈外文艺社"主持人刘松茂到开封求学,周吉一接替主持"圈外文艺社"的工作,负责主编《圈外文艺》和《初步》副刊。

"一二·九"运动爆发后,周吉一抗日救亡心切,放弃原来上大学的想法,和进步学生一起积极投入抗日救亡的学生运动。反动校长曹少华对他十分仇视,张贴布告,给周吉一严重警告、留校察看的处分。

"七七"事变后,周吉一再也不愿坐在课堂里读书,决心到抗日战争的烽火前线去。在周子凡老师的支持下,他和周文会(周子凡的儿子)、李钦哲一起离开学校和亲人,去山西太原民族革命大学。走到洛阳时,听说太原局势危险,民族革命大学正准备疏散,他们就乘火车直达西安,到七贤庄八路军办事处。经办事处介绍,他们徒步奔往革命圣地延安。

战 争 烽 火 中 的 优 秀 指 挥 员

1937年12月12日,周吉一到达延安,被分配到抗日军政大学第三期三大队七分队学习。在这里,周吉一加入中国共产党,他学习马克思主义的基本理论、游击战争的战略战术,还聆听毛泽东等领导同志讲的哲学课和抗日民族统一战线的理论,并进行过实战演习、射击投弹,参加挖窑洞、开荒地等劳动,文化理论和军事素养得到锻炼和提高。

1938年4月,周吉一在"抗大"毕业。中共中央为争取更多的抗日力量,应石友三的要求,派周吉一等13人到石友三的六十九军,并带去一封毛泽东主席给石友三的亲笔信。

为适应地下工作的需要,出发前周吉一改变名字。他想起自己参加革命的启蒙老师周子凡,于是就改姓周,吉一两字是从周字演化出来的。

在石友三的六十九军里,周吉一被分配到教导总队一大队任区队副。他的秘密工作由郭子化和中共山东沂水县委领导,他在这里发展两名党员。8月,周吉一被分配到沂水县人民武装总队任政治主任,在这里工作四个月的时间,扩充地方抗日武装1000多人。

1938年底,石友三部队到冀南后,和顽固派张荫梧勾结,公开反共。1939年4月,在石友三部队公开身份的40多名共产党员撤出该部队。5月,周吉一与撤出的共产党员来到上党八路军总部,周吉一被分配到"抗大"山东分校,任哲学和政治教员。他讲课认真,关心学员,受到大家的赞誉。1940年初,周吉一被调往山东纵队政治部民运部任调查科科长,还参加巡视团到山东纵队所属的苏皖地区检查工作。他发现肃清托派有扩大化现象,立即向上级报告。1940年5月,周吉一任苏皖纵队一大队党总支书记兼政治处组织股股长。9月,苏皖地区的几支部队合并整编为三支队。不久,三支队改编为九旅,下属七、八、九团,周吉一任七团党总支书记、政治处组织股股长。以后虽多次改变番号,但他在这个团一直战斗了八个年头。

1940年下半年,周吉一到苏皖地区参加开辟新区的工作,他发动群众打击日伪军和顽固派势力,建立抗日民主政权。12月,周吉一所在团奉命在六塘河北岸阻击进犯新四军的国民党韩德勤部。战斗中,一颗子弹打中他的右腿,三个月后虽然治愈,但却一生留下腿痛的后遗症。

1942年底,日军纠集一万多日伪军对淮北根据地进行33天的大扫荡。周吉一和团长政委一起,分散活动,化整为零,机动灵活地消灭敌人。在反扫荡中,他以较小损失消灭敌人大量有生力量,受到了上级嘉奖。

在极度困难的环境中,周吉一始终都把政治工作放在首位。他亲自为旅政治部出版的《奋斗报》撰写稿件,赞扬指战员的英雄事迹,交流战斗、生产和学习经验,极大地激励指战员的战斗意志。对部队中存在的违纪现象,他及时发现及时教育纠正。一次,他到洪泽湖西岸五连驻地检查开荒造田工作,发现连长竟然把犯错误的战士用绳子拴在大马车上,夜里让蚊子咬,作为惩罚,名曰"蚊子会餐"。他发现情况后,立即把连长找来,批评教育,指出我们的军队是人民的军队,应根除军阀主义作风。他把"蚊子会餐"事件通报全团,引为教训。师政委邓子恢专门到这个团召开大会，表扬周吉一的做法，五连连长做出深刻检讨。

1943年春，新四军主动配合韩德勤部反扫荡作战，并让其部队暂时进入我防区躲避。反扫荡结束后，韩德勤部队不但不撤离我防区，反而亲率其部侵入淮北根据地中心区山子头，企图与王仲廉部夹击消灭新四军，在洪泽湖畔建立反共阵地。新四军部队对侵入山子头地区的韩德勤部进行自卫反击。周吉一亲率三营八连攻上山子头，突破鹿寨外围，跃进韩德勤所住大院，迅速占领屋顶制高点，活捉了韩德勤，并击毙反共分子皖北专员王光夏。活捉韩德勤后，根据上级指示，周吉一对其教育后释放。

1944年9月11日，在八里庄战斗中，周吉一和战友们冲锋在前，奋勇杀敌，为恢复豫皖苏根据地做出了重要贡献。

1944年底，周吉一率领部队在淮北休整待命，开展练兵训练，着重演习攻坚战中破除敌大型碉堡的战术。为做好这种训练，周吉一开展有效的政治思想工作，还写了题为《土工作业中的政治思想工作》的经验文章，发表在新四军四师主办的《拂晓报》上。

周吉一作战勇敢，身先士卒，战斗中多次负伤，但他始终不离开岗位半步。在张楼战斗中，由于连续作战，劳累过度，周吉一大量吐血，但他还是坚持带领部队追击敌人，直至胜利。1945年皖东北的一次战斗中，他手部又负了重伤，才被迫住进师部战地医院。

1946年12月，宿北战役取得胜利，击毙国民党整编六十九师师长戴之奇，活捉副师长饶守伟。宿北战役结束后，山东野战军二纵首长派周吉一到山东莒南县去动员和训练新兵，要求他扩充兵员一个团；他任团长兼政委，带领一个团的排连营以上干部来到莒南县。周吉一充分发挥政治思想工作的强大威力，在中共地方党组织的配合下，广大青年踊跃报名参加中国人民解放军，出现了许多父送子、妻送夫的动人事迹。不到一个月，两千多人的新兵团就组建起来。经过紧张训练,新入伍的青年农民很快成长为具有战斗力的解放军战士。

1947年初,华东野战军陈粟首长决定在孟良崮歼灭蒋介石的嫡系部队整编七十四师,打断蒋介石"一根脊梁骨"。在四天四夜的阻击国民党整编八十三师和第七军的增援战斗中,周吉一和战友们打退敌人一次又一次进攻,胜利完成凤凰山正面阻击任务。

1947月10月,周吉一所在的团连夜奔袭六七十里,凌晨3时到达敌旅部驻地山阳庄,从山阳庄的西面向村里猛攻,与敌展开激战。周吉一指挥全体指战员发起猛攻,天亮前占领大半个村子,与敌人展开巷战。当天下午,我军发起全线进攻,歼敌6000余人。

山阳庄歼灭战,保证了胶河战役的胜利,有效稳定了胶东和山东的局势。

在莱阳战役中,周吉一带领全团在莱阳南的水沟头阻击增援之敌。他一边指挥部队抢筑工事,一边动员当地群众挖交通沟,筹集物料,很快筑起碉堡群。战斗打响后,敌步兵紧跟坦克群向我阵地猛攻,用山炮向我指挥所轰击。解放军士气高昂,英勇还击,阵地失而复得。

1948年11月,淮海战役拉开了序幕。周吉一带领全团参加在徐州南阻击邱清泉兵团阻击战,保证兄弟部队歼灭黄百韬兵团;接着又在蚌埠以北地区参加阻击李延年兵团的战斗;最后在永城陈官庄一带参加全歼杜聿明兵团的战斗。在进攻徐州东南王塘的战斗中,周吉一带领全体指战员,打退敌人在飞机坦克重炮配合下的疯狂反扑,发动多次猛烈冲锋,终于攻克王塘,全歼敌人。

淮海战役后,华野二纵队改编为第三野战军第二十一军,周吉一任团政委。1949年2月,部队开到安徽合肥东南的巢湖进行渡江作战训练。4月20日中午,周吉一所在团于下午5时开始从贵池、青阳之间渡江。周吉一率部队在长江南岸登陆,守敌在解放军打击下仓皇逃窜,号称"固若金汤"的长江防线,在解放军的强大攻势面前一触即溃。渡江之后,周吉一率部日夜急行军,尾追逃敌,路经黄山,由杭州市西南越过钱塘江大桥,进驻肖山,部队在这里休息两天。后继续南下,经金华、丽水,乘船沿丽江直下,渡瓯江,直奔温州。解放温州后,又南下瑞安,在那里暂驻休整。

1949年6月,周吉一任二十一军六十三师政治部主任(1950年3月任政委)。这段时间,他在浙南沿海参加发动群众,协助地方党建立政权。师部在温州地区公开招收青年学生,由周吉一主办青年训练班,对新参军的青年学生进行革命理论和党的基本知识的培训。

1949年11月,周吉一所在的六十三师冒雨从温州开往象山港湾,和兄弟部队一起,先后解放六横岛、桃花岛,1950年5月解放舟山岛以及所属大小岛屿。

1950年10月,周吉一调任华东军区政治部青年部副部长(后为部长)。任部长四年,他把华东军区所属各级的青年组织都健全起来,并建立一系列行之有效的制度,培训一批批的青年干部,把部队青年工作开展得有声有色。

1952年,周吉一参加南京市的"三反""五反"运动,主管五个行业,后又是南京军区"三反"鉴定甄别工作组的成员之一。工作中,他努力避免扩大化,特别是在鉴定甄别时,切实做到实事求是,不冤枉一个好人。

1954年8月,周吉一调任第二十军政治部主任。这年冬,开始解放一江山岛的战前准备工作。他全力以赴抓政治训练,亲自到六十师和师领导一起研究制订训练计划,指导训练工作。解放一江山岛需海、陆、空三军联合作战,政治训练任务重,既有部队的宣传鼓动工作,又有渔民船只和岛上居民的组织工作,还有对敌瓦解工作。周吉一对每项工作都作出周密考虑和安排,后来他还在华东军区的政治工作干部经验交流会上介绍经验。解放一江山岛的战斗一举胜利,是与周吉一卓有成效的工作密不可分的。

周吉一任二十军政治部主任期间,曾负责审干和肃反工作。他强调实事求是,不搞逼供信,防止了许多冤、假、错案的发生。

国防科技战线上的优秀干部

1957年10月,周吉一调到国防科学技术战线工作,在这个岗位上辛勤奋斗30余年。

1956年下半年,国防部第五研究院筹备创建,这是我国正式成立的第一个运载火箭技术研制机构。1957年,周吉一任五院总体室副主任,后任五院第一分院政治部主任。1959年,任第一分院副院长,主管基本建设,兼管后勤和部分技术管理工作。周吉一与五院院长兼第一分院院长钱学森共事,配合得十分默契。他还兼任第一分院北京基地建设指挥部指挥、党组书记,一直到北京基地建成,并研制出产品。

在从事国防科技工作的30多年中,周吉一把人民解放军的优良传统和政治工作经验带到科研单位,创造性地开展了许多卓有成效的工作。

为适应从部队到科研部门新的工作需要,周吉一不会就学,不懂就问,虚心向专家和学生们学习,逐步由外行变成内行。

国防科技工作人员来自四面八方,思想政治工作相当艰巨繁重。他以极大的精力建设"自力更生,艰苦创业,大力协同,献身航天,勇攀高峰"优良院风。他正确执行党的知识分子政策,注重团结、教育、信任,和他们打成一片,交心交友,用自己的实际行动影响带动他们,调动他们的积极性和创造性,努力建设一支思想、作风、技术"三过硬"的航天研制队伍。

1962年夏季的一天,周吉一在研究院内的大树下召开两个多小时的全体技术人员、干部和职工大会,讲述我党艰苦创业的传统,严肃批评个别挥霍浪费的现象,并提出严格要求,对全院震动很大。院里之前出现的个别新来的大中专学生艰苦创业观念淡薄、不爱护设备和公物等不良现象得到迅速改变。

周吉一在国防科技岗位上仍和战争年代一样,不怕疲劳,吃苦在前。一次,他主持工程现场会议,因病发烧体温超过 40 摄氏度,不顾医生和秘书的劝阻,仍坚持作完报告。会后,其他领导同志强制他住进医院。第二天天未亮,他就不辞而别又回到工作岗位。

1964 年 9 月,他奉调参加"大三线"基地建设。从踏勘地形、选点定点,到研制试验、投产、发射,八个年头走遍青海、甘肃、陕西、四川等地区。严寒酷暑,日夜辛劳,他几乎年年都和"三线"建设的科技人员、职工干部一起,在工程第一线共度春节。

在"三线"基地建设中,周吉一处处以国家利益为重,敢于坚持正确意见。在○六二工程的选点定点问题上,他坚持实事求是的原则,敢于与持错误意见的部领导据理力争。在中央相关领导的支持下,最终使工程任务得以顺利进行。

1964 年,周吉一晋升为少将军衔,荣获二级独立自由勋章、二级解放勋章和独立功勋荣誉章。"文化大革命"期间,周吉一遭受诬陷和迫害,但他仍千方百计地关心和保护干部群众。1970 年 10 月,周吉一重新回到"三线"建设的岗位,继续指挥○六二工程的研制和○六七基地的建设。

1974 年 8 月,周吉一任中共陕西省委常委兼陕西省七机局局长、省国防工办主任,主管七机部在陕西省的 30 多个科研生产单位。他认真抓好对各基地的整顿工作,取得成效。1978 年 3 月,周吉一到北京参加全国科学大会,回陕西后认真贯彻落实会议精神,使国防科研工作出现新的局面。

1979 年 4 月,周吉一被中央军委任命为国防科工委政治部副主任。1980 年夏,我国第一颗洲际导弹发射前后,周吉一做了大量组织和协调工作。我国第一颗洲际导弹从选点、研制、试验到发射,共经历 20 多个年头,周吉一付出了大量工作和辛勤汗水。

1982 年 8 月,周吉一被中央军委任命为国防科工委办公厅主任。不久,他受命主持编纂《中国大百科全书》中的《航空航天卷》。1984 年 6 月,他召开编纂筹备会,建立领导班子和写作班子,开始搜集资料,编写修改,审稿定稿,1985 年底正式出版。全书 1200 多个条目,还有大量图片,是一部具有中国特色的航空航天史料,从筹备到成书,周吉一"事必躬亲",按时保质保量完成审稿和修改任务。

周吉一廉洁奉公,不谋私利。组织上配备的专车,他从不让自己的家人乘坐。他的两个女儿从到农村插队劳动,到建设兵团军垦、参军、复员、当工人,他没有利用自己的职位和影响给女儿安排一个好的工作岗位,更不把自己的孩子留在自己的工作单位。他对许昌老家几个侄儿和侄女关怀备至,但却没有给一个人安排工作,也没有给一个人办城市户口,全部都在家当农民。大侄女在北京帮助他料理家务两三年,原想靠他安排个工作或去参军,周吉一耐心做她的思想工作,说服大侄女安心回家务农。

1985 年 3 月,周吉一离休后,仍继续为航天航空事业出谋献策,发挥余热。他还带病参加编写部队战斗史,撰写革命回忆录。病重住院期间,仍然继续撰写回忆革命往事的文章和诗词。1989 年 2 月,周吉一因病医治无效,在北京逝世,享年 71 岁。

抗日先锋长葛民先队

　　1938 年 5 月的上旬,长葛"中华民族解放先锋队"(以下简称"民先队")队委在老城西门里刘家胡同陈瑞图家召开扩大会议。

　　会议由队长陈瑞图主持。参加会议的人员有长葛民运指导员于永林(吉林省人,地下党员)、陈伯瑾(石固镇祥符梁村人,在开封市中学任教)、赵逸清(尉氏县消川镇榆林赵村人,在上海市重工局离休)、欧阳笑如(新郑县人)、赵瑞甫(别名吉南,后河街人)、辛金生(老城镇西关人,在武汉省食品进出口公司离休)、董书林(大墙周乡小河董村人,在县高中离休)、宋长发(增福庙乡后河街人,在后河街学校任教)、杨福海(新郑县听水寨人)、司振东(亭官乡四三府村人)和董金瑞等人。

　　陈瑞图说:"中共中央的政策是,发动群众,坚持抗日,反对投降;坚持团结,反对分裂;坚持进步,反对倒退,建立广泛的统一战线。"他接着说:"目前河南的形势,平汉路黄河以北尽被日寇占领,和郑州仅一河之隔,商丘、开封相继失守,日军必然进攻我交通要道郑州,咱们的家乡——长葛也会落入敌手。我们'民先队'队员怎样救亡图存,保卫家乡呢?我们必须和自卫团内部一部分进步的、愿意抗日的官兵交朋友。这样就会抓到枪支,有了枪支和人,我们就可以和日寇打游击战争,在游击战争中壮大我们自己。现在,长葛县已经成立三个抗日自卫团,县长马维珍兼任司令。马维珍是个逃跑主义者,县政府已密谋西迁陉山,县城秩序紊乱。下属三个团,以行政区划分:第一区团长由区长杨少贤兼任,副团长是陈秀峰;第二区团长由区长翟镇修兼任,副团长是胡德福;第三区团长由区长尚延昭兼任,副团长是罗干卿。每团辖三个中队,每个中队辖三个分队,每个分队辖三个班,每班12人,每团官兵约400人。根据我谈的情况,同志们都谈谈自己的意见吧!"

李国璋说:"双泊河以北有一文一武,一文是我哥李子玉;一武是罗干卿,他俩长期合作,感情深厚。况罗干卿出身贫穷,祖先是吹鼓手,他还给地主当过长工,其人朴实,愿意抗日。三官庙中队长赵华山是我表兄,其人有正义感,愿意抗日。谷德荣同志是本县付桥人,组织上选送他去竹沟镇新四军四支队八团教导大队学习即将回来,我可以介绍指导员于永林、谷德荣同志去和他们交朋友,保证不出问题。"

赵瑞甫说:"我可以联系胡德福跟着我们一起打游击,并发动群众,扩大组织,建立陉山游击区。"

胡清瑞说:"我妹妹是王幼卿的媳妇,我可以利用亲戚关系到王幼卿的特务大队工作,以探听县政府的消息。"后来,县政府下密令逮捕谷德荣、司振东的消息就是胡清瑞同志汇报的。

董金瑞说:"我可以利用族叔董青山(董书林的胞兄)和我哥董振离的关系,和方柏松一起去协助于指导员、谷德荣和董书林开展工作。

队长陈瑞图说:"同意大家的意见,立即行动。另外,我和李思孝(山东省夏津县人,1925年加入共产党,在新郑县沂水寨落户,曾任长葛县'民先队'副队长、长葛县党支部书记、县委书记等职。1938年12月,党组织派李思孝到国民党第三集团军任政治教官离开长葛,于1942年初,到豫东做策反工作,在通许遇害)、赵瑞甫及县城以西的'民先队'队员一起,深入到沂水寨、陉山等地发动群众,组织抗日武装;辛金生、辛瑞芝、杨玉莲、魏永章等留守县城,联系和投送情报。"

县立中学放麦假后,董金瑞和方柏松到三官庙赵华山中队报到。看到该中队在广场上集合,约有110人,民运指导员于永林、董书林和赵华山等在一旁站着，谷德荣正领着官兵唱《春季里百花香》《工农兵学商》等歌曲。继之，于指导员作报告，他说："日本鬼子强占我领土，枪杀我同胞，强奸我姐妹，我们再也不能忍受了……"最后，谷德荣领着大家高呼："我们是钢铁战士！""宁做刀下鬼，不做亡国奴！""团结起来，打倒日本鬼子！"解散后，董金瑞和方柏松两人跟着进了中队部。赵华山和于永林、谷德荣等研究后，给他们俩分配了工作。董金瑞和方柏松接受任务后，深入辖区各大户，动员他们拿出枪支，保卫祖国，保卫家乡。

时隔不久，赵华山中队官兵基本上都听他们的指挥。"民先队"队委陈伯瑾通知董金瑞说："我们选定6月2日在三官庙赵华山中队部召开五县联防会议，你和方柏松负责招待。"

6月2日上午，陈伯瑾代表长葛"民先队"早早来到。随后，新郑、登封代表张宝和（新郑县人、登封县民运指导员、新郑县"民先队"领导人）、洧川县"民先队"队长等陆续来到。会议主要内容是讨论推广长葛"民先队"抓武装的经验和五县联防事项。

1938年6月7日（农历五月十日），在长葛老城北部边境一带有一股日军骑探，约四五百人，向老城进犯。民运指导员于永林、中队长赵华山得知敌情后，一是立即派董洛顺、高万顺侦察敌情；二是召集骨干研究如何截击敌人；三是向"民先队"队员作紧急动员；四是派分队长董青山给罗干卿团长报信，组织统一行动。董洛顺、高万顺回来报告后，于永林、谷德荣、赵华山即命令"民先队"队员及中队所有官兵奔向敌人必经之路——老庄尚附近的土岭上，做好埋伏。这时，罗干卿团长也带兵赶来，待敌军逼近，民先队突然对敌开火，敌人且战且退，不敢恋战，遗留下几具尸体、马匹等仓皇逃窜。我民运指导员于永林负伤。武汉《新华日报》于9日报道："昨日军土肥原部，一股骑探，向长葛进犯，被我军击退。"后第一战区长官司令部传令嘉奖，长官司令部民运科科长王帮屏（地下党员）亲自发给长葛民运指导员于永林养伤费100元。

162

开明县长李峰

李峰(1893—1970),字助天,吉林省延吉县人,1917年考取公费留学,在日本东京早稻田大学攻读,同周恩来、杨扶青、于树德、童冠贤、马洗繁、王璞山诸学友住在一个日本公寓里,曾参加同盟会,并组织"新中国学会",探讨救国途径。

回国后,因反对日本帝国主义者把延边四县划为间岛和在延边修筑铁路,遭受日本特务的追捕。遂背井离乡遁逸吉林省城——永吉,在吉林省政府就职。此后历任辽宁省洮安县长、辽宁省警官高等学校教育长、河南省警官训练所副所长、河南省襄城县长、陕西省华阴县长、河南省灵宝县长、河南省许昌县长、国民党立法委员等职。

在上海解放时,李峰联络立法委员60余人,致电中共中央,宣布起义,脱离国民党。中华人民共和国成立后,李峰到北京社会主义大学学习,后任国务院内务部参事。其间,加入中国国民党革命委员会,任民革中央团结委员。

李峰在襄城县任县长是1936年7月到1938年12月,这期间他有很多开创性建树,政绩卓著,誉满全省,河南省政府曾明令嘉奖,表扬襄城县为河南省模范县。

李峰一向以清廉自矢。主张"做好官、做好人、做好事"。到任后拒绝士绅馈赠筵宴,布告全县"提倡任人唯贤,公而忘私,反对贪污贿赂,挟嫌诬告",社会风气为之一振。对全县77个联保主任进行了认真的甄别和培训,实行奖惩制度,县直各科局也经过调整,录用了一批年富力强具有专业知识踏实肯干、敢于负责的人来担任,不数月间,全县政治面貌焕然一新,呈现出朝气蓬勃、励精图治的新局面。

襄城县地处淮河上游,汝、颍两河纵贯境内,涝时泛滥成灾,旱时则细流枯竭,不能用其灌溉农田,他通令各联保开渠、打井,防涝防旱,效益显著,农民称快。

河南由于民国初年军阀长期混战,土匪蜂起,鲁、汝、郏、宝、襄诸县尤甚,其中除大部分是生活所迫铤而走险外,也有奸凶歹徒混迹其间,勾结豪绅、打家劫舍,致使地方紊乱、生产停顿。李峰常亲自率队清剿,社会秩序渐趋安定,人民得以安居乐业,推动了生产力的发展。

烟毒危害甚于洪水猛兽,国民党政府虽有禁令,但在军阀官僚的操纵包庇下已成具文,吸食、种植、制造、贩运者日益泛滥。李峰对此深恶痛绝,认真执行有关法令,不徇私情,不畏权势,对吸食者勒令戒除,对种植、制造、贩运者依法严惩,绝不宽贷。当时,县内吸食烟毒的豪绅二人,依法治罪予以监禁;许昌专员公署侦缉队贩运毒品,经查获后,排除一切干扰,依法判处死刑。这两件案例震动很大,自此吸食、种植、制造、贩运烟毒者无不畏惧而销声匿迹。襄城县长久贻害人民的烟毒此际基本肃清。

"七七"事变后,李峰积极拥护共产党的抗日民族统一战线主张,国共合作一致抗日,常利用一切机会讲述日本帝国主义侵略的目的和罪行,宣传国共合作的重要性和必要性,引导全县人民投入抗日战争的洪流。他曾到男子师范学校进行一次民意测验,让学生都闭上眼睛,说:"拥护国民党的头向右转,拥护共产党的头向左转",结果全体学生都向左转,认可民心所向。1937年9月,八路军在平型关的大捷,更有力地证明了共产党领导下的抗日战争必胜。是年冬,李峰的同学、挚友、中共地下党员张文海(当时名吉文),从武汉去山东,途经襄城,与李峰畅谈抗日救亡理论与实践,他如获珍宝,兴奋欲狂,拟挽张文海留襄指导抗日救亡运动的开展。张文海因有任务在身,不能久留,允即函请"东北救亡总会"另派人来。

1937 年底,襄城成立了救亡工作训练班,李峰委任在陕北安吴堡青训班学习归来的张万里负责,县政府民政科长鞠仁卿(鞠抗捷,襄城建党时最早吸收的党员)具体领导。军事科长蔡荆洲也到训练班辅助工作。吸收本县失学回襄和外地流亡学生、进步青年,以及县政府职员中的进步分子等 30 余人参加,学习《大众哲学》抗日理论、《抗击战术》等论著和《新华日报》。大唱救亡歌曲,并成立抗敌话剧团,广泛宣传抗日。救亡训练班的成立,在当时对襄城开展抗日救亡运动、传播马克思列宁主义起到了启蒙和推动作用,影响巨大。

1937 年天旱歉收,1938 年春,青黄不接灾荒严重,地主哄抬粮价,民不聊生。县政府令各联保将所存仓谷全部发放,以赈灾民。此外还配合训练班的抗日宣传活动,在四乡普遍开展"借粮运动"。动员存粮户借粮给缺粮户,秋后无息偿还。王洛镇谢庄村地主谢某不肯借粮,影响借粮运动的开展,李峰闻讯亲自前往,带领借粮群众一起给地主讲明利害并做出承诺,地主才答应借粮。

救亡训练班的成员中,有的在"一二·九"学生运动前后曾参加过中华民族解放先锋队,在县政府的大力支持下,公开活动,发展一大批爱国青年参加。西安民先队部曾派人来襄指导工作,使襄城县的救亡运动更加深入。当时有个国民党扫荡报记者叫原景信,携带他所写的《陕北剪影》小册子,到襄城做反动宣传,民先队同他做了针锋相对的斗争,并将其驱逐出境。救亡运动的大好形势引起了国民党特务的恐惧和反对,CC 派特务头子国民党襄城县党部书记李自明、复兴社特务头子常辅臣,都向其主子打黑报告说:"襄城县赤化了。"

1938 年 4 月,武汉"东北救亡总会"派阎琼琛(阎伯玉,共产党员)、杨战韬(共产党员)、滕靖东(共产党员)到襄城工作,与李峰会晤后,建议把"救亡工作训练班"改为"抗敌工作训练班"。"救亡"是共产党提出的政治口号,"抗敌"则是国民党反动派采用的名词,改为

"抗敌工作训练班"比较隐蔽,有利工作。1938年8月,成立了中共襄城县委员会,张德(张维桢)任书记,所有县委委员除张德外均担任县行政职务,并成立了群众性的救亡组织——"东总襄城通讯处",以便掩护活动。襄城县委决定,经过鞠仁卿征得李峰同意,以县政府的名义发号施令,所以县委一切工作进行得很顺利。

抗战形势的急剧变化,徐州、开封相继沦陷,襄城已处抗战边缘地带,县委决定当时工作以武装集训为重点,为开展游击战做准备,李峰欣然同意。利用县政府的组织形式,成立了"襄城县抗敌自卫团司令部",县长兼司令,地方士绅常锦川(字会亭)任副司令,鞠仁卿任政治部主任,滕靖东任秘书。全县77个联保划为16个联防区,各成立80—100人枪的联防队,设联防区队长、政治指导员各1人,由各乡镇供给粮食饷项、枪支、被服,但不受其制约。由于襄城地区枪支较多,开展迅速,16个联防区共集训1500余人枪,连同原有的县常备队警察局和政警队等武装共约2000人。1938年秋,联防队曾举行一次大检阅,许昌专署专员胡伯翰参观了检阅。这种武装齐全、队伍严整的组织形式,是当时国民党政府明令规定的,胡伯翰当然提不出什么异议,当面给予嘉奖。但在国民党的"限共""反共"政策下,1938年12月,河南省政府却以"政治动向不明"的罪名加诸李峰,予以撤职。李峰回到襄县后,立即通知中共襄城县委,组织所有共产党员、外地来的"民先队员"及知识青年,三天以内全部转移。李峰组织大家安全撤离之后,第三天,在群众依依不舍的欢送下,李峰离开了工作两年零七个月的襄城县。

红色联络站

20 世纪 30 年代初,许昌城南门外土城街(现七一路)路南,有一个不太起眼的小饭店,每天人来人往,生意倒也兴旺。

店主李全是临颍县坟台村人,他在青少年时期,随父在乡下开饭铺,学会做一些简单饭菜。为维持生活,他向亲朋好友借了些钱,在许昌开了个小饭店。两间简陋的破草房,一个炉灶棚。晴天饭桌露天放,风雨天便挪到屋里去。饭店虽然只经营面条、蒸馍和一些普通菜,但由于李全为人老实厚道,待人热情,饭菜实惠,价钱公道,四乡进城的农民和往来客商常来光顾。

1930 年春季的一天,饭店来了一位农民打扮的青年人,他和李全寒暄几句就一同进了里屋。这个青年人是中共许昌中心县委书记刘晋。党组织为了便于开展地下工作,决定选择建立一个党的秘密联络站。刘晋了解到李全是临颍老乡,并且同情革命,热心为穷人办事,便通过家乡党组织介绍,与李全接触、谈心,启发他的觉悟。经过一段时间的了解,党组织认为李全老实可靠,决定将李全饭店作为党的秘密联络站。李全见刘晋朴实家常、平易近人,也愿把心里话向他讲,他俩成了知心的朋友。

根据党组织的安排,中共地下党领导的豫中革命互济会负责人王凤梧也来李全饭店工作,他一面负责叶县、临颍等县互济会送交营救革命同志的募捐款;一面接待安排中央、省委及豫南等地下党的联络人员,解决食宿、安全问题。党组织也根据李全的觉悟和请求,让他做些力所能及的送信、放哨、散发传单、张贴标语等工作。

1932 年夏,王凤梧奉命调鄂豫皖工作,上级党遂派许昌中心县委常委杨宗白来接任王凤梧的工作。

7 月下旬的一天,饭店外屋,李全一边在灶案上不停地做菜,一边留心观察着外边的动静。里屋,中央军委巡视员张存实正在向杨宗白等党内同志传达中央扩大会议精神。忽然一阵杂乱的脚步声由远而近传来。原来,国民党警备司令部的稽查,在许昌火车站抓捕了鄂豫边光山县党组织派出破坏铁路的小分队队员,有个软骨头经不住敌人的威吓,叛变了革命,供出:中共的一些干部经常出没李全饭店。敌人得到这一重要情报,马上派警备司令部手枪队带上叛徒,气势汹汹地向李全饭店扑来。

李全听到嘈杂的声音,意识到情况紧急,马上放下手中的菜刀,迅速用信号向里屋报警。里屋开会的四个人立即做好了撤离的准备。说时迟,那时快,只见杨宗白等三人从饭店前门离去,勇敢机智的张存实也从后门一闪,越墙而逃。等一群张牙舞爪的敌人赶到饭店,早没有一个人影了。扑了空的敌人恼羞成怒,恶狠狠地把李全和他弟弟李林带到警备司令部拘禁起来。

敌人对李全进行严厉审讯:"谁是共产党? 首领是谁?"

李全沉着地回答:"我是开饭店的,来往客人很多,有过路的、经商的、上学的,啥样的人都有,他们住店拿店钱,吃饭掏饭钱。至于他们干啥,人家不会给我说,我也不知道……。"

敌人多次逼问,李全总是这几句话。敌人无奈,又变换手法,在年幼的李林身上打主意,他们假惺惺地哄骗李林:"小孩子讲实话,你说说到底谁常去你们那里? 他们是什么人? 说了我马上放你回家去。"李林虽小,但也毫无惧色:"我不常在饭店,谁知道他们都是什么人?"

由于没有抓到任何凭据,狡猾的敌人又想出了放长线钓大鱼的诡计,就把李全兄弟两人取保释放了。

党组织认为敌人仅是怀疑李全饭店,还应继续办下去,只不过更加小心罢了。情况缓和后，杨宗白又秘密返回李全饭店工作。1933年4月，省工委根据当时情况做出了开展"红五月斗争"的决议，并编印了大批《拥护红军》《红军反围剿捷报》《反对国民党政府苛捐杂税》《拥护中央工农民主政府对日宣战通电》以及纪念"五一""五四""五卅"等传单，这些材料接连不断地由李全饭店向各县散发、张贴。杨宗白身负巡视重任，夜以继日，废寝忘食，终日风尘仆仆地奔波于许昌西北乡农村巡视情况，散发传单，发动群众，开展党的各项活动。李全除站岗、放哨、送信外，还利用人地皆熟的便利条件，经常向郊区农民和铁路工人散发革命传单。

一天傍晚，杨宗白从农村回城，恰值城关戒严，敌人从他身上搜出了党的文件，把他关押监狱。李全以朋友的名义冒着危险前去狱中探望，并暗示他坚持下去，外边会想办法营救他。但是，不久杨宗白被押到开封惨遭杀害。由此，李全也引起了敌人的特别注意。

1933年6月，李全被警备司令部逮捕入狱。审讯中，敌人先拿出好多银圆摆在李全面前，假心假意地引诱他："你很穷，不想要钱吗？只要你说出谁是共产党，他们的领导人是谁，不但马上放你出去，还要奖你好多钱！"

面对敌人的金钱诱骗，李全毫不动心地说："你们拿这么多钱，我何不想发财？但我不知道，咋说呀……""我是卖饭的，天天有很多人来吃饭，至于他们干什么，谁是共产党，我一点儿也不清楚……"

敌人看软的不行，就来硬的，日夜轮换审问，用皮鞭抽、烙铁烧、辣椒水灌……严刑拷打，李全皮开肉绽，但他仍守口如瓶，自始至终一句话："他们是干什么的，我不知道………"敌人气急败坏，最后下了毒手，用铁锤敲碎了李全的踝骨，李全疼痛难忍，几次昏死过去。特务们看到从李全口中别想得到一点东西，只好放他出狱。

李全医伤期间，党组织在极度困难的情况下，从上海寄款资助。李全经过医治，虽有好转，但落了终身残疾。残疾后的李全，继续为我党做一些力所能及的事情。

"一粒火种"张奎光

张奎光(1914—2011),原名张文灿,中共党员,河南省扶沟县包屯镇嵩庄村人。1937年10月参加革命,1938年加入中国共产党,是襄城县抗日战争时期中共地下党组织的主要负责人之一,人们称之为襄城县革命斗争的一粒小火种。

1938年,张奎光任中共扶沟县特工委常务委员。11月,国民党顽固派掀起反共高潮后,身份暴露,受到国民党扶沟县党部的追查,只身前往省城开封寻找上级党组织。中共豫东地委书记王其梅为他联系,将其调到豫中地委工作。为了加强襄城县地下党的领导力量,1939年3月,中共豫中地委书记张维桢把他以教师的身份调到襄城第一小学,以教书作掩护,负责县委地下统战工作,兼任中共襄城县城关区委书记。

张奎光履职襄城县期间,正是国民党左派县长李峰被撤职后,襄城县白色恐怖最为严重的时期。国民党襄城县政府代表官僚资产阶级和封建地主阶级的利益,对共产党的政治主张恨之入骨。他们依仗其军政势力和特务组织,残酷地镇压共产党人和革命群众,不断制造流血事件。张奎光到襄城县后,通过秘密走访,首先选择襄城县立简易乡村师范学校为统战工作的突破口,在教育界开展党的地下活动,开辟教育战线斗争阵地。他按照上级党组织关于"隐蔽、积极、稳妥"的斗争原则,以教师的合法身份,利用课堂宣传马克思列宁主义,同时在教育界进步师生中秘密组织读书会,利用读书会占领教育阵地,在学校宣传党的抗日主张,发展进步力量,同地方反动势力作斗争。由于他立场坚定,原则性强,讲究策略,工作成绩十分突出,得到上级党组织的充分肯定。

1939年11月,时任中共襄城县委书记李伊朗调离襄城前夕,上级党组织指令张奎光接任县委负责人。他接任中共襄城县委负责人后,在读书会师生的活动下,进入了襄城县立简易乡村师范学校。12月初,担任教育学教员。他到校后,爱护学生,团结教师,并在学校努力发展进步师生参加读书会,壮大读书会的力量。至1940年8月,他利用读书会联合广大师生发动学潮,一连打倒贾子修、周学温、王锡麟3个CC派反动校长。同时,促使主张抗日、赞成抗日民族统一战线的国民党左派丁建斌当上了校长,中共地下党员田雨三升任教导主任。他和耿秀尊等中共地下党员和陕北公学归来的进步教师王兆瑞、李素芸等被丁建斌聘请为县立简易乡村师范学校任课教师,使中共襄城地下党组织逐步占领和扩大了襄城教育阵地,团结广大师生,形成一支党的抗日骨干力量。

张奎光不但善于发动教师学生面对面打击敌人,而且还善于做统战工作,出色完成党组织交给的艰巨任务。他对社会上各种人员采取不同方式给以应对和宣传。对国民党的高级官员,听其言,观其行,对其言传之反动观点,或默作佯听,或虚以应承;对其流露出的进步观点,则借题发挥,大加赞扬。对反动特务则针锋相对,巧妙周旋,不给其半点可乘之机。他用机动灵活的工作方法有效地推动了统战工作顺利开展。就连时任国民党河南省参议员的马乘风也经常帮他做统战工作。

1941年初,张奎光到襄城县斌英中学任教,让杜居村物色学生组织秘密读书会,苏洋观、王廷俊、张守义等学生参加,学期结束后自己负责领导。他派苏洋观、王廷俊二人去许昌慈幼院找田雨三取回《八路军今昔的战斗生活》《什么是列宁主义》《什么是帝国主义》等约80本革命书籍及一部分鲁迅的文学作品。这些书籍放在苏洋观的家里。苏洋观的哥哥苏汝观从开封师范学院回来见到这么多革命书籍很感兴趣。几天后,苏汝观又将这些书籍介绍给开封师范学院的同学刘书丹借阅。后经苏洋观指引,刘书丹拜见了张奎光。张奎光给刘书丹讲述了许多革命道理,使其政治觉悟迅速提高,很快就走上了革命道路。

1941年底《新郑民报》请斌英学校周校长写元旦社论,周让张奎光代笔。他按照毛泽东《论持久战》的理论思想撰写了该社论,报社看后,认为是中共观点,遂追问实际撰写人。张奎光怕暴露目标,遂借故离开斌英中学到郏县民治中学任教导主任,但仍继续负责领导中共襄城县地下党组织工作。襄城县地下党党员唐守本、唐本林、马超彦等经常去该校找他汇报情况。1942年暑假,他会同赵子彬(后任文化部副部长)到襄城县颍桥镇一带活动,9月,经他批准,颍桥镇的赵新民加入中国共产党。

1942年至1944年,张奎光先后任郏县民治中学教导员兼教员、襄城县斌英中学教务员、新郑县苑陵中学训导主任、河南区烟类专卖局查验员、南阳县复兴中学教员等职。

1945年初,抗战即将胜利,张奎光奔赴鄂豫边区抗日根据地参加新四军,先后任新四军豫中干校负责人、遂平县税捐稽征处科长、河南大学联合办公厅出纳员、扶沟县政府秘书长、开封县师范学校教员、中原大学研究班学员等职。

1946年夏,张奎光专程从新四军五师回到襄城县指导地下党工作,并把刘书丹介绍给丁建斌,使刘书丹打入襄城县国民政府。1949年,张奎光任郾城县、郏县中原支前司令部工作组组长,带头参军支前,取得重大成绩。

中华人民共和国成立后,张奎光任广西省军管会交通接管部秘书、广西省北海市政府秘书、北海市土地改革指挥部办公室秘书及代主任。1953年至1957年,先后任北海市文教局局长、北海市副市长,合浦专区文教处副处长等职。

英年早逝的共产党员张子祥

张子祥,又名张罐,1920 年 5 月出生在长葛县石固镇北寨东大街,是抗日时期长葛县的中共地下党员。他忠于党的革命事业,在敌人的酷刑下,忠贞不屈,保持了一个共产党员应有的品德,用他那短暂的 27 岁生命谱写了人生光辉灿烂的诗篇。

抗日救亡勇救同志

张子祥小学毕业升入长葛中学阶段,正是抗日战争开始的年月,当时他虽然年轻,但受新思想和表哥的影响,立志坚决不当亡国奴。当时,在县中学通过他的两个表哥:陈伯瑾和陈瑞图结识了欧阳笑如、赵逸清、方柏松、董金瑞等进步师生。在那个革命的熔炉里,他如饥似渴地学习,阅读了一些进步书刊、受到了先进革命思想的熏陶,使他逐渐懂得了抗日救亡,保家卫国的道理,在革命师生的帮助下,他开始了为共产主义事业而奋斗终生的峥嵘岁月。

1937 年秋,学校组织为抗日募捐,张子祥和方柏松 10 多人深入街道、商店、工厂广泛宣传抗日募捐的意义,使不少工人、商人纷纷解囊捐款。有一天他在城东北角刷绒厂号召动员工人捐款,一次就募得 15 元,当天共募 30 多元,受到了组织的一致好评。年底,长葛县中在陈伯瑾的多方帮助下组成了"长葛县中抗日救亡话剧团",由陈伯瑾任团长。张子祥积极参加,他不怕劳苦,每次演出他总是打前站,联络话剧需要演出的场地,安置住宿、生火、挑水他都自觉地一力承担。他的辛勤劳动和付出也换来了剧团演出的成功,使广大群众更加直观地受到抗日救亡、爱国为民的教育。

1938年2月,学校要更换校长,教师也相应进行调整,张子祥的几任老师是由陈瑞图从新郑县请来的欧阳笑如(民先队员),由于张子祥学习努力,工作踏实,思想进步,欧阳笑如和方柏松一致推荐并介绍他加入了抗日民族解放先锋队。同年9月,经赵吉甫、陈伯瑾二人介绍张子祥和方柏松一起加入了中国共产党。因为张子祥年龄比较小的优势,送个信等干什么都不大会惹人注意,所以他常常受到差遣。

1942年,由于形势的突变,白色恐怖在全国各地十分严重。长葛地下党的负责人根据上级指示相继调走,但是长葛的工作仍在部分县委成员领导下坚持工作。张子祥在这艰险的情况下表现得十分突出,别看他年纪小,却胆大心细、临危不惧。为防止汉奸狗腿对抗日救亡工作的破坏,他的警惕性慢慢变得很高。他表面上是农民,实系党的交通员,往来传达情报做了大量工作。1943年,赵吉甫在工作中身份暴露,被国民党追捕不能公开活动。张子祥经常和他秘密联系,为了革命的利益,为了同志的安全,张子祥毅然决然拿出50元钱,帮助赵吉甫及时离开长葛,脱离了险境。

挺身而出不幸被捕

日伪政权嚣张跋扈,使当地群众怨声载道。当时陈伯瑾、辛瑞芝、阎位中、周悦然都在石固住,石固伪镇长朱景先卖壮丁,浮派军粮,大发国难之财,吸食鸦片,引起老百姓的怨恨,张子祥、阎位中、陈伯瑾、辛瑞芝等思想一致,坚决要为民除害,联名向国民党县政府告状搞合法斗争,直至把朱景先的镇长职位摘掉,换成周悦然(共产党员)。

1944年,因寡不敌众和长葛沦陷,日伪汉奸维持会成立,汉奸与日寇勾结起来鱼肉人民,敲诈、勒索、绑票、暗杀,无恶不作,长葛人民处于水深火热之中。为了抗击日寇,由陈伯瑾、周悦然、单子焕等在铁路西侧组织起了游击队。张子祥也是游击队员,并且积极参加了东胡村袭击日寇的战斗。张子祥的革命活动激起了日伪汉奸和国民党反动派的极端仇视。长葛县伪县长吴俊甫亲自指示狗腿子李祥,带领日本鬼子和特务,到石固东大街逮捕张子祥。当时农村都是正在吃晚饭,张子祥接到胡德须口信(胡德须是原石固镇通信员和张子祥是换帖朋友),立即翻墙逃跑,李祥带兵紧追不放,张子祥看到难以跑脱就混在看夜戏的人群中。敌人立即把剧场包围了起来,伪大队长杨怀恩,伪县政府的王幼卿走上戏台,扬言决不能放走张子祥,如果今天跑了张子祥,石固镇南北寨所有的人都别想安宁等。张子祥估量难以脱身,又想到自己是一个共产党员。如果逃跑了让石固的老百姓吃苦受累,也对不起乡亲、对不起党,于是他就挺身而出,当场被狗腿子们抓走。乡亲们为他大义凛然的气节所感染,也为他的安危所担忧,忍不住为他掉泪。伪副镇长杨祥甫、郑洪彪又亲自带队查抄了张子祥的家,但一无所得。于是恼羞成怒,封了张子祥的家,又把张子祥的母亲抓到伪公所。

在监狱里,敌人想尽办法,用尽了各种手段威胁利诱让张子祥交代党的活动情况,可张子祥坚决闭口不说,敌人就毒刑拷打追问他和陈伯瑾、辛金生、赵吉甫是什么关系,在一起都做了些什么活动?怎样和上级党组织取得联系的?张子祥坚强不屈,对敌人说:"我们是亲戚,朋友关系,要命一条,要血一盆,其他情况不知道。"并据理驳斥了敌人强加在自己头上制造假票捣乱金融的罪名,充分表现了一个共产党员的坚定信心和钢铁意志。日本特务的凶残刑罚折磨得张子祥遍体鳞伤,血迹斑斑,疼痛难忍,但他始终没有吐露党组织的任何机密。

黔驴技穷的匪徒和日寇只得把张子祥押送许昌,在许昌狱中,又是严刑审讯,仍无所得。于是又把张子祥押送到漯河。在往漯河的途中,张子祥趁夜间行车,看守人员打瞌睡之机,磨断了捆绑的绳子,拼命地跳下开动着的火车,不知昏死过去多久,才慢慢苏醒过来,被过路的乡亲们发现,问明情况,连夜把他送回了石固镇南寨段广的理发铺里。段广和张子祥是较好的朋友。段广见他衣服破烂,伤痕累累,头发太长,便给他理发换衣。张子祥就在段广等人的掩护下,到处躲避敌人的搜捕。

坚持斗争宁死不屈

伤势有所好转之后,张子祥和阎位中、李义武商量投奔部队。在他的积极活动下,找到了二表哥陈瑞电(开封省会警察局副督察长)开了往息县的通行证,他们三人到息县正值夜晚,发生了意外情况,三人失散,只阎位中一人到达皮定均部队,张子祥和李义武失去接头机会,不得已又返回到长葛,在陈伯瑾的带领下,继续坚持工作。

1946年秋,日寇已投降一年多,长葛形势亦发生突变,恢复了国民党的统治。由于郑义亭被捕,涉及陈伯瑾、辛金生。张子祥置生死于度外,先后掩护辛金生、陈伯瑾、辛瑞芝安全离开长葛,使长葛党的工作不曾受到重大损失。

张子祥参加革命后为党、为人民做了大量工作,几经艰苦磨炼,革命意志更加坚强,但是也导致国民党反动派对他恨之入骨,视为眼中钉、肉中刺,务必除之而后快。1947年8月5日晚,张子祥从开封陈瑞图那里回到长葛,当他走到石固镇东门时,被狗腿子发现,不容分说将张子祥捆绑了起来送往镇公所。镇长雷风先立即审讯,问张子祥"大忙天为啥外出,是不是又找共产党去了?"张子祥拒不承认,他们就对其拳打脚踢严刑逼供,张子祥几次昏死过去,但他没有叫苦也没有求饶,铮铮铁骨宁死不屈。当反动派准备暗中处死张子祥的情况被当时正在寨上打更的李福发现,李福就赶快通知了李狗得,李狗得急忙找来李俊、郑银宾、李伍等商量出面具保。党组织接到消息后也组织力量营救,经多方努力,雷风光才把被打得奄奄一息的张子祥放出。因不敢回家,就住在寨外的烟炕里,由于伤势过重,口吐鲜血,4天后不幸牺牲。年仅27岁。

中共鄢陵县第一任县委书记程留宾

程留宾(1918—1947),字聘之,鄢陵县城东马坊镇程岗村人。

程家祖辈靠种田为生,父亲程书昌为人忠厚,时常受地方劣绅和恶棍的欺侮,从而在程留宾幼小的心灵中种下了仇恨的种子,萌生了对地主豪强的不满。程留宾自幼聪颖好学,生性耿直,乐于助人,富有正义感。17岁时他在鄢陵县立初中毕业,考入开封黎明高中,因无钱缴纳学杂费,于1937年辍学。失学后,程留宾常和好友程雨农聚在一起谈论国家大事,商讨青年人的责任和使命等问题。后经程雨农介绍,参加了中共鄢陵县党组织成立的"读书会",从而走上了革命道路。七七事变后,程留宾与热血革命青年一道,上街集会演讲,张贴标语,痛斥日军侵华罪行,呼唤民众爱国抗日的热情。1937年12月,程留宾首批加入"抗日民族先锋队"的地方组织。1938年5月,程留宾加入中国共产党。9月,经中共豫东特委批准,担任中共鄢陵县工委组织部部长。

1939年5月,根据党组织的决定,程留宾与程雨农一起,在程岗学校成立了150人参加的"抗日大同盟"组织。同年冬,他又根据中共鄢陵县中心县委的决定,在群众基础较好的程岗学校开办了"秘密党校",仅用半年时间,就将全县所有的党员分期轮训了一遍。程留宾有坚强的党性和高度的组织观念,其胞兄有吸食毒品的痼疾,经多次批评教育,恶习难改,程留宾断然向组织建议,停止了其兄长的组织生活。

1944年2月7日,中共鄢陵中心县委决议,由程留宾同志代理中心县委书记。当时鄢陵县党组织的力量十分薄弱,程留宾团结全体党员,依靠群众,坚持斗争。

1944年6月,日军占领鄢陵县城,鄢陵沦陷,程留宾领导一支30多人的抗日游击队四处骚扰日伪军。7月,他组织一支20余人的武装队伍,活动在鄢陵与扶沟两县交界处,多次割断日伪的电话线,阻断交通,打击献媚于日军和欺压人民的地方豪强劣绅。为扩大抗日武装,程留宾先后收缴反动地主、劣绅的长短枪20余支,用这些枪支武装抗日队伍,扩大抗日武装。

1945年8月,日军投降后,原来依附于日军的伪军被国民党收编,摇身一变成为国军,仍盘踞在鄢陵作威作福。9月26日,程留宾带领田志高、谷风吾化装去扶沟县城,向中共鄢(陵)扶(沟)县委汇报了伪军在鄢陵的详细情况,并呈交了伪军的城防图,要求迅速派部队解除伪军的武装,伺机接收日伪投降。返鄢途中,程留宾得知国民党中央军八十一师提前进驻鄢陵县城的消息后,程留宾当即复返扶沟,汇报了这一新的情况。中共鄢(陵)扶(沟)县委根据这一情报,立即告知八路军水西支队,并率部截击伪军贺凯还部,经过激烈的战斗,缴获伪军大批武器装备。

1946年6月,原中共鄢陵县委选送到豫鄂边区的党员在豫南遭遇中原突围后,陆续返回鄢陵。这些同志原来都是程留宾的老相识、老部下,但因未带组织关系,都被程留宾按党的组织原则转送到豫东特委。程留宾为人民军队筹办了部分医药、子弹和通信器材,还多次向鄢(陵)扶(沟)县委恳请及早解放鄢陵县城的动议。

1947年10月1日,鄢陵第一次获得解放。不久,国民党中央军十一师再次进犯鄢陵,程留宾身份暴露。当晚,国民党鄢陵县长田荆茂命令一个排的兵力包围了程留宾的家,声言用手榴弹炸死其全家。为了家人的安全,程留宾独自破门而出,被埋伏在自家院子四周的敌人开枪射击,不幸身中数弹,光荣牺牲,年仅29岁。

抗日名将陈德馨

陈德馨(1904—1938),字惟吾,鄢陵县城西陈老庄人。陈德馨自幼性勇刚直,耿直率真。其父陈诰,为私塾先生,治学严谨,为人谦恭。他自幼随父读书,因其生性好动,常遭父亲训斥。1922年,18岁的陈德馨逃学出奔至省会开封,适逢西北军署学兵团招兵,他考入陆军检阅使署学兵团,后毕业于民国第一军军事教育团。

1927年,国民革命军北伐,陈德馨追随冯玉祥将军,任营长之职。他一向作战勇敢,机智果断,冲锋在前。有一次,他押运军火奔赴前线,途中不慎军火爆炸,其他人畏罪潜逃,唯独陈德馨一人去见冯玉祥,当面详述途中情况。冯玉祥问他为何不逃?陈德馨答:"大丈夫生而磊落,就是死,也要死个光明正大!我听凭冯总司令发落。"冯玉祥闻听大喜,称其"有胆有识",遂拔擢陈德馨为团长。不久,陈德馨又任国民五十五军二十九师八十六旅旅长,驻防山东。亲邻故旧闻悉陈德馨升官,纷纷前往谋事求职,陈德馨统统让其下连队当兵,绝不徇私情。陈德馨的表弟唐某某在其部属当兵,偷吸鸦片,先被陈德馨关了禁闭,后又被驱逐出军营。惯匪刘黑七(又名刘贵堂)部危害地方,陈德馨率部将其击溃,逐出山东境,为地方铲除一大祸害。

七七事变后,冯玉祥曾电令部下要随时准备报效国家。陈德馨率先复电响应:"本旅全体官兵,枕戈待命,誓歼倭寇,为中华民族而效死!"后来,陈德馨与日军在山东临沂决战,日军炮火猛烈,城危岌岌。陈德馨身先士卒冲锋在前,日军终难突破,只好退守避让。陈德馨任山东德州城防司令长官时,率部队固守城池,韩复榘放弃济南撤

179

退后,两次来电督促陈德馨放弃德州而南渡黄河,陈德馨心有不甘。但军令如山,后来迫于情势,他含泪从命撤出德州。

一次,友人曾与陈德馨谈及官阶升迁之事,陈德馨慨然答复:"自己能力绵薄,历次战绩,均赖上下一心,士卒用命,而长官逾格拔擢,实深为惭颜,唯有誓死为革命奋斗,报国家于万一耳!"他驻守在山东陵县、济宁一带作战时,屡建奇功,被国民政府授予少将军衔。

1938年9月,日军进犯武汉,陈德馨奉命拒敌,扼守广济一线。9月6日,日军步兵炮兵联合,在10余架飞机掩护下企图越过广济至蕲春的公路,遭到陈部顽强抵抗,战斗异常激烈。7日,八十六旅旅长陈德馨亲临前线指挥作战,数次击退日军进攻,战至全旅官兵仅剩20余人仍坚守不退。后来,陈德馨被日军炮弹所创,昏倒在阵地上,血染戎装,被部下送往汉口万国医院抢救。苏醒后,他自知不久于人世,愤然留下遗嘱:"现在倭寇猖獗,国难益深,凡我军人,皆宜鞠躬尽瘁,死而后已!"他身在病房,至死犹以民族存亡为念,其殷殷之情,催人泪下。12日,陈德馨于昏迷中瞥见病房窗口有人影晃动,遂产生幻觉,仍以为自己身在阵地,急推身旁夫人去把守;见房门洞开后,又呼此处不行,命令随从副官去带兵坚守。下午3时,陈德馨口中在喊着"拼!拼!"的杀敌声中赫然瞑目,年仅34岁。

9月16日,武汉各界为陈德馨举行公祭,蒋介石、冯玉祥等国民党军政要员亲临致祭,郭沫若偕同武汉各界代表也前往哀悼。冯玉祥将军送陈德馨的挽联写道:"溯将军在开封入伍,受国家培养将近廿年,才兼文武,学粹品端,素具决心收失地;怆弟台战广济献身,为民族解放不惜一死,大败敌军,成仁取义,英灵有知亦安心",概述了陈德馨的生平、品节和英勇豪气。遵照陈德馨生前意愿,国民政府将陈德馨的灵柩从武汉启程送往鄢陵安葬时,武汉市万人空巷,沿街设祭。鄢陵县城四街空巷,地方政府组织民众迎接陈德馨的灵柩归葬故土,洒泪恭迎将军归来。

1939 年 9 月 7 日,国民政府主席林森指令,以中将职衔待遇给恤陈德馨及其后代。1997 年 9 月,陈德馨烈士事迹被中国人民抗日战争纪念馆英烈馆收录,向世人展出。2014 年 9 月,国家民政部发出公告,公布了第一批 300 名著名抗日英烈和英雄群体名录,陈德馨赫然在榜。

陈德馨藏书楼旧址

七七事变时的守桥排长李文成

李文成（1909—1996），鄢陵县张桥镇北小王庄人。

李文成幼时家境贫寒，李氏一门在村中系孤门独户。3 岁时，父亲逝世，9 岁时母亲改嫁，10 岁那年祖父病故，此后他与祖母二人相依为命，苦度时光。1928 年 4 月，西北军在鄢陵县城招兵，他去县城交粮，见到招兵处，就动了心思投军当兵。他把卖粮的钱和兵饷交给同村的伙伴转交祖母，义无反顾地投身军营。1929 年，李文成任二十九军三营十一连的一名班长。1933 年 3 月，他参加了喜峰口、罗文峪口抗击日寇的长城阻击战。他参与二十九军的大刀队，苦练大刀技艺，多次乘夜间偷袭日军军营。长城战役结束后，因其在偷袭日军的战斗中表现英勇而受到团部的通令嘉奖。

1937 年 3 月，李文成随二十九军驻守宛平，从北平市警卫大队手中接守卢沟桥的防务。李文成任二十九军二一九团三营一连二排加强排排长，扼守卢沟桥的铁路桥。他指挥的一连二排是加强排，每个人都配备一支长枪、一支短枪、一把大刀，近身肉搏时就用大刀砍杀日军。7 月 7 日，日军借口一名士兵失踪，强行越过二十九军防卫阵地进行搜寻。李文成带领全排战士与越界的日军对抗，日军率先开枪，在得到上级明确指令可以还击的情况下，守卫铁桥的二排战士被迫开枪还击。在永定河的铁路大桥之上，李文成带领全排战士打响了中华民族全面抗战的第一枪。在日军疯狂的进攻下，李文成带领战友固守铁桥阵地，数次击退日军的进攻。8 日下午，营长金振中被敌人炮火击中受重伤，李文成把金振中背至长辛店师部医院后，立即返回阵地,固守铁桥,绝不后退半步。经过数轮拼杀,全排53人只剩下17人,有三分之二的战士为国捐躯血染铁桥。李文成与日寇激战两昼夜后,奉命撤退。

1937年9月,二十九军三十七师整编为七十七军,李文成因作战勇敢被提升为十一连连长。1940年5月,在湖北枣(阳)宜(阳)会战中,一次察看战场地形时,他不慎滑下悬崖,摔断右腿,在战地医院养伤未愈就返队参战。在湖北荆门阻击战中,李文成被日军施放的毒气熏倒,致左眼失明,无法参加一线作战。他任上尉连长时,先后参加了枣(枣阳)宜(宜阳)会战、襄河会战,对日作战数十次。自喜峰口抗战始至日本投降终,他经历了长达12年的抗日战争。1945年日军无条件投降。9月,李文成回归故乡,安心务农。1946年秋,国民党向共产党发起全面进攻,原部队开拔东北之际向李文成数次发函及电报催促归队。李文成认为驱逐倭寇是壮士所为,匹夫之勇应当为国家为民族效力,卸甲壮士应该归乡躬耕。他两度拒绝原国民党部队的召唤,发誓决不参加国民党政府发起的"东北会战",年近四十且已伤痕累累的庄稼人理应安心务农。

1948年,李文成被推举为张桥赵庄乡小王庄农会会长,参加了村里的土地改革。1986年10月,李文成在北京参加了历史文献纪录片《卢沟桥的枪声》的拍摄活动,与原二十九军的战友欢聚一团,共叙当年的战斗情谊。

1987年起,李文成连续为鄢陵县政协三届、四届委员,他是鄢陵县幸存的参加抗日战争老战士之一,还是七七事变的唯一亲历者。1996年1月3日逝世,终年87岁。

2016年,在许昌市老区建设促进会的倡议下,鄢陵县人民政府为李文成制成汉白玉雕像一尊,立于张桥育红学校,纪念李文成抗击日寇的壮举。2017年1月,在育红学校院内举行了李文成汉白玉雕像落成仪式。

襄城抗敌宣传队

抗战初期,河南有成千上万的知识青年为播撒抗日救亡火种,不辞劳苦,不畏艰辛,在广大农村演出救亡戏剧,教唱抗日歌曲,召开座谈会,举办训练班,张贴抗日标语,以多种形式宣传中国共产党的抗日救国纲领,揭露日本帝国主义的侵略暴行,鲜明而又形象地歌颂中国人民不甘外侮、保家卫国的民族精神。极大地影响和鼓舞了人民斗志,有效促进了抗日宣传工作。

1938年4月,襄城县成立了抗敌宣传队。宣传队由东北抗日救亡总会(以下简称"东总")来襄人员,当地进步青年,东北、华北流亡学生70多人组成,阎伯玉任队长,杨战韬任副队长,滕靖东兼任指导员。5月,襄城抗敌宣传队划分四个组,刘洁如为宣传组组长,杨卓云为标语组组长,徐耀三为漫画组组长,滕靖东任书写组组长,四个组长均为中共党员。

至1938年底,襄城全县还建有民先队宣传队、抗敌话剧团、教育工作团、县师范宣传队和县立各学校师生的抗日宣传队等城乡宣传队30多个。宣传材料使用"东总"和陕北、华北、东北来襄的共产党员、进步青年、学生带来的马列书籍和抗日宣传资料及各宣传队根据本地实际编写的内容资料。

在此期间,宣传队员走上街头,深入乡村,走进学校和厂矿,采取游行、演讲、标语、口号、漫画、墙报、活报剧、报告会等形式广泛宣传。很多学校、艺术团体自编自演了许多节目,如县师范附属中学宣传队编演了《小小画家》,县师范宣传队演出了朱究武编写的剧目《全民义骂汪》《伪国的军官》,县立第一国民小学宣传队演出了《三江好》,县抗敌宣传队演出了《蝴蝶姑娘》。

特别是组织了很多广播小组,广播宣传工具很简单,就是一个广播筒,广播是用铁皮做的圆锥形传话筒,话从小头说,从大头出,声音能够听得很远。宣传工作一般在夜间进行,一个宣传小组一般都是三个人,一个人照灯,一个人提词,一个人讲话。提的灯俗称老鳖灯,是用生铁铸成的,形状像元鱼,又像大勺子,前面扁扁的有个窝,窝里盛芝麻油,油中放入棉花做的灯捻子,用火点着捻子灯就亮了。灯的后面有一个平平的柄,大家往往是用一张绵纸衬着灯,一手托底,一手捏柄,小心翼翼地端灯行走。那时点灯没有火柴,都是用火镰打火,火镰用钢锻造而成,还有一块石头、一卷草纸与它配套。打火是火镰与石头强烈碰撞产生火花,把草纸燃着,然后将燃着的草纸吹出明火,再去点灯。一些女孩子有时很多次才能把火打着。点灯最怕风天,风天火不好打,灯点着还容易灭。他们就先摸黑找到宣传位置,再几个人围拢在一起,解开衣扣,用衣服挡住风打火点灯。再把点着的油灯抱在怀里,看字题词。常常是一场宣传过后,身上沾满了油。有时灯火还会把衣服烧坏。但这些宣传员都全然不顾。每天还是

抗敌宣传队

兴高采烈地走上街头,到店铺门口,到人多的地方,喊破嗓子搞宣传。宣传的内容很丰富,宣传资料全是在革命根据地报纸上摘抄下来的新闻。

各种宣传把襄城县的抗日救亡运动推向高潮。襄城县城乡军民群情沸腾,一片抗日声浪。在县城,抗日救亡的墙报、标语、漫画,贴满了大街小巷;抗日救亡的歌声、口号声此起彼伏。民众踊跃募捐的义举、知识分子的街头演讲、话剧演出的感人情节和来自沦陷区知识青年们的声声血泪控诉等,无不激起襄城民众对日本侵略者的仇恨和奋起抗战的怒火。

1938 年 8 月 15 日,武汉《新华日报》刊登署名草山撰写的《救亡工作在襄城》一文,报道了襄城县抗日救亡运动的形势,在周边县市引起了强烈反响。

1938 年 8 月 16 日,襄城师范学校聚集了 200 余名男女青年,他们宣布成立襄城县青年救国团。同时各乡镇也相应成立青年救国团分支机构——区、乡、村三级救国团组织。宣传组织在各乡镇广大农村发动贫苦农民,广泛宣传中国共产党的抗日救亡政策,控诉日本侵略者的滔天罪行,不断把抗日救亡运动推向高潮。

击毙牛森、邬挺生

1935 年至 1936 年,封建买办为了获取高额利润,全面控制和掠夺以襄城为中心的许昌地区的烤烟资源,把许昌 48 家烟行和 28 家转运公司挤垮。英美烟公司经理牛森、买办邬挺生勾结国民党政府当局,发出垄断专卖通告,胁迫许昌专区所属各县烟农必须到许昌英美烟公司卖烟,其他各地一律不得收购。致使襄城、郏县等县烟农携烟跋涉百里以外,云集许昌卖烟。因售烟过于集中,烟农经常等候数天,仍难以售烟。不仅如此,英美烟公司独霸许昌襄城等县烟叶市场之后,施展种种欺诈手段从烟农手中夺利。除了压级、压价、压磅外,还要出了加大秤(即 18 两甚至 20 两才称 1 斤的秤)的伎俩和新烟上市不收购的卑鄙手段,挤逼烟农廉价售烟。英美烟公司垄断许昌烟市后,把原来的加 15 大磅改成加 25 大磅,使烟农卖 100 斤烟叶还得不到 70 斤的价款。许昌、襄城、郏县等周边县市的广大烟农饱受英美烟公司的盘剥和磨难,怨声载道,叫苦连天。

在此情况下,襄城党组织与邻近种烟县党组织一道动员烟农团结起来,与英美烟公司的垄断和压迫作有理、有节的斗争。在中共党组织的动员指导下,襄城、许昌、郏县、禹州、临颍等县的广大烟农、工人和烟帮同业工会经过反复协商决定,首先通过合法的手段与英美烟公司展开斗争。大家认为英美烟公司与国民党政府的密切关系,以反垄断的议案向国民党中央军阀政府提出抗议肯定不行,便决定采取向地方军阀实力派请愿呼吁的方式,寻求支持,但发出的 7 份诉状,全都石沉大海,杳无音信。大买办邬挺生获此信息,更不可一世,越发气焰嚣张。

于是襄城农民决定运用自己的特殊办法,将英美烟公司经理牛森和大买办、大汉奸邬挺生处死,使其不敢在许昌收烟,从根本上解决问题,并公推在樊钟秀手下当过团长、已隐退襄城担任着烟帮同业工会会长的聂万清筹办此事。聂万清物色了襄城县十里铺乡的绿林英雄李黑吞具体负责刺杀活动。李黑吞机警有胆识,枪法甚精,爱打抱不平。

1935年冬,聂万清、李黑吞住在许昌南关旅社筹划方案,伺机行动。他侦查到邬挺生每天何时出城到公司,何时进城信息,跟踪数天,弄清了邬挺生的行动规律。

1935年12月30日下午5时许,邬挺生坐人力车由公司进城,走到第二道城门时,李黑吞尾随其后,对准邬挺生连打两枪,邬遂毙命。邬挺生被击毙后,国民党许昌五区行政督察专员徐亚屏大为震惊。上海英美烟公司迫使国民党政府严厉责成徐亚屏速破此案。不久,有人告发聂万清、余老五(襄县城西鲍坡村人)是击毙邬挺生的凶手,于是聂、余二人被逮捕。但经审讯数次,又与告发人对质,却无确证,被告人力称诬告不实。加上襄城烟商又用金钱收买邬挺生的跟班保镖,让其不到庭做证,当局不得不草草结案,将聂、余二人释放。

此案结束后,许昌英美烟公司并不吸取教训,仍拒不取消蛮横的专卖规定,激起了襄城、许昌、郏县等地烟农的无比愤慨,各地一致呼吁再把牛森击毙。

1936年8月,襄城县烟行联络许昌、郏县烟行,筹集银圆2000元作为活动经费,再次委托襄城人聂万清物色人选,秘密行事。聂万清受托后,联络宝丰的杨四郎、襄城县十里铺乡的李黑吞等40余人,齐集许昌。经过先后3个月的侦查,全盘掌握了情况,于12月3日晚12点左右,包围了"许昌英美烟公司",割断了电话线。李黑吞、杨四郎带领经过化装的十几个人,对门岗诈称保安司令部查夜,先后打掉两道值班门岗,冲进内院,闯入牛森的办公室。办公室里灯火通明。牛森的亲信曾某正在伏案算账。李黑吞快步用枪逼住,喝问:"牛森何在?"曾某答道:"外出不在家,如有事,我可转告。"李黑吞大声说:"我们来专门找牛森,你必须告诉他,限3天以内,把他那'不叫别人买烟'的狗屁规定取消,若不照办,叫他小心脑袋!"曾某连连称是。正在这时,猛听"咣当"一声,紧闭着的套间门大开,随声发现,一个手握短枪的彪形大汉窜出门来,飞起一脚,将一个人踢倒。杨四郎面对事态的突然变化,旋即一枪便将此人击毙,又马上拾起该人摔落在地的短枪,插在腰间。李黑吞听到枪声,定睛一看,倒地的正是牛森,顿时怒火中烧,把当面扯谎的曾某也当场打死。至此,李黑吞、杨四郎都觉得众害已除,任务完成,便带领众人飞快冲出大门,趁夜色散去。待许昌保安司令部的人马闻讯赶到时,李黑吞、杨四郎等早已无影无踪,不知去向了。

事情发生后,英美驻中国大使馆非常震惊,马上照会中国外交部,要求缉拿凶手,限期破案。许昌专员公署奉命立即组织人员,对东到商丘、南至汉口、北抵新乡、西达西安的广大地区进行拉网式侦查。经过一年多的往返奔波,依然找不到一点线索。两年后,由美国驻华大使馆寄来牛森的枪码,警方在对众多嫌疑犯的审讯中,获得比较可靠的线索。根据线索,从许昌南关杨四郎家中的双层底的方桌内,搜出了毛巾包裹的生满铁锈的左轮短枪,与侦查枪码一致,逮捕了杨四郎,将其押解外交部。而李黑吞等人在广大人民群众的掩护下,则毫发未损。在中共党组织的领导下,襄城、许昌等地人民和各界人士联合开展的反抗英美烟公司垄断市场,盘剥压迫中国人民的正义斗争,给予外国殖民主义者以沉重打击。

侦破陉山汉奸案

抗战时期,长葛县党组织曾经侦破了陉山汉奸案,为民除害,大快人心。

庙道头子日本汉奸

1938年,日军的铁蹄踏入中原,5月豫东地区大部沦陷。6月日军占领了尉氏县。在这以后,与尉氏相邻的长葛,常遭受到日军的骚扰。面对日军向长葛的步步进逼,长葛县抗日民族先锋队负责人陈瑞图、赵吉甫等人按照党的指示,一方面广泛深入地开展抗日救亡宣传发动工作,另一方面利用各种关系,组建、掌握人民抗日武装,准备一旦长葛沦陷,立即领导开展游击战,并选定长葛西部的陉山一带作为开展游击战的立足点。为此,中共长葛地下党组织在组建抗日武装的同时派陈瑞图、李思孝、赵吉甫等人到陉山开展工作。

陉山位于长葛、新郑、禹县三县交界处,比较偏僻,又是长葛境内的唯一山区,土匪和地主恶霸常常勾结在一起,占山为王,鱼肉百姓。陉山顶上有不少佛堂,经常有身背黄布包,上写与某某堂、某某社的信徒来朝圣拜顶,一些"善男信女"也背着粮食住在佛堂念经修行。陉山南门里住着一个庙道头子金老六,他在陉山设有庙堂、赌场,并利用这样一个场所,勾结日本汉奸田金锡、黄大麻子等,收买了10多个游手好闲的流氓,专门为日军收集情报等,当地群众对这伙败类恨之入骨。他们的巢穴设在陉山东南的阎家门,联络地点就设在陉山脚下饭铺旁金老六的赌场内。

田金锡是陉山北沂水寨一带的土匪头子，他投靠日军，破坏抗日，经常出没在陉山一带，为日军抢财物，招募兵员，并利用庙道迷信蛊惑群众，反对抗日。长葛民先队在陉山一带的活动常遭其破坏。一次在贾庄召开农协会，到会的50余人，研究建立抗日武装事宜。会后就有人煽动说："金老六他们要组织军队，发展500人，成立一个团，参加的发双饷"等。后经了解这是金老六派的汉奸探听消息后，为破坏抗日工作造的舆论。长葛县民先队组织负责人陈瑞图、赵吉甫等通过分析研究认为，如果不除掉这家伙，则有碍于抗日武装的发展。为此，经请示党组织同意，决定将计就计，派人打入敌人内部，摸清情况而除之。

深入虎穴查明敌情

打入汉奸内部是一件非常危险的事情。最后选定了贫苦出身的敬子玉。敬子玉去过西安，见过世面，还在延安打过游击，接受过抗日救亡的思想教育。敬子玉农民出身，老实忠厚，参加民先组织后，工作积极大胆，善于随机应变。况且敬子玉从外地回来不久，在当地接触的人也不多，派他去最合适。为便于工作，组织上给敬子玉配备了助手吕玉东。敬子玉和吕玉东两人接受任务后，到国民党军队的招兵处报名当兵。招兵处把他们两人介绍到国民党驻许昌某师。师部有个邢参谋是吕玉东的亲戚。他对吕、敬两人说："你们到这儿当兵，不如到咱长葛西北隆山找金老六领个公事，这里虽说发的是双饷，中央军发一份，日本人发一份，日本人发的一份，就是通过金老六送来的。"敬子玉、吕玉东两人一听是陉山金老六送的，便非常警觉，为了进一步了解汉奸金老六的情况，两人商量，决定回长葛陉山找金老六。

从许昌回到长葛后，敬子玉就到陉山寨打听金老六的住处，一问，金老六在山下打牌，敬子玉就直奔牌场，壮着胆问道："哪位是六哥呀?"因问话不卑不亢,姓金的猜不透来人身份,答话说:"你是哪里来的?"说着就出了牌场,还买了一兜花生领着敬子玉向无人的地方走去。敬子玉边走边琢磨如何对付这汉奸。停下来后,敬子玉先说:"六哥,久闻大名,不曾相识,我叫敬子玉,是山南边张史马村人,家中没有办法,今天特意拜托,想请您帮忙找个事干干。"金老六边听边观察敬子玉的神色,见敬子玉说得有名有姓,又有村庄,说得真切,可是以前素不相识,突然来投靠,心中生疑。他突然站起来,做出拔枪姿势,对敬子玉威胁说:"你是哪里来的探子,想来诓我。"敬子玉不慌不忙对金老六说:"六哥,小弟在家实在无办法才来投靠,你不相信小弟,小弟只有另寻出路了。"不料敬子玉这么一说,金老六的态度缓和了,说:"好吧,停几天我到你家里去一趟再定。"

敬子玉返回后,及时把情况给长葛地下党组织及民先负责人赵吉甫详细作了汇报,并针对金老六的到来,作了研究和安排。过了几天,金老六在一个晚上来到敬子玉的家,原已有准备的敬子玉忙个不停,拿吃倒水,并给他点上烟灯。金老六问长问短,然后说:"老弟,情况都了解了,都是实在人,老兄我信得过你。"金老六给敬子玉安排了一个为日军招收伪兵员的差事,并许诺为他封官,敬子玉满口答应说:"只要你发双饷,不少人会跟着咱干的。"金老六又问:"看你蛮有把握的样子,你在什么地方招兵?"敬子玉接着说:"咱这里我不行,我在西乡混过,登封、扒村那里好招。"金老六漫不经心地答道:"不管你在什么地方,只要招来人就算有本事。"接着金老六从衣袋里掏出一沓钱说:"给你300元,只要好好干,咱就是有钱。"第二天,敬子玉到后河镇找着党组织负责人赵吉甫作了汇报,并将300元钱交给赵吉甫。赵吉甫针对这一问题给敬子玉作了一番布置。

敬子玉答应给汉奸招兵后,隔几天就买点礼物去"看望"金老六,向他"汇报招兵"情况:什么登封设了一个招兵处了,在扒村也设了一个招兵处了,如何雇了多少人了等,并说那里的人一听说是发双饷,热乎得很等一些应付的话。金老六听后总是表示满意,但每次去"看望",姓金的总是在山下赌场里接待,从不让到家里。一天,敬子玉又去"看望"金老六并"汇报"情况,说什么现在已招兵近百人,请示怎么处理? 金老六讲:"招的人每人先发50元钱的安家费,继续招,有什么急事速与我联系。"同时金老六还告诉他,明天晚上田金锡要和他见面,亲自给他指示,敬子玉一听汉奸头子要露面,喜出望外,就装着对金老六的提携表示感谢。

敬子玉回到后河镇找着赵吉甫,汇报并研究对策。第二天晚上,敬子玉到陉山去见田金锡。当走到南山脚下,突然从路两旁窜出四个人来,手握短枪,一齐扑向敬子玉,并问:"干什么的?"敬子玉心想:劫路的再胆大也不敢在金老六住的附近活动。分明是金老六耍的花招,便说:"别来这一套,我敬子玉到山上找六哥有公事,误了事你们担当不起。"四人一听就撒了手,赔着笑让敬子玉过去。到赌场见到金老六后,便领着敬子玉到山上一窑洞里。窑洞里有一男一女正在抽大烟。金老六看这种情况便说:"老弟,田金锡今晚没有时间,等几天你再来。这一段你怪苦的,来吸两口吧,"敬子玉为应付局面也坐下吸了几口大烟,说了几句套话,就下山了。

大约到了农历八月上旬,田金锡特意安排一个晚上在山下赌场与敬子玉见面,田金锡见面后问:"你是敬子玉吗? 现在招了多少人?"敬子玉回答:"有100多人。"田金锡说:"听金老六说你很卖力,干得不错,你明天就回去,把人带到尉氏大营见我(大营住有日军)。三天内一定赶到,到大营再发饷,这个地方三天后飞机要轰炸掉,别到得晚了。"敬子玉听到很突然,为拖住田、金两人,就说:"你们要去大营,我给找车子和牲口送你们去。"可田、金两人说什么也不让找,让敬子玉赶快回去通知。

将计就计智擒汉奸

汉奸要离开陉山,敬子玉当晚找到赵吉甫和陈瑞图汇报。陈瑞图、赵吉甫等人经分析认为田、金一伙暗中勾结日军,甘心情愿当日军的走狗,现在又准备公开投靠日军,应在其逃走之前抓捕。党组织研究决定,由沂水寨民先队组织派人到新郑县掌握武装的地下党员陈子山帮助守山北,赵吉甫带领长葛人民抗日武装守山南,由长葛县委统战委员陈伯瑾带领部分武装人员由敬子玉、吕玉东引路直奔山顶窑洞,捉拿田金锡、金老六等人。并对行动的时间、口令、标记和抓捕的人员及进攻的路线,做了统一安排,夜11点开始行动。

敬子玉、吕玉东等深入金老六住宅,当场将其捉获,其他两路人员也捉拿汉奸5人,并抄获了一大袋钞票和物品。田金锡非常狡猾,平时在附近后河镇等地设有暗探。当天下午后河镇街上插有小红旗引起暗探怀疑,他们立即向田金锡作了报告,田金锡闻讯逃跑了。

中共长葛地下党组织领导的这次锄奸斗争,不仅摧毁了以田金锡、金老六为首的长葛县汉奸组织,为民做了好事,而且极大鼓舞了民众的抗日斗争。

许昌抗敌工作训练班

1938年元月，河南大学进步教授范文澜、嵇文甫等率领"河南大学战时教育工作团"来到许昌，开办了"抗敌工作训练班"。这对当时许昌许多进步青年选择走上革命道路有重要意义，影响深远。

1937年，抗日战争全面爆发，抗日民族统一战线正式形成，抗敌救亡的怒潮激荡着中原大地。8月，省会开封出版了由中共河南省委主办的《风雨》周刊，由范文澜、嵇文甫等教授倡议筹办"抗战讲习班"，得到了中共河南省委的支持和赞助。两个月以后，在此基础上，建立了"战时教育工作团"。中共河南省委特派确山竹沟新四军留守处的马致远（刘子厚）参加该团的领导工作。工作团由河南大学和省会高级中学的部分师生40多人组成。其中，有若干地下共产党员。

1937年底，许昌籍进步教师徐干青和张宇瑞邀约该团来许昌办训练班。全团从开封徒步出发，经过朱仙镇、尉氏、鄢陵等地，沿途还开展了抗日救亡的宣传活动。

那时虽说是国共合作，但国民党当局对共产党的活动仍处处防备。战时教育工作团尽管打着河南大学的招牌，可是，到许昌办训练班，哪个机关学校肯腾出偌大一片房舍场所活动？地方当局能否允许向社会公开招生？这些都是首先要解决的问题。

徐干青和张宇瑞两位教师是许昌教育界的耆宿，凭着他俩在地方上的声望和社会关系。向有关方面晓以抗日救国的大义，终于借得许昌城厢小学（今许昌市八中旧址）的校舍，趁着寒假时间开办，好让师生都能够前来学习。招收学员的通告贴出后，人们奔走相告，踊跃报名,很快就有 150 多人报名参加,大大超出了原定一个班的计划。

抗敌工作训练班由范文澜和嵇文甫两位教授领衔。范文澜当时已是河南大学的文史教授、全国著名的研究《文心雕龙》的专家。他是从钻研古籍中走出来成为一位马克思主义的学者,对青年们具有很强的号召力和影响力;嵇文甫曾留学苏联,学贯中西,是国内知名的左翼教授。他们两位是训练班的旗帜。马致远新中国成立后曾担任过河北省委书记,他是训练班的党代表。还有徐述之、张世亮等老师,他们都是进步青年们所敬慕的师长。徐干青和张宇瑞两人也参与了训练班的领导工作,以便解决地方上发生的问题。这些老师都具有较高的学术造诣,抗日救国的热情和政治思想水平都很高。他们不辞辛劳地讲课、辅导,与青年学员们同吃、同住、同活动,打成一片,亲如一家。训练班的工作人员,既是辅导员,又是宣传员。他们早晨练唱、教唱救亡歌曲,白天跟学生一起听课,参加小组讨论,耐心辅导。自由活动时间深入学员中间交流思想、谈心得体会。晚上创作抗战的标语漫画,排练演出节目等等。

训练班完全按照延安的陕北公学和陕北安吴堡青训班的模式进行办学。全天的活动安排是:早晨上操、跑步,队列训练,学唱救亡歌曲。上午露天上大课,学员们席地而坐,有时把讲课人围成个半圆形,边听课边记笔记,下午分组讨论或者自学,晚上自由活动。训练班的教学内容大致有抗战军事、政治形势、哲学、历史、经济学和游击战术等,每天讲一个内容,中间穿插一些必要的学习活动。范文澜主讲形势,讲抗日民族统一战线的理论,讲青年修养。他戴一副高度的近视眼镜,身体清瘦,穿一件蓝灰的长袍,看样子是个典型的书生。大家都知道他是全国闻名的大教授,为了参加抗日救亡工作,不辞劳苦,不避风寒,露天讲课,这种精神实在感动人。他是南方人,不耐北方冬寒的侵袭,讲话中连连咳嗽。他现身说法,讲起自己的治学思想转变,联系到抗日救亡工作,全场鸦雀无声,只有他的绍兴口音和阵阵令人揪心的咳嗽声在空中回荡。

嵇文甫比范文澜显得壮实一些,着一身得体的黑色中山装。他讲社会发展史、中国历史和中国革命史,是自古到今贯串一气讲的,如数家珍,非常熟练。他讲话轻声慢气,像谈家常一样,斯文而有条理,原话记录下来就成一篇辩证唯物论和历史唯物论的好文章。他身材比较魁梧,赤膛面孔,戴一副玳瑁框的近视眼镜。语音瓮声瓮气的,语调比较急促激昂,颇有点中年学者的风度。张世亮留有黑色的长胡须,看上去像个健壮的老头,其实他是个中年人,好像是在被捕期间或者被通缉期间留下的长胡须,以后不再剃去,装扮成老年人活动起来更为方便。他讲战时经济,内容多来源于李达译的爱森堡所著的经济学,他用政治经济学的理论分析当前的经济形势和经济政策。当时,有几位同学已读过几本进步的社会科学入门读物,但多是一知半解,生吞活剥。经老师们深入浅出、联系实际的授课,使他们原来自学的知识得到了融会贯通和巩固提高。

最受欢迎的是马致远讲游击战术。他是一位老革命,在训练班里从不避讳自己是共产党员、老红军战士的政治身份。他穿了一件灰色的、破旧的羊皮长袍,又长又胖大,加上他举止洒脱、谈吐风趣,另有一种职业革命家坦荡乐观、落拓不羁的风范。马志远讲的游击战术,结合介绍一些他本人参加过的实战经历,讲得具体生动、绘声绘色、生动感人。

抗敌训练班的学员分为四种类型。一是经河南省当局批准,由徐干青带领、深入许昌农村作为"政治教官"的72名青年学生。他们都是从开封来的高中学生,被分派到许昌各联保进行宣传动员工作和军事训练,因战局和政局的变化而提前结束,全体进入了训练班;二是许昌城乡的小学校长和教师。许昌城厢小学的校长和全体教师都报名参加了,如王兆瑞、周安民、徐焕文、蔡健民等;三是本地的进步社会青年。他们多是往届毕业生或从外地回来的知识青年,其中有:孔繁珍(烈士)、王征瑞(王云)、寇卓然(寇禹铭)、徐振鹏、许淑凌、颜世庚、寇翠兰、丁光裕、张凌霞、高彦宾、马鸿雷等;四是省立许昌中学的在校学生,有王石青、都延诏(都寿卿)、金万盛、张世杰(张明舜)、王效堂、刘国建、郑敏贤(郑觉民)、张福根等等。

因河南战时教育工作团移往舞阳北舞渡,抗敌训练班在旧历年前结束。训练班虽然只办了两个星期,但它像一支火把,照亮了被国民党政府、县党部和保安队层层封锁禁锢的阴沉沉的许昌大地。

训练班给学员以思想上的启蒙、政治上的启迪,使许多爱国青年走上了革命的道路。他们有的奔赴延安,有的随战时教育工作团参加了工作,有的到确山竹沟参加新四军教导队,有的经徐干青介绍,从许昌出发,参加了八路军、新四军,为抗日救亡增添力量。

抗日战争时期长葛县的妇女工作

　　1937年,日本帝国主义发动的侵华战争,进一步激起了全中国人民的反抗斗争。长葛县各界群众在中国共产党的领导下,积极投入抗日救亡的斗争。在这场艰苦的斗争中,长葛县的妇女同胞也冲破了各种阻碍,不怕牺牲,勇于战斗,积极为党组织站岗放哨,传递情报,向广大民众宣传抗日思想,用实际行动支持了全县的抗日斗争,充分彰显了妇女们的作用,使人们逐渐认识到妇女同样也是一支不可忽视的革命力量。

　　1938年5月1日,长葛县各界爱国青年和县中的全体师生,在长葛县中华民族解放先锋队(以下简称民先队)领导下,举行了旨在爱国的庆祝五一抗日示威游行,不少女同学也踊跃参与其中,学生们手持"庆祝五一国际劳动节"和"还我河山!"的横幅,走上街头,张贴标语、墙报,散发革命传单,高唱抗日歌曲,广泛进行宣传,抗日的歌声和口号声响彻长葛县城的大街小巷。

　　7月7日,长葛地下党组织以民先队的名义在县中礼堂召开了纪念"七七"抗战一周年大会,民先队的妇女同胞们都参加了会议,在大会上,围绕抗日问题,学生们与反动派之间进行了一场唇枪舌剑的斗争。国民党伪县政府第一科科长吴谷雨在讲话中诬蔑学生们的发言是宣传赤化,搞异党活动,这激起了与会民众的无比愤慨,大家纷纷发言予以谴责,最后,大会在反动派的破坏下被迫停止。伪县政府声言要逮捕进步青年谷德荣和司振东,随后在党组织的掩护下,两名青年安全转移。

7月,在一次周会上,围绕"七七"抗战大会上发生的事情,民运指导员于永林(共产党员)和反动派之间又爆发了一场面对面的斗争。国民党县党部书记南紫平和一位姓杨的干事攻击参加纪念"七七"抗战大会的都是光着脚的农民,还说妇女也参加了大会,就是共产党。县警察局局长声言要在全县搜查捣乱分子,特别提出搜查民运机关。反动派的气焰极其嚣张,会场气氛十分紧张。民运指导员于永林面对反动派的威胁,据理驳斥说:"抗日无罪,不抗日可耻。说光脚的农民、妇女参加大会就是共产党,这纯属造谣、诬蔑。"于永林铿锵有力的发言,沉重地打击了反动派的嚣张气焰。

9月,民先队根据党的指示宣布解散,辛瑞芝、杨玉莲等女同志分别加入了党组织。1939年3月,樊淑贞也加入了党组织,她们在中国共产党长葛县工作委员会的领导下,继续从事抗日工作。

旧社会妇女是没有任何政治地位的,长期受封建思想和四权(政权、族权、神权、夫权)的统治与压迫,整天围着三台(井台、磨台、锅台)转,繁重的家务劳动压得她们喘不过气,抬不起头。随着斗争形势的不断发展,为了动员更多的妇女参加抗日救亡斗争,让妇女从思想上得到解放,在党组织的支持下,1938年8月,由辛瑞芝、杨玉莲负责办了一所妇女识字班,地址设在县城西关。参加学习的骨干有樊淑贞、辛青莲(儿童团长)、程桂兰、孙兰英、贾群等10多人。学习的内容主要是中国共产党抗日战争时期的方针政策,以及抗日救亡的革命道理。她们用通俗易懂的语言编印了《共产主义五十条问答》等学习材料。大家还学习抗战救亡歌曲,如《义勇军进行曲》《大刀进行曲》《游击队之歌》《送郎参军》等,当时负责教歌的是儿童团团长辛青莲和共产党员魏永章。辛青莲还根据当时情况把送郎参军改成送哥参军。结合反封建思想教育,让妇女知道缠在她们身上的四条精神枷锁是封建社会里的"政权、族权、神权、夫权",她们长期受苦受难的总根源是民族压迫、阶级压迫和封建礼教。妇女们只有团结起来进行斗争,才能掌握自己的命运,争取自身解放。面对日本帝国主义大肆侵华,祖国处在生死存亡的紧急关头,妇女们绝不能麻木不仁、袖手旁观。因为她们也是抗战中的一分重要力量,要敢于冲破封建思想的束缚,积极投身抗日救亡运动。

通过各项活动,提高了妇女们的阶级觉悟和文化知识,为党开展妇女抗日工作培训了骨干力量,奠定了基础。会河一些妇女经过党的教育,结合抗日救亡运动,进行了一次反对妇女缠足的革命斗争。她们在抗日积极分子杜瑞花、尚伧、尚莲的带领下,针对妇女们足小活动不便这个问题,积极进行反对封建思想的斗争,动员妇女放脚。除参加民校的妇女不再缠足外,还动员村上的其她妇女也不要缠足。她们经常用缠足痛的歌曲教育妇女,说明缠脚的危害、缠脚的痛苦,号召妇女不要再受封建思想的束缚,要勇敢地起来进行斗争。带动了很多妇女解放思想,加入了抗日战争的队伍。

通过办识字班,培养教育了一大批妇女积极分子,她们在抗日救亡运动中起了骨干作用。这批妇女骨干,坚决拥护中国共产党的抗日政策主张,痛恨日本帝国主义的侵略罪行,积极从事抗日救亡运动,他们利用串亲访友的机会及其他方法,到县城和四乡进行抗日宣传。她们走到哪里,就把宣传鼓动工作做到哪里,激发了人们的抗战热情。

妇女们除了做宣传抗日救亡工作外,针对当时反动政府制造白色恐怖,不断破坏抗日工作,迫害共产党员和抗日进步人士的情况,还勇敢地站出来肩负起掩护党的任务。为了保护上级派来的同志和县委同志的人身安全,每次县委召开会议(在西关辛金生家)都由党员杨玉莲和八嫂(程桂兰)、辛青莲3人轮流站岗放哨。负责警卫,严防被坏人发现,避免党组织遭到破坏。有时候她们还担任联络和传递情报的工作。妇女委员辛瑞芝、党员杨玉莲三次去密县取回党的文件和书籍,后来,辛瑞芝还参加了阻击日军的东胡战斗,和男同志一样上战场杀敌人。

1938年6月,在党的领导下,于永林同志率领民先队员在县城东北老庄尚一带阻击日军,辛瑞芝和杨玉莲等几个女同志成立了一个救护小组,筹备了一些药品以备救护伤员,于永林在战斗中负伤后就住在辛瑞芝家里养伤。辛瑞芝、辛青莲、程桂兰对他精心进行护理,经常给他包扎、换药、洗衣做饭,使他很快恢复了健康。

孙兰英由于接受了党的教育,在对敌斗争中表现勇敢坚定。一次国民党政府派人去她家抓她当共产党员的丈夫,没有抓到人,可在她家搜出了一支长枪,敌人随即把她吊在屋梁上拷打,追问她的丈夫和党的同志都到哪里去了,逼她交出其他枪支,但为了保护党的同志和革命秘密,她坚定地说:"不知道!"敌人又把她带回警察局吊起毒打,一只胳膊被吊得脱了臼,她几次昏了过去,敌人又用水把她泼醒,她抱定决心,宁可自己死,也决不能说出同志们和枪支的下落。任凭敌人不管怎么折磨,她仍然回答:"不知道!"国民党反动派看问不出什么有用的东西,不得不在保人具保后将她释放回家,但暗中却派人对她进行盯梢,其中两次突然包围搜查她家,可是都扑了空,最后敌人只好作罢。

1939年后,形势变得更加严峻,根据上级党组织"隐蔽精干,长期埋伏,积蓄力量,以待时机"的指示精神,中共长葛县委要求每个党员根据个人条件,能进入国民党政权组织的就进入,能掌握敌人武装的就掌握武装,能教书的就去教书。对那些党员身份已经暴露,不宜留在当地的,愿到解放区去的组织上予以介绍。为了确保党员身份不被暴露,为留下的党员寻找职业作掩护,辛瑞芝和杨玉莲办起了儿童学校。在西关小学进步教师樊丙鉴的帮助下,取得国民党文教科同意,学校于1939年3月正式开学上课,辛瑞芝、杨玉莲和儿童团团长辛青莲3人挨门挨户动员贫苦群众的孩子到学校上学。很快就动员了30多个学生,校舍就设在西关辛瑞芝家的邻街屋里。没有桌凳,就用土坯垒起来当桌腿,上边放块木板当桌面;没有黑板,就用一块大木板代替。她们利用学校这个阵地,继续为党做着抗日救亡宣传工作。通过她们的教育,不但激发了孩子们的爱国热情,而且也加深了他们对日军侵略罪行的憎恨。后来国民党县政府知道这个情况后大为震怒,最终于1940年冬强行把学校关闭。

1941年春,党组织又让辛瑞芝到石固镇小学教书,同时安排辛青莲到会河小杨庄教书,辛瑞芝到学校后,在共产党员周悦然、朱吟秋和进步女教师曹木贻的支持下,又领导学生开展了与反动教师郭文会的斗争,最后取得胜利,迫使郭文会再也不敢打骂体罚学生。

抗日战争时期,在中国共产党的领导下,长葛县的妇女同胞,面对日军的野蛮侵略和国民党反动派的破坏,她们不畏牺牲、不屈不挠、勇于战斗,做了许多有益于抗日的工作,做出了积极的贡献。

抗日军政干部学校

——抗大四分校

　　1944 年冬,王树声、戴季英等奉命率部组成河南人民抗日军挺进豫西,开辟抗日根据地,拯救在水深火热之中受苦受难的河南人民。这支抗日军由 6 个支队组成,以张才千为司令员的第四支队负责开辟禹(县)密(县)新(郑)登(封)一带。豫西抗日根据地建立以后,为适应根据地日益发展的需要,解决由于根据地发展而出现的干部不足问题,四支队在禹西创办了一所抗日军政干部学校,即豫西抗大四分校,张才千司令员任校长,四支队参谋长寇惠民担任副校长,校址设在禹西下官寺白家门。

　　抗日军政干部学校的学员除少数部队人员外,主要是来自禹县、许昌、郏县、登封、鲁山、宝丰等县的进步青年。这些青年大都是抗日组织推荐,另外,也有沦陷区失学的初、高中学生和进步青年教师。他们在抗日斗争节节胜利的鼓舞下,怀着坚决打败日本侵略者的信念,自愿投奔豫西抗日根据地。如,首届学员有禹县抗日民主政府推荐的连学卿、艾子义等,禹县抗日青年文艺工作团推荐的冀克钦、李文清等;郏县的王漂萍、韩学培等;许昌县的朱铭琴;偃师县的张全顺;密县的丁琳(后曾任河南省文联《奔流》杂志社主编)等。另外还有部队直接从禹县罗集、无梁等地介绍而来的武俊三、王文学等。学校根据学员的特点编为 5 个队(也叫区队),其中 100 余名年龄较大的男生编为一、二、三队,10 余名女生编为第四队,年龄较小的男生编为青年队(第五队)。一队长王长法,二队长鲁青,三队长陈志刚,四队长方佩铭(女),五队长王英先。校部设有管理员,炊事班、警卫班等。指导员王永奋兼任学校党支部副书记,教育干事李力群负责教学工作,军事队长覃日清负责军事。

1945年4月下旬的一个上午,全校师生在白家门一棵古槐树下隆重举行开学典礼,四周的墙壁上、树上张贴着"欢迎有志青年走上革命大道!""军政干校是培养马列主义干部的大熔炉!""打倒日本帝国主义!""建设新中国!"等振奋人心的大幅标语。校长张才千作了"目前形势和我们的任务"的报告。中午,全校师生一起会餐,欢庆干部学校正式开学。学员们从战火硝烟中、从日寇铁蹄下的沦陷区来到这里,在知识的天地中任意驰骋,在革命的熔炉里锻炼成长,汲取革命营养,心情非常愉快。

抗日军政干部学校的学习、生活十分艰苦,师生们吃的是小米饭,住的是土窑洞。学习时没有桌子用双腿代替;没有凳子就坐在石头上;没有黑板,没有粉笔,没有教科书,学员们全靠耳听笔记;用白纸钉作业本,没有钢笔,学员们就把笔尖绑到竹筷子上来写字。学习的内容有《中国革命和中国共产党》《新民主主义论》《评中国革命之命运》《论联合政府》等。在教学安排上很有规律,一般是早上学军事,上午学政治,下午学文化,晚上安排文娱活动。政治课由副校长寇惠民亲自主讲。

河南人民抗日军(又称河南军区)司令员王树声、四支队司令员张才千、四支队政治部主任余品轩、宣传科科长陈铮亮等常到学校作形势报告,宣传革命道理,揭露国民党消极抗日、积极反共的卖国活动,介绍中外民族英雄和东北义勇军抗日事迹等。从延安鲁迅文艺学院远道而来的作曲家时乐蒙,不顾远途跋涉的疲劳,放下背包就教大家唱"抗大"校歌。学校师长的诱导,浓厚革命风气的熏陶,使学生思想发生了深刻变化,学员们如饥似渴地学习军事技术和革命理论。他们在豆油灯下写字,在黎明时起床背书。学校内外的空地上到处是学员用树枝写下的字痕。他们刻苦钻研革命理论,努力学习杀敌本领,学校每次查考作业,学员成绩都很好。

随着抗战形势的发展变化,学校于1945年7月由下官寺白家门迁到禹县玩花台。在这里,他们利用了原来的小学校舍,学习环境和生活条件较前大有改善。迁到玩花台之后,学校又成立了军事队,军事队员是从新组建起来的部队中选派来的连排干部。到1945年8月,经过四个多月的学习,学员们政治理论水平有很大提高。

1945年8月,世界反法西斯战争取得了决定性胜利。1945年8月10日,毛泽东主席、朱德总司令向全国各根据地人民抗日武装发布命令:"迅速前进,收缴敌伪武器,接受日军投降。"根据抗日战争即将取得胜利的形势,学员们提前结业,奔赴各条战线。有的被分到部队去当宣传干事,有的分配当文化教员,有的到地方抗日民主县政府任秘书或到基层当干部,还有的根据需要回原籍做党的工作。军事队保持原有建制,改为四支队的一个教导大队,随军接管日伪武器后转移南下。至此,豫西抗日军政大学四分校完成了它的历史使命。

抗日模范村

——陈岗村民兵组织的建立与发展

禹州市文殊北翟山脚下的陈岗村(现分为陈东、陈西、陈南三个自然村),1944—1945 年秋,从秘密串联到公开发展,从单纯地抗捐抗税到成立武装,打击、扰乱敌人,从而保护了八路军豫西四分区张才千部及分区军政干校和禹县人民政府得以较为安全的在唐庄、官寺居住,起到了积极作用。

陈岗村民兵组织的建立是由秘密情报小组到游击小组逐步发展起来的。1938 年春,该村村民任力民(原名任国瑞)参加了禹县陈兆祥组织的义务抗日宣传队。受其影响,他于 1938 年秋和艾福林、葛伯园、田民生、徐克勤 5 人一起去西安八路军办事处报到。后经办事处介绍到陕西三原县司安吴堡青训队学习。回村后看到伪保长田协五依仗其小舅子席子猷(土匪头子)的势力向群众要粮要款,欺压群众。任力民一方面宣传动员群众抗捐抗税;另一方面动员该村知名人士,征得同情和支持,成立了计核委员会。凡上边派来的粮款由计核小组分配,签字盖章,从而避免了伪保长私自乱派粮款的现象,使群众利益暂时得到了保护。他们又以防范土匪为名,以任力民为主成立了 20 多人的自卫队都是义务不计报酬,同时,要求伪保长田协五下台。席子猷知道后下令解散了该村自卫队。

1944 年秋,豫西一支队皮定均部三十八团到达陈岗村。八路军的到来极大地鼓舞了受压迫的人民群众,任力民等人主动给部队提供情报并带路。三十八团走后,1945 年农历二月,任力民在马寨又与豫西四支队张才千司令员取得联系,受其指示,秘密发展情报员,成立情报小组,任力民任组长,成员有田家信、任国栋、马成(马庄村人)等,配合武工队张先禄、徐云峰等部,开始收缴敌人散存的枪支弹药。情报员马成得知禹县商会罗会长在马庄存放有30多支步枪,4支手枪,并将每支手枪的号码都搞得一清二楚。情报小组通过谋划,由武工队队长张先禄向罗反复宣传我党的政策,动员其公开出来抗日。罗借口年老体弱,不愿出面。这时张队长动员其把枪支交出,罗狡猾抵赖,不承认存有枪支。张队长不但指出存枪数字,连每支手枪的号码都明确指了出来。这时罗不得不把4支手枪、30多支步枪和几箱子弹全部交了出来。

这次起枪的胜利,大大鼓舞了全体队员的积极性,同时,又受到张才千司令员的表扬。时隔10余天,四支队给进犯文殊、贺庙等地的自卫团以迎头痛击之后,情报小组得知唐庄联保处主任,将38支步枪埋在马庄距情报员马成家几丈远的洞里。一天夜里,由任力民、田家信、魏丙坤、任国栋配合武工队顺利地将埋的枪支全部挖了出来。武工队当时给情报小组步枪7支,陈岗村正式成立了游击小组。任力民任组长,成员有魏丙坤、田家信、任国栋、范恒太、连荣光、陈春秀。游击小组采取白天分散、夜晚集中扰乱敌人。当时陈岗村是从禹县到官寺、唐庄一带的必经之路,且又处在三面伪军包围之中。一河之隔的柳林村和寨上有桑英武伪军一个中队,尹岗有一个中队,相距一里路的坡街寨有一个中队,往东相距6公里的关帝庙、绳李均有伪军;南边离匪首席子猷老家文殊店仅有2公里,这样陈岗三面受敌,且距离很近,随时都有被伪军侵袭的可能。必须充分发动群众,提高警锡,扩大武装,打击敌人。陈岗游击小组在武工队的配合下,一方面发动群众,成立农会,实行倒地,减租减息;另一方面扩大游击小组,加强扰乱敌人,组织自卫。不少青年争先报名参加民兵,很快以游击小组为主的脱产民兵发展到40多人,不脱产的有田福运、白约舒等30多人。同时,本村群众家散存的 30 多支枪全部集中起来,武装了民兵。除扩大民兵组织外,不少青年如任国荣、田福兴、连学卿、王长兴、唐水心、连顺喜等 10 多个青年参加了豫西抗日军政大学四分校学习。随着民兵组织的建立与扩大,经常夜晚派出部分民兵向柳林村寨打枪,扰乱敌人,迫使敌人不敢大胆出寨。一次,柳林的伪军到疙瘩村抢劫群众,陈岗民兵得知后,占领陈岗村北高地,对伪军突然打击。敌人听到枪声,误认为八路军来了,惊慌乱跑,弃物逃命。不久,根据张才千司令员的指示,陈岗民兵与唐庄等地民兵约 130 人,正式成立了禹县民兵独立大队,任力民任大队长。

随着陈岗村民兵的壮大,为保护群众,确保在唐庄的军政领导机关的安全,陈岗村民兵在区干队、武工队的配合下,对坡街、绳李、关帝庙等地的伪军主动进攻,扰乱敌人,使其不敢轻易出寨,袭犯解放区。

1945 年日本投降后,国民党集结近 30 万军队向豫西解放区围攻,席子猷伪军趁八路军集结转移之机,纠集 1800 余人于农历八月十二日进攻陈岗村。自卫团进村后放火烧房、抢劫财物、残害人民。当时烧毁军属及群众房屋 20 余间,计有军属任国荣房 6 间,连学卿房 7 间,田东方房 1 间,群众白运成房 2 间,王大明房 3 间,还有大量粮食、财物、牲畜等。

陈岗民兵一方面组织群众迅速转移;另一方面还击敌人。陈岗村大部分村民扶老携幼转移西部山区,被当时的人民政府分别安排到群众家暂时度生。陈岗民兵在寨上抗击敌人后,奉命撤退到唐庄与八路军会合,后有 40 多人正式加入了部队,随军南下,到达大别山区与新四军李先念部会合。1946 年 6 月,陈岗民兵近 30 人曾参加了有名的"中原突围"。1945 年 7 月,当时禹县抗日民主政府县长史树榕在成立民兵独立大队会上赞扬陈岗为"抗日模范村"。

阻击日寇的长葛老尚庄战斗

抗日抗争时期,长葛县人民英勇奋斗,不断为抗日大作战提供地方战斗支援。涌现出了大批革命故事,其中长葛老尚庄战斗就是其中一个。

1938年5月的下旬,全国抗战形势愈发紧张,豫东商丘、开封相继失守。为了不被日寇侵略,取得胜利,长葛县利用各方面的力量,号召组织起来了一支能够拉得出、站得住的抗日武装队伍民先自卫队。这支队伍以民运指导员于永林为首,痛击日寇,在老尚庄战斗中对日军进行了一次有力的抗击。

1935年6月初,日军进犯河南尉氏。于永林等根据掌握到的敌情判断,日军进犯后,极大可能会路过地处新郑、尉氏和长葛相交界的交通要道老尚庄。于是,于永林便与队员一起秘密商讨,提前策划,决定带领30余人的队伍,携带机枪步枪、弹药等武器,从三官庙出发,经庞庄、大郭庄、裴庄来到老尚庄进行集结防守,并做好了充分的战前准备工作。

6月7日夜晚,老尚庄东北方向枪声密集。于永林迅速派人侦察得知,国民党二十二师与日军经过激烈战斗,因为防守失利,便炸毁了尉氏通往新郑的路桥,退到长葛县境附近。此时,日军只能在离老尚庄很近的刘合集驻扎,大约有四五百人,还有许多马匹和迫击炮等。根据探查,于永林分析敌情得出判断,日军早饭以后,很可能是要路过老尚庄,因为尉氏、新郑公路已经被炸毁了,日军要想大部队前进,只能从新郑、洧川道路向前行进,而老庄尚则是新郑、洧川的必

210

经之路。与大家商量好对策后，随即下达准备迎接进行战斗的命令。

8日9时许，日军大队人马整整齐齐地沿着新郑通往洧川的大路由西向东行进。于永林带领部队，带着国恨家仇，给日军以迎头痛击，有几名日寇直接被击毙在阵地前沿。但是，此时日军大部队仍然在继续前进，只有尖兵排对我方进行还击。当日军大队人马越过老尚庄土岭大约有一里多地的距离时，便停止了前进，就地展开战斗队形，用迫击炮猛射我方阵地，与此同时，日伪还用约一个排的兵力向我方迂回包围。在这寡不敌众的情况下，于永林一边指挥战士们奋力还击，一边指挥部队撤退。我们的民先自卫队员们虽然都没有打过仗，但日寇野蛮的侵略行径，激起了他们的无比愤恨，谁也不愿意撤退，誓为惨死在日寇之手的乡亲们和同胞们报仇，勇敢地与敌人拼杀，最后，在寡不敌众、兵器弹药严重不足、不得已的情况下，才离开了阵地。日寇因不知我方情况虚实，避免大量损失，也停止了射击，改道向尉氏方向狼狈退去。

战斗结束以后，日军死伤五六人，留下了一些马匹物什。我方仅有指导员于永林一人负轻伤。6月9日，武汉《新华日报》报道了这次战斗消息："昨日军土肥原部，一股骑探向长葛进犯，被我军击退。"随后，第一战区长官司令部传令嘉奖于永林，并发给养伤费用。

这次战斗虽然很小，却狠狠打击了日军的嚣张气焰，鼓舞了长葛全县人民的抗日信心。

中共鄢陵县中心县委书记李爽脱险记

　　1940年5月,中共鄢陵中心县委根据当时形势变化,决定把在县域内的党员与党员之间、党员与组织之间采取单线联系,并在县城西梁场村的马其昌家建立秘密联络站,由马其昌任联络站站长。退守重庆的国民党政府依然固守"攘外必先安内"的顽固立场,国民党河南省党部经常派特务到鄢陵县刺探地下党组织的活动,这是国民党掀起的又一轮反共高潮。

　　1943年11月17日(农历十月二十),国民党中统机关派驻鄢陵县的副组长赵鸿猷,私下侦知李爽正在县城西街自己的家中,就乘拂晓天未明时,来到西马道李爽的家。李爽又名李继坤,系中共鄢陵中心县委书记,他是昨天刚刚从外地回到鄢陵县城家里。赵鸿猷悄悄来到李爽家门口,看看四周无人,就隔墙高声喊了一声:"李先生在家吗?"李爽边穿衣服边从屋内走出,随意答应了一声:"谁呀?"赵鸿猷走进大门,装出一副可怜相,压低声音说:"我是扶沟县人,在旅社住,昨天晚上输了钱,行李被人扣下!"李爽看了对方一眼,说:"咱俩不认识啊!"赵鸿猷抱拳行礼,说道:"俺听说李先生好交朋友,想找你托个人情,好让俺回家拿钱!"李爽说:"托人情可以,但我可是没钱替你还债啊!"赵鸿猷连忙点头:"只要俺回到扶沟,回来俺就还债!"李爽拿眼看对方,这一看就看出了疑惑,只见此人头戴礼帽,身穿长衫,不像常混赌场的人,心里顿生疑窦:他既不像自己同志,又不像做生意的老板! 到底是什么人? 为了验证自己的猜测,李爽故作热情地说:"走,咱回屋里坐坐!"赵鸿猷不自觉地后退一步,赔着笑脸说:"大早上的给你找麻烦,俺就不坐了!"李爽顿时心里有了判断,说道:"我去茅厕解个手!"说着就拐进茅厕。赵鸿猷却紧跟在后,站在茅厕门口等他。李爽解完手,端来洗脸水洗脸,赵鸿猷依然站在身后黏着他。李爽装作生气地说:"你这人咋着哩?我走哪儿你就跟哪儿!一点规矩都没有!"赵鸿猷顿时沉下脸,露出了凶相:"实不相瞒,我是县党部的,快跟我走,不然就对你不客气啦!"

李爽终于明白了对方的身份,见一时难以脱身,又害怕连累家里人,说道:"你有啥事儿就说吧!"赵鸿猷嘿嘿一声冷笑:"跟俺到县党部走一趟吧!"李爽心里犯了嘀咕:到县党部不会有啥好果子吃,我要趁机脱身!李爽快步走出大门,一直往前走。赵鸿猷连忙阻止,却让走花园街。李爽由此判断,花园街的茶馆里一定有特务埋伏等待,说着就向西大街的城门口走去。赵鸿猷阻止说道:"咱去西大街干啥?"李爽说:"我还有个事儿顺便交代一个人!"赵鸿猷也不便强行拉扯,无奈只能跟着走。路上李爽遇到街坊晋海顺,两人打了声招呼。

这时有一队国民党士兵出早操,赵鸿猷要喊叫时,士兵早已跑步出了西关城门。晋海顺为人热情,问道:"继坤,你一大早干啥哩?"李爽回答:"我送老同学!"一转身就加快了步伐。赵鸿猷一见情势不妙,一把抓住李爽的胳膊,说话间来到西门门岗面前。李爽见一时无法脱身,就急中生智,转身顺手一把卡着赵鸿猷的喉咙,不让他说话。李爽见周围都是自己的街坊邻居,高声说道:"这是我的同学,整天嫖娼吸老海,把老婆闺女都卖了,借我300块钱不还,还赖账!"赵鸿猷说不出话,死死抱着李爽的一只胳膊不放。李爽心想,如果把他扔进护城河里,动静太大,自己也难以脱身,他趁赵鸿猷挣扎着无法说话的机会,李爽就继续高声吆喝,意图让街坊邻居帮忙。卖蒸馍的马五、西关杀猪的邢贵成刚好走来,听了李爽的喊叫,放下挑子就对赵鸿猷拳打脚踢。因李爽是鄢陵县城西马道街人,西街的老乡都认识李爽。赶早集的乡亲见赵鸿猷拽着李爽衣领,嘴里还不断叫骂,使其不得脱身。几个人上去就打赵鸿猷,李爽得以脱身,边跑边吆喝:"大家快跑,这是个赖货!"这时,赵鸿猷被大家打得晕头转向,喉咙又被卡住,无法解释,不得不松开手。李爽在乡亲们的接应和掩护下,机智脱险,待赵鸿猷起身追赶时,李爽已经跑出了城外。

李爽脱身后,知道党组织已被中统侦知,便绕道找中共鄢陵县中心县委组织部部长程留宾说明自己遇险的情况,当天就让全体党员转移。因李爽身份已经暴露,虽然遭到中统的诱捕有惊无险脱身,但不宜在家乡鄢陵县活动,经组织研究,调李爽到豫皖边区工作。自此,李爽不再担任中共鄢陵县中心县委书记一职。

夜袭五岳庙

1944年5月,日军大举进犯襄城县,军民顽强抵抗。随着襄城沦陷,日军强化治安管控,加快推进城乡殖民化进程,人民群众的活动范围受到了极严格的限制。曾经热闹非凡的五岳庙门庭冷落,被笼罩在一片战火阴霾之中。为把侵略战争扩大到中国西南地区,进而占领东南亚各国,日本侵略军把襄城县也纳入了他的战略后方保障基地。首先,他们在城东三里沟后梁庄北地修建中型飞机场,作为侵略东南亚地区航空战机中转站;其次,在襄城县东南部建设大型战略军需储备仓库;最后,在县城西大街西段靠北汝河堤建设大型屠宰场,主要以屠宰牛羊为主,制成牛、羊肉食物,每天用汽车不断运送至前方战场。

为储备更多的战备物资,以源源不断地支援日军对东南亚地区侵略之需要,日军在百宁岗附近村庄隐蔽处建立了一个大型军需物资供应处。日军为加强在这一带的军事管控,以确保战略物资储存安全与物资供应的顺畅,特意在五岳庙内驻扎一个机动加强连的兵力,在军需物资供应处驻守两个加强连的兵力,以担负日军仓库军需物资的保卫任务。

1944年7月,日军第三十七师团独立步兵第三十大队,由队长盐见克中佐奉命率部队自许昌方向出发,到颍桥北沿东线向南开进,至丁营乡一带执行督查军需物质储备、管理、部队驻防等项军务。该部队宿营在百宁岗五岳庙内。宿营日军白天窜入附近村庄抓鸡牵羊,逼粮逼款,奸淫妇女,抢掠财务,袭扰百姓;晚上回到庙内猜拳行令,喝酒吃肉,闹到深夜才安歇宿营。

一天,凶神恶煞的盐见克中佐带三个随从出现在郎庄街头,看到郎庄13岁的姑娘郎小翠到村头井上打水,便蜂拥上去,扒光姑娘衣服打算轮奸。盐见克中佐先上去强行施暴,姑娘誓死不从,咬住施暴鬼子的一只耳朵,那鬼子脸上霎时流满鲜血,疼得嗷嗷直叫。

野兽一般的鬼子恼羞成怒。在他的指挥下,四个鬼子分成两组,每两人拽住一条腿,硬是把姑娘身子活活撕成两半。

这残忍的举动被在场的郎庄郎林老大爷看得仔细。开始时郎林还掂拐杖敲打鬼子,被鬼子一脚踢出老远,再也不能站起。

鬼子撕罢小翠,扬长而去。

不多一会儿,外出办事的共产党员、郎庄游击队队长郎如山回村。躺在地上的郎林老大爷看见郎如山,就失声大哭起来。他泣不成声地诉说刚才事情发生的经过。郎如山来到发生事情的水井旁边,看见躺在血泊里的小翠,小翠嘴里还紧紧咬着鬼子的那片耳朵。

郎如山眼中流下热泪,万分悲痛中通知小翠家人处理后事。办理妥当后连夜进城,找共产党员、游击大队长吴存义汇报案情。

吴存义听后,气得脸色发青,把面前的桌子拍得直蹦,下决心要给小翠报仇。但是,他知道五岳庙住的鬼子是日军精锐部队,武器精良,正面交兵,肯定不能取胜,不可蛮干。通过认真研究,决定给这股日军进行一场智斗。

当时,县里有个专门替日本鬼子办事的维持会,那里边有个共产党安插进去的亲信王强,王强经常秘密给游击大队通风报信。从王强口中,吴存义了解五岳庙中鬼子头目盐见克中佐相信鬼神,便决定演一出迷惑剧。

一天晚上,天气闷热,整个大地像蒸笼一样。蚊虫成群结队乱飞,透过微弱的月光,如同片片浮云在低空飘动。十几棵松柏的遮天树冠纹丝不动,树上的知了时不时地发出惨叫。给五岳庙增添几分恐怖。

这天正是郎庄游击队按照县游击大队部署偷袭五岳庙日军的日子。夜深人静时,五岳庙中早已没有了一缕灯光。郎庄游击队队长郎如山带领纪模轩等六名队员开始行动。

几名青年武士纵身跳越一丈多高的庙墙,猫身落地,没有丝毫声响。队员们定睛观看,八九十个日军官兵身上一丝不挂,仰面朝天熟睡院中。时不时听到有人发出鼾声。

围着一棵千年古柏摆放着这股日军的全部武器,武器上面堆积着鬼子们睡前脱下的衣服。郎如轩用手势指挥其他五名队员分段上树,形成人梯,自己留在树下向贴在树干的队员转送武器和衣服。

不到半个小时,除留作自己使用的六把长枪外,流水作业般的游击队员顺利把日军枪支和衣服全部挂在这棵两丈多高的柏树之上。计划完成后,六名队员分别带上各自枪支越墙出院。

次日拂晓,五岳庙内一片骚动。鬼子们的嗷嗷叫声传到岗下老远的村庄。

盐见克中佐深信这现象肯定五岳庙的神灵实施惩戒。命令下属官兵谁也不准上树取枪取衣,一律裸体下跪神灵,向受害的中国人谢罪,乞求佑护,以免再受大劫。

然后命令勤务人员去水井取出无根之水,由两名士兵抬桶,其余人轮流沐手净身。小心翼翼将之前移动神像用以扎营驻兵的所有殿堂全部将神像恢复原位。自己则从包公殿开始,逐殿逐神下跪磕头。

盐见克中佐那侧掉耳的脸颊本来就肿如发糕,经磕罢这200多个响头,额顶鲜血直流。旧伤加新伤,旧肿加新肿,整个头面血肉模糊,如同烂泥一般。

接着,盐见克中佐命令全体官兵裸体打扫整理庙院和殿堂,就连各个殿堂窗户也用新纸糊好,生怕有一丝纸漏。这一天,他不许炊食人员做饭,不许任何人吃东西,以示对神灵的虔诚。

第三天的晚上,夜幕降临,盐见克中佐才命令下属上树取枪取衣,着装后和衣携枪仍露宿院中。

然而,就在这天晚上,盐见克中佐发了高烧,噩梦接连不断。梦中,他跪在包公面前,王朝、马汉等四名随从抓住他的后领按向铜铡口处。包公高声喊喝,令他交代罪行。他把进入中国后所犯的滔天大罪全部述说一遍。最后,包公命他即刻去找郎庄郎小翠谢罪。

这时,像要炸裂的剧烈头疼使他醒来。天已蒙蒙发亮,盐见克中佐叫来翻译官,让他先行带部队进城,自己则只身跑步来到百宁岗下的郎庄村。

郎林老人正拄着拐杖,在村头看见一个耳朵上贴着白纱布的日本鬼子,认定这就是那个残害小翠的坏蛋,便躲在一个柴堆旁边看个仔细。谁知盐见克中佐却径直跑到水井旁边,在小翠惨死的地方扑通跪倒,连磕24个响头。响头磕罢,一声惨叫,命归西天。这天,正是小翠惨死的第七天,有人说这鬼子的暴死是因为耳朵感染了破伤风,有人说是因为头磕多了磕成了脑震荡,盐见克得到了应有的下场。

自此,抗日游击队智袭五岳庙的故事流传至今。

浴血许昌的抗日英烈吕公良将军

1944 年 4 月中旬至 12 月初,日本侵略者发动了豫湘桂战役,其中河南战役从 1944 年 4 月 18 日开始,到 5 月 25 日结束,历时 37 天。4 月 23 日至 5 月 3 日,驻守许昌的国民党暂编十五军新编二十九师,在师长吕公良的指挥下,展开了英勇顽强的许昌保卫战,最终因武器装备差,寡不敌众,许昌沦陷。

临危不惧御敌寇

吕公良,1903 年生,浙江开化人,黄埔军校六期毕业生。在台儿庄等战役中屡立战功。1944 年初,日本侵略者大举进攻豫西地区。3 月,吕公良率新编二十九师入驻许昌。4 月,日本侵略者以十二军团为主力,配备步兵、骑兵、飞机、大炮、坦克等兵种共计 7 万余人,如恶狼般地向许昌扑来。面对凶残的敌人,师长吕公良对部下慷慨陈词说:"养兵就是为了卫国,练兵就是为了御敌,日寇袭渡黄河,侵我中原,是可忍,孰不可忍! 我们要誓死保卫许昌,抗击日寇,誓与许昌共存亡!"副师长为黄永淮、参谋长为王元良,师部下辖八十五、八十六、八十七三个团,团长分别是杨尚武、姚俊明、李培芹。为固守许昌,吕公良将八十六团驻守在许昌以北的长葛和尚桥担任警戒阻击任务。

师部及第八十五团、第八十七团同许昌地方武装守卫许昌城。官兵就在残存的城墙根基上修建碉堡,设铁丝网、埋拉线地雷群,严阵以待。吕公良还严格整饬军风军纪,与地方军政人员、商绅共商抗日大计,疏散地方政府和大商号往城外,动员民众策应固守许昌城,通电全国,决心抗战到底,誓与许昌共存亡。

沉着应战浴血许昌

4月30日清晨,日军第三十七师团长野佑一郎中将命令部队向许昌发起进攻,许昌守城战斗打响。5时,北路日军开始攻击我俎庄前哨阵地。守卫该阵地的第五连官兵,在连长欧阳步指挥下,利用残破的寨垣、新修的工事和寨外埋设的地雷群,居高临下沉着应战,日军数十具尸体横卧荒野。

俎庄开战不久,五郎庙、思故台、塔湾3个外围阵地也陆续与日军交火。日军在炮火的掩护下,突破了中国军队在城西五郎庙的前哨阵地,守军且战且退。战至9时30分,双方在英美烟公司旧址展开激烈的手榴弹战,一时战斗呈现胶着状态,日军的进攻被遏制。思故台的守军凭借工事沉着应战。日军久攻不下,便把山炮对准守军阵地轰射,守军伤亡惨重,战至下午奉命撤离。第八十五团六连守卫的塔湾阵地被日军攻陷。吕公良师长深感局势严重,坐镇南门指挥,战斗异常激烈。日军以飞机轰炸、坦克攻击的方式进攻南门。守军沉着应战,顽强抵抗,连续打退日军六次冲锋,伤亡惨重。日军后续部队赶到,蜂拥入城,我军与之展开巷战。5月1日下午1时,在城破的情况下,二十九师被迫分两面突围。参谋长王元良从西门冲出了日军包围圈;吕公良带领新二十九师余部从城东北冲出去,到三里桥与八十五团会合后,李树森和杨尚武率突击队先行至城东大坑李十里庙以南、许鄢大道以北时,陷入了日军重围,双方展开激战。杨尚武沉着指挥部队屡挫敌锋,激战持续了三个多小时,终因敌众我寡,部队被击散,伤亡十分严重。杨尚武身负重伤、血流不止而牺牲。激战中,李培芹团长阵亡,吕公良、黄永淮都负了伤。吕公良的战马也在十里庙附近被打死,但他俩仍坚持指挥部队突围。黎明时分行至十里庙村以东、烟墩郭村以北、于庄村以西一片开阔地内,被聚集在于庄的日军工兵联队包围,激战两个半小时,双方伤亡惨重,横尸遍野。300多名中国军人战死在这片土地上。

伤重身亡为国捐躯

激战中的吕公良带领四连连长张文远、警卫员鲁秉正和卜金斗,越过于庄西边的小洪河向东南冲击时,腹部多处中弹,血流如注,倒在于庄南面小王庄的麦田里,他忍着痛,咬着牙爬到小王庄西头两片坟地之间,再也无力挪动半步。

"师长,我来背你走。"警卫员鲁秉正、卜金斗争着去背吕公良。

吕公良师长艰难地摆摆手,从牙缝里挤出几句话:"我不行了,你们走吧,不要再管我了。"

"不！师长,要死我们死在一块。"警卫员眼含热泪坚决地说。

"我们三人不能都死在这里,你们能活着出去,以后也有个报信的人。"

"我们不能丢下你不管,师长……"

"这是命令,快走……"

两个警卫员无奈,向吕公良行了一个军礼,恋恋不舍地离开了他们敬爱的师长。

吕公良费了好大的气力,把一个战士的尸体压在自己身上,躺在那里恍恍惚惚:太谷战役冲锋陷阵、台儿庄大战胜利回师、舞阳反扫荡时带领师部文职人员身背手榴弹准备与敌人同归于尽的场面又显现在他的脑海……啊！那不是妻儿吗？你们怎么来了？那天不是送你们回去了吗？……

那是大战前夕,吕公良到总部开完军事会议回到许昌,见到妻子带着儿子从后方赶来,他深知这次许昌之战将是一次血战,立即忍痛送妻儿回南召后方留守处。临别时,吕公良悲壮而又深情地对妻子说:"这次战斗,我很有可能为国牺牲,这是咱全家的光荣。你不要难过,好好照料孩子,等他长大,继承我们未竟的事业,坚决把日本鬼子赶出中国!"

"不!不!我不要你牺牲。我等着你,永远等着你……"妻子泣不成声了。

吕公良微微睁开眼,夫人啊,你在哪里?孩子呢?……他又昏过去了。

……

8时左右,受重创的日军恼羞成怒,兽性大发,把11名二十九师被俘人员用刺刀活活刺死。更不堪入目的是,惨无人性的日军把一名被俘人员绑在树上,用刺刀向其嘴里捅去……副师长黄永淮看到日军如此残暴,猛地从敌人手中夺过手枪,击毙日军一人,自己饮弹身亡。

下午,日军南进。许昌周围群众自发地掩埋抗日战士尸体,抢救幸存伤员。有个叫王柱的农民走到麦地边,忽然听到有人"哼"的声音,急忙走了过去。

走近一看,只见一人手里握着一支20响驳壳枪,身边放有一张名片,知道是二十九师师长吕公良。

王柱立刻找来几个人,用一个长方形荆筐把吕公良抬到了岗王村。当时,吕公良已奄奄一息,为抢救他的生命,村民们想尽了办法,用鸡皮贴住他的伤口,并用大烟向他嘴里吹,想以此来提神止痛,但终因流血过多,5月2日下午2时,这位爱国将领停止了呼吸,时年41岁。大家极为悲痛,把将军的忠骨安葬在岗王村北地里,并用砖块刻上"吕公良之墓"的字样。后来,吕公良被国民政府授予陆军上将。1986年,吕公良被中华人民共和国民政部追认为革命烈士,2014年9月,又被民政部列入第一批300名著名抗日英烈和英雄群体名录。

许昌城特殊的战斗

（一）

1947年隆冬的一天，灰蒙蒙的阴云笼罩着古老的许昌城。盘踞在许昌的国民党城防司令部，突然在街头巷尾增哨加岗。骑兵、摩托车来往巡逻；暗探、特务东游西窜。整个许昌城增添了紧张恐怖的气氛。

原来，城防司令王秉坤刚才收到情报：共军近期要攻占许昌，今天有人进城，通过内线，窃取许昌的最新军事部署图，城内还有共军一个联络站……

王秉坤得到这个消息，坐立不安。他十分清楚，许昌历代是兵家必争之地。眼下国军大批军火、军需仓库又在城内，一旦许昌失于共军之手，将使共军豫东、豫西两个解放区连成一片。这样不仅切断了国军的平汉铁路运输线，而且会使省会开封和重要城市郑州处于内无粮草，外无援兵的孤立境地。此刻，他想起国民党省主席刘茂恩不久前来许昌视察防务时讲的话："电令：死守中原，保住许昌。老弟，你要不惜一切代价，保住许昌，否则……"

王秉坤烦躁不安地想着这些，禁不住自言自语地说："看来共军近期打许昌是毫无疑问的了。如果让军事部署图落入共军之手，他们岂不是如虎添翼。他立即召开了紧急防务会议，一面命令增哨加岗，对一切行人严密盘查；一面密令课报队长何仁杰派出便衣埋伏在已经破获的共党联络站周围，以防军事部署图落入共军之手。

（二）

就在王秉坤下达命令的这天前半晌，在城东三里桥附近的大道上，自东向西"吱吱扭扭"走着一辆独轮小车。车上那箱金黄的烟叶散发出特有的清香味儿。走在车旁的那人，30多岁，高个宽肩，双眼锐利如鹰。他头戴一项旧礼帽，身穿一件黑棉袄，此人正是周家寨民兵联防队队长吴大忠。推车的那个"车夫"名叫二顺，家境贫寒，几年前，被国民党抓了壮丁，在敌军中开巡逻摩托车。前年春上，寻机跑回来，当了民兵，如今是吴大忠的得力助手。他俩奉中共许昌县委指示，以卖烟叶为名，进城取那份军事部署图。

两人来到三里桥一家饭铺里刚坐下，地下联络员、饭铺王掌柜就迎上来，端来两碗羊肉烩面。正吃时，只听饭铺里有人议论说："不知城里出了啥事，中央军在大街小巷和城门口都加了岗哨，盘查得可严啊！"

吴大忠心里一震，浓眉紧锁，在苦苦思索。忽然，隔窗见五女店镇公所的镇丁郭三，押着一个捆得结结实实的中年人向饭铺走来。吴大忠怕郭三认出自己，忙给二顺使个眼色，两人来到里间临窗坐下。

说话间，郭三押着中年人走进饭铺。掌柜笑眯眯地迎上去打招呼："啊呀！郭老弟，大冷天，你咋来了？"

郭三把挂在前胸的盒子枪朝后一挪，指着那个被捆着的中年人说："这小子真是吃了豹子胆，昨天夜里竟敢闯进保安团芦团长岳父家，放火烧了粮仓，李老太爷气得要死。今儿一大早芦团长就打来电话，要把这小子押解到许昌，亲自审问定罪呢！"

吴大忠听着这些，浓眉一扬，计上心来。趁王掌柜来里间端饭的机会，吴大忠给他耳语几句。王掌柜会意，忙端出酒菜来到郭三跟前，关切地说："郭老弟，天冷，先喝几盅暖暖身子。"郭三正想喝两盅，

224

接过酒杯,贪婪地"咕嘟"一声喝了进去,接着王掌柜又向郭三打听了犯人做案的详细经过。

吴大忠听了王掌柜的汇报,和二顺一合计,一个进城的方案便出来了。他给王掌柜轻声交代几句,便和二顺悄悄出了后门。

不大一会儿,一个腰间插着手枪的"镇丁",押着一个捆绑得结结实实的"犯人"来到东关外,他俩就是乔装后的吴大忠和二顺。

吴大忠和二顺来到城门口,见保安团的四个匪兵正端着明晃晃的刺刀站在城门两侧,如狼似虎地严密盘查行人。吴大忠走上吊桥,对二顺大喝一声:"快走!"

匪班长见他俩逼近城门口,忙上前拦住道:"站住,干什么的?"

"往保安团送犯人。"

"公文呢?"

"我要面交芦团长,还有要事相禀。"吴大忠指着二顺故作生气地说,"这小子活得不耐烦了,竟敢放火烧李老太爷家的粮仓!"

匪班长虽接到上司命令:五女店镇公所有人送犯人来,快让他们进城。但他却想,眼下城防吃紧,这个镇丁既陌生又不让看公文,莫非他俩……便对吴大忠盘问道,"犯人何时作案?"

"午夜以后。"

"烧了什么?"

"三间麦仓。"

"何时报案?"

"黎明时分。"吴大忠见匪班长脸上堆着疑云,不禁脸色一变,冲着匪班长道,"听你的口气,好像对俺还不放心,难道俺还冒充不成?要不,你把芦团长请来认认,看错不错?"

一个匪兵见吴大忠说话怪硬气,插嘴道:"这事芦团长有吩咐,快让他们进去吧。"

匪班长点头同意。

吴大忠、二顺进城不到一小时的工夫,郭三押着那个中年人也来到了城门口。匪班长核过公文,顿时慌了手脚,刚才放进去的那俩人,果真是冒名顶替的共产党,这事如若上司知道了还了得!

(三)

快到吃中午饭的时候,商人打扮的吴大忠来到南大街一家饭馆里临窗坐下,他买了两个小菜和四两曲酒,独斟独饮,不时打量着对面那个纸烟铺。突然,从饭馆里间走出一个戴礼帽的瘦长个子。这人贼眼珠子四处打量,然后又悄悄溜进里间。吴大忠顿时惊觉起来:难道纸烟铺被敌人注意上了……

这时,大街上有一个中年人快步向纸烟铺走来。吴大忠一眼认出,此人正是中共地下联络员老王同志。他打开锁,进纸烟铺不久,吴大忠又突然发现纸烟铺窗口的布帘被拉起来了,接着又燃起油灯。吴大忠知道,这是老王同志暗示自己要马上脱离险境,到第二接头点取得联系的信号。与此同时,待在饭馆里间的那个瘦长个子也发现了纸烟铺的变化。朝里间一摆手,走出两人,跑步向纸烟铺奔去。吴大忠趁机闪身来到里间,打开后门,跃过矮墙,眨眼工夫,来到一条小巷里。他忽听敌人鸣枪报警,回头一看,那个瘦长个子带着便衣已经快步从后边追上来。

正在巷口装扮成卖烟的二顺,见情况紧急,等吴大忠跑过去,机警地端着木盒,迎上便衣,高声吆喝着:"卖烟、卖烟,哈德门香烟!"一个跑在前面的便衣正追得起劲,一下和二顺撞了个满怀,木盒里的香烟被撞翻撒了一地。二顺趁势拉住他说:"你别走,你得赔我。"便衣骂道:"少啰唆,滚开!"推开二顺又向前追去。

吴大忠刚甩开后边追赶的特务,没料到何仁杰领着三四个便衣特务迎面堵过来。他急忙进了一家大门,借助一棵桐树,爬上房顶,纵身跳上一所矮房,然后又进了另一家院落。

这时,匪兵已经把这段居民区团团包围起来。吴大忠听见街上警笛乱鸣,人声嘈杂,知道这里不可久停,于是,又翻过四五个院落。他听到隔墙传来锣鼓声,翻过墙一看,原来是一个戏院,他跨过木栏杆,挤进了看戏的人群。

随着枪声,戏院里炸了营。看戏的人们尖叫着拼命往外挤。便衣队追到戏院,在人群中高声喊叫:"都不要动!不要动!我们是抓那个穿黑棉袄的共党!"吴大忠在人流中挤着,看着自己的一身黑棉袄,心中正在着急,不防有人朝他身上披一件大衣。他一扭头,见身后站着一男一女,他认出是灞陵中学的李老师和他的妻子。

吴大忠闯出虎口,又快步向第二个接头点赶去。他边走边想:联络点被敌人破坏了,下一个联络点的情况又怎么样呢?吴大忠径直来到小十字街一家挂着"清真"木牌的包子铺前停下,对掌案的胖子喊道:"二哥,生意好兴隆啊!"胖子一抬头,认出是吴大忠,不禁吃了一惊,忙扔下面团,起身把他让进里屋。

这个被称为"二哥"的胖子叫芦大章,周家寨人,40多岁,1945年他同吴大忠一起加入中国共产党。一年前党派他来许昌,以卖水煎包和烧鸡为掩护,负责接应过往同志。为了便于开展工作,他主动攀上保安团团长、他的堂兄芦新山合股做生意。芦新山知道他做的水煎包皮虚不黏,做的烧鸡肥而不腻,每日里顾客盈门,大有油水可捞,便帮他在小十字街设下了门面。

少顷,吴大忠腰系围裙,肩搭毛巾,来到前边熟练地掌起锅来。

(四)

在全城戒严的同时,身穿黄呢子军服的城防司令王秉坤和保安团团长芦新山坐着吉普车赶到纸烟铺前。车刚停下,何仁杰气喘吁吁地赶来向王秉坤报告:"报告司令,共党探子没进纸烟铺。他已从戏院里溜走了。"

　　王秉坤那双扫帚眉一拧，心里嘀咕起来：从共党取图的人没进纸烟铺来看，姓王的及时发出了信号，说明他事先得到联络站被围的消息。这绝密情报是谁泄露的？莫非这个人在保安团？往日听何队长讲，保安团陈副官这个人有点来历不明。那是两年前冬季的一天，芦新山带领保安团的弟兄们去城东征粮，被民兵活捉。在押解途中，被陈群奋力救下。芦新生绝路逢生，感恩不尽，让他当了自己的亲随副官。这个人会不会是共党打进来的内线呀？他正想让芦新山回去查查这件事，但转念一想，芦新山这个许昌的"土皇帝"，近来正为调防东关、不能独吞西关几家商行的油水，对我憋着一肚子气，倒不如让何仁杰暗中监视陈副官为妙。

　　此时，芦新山也为城里混进共党焦躁不安。一见何仁杰不理睬他，气憋得更足了。心想，先前你在我手下当中队长，老子并没有亏待你。王秉坤一来，你就抱上他的粗腿，当上谍报队队长以后，处处不把我放在眼里。他越想越生气，但又不便发作。

　　当王秉坤听完了各方面的报告之后，把手一挥，吼道："立即关闭城门，没有谍报队的通行证，一切人员均不得擅自出城。发现可疑的人立即抓起来，不搜出共党探子决不罢休！"

　　这时，全城军警倾巢出动，城门紧闭，街上三步一岗，五步一哨，禁止通行。只见从保安团部奔出一群荷枪实弹的匪兵，领头的是一个长得魁梧的中年军官陈群。陈副官来到包子铺，命令匪兵对正在吃包子的顾客进行盘查。而他却注意上了站在锅前翻包子的吴大忠。心想，往日里芦家包子铺没有这个人呀，是芦大章新来的伙计，还是共军派来的？他支开匪兵，从口袋掏出一个带打火机的黄色烟盒，取出一支香烟，指着吴大忠问道："芦掌柜，这位是……"

　　芦大章忙微笑道："哎呀！真是贵人多忘事，这是城西我表弟。你忘了，两个月前，他给芦团长送过货（大烟）。"

　　陈副官仔细打量了一番，想了一会儿，点点头说："对，有这么回事。"

这一切全被吴大忠看在眼里,他想,按照规定的接头暗号是送图人手拿带打火机的黄烟盒,难道果真是和我接头的人?他心里一喜,忙从口袋里掏出一盒"金飞鱼"香烟,抽出一支递给陈副官说:"还望陈副官在团长面前多多美言,请抽烟。"他见陈副官犹豫了一下,抽出哈德门烟,双方正要交换,眼看就要对上暗号,不料,一个匪兵进来报告:"何队长到。"只见何仁杰坐着摩托车来到包子铺前,陈副官忙迎上前去。

何仁杰斜楞着眼指着包子铺问:"这里搜查过了?"

"搜查过了。"陈副官说,"没有发现可疑的人。"

何仁杰怎肯轻信这话,他瞪着贼溜溜的眼睛先打量着正在吃包子的顾客,随后目光落在吴大忠身上。他心里猛一惊:往日没见这里有这个人呀?仔细一看,觉得这个人似曾相识,顿时,他头发梢儿都支棱起来。他乜斜一下陈副官,贼眼珠滚了几滚,射出两道狡黠的凶光,阴阳怪气地对吴大忠说:"咱们好像在哪儿见过面?"

"在这里。"吴大忠知道他虽然怀疑自己,但并没掌握真凭实据,便落落大方地说:"我不断来给表哥帮忙,你也经常来吃包子,当然见过面了。"

芦大章接上话茬说:"上次你来吃包子,不是还夸我表弟手艺高吗?"

何仁杰听芦大章称陌生人是自己的表弟,心里一怔,继而黄眼珠一骨碌,猛然厉声道:"不对,他是民兵队队长吴大忠,半年前他化装成国军军官进城取子弹,俺俩在南关见过面!

顿时,气氛骤然紧张起来。匪兵们"唰"地一下子端着枪围了上来。

吴大忠从容不迫地解下围裙,笑了笑说:"走,既然你说我是吴大忠,就请抓去审问吧!"

芦大章见状,陡然变了脸色,把小擀杖朝案板上一摔:"何队长,他是我表弟,也是芦团长的亲戚,你凭啥说他是吴大忠?"

陈副官乘机把何仁杰拉到一旁劝道:"何队长,你也太冒失了,他同芦团长有亲戚,认错了会出麻烦的。"

吴大忠气呼呼地对芦大章说:"二哥,生意没法做了,咱找芦团长去。"

何仁杰本来就拿不准,看着这场面,心里翻腾开了:莫非他真是芦新山的亲戚?要不,他怎敢提出来去见芦团长?何仁杰眨巴着眼,心里嘀咕道:"反正觉得可疑,带走审审再说。"便对匪兵命令道,"带走!"

"慢!"陈副官拦住围上来的匪兵,对何仁杰说,"确实是芦团长的亲戚,上次他去团部送东西我见过。"

恰在这时,芦新山坐着吉普车路过这里,他见乱哄哄的,便停下车,从车窗里探出头来问道:"这是干什么的?"

芦大章气呼呼地说:"大哥,生意没法做了!"

"为什么?"

芦大章把吴大忠朝他跟前一推说:"你看看他是谁?"

随着这话,陈副官、何仁杰都不由得紧张起来,瞪大眼睛,看他到底认还是不认。

芦薪山打量一下吴大忠,觉得此人有点面熟,但一时又想不起来。

芦大章见芦新山迟疑,忙说:"这就是西乡咱姑家的孩子金发呀!你忘啦!"

陈副官也说:"芦团长,你忘了,那天晚上就是他去团部送的货……"

"哦……对对。"芦新山似乎想起来了,忙说,"既然来了,咋不去团部坐坐呀?"

何仁杰一听,心里直纳闷:"莫非我真认错了?这就怪了。"

吴大忠见何仁杰仍半信半疑，便气呼呼地说："大哥，往日里谁不知你跺一脚，许昌城就要晃三晃，可现在却处处受人欺负，亲戚也跟着受连累，生意实在没法做！"

芦新山一时摸不着头脑，忙问缘由。芦大章把刚才的经过一说，芦新山不禁勃然大怒，圆眼直盯着何仁杰。好一会儿，才回头拍了一下吴大忠的肩说："表弟，人怎么能给畜牲斗哩。算了！"说罢拂袖上车而去。

何仁杰讨了个没趣，对着远去的吉普车"呸！"地吐了一口唾沫，眼珠子一转，给一个便衣耳语了几句，让他留下，自己坐上摩托车一溜烟走了。

（五）

夜幕降临，何仁杰来到城防司令部，把包子铺前发生的事情向王秉坤述说，并分析：那个陌生人很可能是吴大忠，芦新山并不认识他，而是芦大章、陈副官你一言我一语才使他糊糊涂涂地认下了。王秉坤和何仁杰越分析越觉得陈副官和那个叫金发的值得怀疑。难办的是，他俩一个是芦新山的贴身副官，一个是芦新山的亲戚。于是两人又定下了一条两全其美的妙计。

在戒备森严的城防司令部里，王秉坤对前来开会的军官们宣布：为确保城防安全，任陈副官为城防司令部谍报队副队长。王秉坤奸诈地一笑，问芦新山："芦团长，我想你一定会顾全大局，忍痛割爱吧！"芦新山一时没吭声，心里却嘀咕着：他妈的搞什么名堂？这不是想把我搞成光杆司令吗？但军令既出，他只好说："王司令的命令，我哪有不服从之理？"说罢悻悻而去。

王秉坤转身问陈副官："老弟呢？"

陈副官忙站起来，"叭"地一个立正："多谢司令栽培！"

何仁杰凑过来对陈副官嘻笑道："恭喜老弟高升。"

陈副官哈哈一笑道："何队长，以后还要多多关照啊！"

何仁杰想以恭喜为名，用酒将他灌醉，引出真情，于是，热情地说："老弟，一来为祝贺你高升，二来为商讨如何捉拿共党探子，今晚请到敝舍喝几盅。"陈副官也正想利用一下何仁杰，便欣然应允。两人上了摩托车，向何仁杰家开去。

车到芦家包子铺前，陈副官灵机一动，对开车的匪兵说："停车。"何仁杰一惊："干啥？"陈副官拍着他的肩膀道："我能与你携手对付共党，心中分外高兴，咱今晚要一醉方休！稍等片刻，我到芦大章那里掂两只烧鸡来。"何仁杰忙说："让我去。"陈副官下车拦住说："哪能让你再破费？还是我去。"何仁杰疑团在心，也急忙下车，跟着走去。

吴大忠正为见不到陈副官焦急不安。随着摩托车的响声，隔门缝见陈副官和何仁杰一前一后向这里走来，他思想骤然一紧，啊！他为啥和姓何的一块来？就忙给二顺、芦大章使个眼色，分别立在门后，做好战斗准备。

陈副官没进门就喊："芦掌柜，还有烧鸡吗？"

芦大章拉开屋门："有，有，刚卤好的。"说着把他俩让进屋内。立在门后的吴大忠猛地伸出胳膊紧紧搂住何仁杰的脖子，使他不能出声，二顺趁势拔下他的手枪。这时陈副官见时机成熟，就掏出黄色烟盒和吴大忠对上了联络暗号，然后从皮包里拿出那份军事部署图，郑重地交给吴大忠说："这里不能久留，我们赶快坐摩托车走吧！"

陈副官转身对屋外那个开摩托车的匪兵喊道："李富贵，天冷，来喝杯酒。"

李富贵在车上冻得直发抖，一听喊他喝酒，连忙下车。刚一进屋，便挨了二顺一杠子，觉得头一蒙，倒在地上。二顺上前又给他两下，看看没气了，解下他身上的手榴弹，又扒下他的军装穿在身上。何仁杰在一旁看着，吓得浑身直哆嗦。

吴大忠用手枪顶住何仁杰的脑袋，厉声喝道："你不是要抓吴大忠吗？我就是,夺你们军火、烧你们仓库的也是我。"

"啊!"何仁杰一听,只觉得魂飞魄散,连忙磕头求饶,"吴队长,只要您饶小人一条狗命,一切条件我全部照办。"

"那好。"吴大忠严厉地说,"把我们送出城。"

"是,是!"何仁杰连连点头。

吴大忠把何仁杰双手倒剪,捆个结结实实,又把大衣给他披身上,押他上了摩托车。吴大忠给陈副官、芦大章一招手,二顺驾驶着摩托车向东门疾驶而去。

转眼间来到城门口,只见两个匪兵在城门口游动。二顺高声对匪兵说:"快开城门,何队长出城有要事!"二顺话音刚落,吴大忠用手枪捅捅何仁杰的腰窝。

何仁杰忙说:"快,快开城门。"匪班长一听是何队长的声音,不敢怠慢,急忙打开城门,放下吊桥。

何仁杰见开了城门,并没有放他的意思,又见二顺一踩油门要冲出去,知道出城后性命难保,刚张开嘴喊叫,吴大忠趁势把毛巾塞到他嘴里。匪班长发现情况不妙,忙大声吆喝:"快关城门,拉起吊桥!"吴大忠"叭叭"两枪撂倒两个要关城门的匪兵,二顺趁机把摩托车飞速开出城门。正在这关键时刻,忽见吊桥急速升起。吴大忠见状,举起手枪,"叭叭"两声,打断了牵拉吊桥的两根粗绳。只听"哗啦"一声,吊桥又重重地落了下来。二顺一踩油门,"嗖"一下,摩托车像箭一样从吊桥上飞过,与此同时,吴大忠趁势朝吊桥上扔了两枚手榴弹,只听"轰隆"一声巨响,吊桥被炸了。

这时,陈副官带领一群匪兵假意追来,他看着被炸坏的吊桥,知道吴大忠已安全出城,便命令匪兵开枪射击。王秉坤闻讯赶来,看着壕沟干着急没办法,连忙命令匪兵打开北门,坐车追出城外。此时,吴大忠乘着摩托车早已消失在茫茫的夜幕之中了。匪兵追了一阵,发现了何仁杰的尸体,怕中埋伏,只好垂头丧气地收兵回城。

武尽法巧进许昌城

　　1947 年冬,为配合刘邓大军在大别山区的战略反攻和陈谢兵团挺进中原,豫皖苏情报处奉命全面侦察平汉、陇海沿线国民党战略要点设防和兵力部署情况。

　　当时,豫东情报站接连向国民党在中原的战略要点和后勤供应基地——许昌城,派出侦察人员。

　　穷途末路的国民党军队加强了防守,许昌城内外岗哨遍布,壁垒森严。一时间,中共党组织与城中地下工作同志的联络中断,重要情报也无法送出。

　　初冬的一个黄昏,苍穹的乌云像凝重的铅块压向大地。夜里下起蒙蒙细雨,寒冷的潮气在原野弥漫。情报站的侦察员们在风雨黑夜中步行 80 多里,到达一个小村子——李庄。

　　侦察员们找到一家老乡的麦秸窝,连衣服也顾不上脱,便钻了进去。长途行军的疲惫,使他们很快就睡熟了。在那艰苦的岁月里,难得睡一个好觉。正当侦察员武尽法睡得香甜时,猛听到通信员小刘喊他,便一下坐起来,从小刘的神情中,武尽法看出准是又有新任务,急忙和小刘一起朝站长住的小屋走去。

　　站长正坐在油灯下看文件,见他俩进来了,便收好文件,让武尽法坐在他的铺板上。站长那布满血丝但仍神情专注地上下打量武尽法,好像武尽法是个半夜来访的陌生人似的,武尽法感到事情有点不寻常。稍许,站长示意小刘退出,然后把房门关上。武尽法看着他的举动,感到更加神秘了。

234

"站长,有什么任务?"小武问。"武尽法,身上冷吧?瞧,你的衣服都是潮湿的。"站长轻轻地把自己的大衣披在武尽法身上,接着说,"要派一位同志进许昌城去,你来执行这个紧急任务最合适,你的年纪小,个子矮,看上去像个孩子,不容易引起敌人的注意。"

"我明白了。什么时候动身?"武尽法急迫地问。

"马上就走,要谨慎,遇事不要慌,要像以往执行任务那样机智、灵活。"站长亲切地抓住武尽法的手,目光中饱含着亲切的鼓励和充分的信任。

"放心吧,站长。我一定完成任务。"站长又向武尽法交代了侦察、联络任务以及注意事项,最后交给他两份事先造好的证件。

武尽法急忙完成了出发前的准备,加上护送的张明、李彤两个同志,三人匆匆上路,摸黑前进,在天亮前赶到了柳营联络点。

在柳营等了一天。入夜,他们都化了装,由联络员刘忠带领,向许昌城行进。从柳营联络点到许昌城有 100 多里路程,为了避免与"土顽"相遇,他们只穿越田间小路,不经大路和村庄。

夜沉沉,伸手不见五指。土路坎坷不平,在行进中,他们不知摔了多少次跤。走了约莫三个小时,突然,迎面撞见几个人,双方都大吃一惊,但都来不及隐藏了。张明"噌"地掏出驳壳枪,大喝一声:"干什么的?"这一声喊,在寂静的深夜里显得格外骇人。对方吓得哆哆嗦嗦地回答:"是……是……老百姓。"

"举起手,过来!"张明厉声命令道。

那伙人乖乖地举起手来。小武和李彤上前去搜他们的身,发现个个都是彪形大汉,每人身上带有一条白毛巾和一个小镜子,另外还有"冀南票"。很明显,这些家伙不是好人。武尽法他们挨个儿把这伙人的腰带解下来,结结实实地把他们捆绑起来。经验丰富的张明断定这伙人是自己的"同行"。这真是送上门儿来的肥肉,不能轻易放过。

　　他们商议了一下，由李彤押着俘虏回李庄，交给站里审讯，其余的人继续前进。后经审讯，这几个"老百姓"实际是国民党新五军的谍报队，这些怕死鬼还提供了不少有价值的材料，是意外的收获。

　　后半夜，他们到达黄河故道，黄河泛滥后故道的水虽然不深，但水面却较宽。武尽法他们脱下外衣，涉水而过。冰冷的河水冻得大家牙齿咯咯作响。好不容易涉到了西岸，在岸上穿衣时，武尽法一摸腿肚子，随着冰碴掉下一层皮，一阵阵钻心的疼痛使武尽法几乎掉下泪来。

　　走入黄泛区，到处是一人多深的鬼柳和芦苇，黑黝黝的一片死寂，一连几十里路杳无人烟。他们拨开芦苇摸索着前进，自以为往西走，其实是向南行进，懵懵懂懂地兜了好长时间，这才发现迷了路。

　　天快亮了，几个人不得不潜伏在荒野中，熬过漫长的白天，以防被土顽发现。

　　白天过去，黑夜到来，侦察员们又开始了行动。越是逼近许昌城，危险就越大。他们小心翼翼，避过一个个村庄，终于到达了离许昌城20多里的大曹庄，住在联络员黄健家。这是离许昌城最近的一个秘密联络点。

　　第二天一早，其他二人留在黄健家等候，武尽法踏上了去许昌的大道。10点钟到达城北关，他走进一家小饭馆，要了一碗面条，边吃边向掌柜打听一些情况。

　　武尽法走出小饭馆，夹在老乡中间往城门口走去。在城门口，检查证件的国民党宪兵、警察和地方保安人员截住每个人仔细搜查，许多人被当作八路（敌兵对解放军这个名称知晓很少，一直沿用旧称"八路"）嫌疑给抓了起来，武尽法不免感到一阵紧张。

　　"喂，过来！你！"一个警察喝令小武到他身边去。

武尽法定了定神，从容地走上前去，掏出了身份证，那个警察看了看身份证，盘问他是干啥的？从哪里来？进城找谁？有什么事？武尽法按照事先准备好的一套话，对答如流。那警察挥了挥手，放他进城。

武尽法竭力掩饰住内心的高兴，往前走去。突然，城门里边闪出一个宪兵，一把夺下他的身份证，仔细瞧了又瞧，大声吼道："这个身份证是假的！你这个小八路，还想在老子眼皮下混进城去！"

武尽法装作不懂的样子，傻呆呆地瞧着他。另外一名匪兵说："瞧这小兔崽子的傻样！哪会是八路？"

可是，那个宪兵却不肯放过他。

武尽法被拖进城门检查所的一间小房子里。无论宪兵怎么威胁利诱，他也不改口。宪兵拿他没办法，说要查明以后再放他。

武尽法在检查所一分一秒地挨着时光。焦急中，他记起老站长的临行嘱托："越是遇到危险就越要镇静，千方百计地混进城去，必要时可利用敌人贪财的弱点。"

房外传来了脚步声。

武尽法掏出中央票，用手拨弄着数起来。那宪兵走过来，武尽法赶紧把钱递给他。宪兵接过钱，双眼贼亮，装模作样地说："小老弟，我不是想要你的钱。这点钱真是买饭不饱，买酒不醉啊！告诉你吧，你的身份证上没有照片。上面规定，身份证上无照片的人，不管是谁，一律不得放过。本来要押你去警备部，不过，看你这孩子还懂事，我就放了你吧。"

武尽法仍坚持要进城，可是宪兵把脸一沉，说："不行！快回去吧，别啰唆啦！"小武觉得再坚持下去也无用，只好作罢。

回到大曹庄后，武尽法同黄健他们商量新办法。黄健想了想，说："这样吧，眼下城里正缺柴，我们可以佯装成送柴的混进城去。"当晚，他们仔细设想了一切可能发生的情况，准备了应急措施。老黄连夜给小武剃了头，脸上、脖子上抹点锅底灰，再穿上一套旧衣服，经他这么一化装，武尽法真成了一个地地道道的庄户孩子了。老黄大半夜没睡，想办法从乡公所骗出一张证明信。

第二天鸡叫三遍时，老黄推着载满柴火的小车，武尽法在前边给他拉着，"爷儿俩"直奔许昌城来。

到了城门口，国民党士兵检查了老黄的证件。当向武尽法要证件时，老黄赶忙说："噢，这是我儿子，还不满 18 岁，没有身份证，有乡公所开的证明条，请老总过目。"老黄态度从容、自然，任何人也不会起疑心的。一个警察走近武尽法，两只贼眼朝他溜了溜，歪着头说。"我看这孩子挺面熟。"警察拉起武尽法的手看看，又问他是哪一年出生、属啥的，武尽法一一作了回答。可是那警察磨磨蹭蹭，还是不准他俩进城，并说想进城得"取保"才行。老黄装作不耐烦的样子，说："你叫我们一时到哪儿去找保人？""没有保人就别想进城！滚开点儿！"那个警察发火了。

"老总，这一位你可认识？"老黄从怀里掏出一封信，指着上面的收信人问。

"嗯？啊，啊，认识，认识。"警察立即显出毕恭毕敬的神情，"这不是我们的杨大队长嘛。"

"嗯，我是他的亲戚。这一车柴火就是给他送的，他给我们作保可以吗？"老黄问。

"不用啦，不用啦。"警察点头哈腰地说，"不知是杨大队长的贵亲驾到，失敬！失敬！你早说是俺杨大队长的亲戚，我还能叫你找保人吗？真是大水冲了龙王庙，自家人不认自家人啦。万望多多包涵。"

老黄和武尽法丢下那个头点得像鸡啄米似的警察，推起柴车进了城。再过一阵，武尽法就可以与城里的地下工作者接上头，取回重要情报,胜利完成站长交给的任务了。

太阳已高高升起,阳光照得人暖洋洋的。武尽法回转头。从车上柴火的空隙处朝老黄做了一个滑稽的鬼脸。老黄会心一笑:露出愉悦的表情……

柴火车"吱扭""吱扭"碾过狭窄的长街。

许昌古城墙

李文定虎口脱险

1928年7月的一天，一个戴着玳瑁眼镜、身着长袍、手提一只黑色皮箱的人，从容走进国民党禹县县党都。他就是中共地下党员李文定。

接待他的是禹县党部委员、中共禹县地下党组织负责人宋聘三。

李文定一见到宋聘三，即把黄埔同学、国民党中央视察委员刘义斋写的介绍信递了过去。宋聘三展开一看，只见上面写道："聘三君，遵君所嘱，特介绍黄埔同学李文定去贵县党务训练班任教。不知可否……"原来宋聘三与刘义斋都是老同盟会会员、国民党"一大"代表，二人交情甚笃。宋聘三为在白色恐怖下坚持斗争，利用自己是国民党老党员的特殊身份，招收90多名热血青年进行培训，名为国民党培训党务人员，实为革命低潮中的地下党培养人才。为掩人耳目，特请刘义斋作后台，并让其给物色教员。李文定原在国民党开封党部做中共地下党的工作，因开封进行"清党"，党组织立刻通知他转移到外地开展工作。临行前，他找到了黄埔同学刘义斋，借故要求离开开封，刘义斋便写信让他前去禹县。

宋聘三和李文定互不认识，都不知道对方是地下党员。看罢介绍信，宋聘三热情地接待了李文定，并分配他给训练班学员讲政治经济学和社会进化史。宋聘三出于礼貌，李文定每次讲课时都要到场旁听，李文定以为宋聘三是来监视他的，在讲课时一直比较谨慎。有一次，李文定在讲到孙中山的三民主义时，心潮澎湃，慷慨之情难以自己，宋聘三听着频频点头，待李文定话音一落，便疾步走上讲台，紧

240

紧拉住他的手,激动地说:"你讲得好,讲得好哇!"通过这次不寻常的握手,李文定改变了对宋聘三的看法。从此,他在讲课中不断向学员宣传革命道理,揭露社会的不合理现象,激发大家反抗压迫和剥削的革命热情。

经过一段交往,李文定敏感地觉察到宋聘三就是禹县地下党的负责人。由于当时形势险恶,多采取单线联系,自己的组织关系尚未转来,不便与宋聘三谈及党的问题。

在训练班内,李文定挑选了一批进步学员,以研讨学问为名,秘密传阅革命书刊,传播党的斗争信息,准备发展党的组织。

国民党禹县县党部常委刘化杰与宋聘三素有矛盾。1927年,蒋介石发动"四一二"反革命大屠杀时,刘化杰是禹县"剿共清党"的急先锋,双手沾满了革命志士的鲜血。宋聘三为打击刘化杰的嚣张气焰,常在县党部会议上和一些重要场合让他下不了台。因此,刘化杰视宋聘三为眼中钉、肉中刺,必欲除之而后快。但是,宋聘三乃国民党老党员、老同盟会会员,在当地政界颇受尊重,所以刘化杰对他也无可奈何。刘化三风闻宋聘三请来的教员李文定有赤化言论,就想在李文定身上找事端,顺藤摸瓜,牵带出宋聘三来。几经谋划,皆因没能抓到李文定的"越轨"把柄而告吹,但刘化杰一直怀恨在心,寻机报复。

一日,国民党郾城县党部书记王广林突然来到禹县,说李文定有"共党嫌疑",并出具了截获的李文定让漯河铁路工会、中共地下党负责人森子安转给黄埔同学阎普润的信。刘化杰如获至宝,当晚就带着武装警察气势汹汹地把李文定逮捕了。

李文定被捕后,训练班的教员和学生非常气愤,积极奔走进行援救。宋聘三更是心急如焚,一面亲自去警察局交涉,以便拖延时间争取主动;一面派地下党员李品一到狱中通知李文定,让李文定做好开庭的答辩准备。李品一是警察局局长的大少爷,为追求革命,毅然与其反动家庭决裂,暗地里加入了地下党组织。

"大少爷来啦!"一个狱卒见李品一来到监狱,连忙点头哈腰。

李品一大咧咧地"嗯"了一声,问道:"头几天抓进来的那位李老师关在哪儿?"

狱卒讨好地回答:"是那位叫李文定的老师吧,走,大少爷,我带你去。"

来到关押李文定的牢房前,李品一把狱卒支开,迅速贴窗悄悄告诉李文定:"你是共党嫌疑,县党部和警察局可能随时提审你,你一定要做好答辩准备。你被捕的原因有这三条……"李品一将三条原因简要地告诉了李文定后,迅即离开了监狱。

十几天后,警察局局长宣布要亲自坐镇审案,因为李文定是"有来头儿"之人,又是县党部直接插手的案子,此案办得好坏,事关他头上的那顶"乌纱"。之所以迟迟不肯审讯,是因为他要有充分的时间观察上下动静。他清楚地知道:李文定上有中央视察委员刘义斋那座靠山,下有国大"一大"代表宋聘三这尊"保护神",哪一位他都得罪不起。他原想推一推,等风头一过,来个不了了之,在宋聘三面前落个空头儿人情,无奈阴险狡诈的刘化杰紧追不放。虽然没有像刘义斋那样的大人物为刘化杰撑腰,但他这个小小的警察局局长也惹不起县党部常务委员。他真是左右为难,不知如何是好。昨天,刘化杰催问他何时审讯时,明显地带着威胁。他牙一咬、心一横,干脆来个"糊涂官判糊涂案",审讯后往上一交,让省党部处理去,免得自己招惹是非。主意一定,一大早,他就破天荒地提前来到审判庭。

李文定被押了上来。警察局局长强装镇静地干咳两声:"你叫李文定?"

李文定镇定自若,满不在乎地向上瞟了一眼说:"是。"

"你可知……知罪？"警察局局长想对李文定来个下马威，可话一出口，又忽然觉得自己太鲁莽，怎敢吓唬这个有来头的李文定呢？不由得出了一身冷汗，"你……你可知道为……为什么逮捕你？"

"不知道!

警察局局长连忙掏出手绢擦去额头的汗，来了个一百八十度的大转弯："好啦好啦。李文定，我来问你，唐河县的'周犹宋'不是人名，是个共产党组织，你能解释清楚你为何给他们去信吗？你同漯河共产党有什么来往？还有你为什么在课堂上大讲共产主义？"

李文定一见警察局局长转入了正题，早准备好的答辩词便滔滔不绝地涌出来："你们怎么知道'周犹宋'不是人名，是共产党组织？我所知道的'周犹宋'是个财主绅士，还是个大学生，是我远房表哥。难道我们亲戚间的往来书信，你们也要过问吗？如若不信，你们可以去电询问。第二个问题，阎普润是我黄埔四期同学，久病失业，路经漯河时天气渐冷，要我给予接济，于是我汇去20元银币。转信人森子安仅是转信，是不是你们说的共产党，我不知道，我俩也从未见过面。第三个问题，我上课之所以给学生讲'民生主义就是社会主义，也就是共产主义。民生主义是共产主义的实行，共产主义是民生主义的理想'。这是因为它是孙中山先生的原话。讲民主主义课，难道不应该联系孙中山先生的原话吗？"

李文定慷慨激昂的答辩和咄咄逼人的质问，使警察局局长哑口无言，但也为他找到了退路，根据这个审讯笔录，可以堵住刘化杰的口，明日往上一报算了事。他一面暗自庆幸自己的圆滑处世，一面又继续例行公事地随便问了几句，最后说："李文定，你还有什么话要说？"不等李文定回答，他就又接上道："好了，今天就到这里。"

审讯后的第三天，李品一又去了一趟监狱，传消息给李文定："县党部和警察局已决定要把你的案子报请省党部处理，这就需要一段时间。这期间,你就说你有病,需保外就医。如若他们对你不放心,你可以向他们保证等省批来时随传随到。只要你能被保出来,啥事都好办。"

与李文定同在党务训练班任教的顾秉信,既是李文定的黄埔同学,也是刘义斋介绍来禹县的,只不过比李文定晚到几天,两人私交颇好。顾秉信仗着自己曾在南京黄埔同学会任过少校干事的地位,对李文定的"无故"被捕鸣不平,连连向县党部发难,不要说是县党部的其他成员,就连心狠手辣的刘化杰对他的发难也无可奈何。当顾秉信得知李文定眼下需要保人时,当即找到学员尚文荣、卢全义等联名出面具保。

李文定一被保释出来,宋聘三就把他接到自己家中,严肃而又亲切地说:"不知老弟被保出以后有何打算?咱们在一起商议商议。"宋聘三深情地看了李文定一眼,接着说:"可能老弟还没来得及考虑。依我看,你千万不能等什么'随传随到',那样要吃大亏。你必须马上离开此地,我已为你考虑过了,路费也为你准备好,就看你意下如何。方案有二:一是先到北乡我老家,那里有炮楼、卫兵,没有人敢去逮捕你;二是你去找刘义斋先生,他能解决你的案子,也能保证具保人的安全。"

说话之间,李品一从外边走进来,与李文定打过招呼,便坐到了宋聘三身边。李文定心里豁然一亮,顿时明白了宋聘三与李品一都是自己的同志。三人心照不宣,都感受到了同志间的温暖气氛。为保自己的同志日后免遭麻烦,李文定选择了第二个方案。他说:"刘义斋先生有一只皮箱在我处存放,我需交还给他。原来听顾秉信说,训练班结束后,他也要去找刘先生。现在训练班结束了,我俩一同去,路上彼此也能相互照应。"宋聘三用眼神向李品一交换了一下意见,李品一点点头,表示同意。

244

　　李文定立即去找顾秉信,向他和盘说出了自己连夜出走的打算。顾秉信听后,满不在乎地说:"我们光明正大地来,还要光明正大地走。"他见李文定心存疑虑,把胸脯一拍说:"这事包在我身上。我去找全耿光(县长)那小子要辆马车,就说我明天到许昌办点事,看他敢不给老子派车? 等咱走后,县党部知道追查起来,让他们狗咬狗去。"

　　顾秉信说完,不待李文定表态,就起身去了县政府。不到一个时辰,就回来笑着对李文定说:"好了,说妥了。"

　　第二天拂晓,李文定和顾秉信二人扬鞭策马,离开了禹县城,投身到另一个革命战场。

智取城防图

万籁俱寂的深夜,国民党许昌邮局里,有一条黑影,倏地一闪便进了机要室……

原来,这是人民解放军的情报人员,在执行一项特殊的任务。

1947 年夏,解放战争形势发生了根本变化,人民解放军由战略防御进入战略大反攻阶段。为了进一步推动中原战局的发展,解放平汉通道上的战略要地许昌城,已迫在眉睫。为了及时准确地了解许昌敌情,人民解放军上级有关部门派出一个由组长辛金生和窦成来、阎宗士三人组成的情报小组,侦察搜集许昌敌军事布防情报。

为了站住脚,辛金生以从事邮局挂号信登记工作为掩护,窦成来则在自由镇小学任教师。有了存身之处,三人便展开了敌军布防情况的调查研究。

情报工作是一项多智谋、多心眼的特殊工作,既艰辛又危险。

起初他们的工作开展得也不那么顺利。"从敌基层军官中寻找为我服务的对象。"一开始三个人这样商定,并很快在敌——五团打开缺口,与一营一个姓许的中尉交上了"朋友",希望通过他不断提供经常变化着的敌布防情况。但通过一段努力,未能达到预想目的,主要是基层军官很难了解上层不断变化了的部署。

"直接渗透到敌指挥心脏去。"三人又制订了一个方案。经与国民党许昌保安团司令部和敌许昌警察总队司令部要员的接触,感到仍然不易达到预想的目的。主要是由于战争吃紧,国民党心脏要员大都小心谨慎,很难套出真实情况。

246

时间一天天过去了,重要的情报一直还没弄到手。这样下去,如何完成上级交给的任务呢?真是有些急人了。

晚上,辛金生躺在床上苦苦地思索着,忽然,脑际闪现出了一个重要的情报线索:国民党邮局为了给其军队投寄公文信件,专门编了一份《驻军调查表》,辛金生凭着他丰富的经验意识到,这一定是一份十分有用的材料。于是,便利用工作之便千方百计弄到了几份,拿来和龚成来、阎宗士二位战友在一起详细分析、研究、对比,从中发现这些调查表是由于敌军调动的频繁,为投寄文件方便而特意编制的。把前后的调查表联系起来,顺藤摸瓜,便可将敌军的布防情况搞个一清二楚。

辛金生兴奋地说:"这实质上就是我们所需要的情报,太好了。如果能及时把每期调查表都弄到手,我们就能掌握国民党驻许昌的情况。"因此,他们立即决定在《驻军调查表》上下功夫。

三人重新进行了分工:辛金生负责设法窃取调查表;龚成来根据调查表和其他侦察情况,勾列出敌军布防位置、设施构筑和火力配备等详细完整的城防图;阎宗士负责向上级及时汇报和情报的传递。

主意已定,辛金生开始留心,两天工夫便弄清了《驻军调查表》存放的地方,是在邮局办公楼二楼的机要室里,并巧妙地仿造了机要室钥匙的印模。

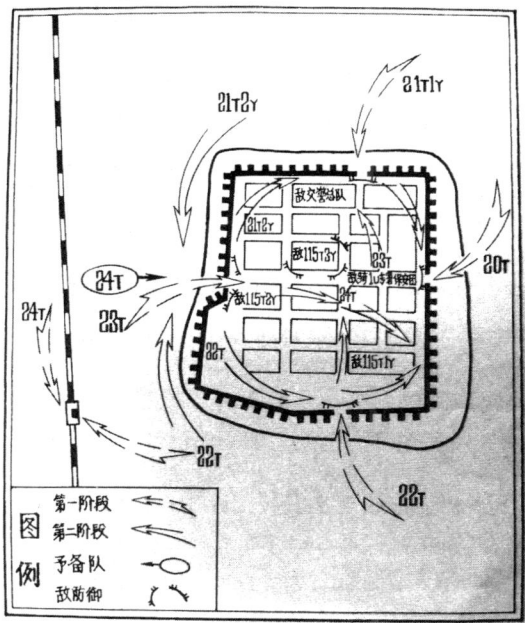

人民解放军首克许昌城战斗经过要图

到了夜深人静时,辛金生赤裸双足,动作敏捷,手握一只用毛巾包住灯头的拐头手电筒,利索地从机要室里取出一沓材料,下得楼来,穿上鞋子,飞快地消失在漆黑的夜幕之中⋯⋯

半小时后,辛金生叩响一所简陋的柴房门,拨亮油灯,和等在那里的伙伴一起抄写《驻军调查表》上的内容。抄罢,将材料再送回原处。

就这样,辛金生凭着自己的机智、勇敢,一次次地出没于邮局机要室。

国民党军队的布防换了又换,调查表也多次变动,蔺成来利用教师进行学生家访等方式四处活动,他了解一切需要了解的情况,了解得是那样的清清楚楚。

阎宗士来回穿梭着,穿梭于他需要穿梭的人员之间。

在一片白色恐怖下,辛金生、蔺成来、阎宗士他们将获取的一份份重要情报秘密地送往豫东情报站,再由情报站站长赵基辅及时传送给晋冀鲁豫野战军首长。

1947 年 12 月 14 日晚 11 时,华东野战军第三纵队攻占许昌的战斗打响,经过 13 小时激战,于 15 日中午 12 时胜利结束,许昌首次获得解放。

这次战斗能够迅速地取胜,辛金生等三人及时提供的情报起到了十分重要的作用。他们出色的工作,受到了晋冀鲁豫野战军李达参谋长的表扬。他给赵基辅的信中写道:"辛金生他们所提供的情报,是一份很全面、很详细的情报材料,是一份完整的敌人城防图,为解放许昌发挥了重要的作用。"

千里运枪记

1947年夏季的一天，许昌城西贺庄村，在中共地下党许昌情报站站长贺群的家里，贺群正和本村的地下交通员王全兴谈论着什么，只见王全兴一会儿低头思索，一会儿又点头示意……

贺群慎重而又严肃地对王全兴说："这次你到德州去，要特别小心，保证把这批货物安全运回来。我们党正迫切需要它，至于运的什么货物，这是组织纪律，不要多问，路上要随机应变，千万不能出差错。"说完，便把写好的信交给王全兴，告诉他沿途车票不好买，由自己人替他安排，并把沿途接头人的相貌、穿着和暗语一一交代清楚，最后，又叮嘱道："明天一早动身，信要保管好，暗号要记清。"

王全兴接过信，感到责任重大，郑重回答："请放心，我一定圆满完成任务！"

晚上，王全兴躺在床上睡不着，把接头的暗语在心里背了一遍又一遍。想着想着，又坐起来，把棉袄肩上的内缝撕开，把信件小心地装了进去，用针线缝好。一切准备妥当，才勉强入睡。

第二天一大早，王全兴就起床登程。贺群送他到火车站，为他买了开往郑州的火车票。

车厢里空气污浊，烟味刺鼻，王全兴挤过人群，好不容易找到一个座位，心里着急，直嫌火车开得慢，盼着早点到达目的地，顺利完成任务。

"呜——"一声长笛，郑州车站到了。他慌忙下车，按贺群的交代，买了一个烧饼和一只烧鸡，到接头地点边吃边等"同乡"。

不一会儿，只见一位身穿白大褂的中年人左右前后看了看，才慢慢走近他说："兄弟，吃着要小心，可有欻（猛然抢夺）馍的。"

听到这话，王全兴心中暗喜，这同接头的暗语一字不差。于是，他把馍和烧鸡装起来，说："谢谢您的关照。"

那人漫不经心地问："是来郑州的？"

"不，到德州去。"

那人凑近王全兴说："到德州要走徐州，怎么跑到站外呢？"

"带盘缠不多，找个'同乡'，先买张到徐州的车票。"

"'同乡'就是我，走，买票上车。"那人说完，就大步向票房走去。

火车在徐州车站停下来，王全兴取出烧饼、烧鸡，同在郑州车站一样，等候着接头的人。这时，一位身穿蓝色褂的人向他招呼："兄弟，吃烧鸡要注意，可有欻烧鸡的……"就这样，他又顺利地坐上了徐州到德州的火车。

到了德州，天气突变，"呼——呼"刮起了大风，电线被刮得"嗡嗡"直叫，站台上一片混乱。王全兴倚着出站口的门扇，以车票丢失为暗号假装哭泣起来。

不一会儿，一个穿着黑色裤褂的人走过来，俯身问他：

"兄弟，丢的是上车的票，还是下车的票？"

王全兴擦着泪偷偷观察了这个陌生人的相貌后，轻轻地答道："刚刚下车的票丢了。"

陌生人沉思了一下又问："几张，都是到什么地方的？"

"三张车票，一张是许昌至郑州，一张是郑州至徐州，一张是徐州至德州。"王全兴装出伤心的样子答道。

陌生人爽快地说："不要哭了，我捡到的就是你的车票，跟我来吧！"

句句同王全兴记的暗号相对照。对！是"同乡"。王全兴随他来到一个僻静的地方，"同乡"转过身对王全兴说："请稍等……"话没说完,一个戴风镜、蹬三轮车的人顶风驶来,猛地刹住车,拉下风镜说:"车来了。"

"同乡"嗯了一声说:"咱们快上车,到西大街北朱家旅馆。"

他们来到朱家旅馆三楼一个单人房间坐下,王全兴将带的信件取出郑重地交给了"同乡"。那人看信后说:"全兴同志,明天就要把这批货运回去。你先吃饭。"说罢,开门走了。

吃过晚饭,那个"同乡"对王全兴说:"货物已经办好,我给你雇了一辆一套二的汽马车,货物放在车下,上边盖着500来斤碎纸,请你坐车押回。"说着,又交给王全兴几十块钢洋。

王全兴把装有钢洋的大腰带束在腰间,"同乡"端详了一下说:"好,干净、利索!"接着,他向对面的房间喊了803、805……四个数,立即走进来四个年轻而又干练的小伙子。"同乡"指着王全兴对他们说:"这位是许昌的客人,要运一批货物回家,路途遥远,怕出意外,需要你们护送。不过,在路上你们要装作互不认识,遇到什么事要互相帮助,沉着对付。在这里见面先认识一下。"商妥后就各自歇息去了。

鸡叫头遍,王全兴就急忙起床。那个"同乡"领王全兴坐上汽马车,沿着一条大道往回走。

晓行夜宿,风尘仆仆。四个小伙子各骑一辆自行车,不远不近地尾随着。车子由慢到快,抓紧赶路,头两天还算顺利。

当经过一个县城时,收税人员拦车检查,王全兴忙下车,按照接头人的交代"多说好话,少惹是非",恳求高抬贵手。那些不讲理的家伙,硬要查货纳税。王全兴想:无论如何决不能让他们查看。于是,撒谎说:"俺掌柜是个大方人,刚进城时,到县政府去看一位朋友,一会儿就回来。你们先合计一下,让纳多少税都可以。"

这时,那个骑自行车护送的人已掂着备好的礼物,并更换了服装,大模大样地走过来,把税管人员拉到一旁耳语了一阵,塞给一个红包,回头向王全兴喝道:"在这儿阻碍交通,还不快走。"车夫扬鞭催马,车轮滚滚而去。

就这样,风风雨雨,提心吊胆,总算进入许昌县境。王全兴把花剩下的钢洋连腰带交给四位骑车人,他们完成任务返回。

深夜,大车停在贺家门口。王全兴见到贺群说:"'货物'运回来了,卸在哪儿?"

贺群一拍大腿说:"好!就卸在咱家,快卸车。"

王全兴和帮工们一起把两个非常沉重的长木箱抬进牲口屋,两个小木箱抬进贺群的住房窗下时,听到他对伯父贺升平说:全兴这回立了大功,把枪安全运回来了!王全兴一听运的是枪,脱口而出:"好家伙,原来是枪呀!"

事后,王全兴才知道这次共运回长枪22支、短枪44支、子弹29000多发。这些武器在这年12月15日许昌城的第一次解放中,发挥了重大作用。

许昌的六次解放

人民解放军首次解放许昌

1947 年 7 月，人民解放军挺进中原后，许昌成为国民党军的一个重要屯兵站和补给基地。国民党军利用许昌城墙高、城壕宽的特点严加防守。华东野战军第三纵队第八师在平汉铁路破击战开始的当天，已将许昌城团团围住，并制订了详细的作战计划：第二十二团一个营袭取南关，第二十三团袭取西关，第二十四团一个连袭取北关，控制许昌外围。

根据许昌守敌已陷于孤立的情况，华东野战军第三纵队首长认为，打下许昌对我军有着重要的意义。作战计划经华东野战军指挥部同意后，华东野战军第三纵队于 1947 年 12 月 14 日夜发起总攻。

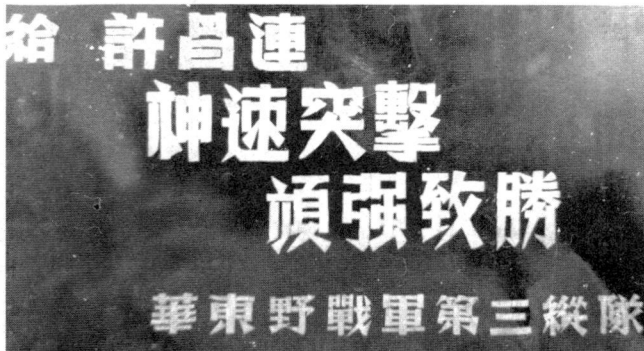

华东野战军第三纵队授予许昌连奖牌

第二十二团首先向南门发起攻击，轻重机枪一起开火，爆破组连续三次爆破后突击班迅速向城门扑去。但由于攻城准备不充分，组织不严密，进攻南门的战斗失利。第二十三团担负主攻西门的任务。西门外护城河上只有一座木桥，三根圆木上钉着几块薄木板，是进入西门的唯一通道。

华东野战军第三纵队首长要求第八师无论如何保住这座桥。在第八连指导员、甲等战斗英雄李华的指挥下，飞行爆破组的同志把西门炸开一个缺口，突击组越过木桥，没等敌人发现便纵身攀上了城楼。紧跟着，第八连战士全部进入许昌城。七师第二十一团主力在第二营的接应下突破敌人北门的防线进入城内。他们打退了数倍于己的敌人的冲锋，并俘虏了大批敌人，最后在第二十二团的配合下将南门残敌歼灭。经过 13 个小时的激烈战斗，许昌于 12 月 15 日 12 时宣告解放。

这次战斗共毙俘敌官兵 7000 余人，缴获各种火炮 70 余门、汽车近百辆及一列装满弹药的火车和几个军用仓库和大量军用物资。《人民日报》及《东北日报》等都在显著位置报道了许昌解放的消息。粟裕来电表示祝贺和慰问。华东野战军第三纵队召开了英模表彰大会，命名第八师第二十三团第八连为"许昌连"，并奖励写有"神速突击、顽强制胜" 8 个字的锦旗一面。

华东野战军第三纵队首次攻克许昌城后，豫皖苏五地委、五专署决定成立许昌县人民民主政府，孙志光任县长，许昌县人民民主政府配合城市工作委员会接管城市、维护社会秩序、宣传党的政策、开仓放粮、安顿兵马粮草

英勇顽强
机智灵活

赠 许昌连
何以祥 一九八七 七月 七日

华东野战军第三纵队司令员何以祥为"许昌连"题词

及军队食宿工作。12 月 31 日，许昌举行了万人祝捷大会，欢庆许昌解放。当全副美式装备的解放军城防部队进入会场时，群众夹道迎

接,掌声雷动。解放军代表、华东野战军第三纵队宣传部部长车文义发表了热情洋溢的讲话,这是中国人民解放军第一次解放许昌。

敌我拉锯状态持续

不久,华东野战军第三纵队撤离许昌,南下漯河、郾城,国民党军再度占领许昌。1948 年 1 月 3 日,华东野战军一纵由郾城北上,于 1 月 6 日攻克许昌。许昌守敌溃逃,许昌第二次获得解放。华东野战军第一纵队在许昌进行新式整军训练半个月后主动撤出,国民党军再次占领许昌。2 月 12 日,解放军第三次占领许昌,7 日后主动撤出。国民党孙元良兵团由郑州南下,许昌又落入敌手。4 月 7 日,华东野战军陈唐兵团掩护晋冀鲁豫野战军主力西越平汉铁路,转移至豫陕鄂解放区进行整军训练。盘踞在许昌的国民党许昌专署专员范仁带领专署人员和太康、鄢陵等县的国民党自卫总队 2000 余人弃城而逃,许昌第四次解放。

陈唐兵团撤离后,国民党许昌专署专员范仁带领部队重新杀回许昌。5 月 14 日,华东野战军陈唐兵团第八纵队在参加了宛西战役后拟进驻许昌地区集合待命,得知许昌城内的国民党军尚未发现我军的行动,便奔袭 50 多公里,连夜包围了许昌城。战斗从凌晨 2 时开始,部队突进四关。第八纵队两个团以迅雷不及掩耳之势,从北、西、南三面冲入城内。范仁等见大势已去,便带了许昌专署专员及

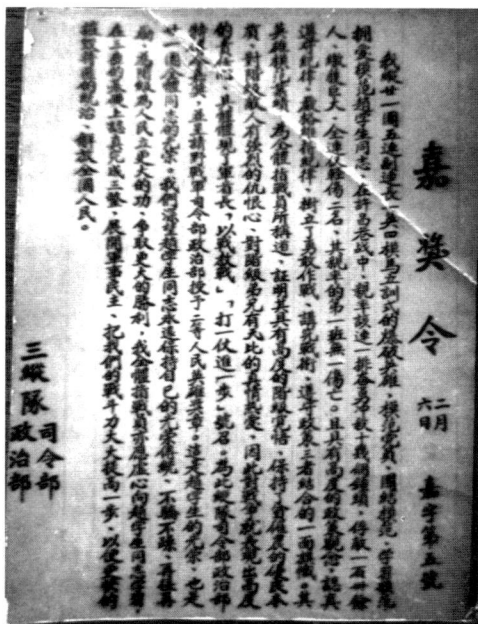

华东野战军第三纵队嘉奖令

一帮亲信从北门突围而逃,在许昌北关被我军一个营迎头截击。经过四个小时的战斗,全歼反动武装共计2270余人,俘虏范仁等人,缴获轻重机枪66挺、长短枪1459支、子弹14万余发、骡马112匹。许昌第五次获得解放。

许昌得到最终解放

5月23日,华东野战军第八纵队一部在许昌城北与国民党第八十八师的一个旅发生战斗。为参加开封战役,解放军主动向东撤退,中共许昌县委、县人民民主政府及地方人民武装也向鄢陵方向转移。同日,国民党第七十五师由和尚桥南窜,占领许昌。5月24日,国民党第十一师由襄城颍桥进发至许昌。国民党第十一师、第七十五师东去后,国民党第二十六旅驻守许昌。他们在许昌的50天时间里,群众损失5000亿元(旧币)以上,房屋被拆毁2000余间,130余名积极分子被暗杀、活埋。土匪蒋全彬、杨文周两部数百人纠合流氓、烟鬼,到处勒索抢劫、制造谣言、威吓群众,暗杀积极分子,人民痛苦不堪。

1948年6月7日,华东野战军第三纵队八师中原野战军一部在豫皖苏第五分区地方部队和县大队的配合下,第六次解放许昌。国民党第二十六旅向郑州方向逃窜。至此,敌我拉锯局面彻底结束,许昌永远回到了人民手中。

豫陕鄂(豫西)五地委专署 军分区的建立及其主要活动

(一)

1947年6月30日起,刘伯承、邓小平领导的晋冀鲁豫野战军,遵照中共中央军委和毛泽东主席制定的战略进攻方针,以第一、二、三、六纵队12.4万余人的兵力,在地方武装的配合下,由鲁西南强渡黄河,一举突破国民党黄河防线,向大别山挺进,胜利地揭开了解放战争战略反攻的序幕。

6月下旬,晋冀鲁豫解放军第四纵队司令员陈赓赴陕北参加毛泽东主席在靖边县小河村亲自主持召开的重要会议。会议上,中央决定由陈赓领导的四纵、秦基伟领导的太行军区主力部队(即九纵)及孔从周等率部起义的三十八军三个方面组成一个兵团,陈赓任司令员、谢富治任政治委员。其任务是为配合刘邓大军作战,挺进豫西,依托伏牛山开辟豫陕鄂革命根据地。

秦基伟、黄镇率领的九纵在挺进豫西的准备过程中,向太行区党委提出请求:希望太行三、四专区能派出万名民兵、民工随军过黄河参战,得到了区党委的同意。四专区刘梅任参战民兵民工总指挥,三、四分区武委会武装部部长李荣、刘玉更任副总指挥。

8月10日,九纵开始南征,直向豫西挺进。他们经博爱、渡黄河、攻新安、克临汝,且战且进,直到拿下了鲁山县城,才获得了一个短暂的喘息机会。一路上阴雨连绵,雷电交加,山道泥泞,再加上频繁地作战,部队确实疲惫,但斗志旺盛,意志坚强。

257

部队刚踏入豫西境地时,当地群众因长期受国民党反动政府、地方豪绅恶霸以及团队头目的欺骗宣传,对共产党、解放军有误解,所以部队一到,百姓跑光。但是,部队严明的纪律和善的态度很快揭穿了敌人的种种欺骗宣传,群众慢慢从远处回来、与部队接近了,恐惧的情绪变成了笑容。

(二)

10 月初的一天下午,秦基伟司令员差人通知参战民兵、民工总指挥刘梅到九纵司令部暂驻地——临汝县大营镇,向他传达前委决定:从现在起开始建立豫西地方人民政权,以发动群众,组织武装,开辟豫陕鄂新解放区,并指定刘梅为临汝附近几个县的专员,同时还指定带领民兵、民工随军作战的温县县委宣传部部长王武烈为临汝县长。由于军情急任务重,部队没有给他们配备更多的人员和武装,连警卫、马夫不过 19 个人,这就是豫陕鄂五专署的前身。从此,人民政权即在豫西问世。这个政权的工作人员,首先选择临汝县东约 20 里一个叫和尚庙的小村为活动地点。在这个村上,公开宣布了刘梅、王武烈的任职。他们通过发动,组织了以贫雇农为核心的农会,建立起了一支地方武装,带领群众斗争恶霸地主,向穷人分发了他们的钱财和食粮。十几天以后,为了扩大影响,也为了安全,他们转移到临汝与鲁山接壤的隆兴观。这时,主动与他们接头、提供情况的人越来越多,工作开展比较顺利。

由于主力部队机动作战,专署转移到隆兴观后就一直与之失掉了联系。月余,九纵首长派出两名战士前去临汝附近寻找专署,这两名战士在夜宿大营镇时被坏人杀害。首长闻讯,又迅速派一位科长带领一个班的武装战士,经过艰苦跋涉终于在隆兴观镇找到了专署人员,传达纵队首长命令,所有人员速回宝丰。当他们赶到宝丰时,主力部队又因战事离开了这里,留守的政治部主任谷景生尚在等待他们。见面相互介绍了情况后,谷景生交代刘梅以专员名义起草布告,同时刻出"豫陕鄂边区第五行政督察专员"印章一枚。布告印好后,通过各种渠道在临汝、宝丰、鲁山几个县广为张贴,以扩大人民政权的影响。

11月中旬,九纵司令部进驻宝丰城东福音堂,纵队首长开始研究建立豫陕鄂五专区党政军领导班子的组成。首先决定:地委书记由纵队政治部敌工部部长张衍担任,分区司令员由三旅副旅长黄以仁担任,副司令是牛子龙,专员仍由刘梅担任。1948年2月,前委为开辟豫陕鄂革命根据地,决定由四纵、九纵的各旅分别帮助地方建立一个专区。九纵二十五旅(原太行独立一旅)负责建立豫陕鄂五专区党政军机关,二十五旅政治委员冷裕光接张衍任地委书记,张建民、李庆伟任副书记;二十五旅旅长蔡爱卿接黄以仁任军分区司令员,牛子龙任副司令员;专员仍由刘梅担任,副专员是一位禹县籍民主人士李尧如。至此,豫陕鄂五地委、专署、军分区领导机构进一步健全。办公地点设在宝丰县城,辖:临汝、宝丰、郏县、禹县、鲁山、襄县。不久,临汝、宝丰、鲁山、郏县县委、县政府相继成立。临汝县委书记王云清、县长王武烈;宝丰县委书记任瑞庭、县长黄明;鲁山县委书记戴云程、县长李涵若;郏县县委书记杨觉民,县长由杨觉民兼任。禹县、襄县党政机关一时尚未建立。

(三)

五地委建立后,各机关同志工作努力,但是他们与其他地方的同志一样,对于革命的胜利有操之过急的情绪。由于他们中大多数是随九纵过河的太行老解放区干部,大都参加过贯彻执行1946年5月4日中共中央所发《关于清算减租及土地问题的指示》,他们本来处在老解放区,条件完全不同于豫陕鄂的环境,一到豫陕鄂,特别是五专区建立后,他们普遍有一种过激情绪,恨不得一下就能把本区的广大农民群众发动起来,同共产党站在一道共同进行斗争;总想从发动反霸复仇开始,很快就进入平分土地,实现耕者有其田的口号。缺乏对豫西当时的具体情况进行切实的分析,觉察不到当时立即进行土地改革的条件还不具备:"一是地方反动团队不少只是暂时隐蔽而远没有被消灭,社会尚在动荡;二是分浮财,分土地只是少数勇敢分子的愿望,而广大贫雇农尚不敢这样要求;三是区级干部不仅少,而且开展工作的能力也较差,大量是过河参战的老区村干部或民兵充任的。"因此,在不长一段时间内,工作中和其他新区一样犯了急性病的错误。1948年3月上旬,五地委贯彻了毛主席1948年2月25日为中共中央起草的《新解放区土地改革要点》之后,这种偏差迅速得到了纠正。

1948年4月,豫陕鄂五地委党政军机关由宝丰迁移郏县。迁郏后,他们根据中共中央的有关指示和豫西新区的形势主要抓了以下三个方面的工作:第一,集中精力清匪收枪,消灭反动的地方武装。豫西地区民间的枪支较多,不仅有步枪、机枪,有的地方还有迫击炮,一部分是老百姓用来自卫的私人枪支,这是少数,更多的是地主富农、反动民团、会道门、土匪的枪支。后者的枪支常常用来袭击解放军部队和人民政权。所以五地委把清匪收枪作为压倒一切的工作,开展宣传、进行动员、发动政治攻势。对于一般群众的枪支进行登记,讲清道理,予以集中保管;对于地主富农的枪支必须无条件地收缴;对于那些顽固反抗的反动团队则坚决予以清剿。经过艰苦的斗争,五地委收缴枪支达上万条,狠狠地打击了顽匪的气焰,社会秩序趋向稳定。第二,认真贯彻了中共中央"三查三整"的指示精神,总结了进入豫西八个月的作战经验,分析斗争形势,提高认识,统一思想,为巩固后方,有力地支援战争打下了良好的基础。第三,为刘邓大军从大别山回到豫西休整做了大量的准备工作,其中包括衣物,款项和铺盖粮草等,保证了七八月份到达宝丰一带进行休整的顺利进行。

（四）

根据形势发展的需要,随着豫陕鄂区党委的撤销和豫西区党委的建立,6 月 1 日,豫陕鄂五地委、专署、军分区改名为豫西五地委、专署和军分区。

7 月,豫皖苏五地委所辖许(昌)西、沙北两县划归豫西五地委。12 月 1 日,许西、沙北两县撤销,所辖区域分别归回许昌、长葛、舞阳、郾城、临颍等县。与此同时,许昌、长葛两县由豫皖苏五地委划归豫西五地委领导。

9 月初,豫西五地委为彻底消灭国民党残余势力和地方土顽,研究决定,成立了禹密郏联防剿匪指挥部,重点清剿了禹县西部山区官山、磨街一带土顽集中区。1949 年 2 月,剿匪取得胜利,指挥部撤销。在清剿土匪工作取得巨大成绩的同时,豫西五地委于 1948 年 11 月召开有各县主要领导参加的反霸土改会议,正确引导形势的发展,从此,各县由点到面开始了反霸土改的群众运动。

（五）

1949 年 2 月,河南形势已发生了根本性变化,中原战场取得了决定性胜利,豫皖苏、豫西、桐柏解放区连成了一片。为适应急速发展着的形势,不失时机地巩固和发展胜利成果,中共中央决定,撤销豫皖苏中央分局和豫西、桐柏区党委,建立中共河南省委员会。为此,豫西五地委党政军机关和豫西二地委、豫皖苏五地委党政军机关合并成立中共许昌地委、许昌专署和许昌军分区,隶属河南省委领导,办公机关遂由郏(县)鄢(陵)舞(阳)迁往许昌,时辖临汝、鲁山、宝丰、郏县、襄县、禹县、叶县,舞阳、临颍、鄢陵、长葛、漯河市(郾城县)、许昌市(县)等 13 个县市。至此,豫陕鄂(豫西)五地委、专署、军分区宣告完成了历史使命。

许昌军分区建立后的剿匪斗争

1948 年 9 月,人民解放军在中原战场上节节胜利,河南省会开封和郑州等城市相继解放,"拉锯"式战争形势已基本结束,中原解放区已连成一片。

1949 年 1 月,淮海战役胜利结束,中原地区已无大的战斗行动,河南进入建立巩固人民政权、恢复发展生产、医治战争创伤时期。2 月,豫西区党委所辖二、五地委及豫皖苏区党委所辖五地委合并,建立许昌地委,同时建立了许昌军分区。但是,国民党反动派的残余势力——土匪却成为开展工作的严重阻碍。许昌专区所辖的鲁山、郏县、宝丰一带匪情尤为严重。为了保障各项工作和建设的顺利进行,在省委、省军区及中共许昌地委的领导下,许昌军分区所属部队立即开展了大规模的剿匪斗争。

4 月,人民解放军中原野战军渡江南下,根据豫西一带土匪猖獗情况,华中局向河南省委发出"首先集中全力消灭匪患,这是顺利进行各种社会改革和建设工作的先决条件"的指示。中共河南省委为贯彻华中局的指示精神,于 6 月 16 日至 26 日召开第二次党代会,会议做出关于"剿匪反霸是下半年全省压倒一切的中心任务"决定,强调在剿匪运动中,要在党的统一领导下,贯彻"集中力量,明确政策,依靠群众"的剿匪方针,以达到"肃清土匪、打倒恶霸、发动群众"的目的。并根据中共中央"首恶必办、胁从不问、立功受奖"原则,制定了剿匪反霸的具体政策。根据河南省委决定,河南省军区于 7 月 1 日向全区部队发布了剿匪动员令,并确定鲁(山)南(召)地区为全省四个重点清剿区之一。接着,成立了清剿指挥部,由省军区警二旅旅长蔡爱卿和许昌军分区副司令员刘丰生分别任正副指挥长,指挥警二旅及军区独立十三团、南召独立营进剿该区土匪;许昌地区其他区域土匪由许昌军分区组织所属部队在地方党委统一领导下,开展清剿。同时,省军区派骑兵第五师师部带领十四团驻漯河,协助许昌军分区进行剿匪。根据省委省军区部署,中共许昌地委、许昌军分区立即召开县团级以上干部会议,传达了省委省军区的决定和指示,进行具体部署。7月15日,许昌军分区下达剿匪作战命令,组织全区迅速掀起剿匪斗争。

历史上,河南匪患全国闻名,民国以来,河南土匪季节性蜂起连年不绝。1947年,人民解放军南渡黄河建立豫西解放区后,当地上层反动统治迅速被我军摧毁。然而,当时由于反动的基层组织(保甲之类)尚未完全消灭,基本群众还未发动起来,国民党反动派以恶霸、匪首、特务头子为骨干,以土匪、乡保丁、反动军人、国民党员、三青团员等为武装爪牙,与保甲、特务、反动道会门等势力结成一体,采用公开的、隐蔽的、军事的、政治的等形式,不断变换手法,继续欺压百姓,扰乱解放军的军事行动、破坏人民政权建设和社会秩序。

许昌地区特别是西部山区的情况尤为严重。仅据1948年9月资料,当时的豫西二、五专署所辖部分县的土匪武装情况为:方城县孟玉亭匪部四个大队500余人,常活动于白沙以西独树镇附近。西平吕建坤匪部200余人,迫击炮一门,活动于合水、权寨一带。叶县、舞阳、襄县匪总指挥尚振华匪部400余人,活动于漯河以西地区。舞阳余圣联匪部300余人活动于仪封、合水一带。郾城牛跃庭匪部300余人活动于郾城近郊。夏金才匪部100余人活动于尹集、出山寨一带。张虎臣匪部四个连200余人,不时由平汉线配合其他土顽向沙河店及其以西春水、牛蹄一带进行窜扰。董清有匪部100余人,活动于舞阳西南鸿水镇以北地区。薛子正、运世良、王子良、徐正有、王云波、杨青、殷国荣等匪部共约 400 余人,分别在沙河店以南、春水以东白毛朵、红石山、母猪寺等地活动。临汝的姚保安、李庆林、吴瞎子、史金堂、邓正华匪部共 500 人左右,活动于白沙、碾盘沟等地区。许昌专署保安支队司令金文武、副司令金建斌匪部 500 余人,轻机枪两挺,活动于榆林集以南、以东、以北地区。国民党许昌专署新任专员刘子珍手下有匪徒 80 余人,且在积极扩大,采取夜集明散的方式进行活动。另有小股土匪如乔金青、张心如、张文聚、周富安原灵井镇匪武装等 130 余人,活动于和尚桥南北、许昌以北之老吴营一带。禹县匪首席子猷部被歼后,仍有小股散匪活动。侯岳匪部 20 余人,常在许昌东祖师庙一带活动。禹县东北民寺一带有匪部一个班,计有 20 余人进行活动。郏县以马树芳为首土匪王文季、王绍卿、邵石昌、陈军等匪部共 20 余人活动于关寨东高庄、砖墙东一带。平顶山有匪部 50 余人在雷庄、朱凹寨、孙集一带活动。毛庄一带有伊进德匪部 10 余人活动。鲁山有王斗匪部 60 余人,轻机枪两挺,活动于背孜街以北。新郑毛汉民匪部有 300 余人,长葛杨德匪部 400 余人,经常活动于禹、密、新三县交界处。

仅据记载,许昌附近一带县区当时就有股匪 4000 多人。这批土匪,抢掠百姓,袭扰人民武装,暗杀基层干部和积极分子,破坏人民政权建设,严重扰乱社会秩序的安定。在临颖、禹县,新生的区、乡人民政府多次遭到袭击,政府干部惨遭杀害。在舞阳,土匪潜入人民政权内部,组织叛乱,使舞阳四区区政府被颠覆。叶县七区和舞阳六区等一些区村政权连续被土匪抢劫。土匪、特务、会门、保甲结成一体,到处散布谣言,威胁群众,放毒、暗杀、割电线、毁铁路、烧仓库、炸军火库,无恶不作。土匪在许昌县大队食堂投毒,使 70 余人中毒。从 1948 年 6 月许昌各县解放,到 1949 年上半年,许昌地方武装不断地对土匪进行打击。但总是匪起我剿,匪散我停,未能彻底消灭土匪。一些地方甚至出现此剿彼起、彼击此聚的局面。

为了稳定社会秩序,保证土地改革政权建设等项工作的正常进行,1949年下半年,许昌军分区在开展的剿匪工作中大体分两个阶段:7、8、9三个月为第一阶段,主要以军事打击为主,结合争取瓦解,打拉并用,集中力量消灭股匪,10月以后,进入第二阶段,主要是开展政治攻势、捉散匪、挖匪根、捕匪首和缴匪枪运动。

在第一阶段中,剿匪部队开始军事围剿不久,股匪大部被打得七零八落。但是,大部分土匪头子还很顽固,不肯甘休,采取白天分散隐蔽,夜晚集中活动的方法进行垂死挣扎。有的匪首甚至提出"咬紧牙关、度过艰苦的半年就能东山再起"。针对匪首顽固不化,与人民为敌到底的情况,许昌军分区首长直接指挥所有部队,不分昼夜,紧搜猛剿直追不舍,同时从钱、财、物上对土匪严加封锁、分区划片、设卡堵截,很快便把剩下的股匪赶进了"死胡同",被纷纷瓦解各自逃生。鲁南重点区股匪,计有徐万一、杨克诚、李开元等大小七股全部被歼。舞(阳)叶(县)股匪陈宝定、夏金才、夏金玉匪部均被捕灭。全区尚未被消灭的土匪也被迫化整为零,销声匿迹隐藏了起来,在强大的军事打击下,不少土匪主动缴械投诚。

10月,剿匪转入政治攻势。由于前三个月的军事打击,土匪普遍感到走投无路,思想动摇。抓住这个有利时机,许昌军分区剿匪部队,广泛发动群众,宣传共产党的有关政策,开展政治攻势。剿匪部队利用各种形式宣传中共中央关于"首恶必办,胁从不问,立功者受奖"的政策和人民解放军铲除匪患的决心,明确宣布:"凡组织土匪,成立反动武装,阴谋策划暴动,杀害人民及革命工作人员,反抗人民解放军与人民政权,死心塌地罪恶多端之匪首及惯匪要坚决镇压,决不姑息。如其潜逃,必须缉拿归案。"对于那些"三五成群私带武器,夜集明散,烧杀抢劫,破坏治安,潜伏流窜之散匪准予交枪登记、悔过自新;自动来投者,可从宽处理。如能报告匪情、逮获匪首或动员其他土匪缴枪来归者,准予将功折罪,并按立功大小予以奖赏。如怙恶不悛,作恶到底,坚决缉拿归案,严予镇压"。对于"过去干过土匪,罪恶不大,新中国成立后确已改邪归正,安业守法,并保证今后不参与土匪活动者,不咎既往"。"如表面登记暗地窝匪通匪造谣惑众者,或利用合法打入革命队伍进行破坏者,或过去曾向政府自首登记,现又反复无常再次成为匪者,查明属实,依其犯罪情节,予以加重之处分。"通过宣传、开展政治攻势,一方面鼓舞了人民群众的革命情绪,充分调动了人民群众的积极性;另一方面最大限度地瓦解了土匪,孤立了一小撮罪大恶极的惯匪。不少被胁迫或罪恶不大的土匪解除了疑虑,登记自首,广大群众纷纷起来协助政府捉拿匪首。如鲁山县群众协助政府,逮捕了大匪首徐万一、李开源、杨克诚等。临汝县群众自发组织的远征队、识别队到西安、武汉等地抓获了该县一等惯匪姚保安。在群众性的剿匪运动中,临汝县工作做得最好,10月份25天中捉土匪达259名,其中惯匪73名,团以上匪首11名,中队长级匪首68名,收缴长短枪270余支。

截至年底,全区剿匪共进行大小战斗200余次,捕捉连以上匪首411人,其中师级13人、团级24人、营级66人、连级308人。捉匪众9449人。通过政治攻势自愿登记自新的4465人。共缴获六〇炮69门,迫击炮177门,轻机枪15挺,步马枪1538支,短枪1034文,杂枪973支,各种子弹43329发,手榴弹1079枚,电线3500米,大车1辆,马9匹,马刀592把,刺刀151把,自行车18辆,望远镜4架。经过半年的剿匪运动,为土改运动扫清了道路。在1949年下半年全力剿匪的基础上,1950年至1953年许昌军分区根据中共中央和中央军委的统一部署,进一步开展剿匪斗争,彻底平息了匪患。

许昌第一任地委书记——裴孟飞

　　裴孟飞（1908—1972），山西灵石县人。1933年，加入中国共产党，历任中共北平市南区区委书记，中共晋中、太南特委书记，中共太南区党委宣传部部长、组织部部长，《解放日报》采访通讯部部长，中共太岳区党委副书记兼军区副政委，中共豫陕鄂边区前委常委、后委副书记，中共豫西区党委副书记兼军区副政委，中共许昌地委书记兼军分区政委，中共河南省委宣传部部长，中共河南省委第三副书记，中共河南省委第三书记，中南局常委、组织部部长，中共中央组织部副部长，中共中央财贸部副部长，中共山东省委书记处书记、常务书记，中共甘肃省委书记处常务书记等职。

　　裴孟飞，1908年6月13日生于山西省灵石县仁义镇河南村（现金旺村）一个农民家庭。1931年夏，裴孟飞考入河北省立第十七中学，并接受先进思想。1933年夏，裴孟飞毅然投笔从戎，到河北沙河镇孙殿英办的"军事救运团"当队员。1933年8月，在张家口抗日救亡总会，经共产党员王家骊介绍，裴孟飞加入中国共产党。不久，为加强党在抗日同盟军中的工作，党组织派他到抗日同盟军第十六师当兵。因抗日同盟军战败，裴孟飞被迫回到北京上学，并于1935年10月，建立了北平大学法商学院地下党支部。1936年秋，在中共北平临时工委的领导下，裴孟飞与杜润生等人发起组织"山西同乡会""晋察绥旅平同乡会"及"西北青年救国会"等组织，并担任同乡会党团书记。1937年春，中共北平临时工委派裴孟飞到北平市南区工作，任区委书记。9月，党组织派他到晋中地区，组建晋中特委，并担任特委书记。12月,裴孟飞调任晋豫特委书记。1940年1月,太南区党委成立,裴孟飞先后担任区党委宣传部部长和组织部部长并兼太南地委书记。5月,裴孟飞到延安学习。1941年夏,党组织决定他到中央组织部帮助工作。1942年1月,中共中央党校成立,他又进入党校学习。10月,裴孟飞到解放日报社工作,任报社编委兼采访通讯部部长。1947年8月,裴孟飞随陈谢大军到达豫西,具体负责开辟新解放区的地方工作,先后担任豫陕鄂前委常委兼豫西工委书记和豫陕鄂后委副书记。1948年6月,在豫陕鄂后委基础上成立豫西区党委。裴孟飞先后任区党委第一书记、副书记兼社会部长和军区副政委。

1949年初,河南省全境基本解放。中共中央中原局决定由裴孟飞任许昌地委书记。到许昌后,裴孟飞就深入各地搞调查研究,检查各地贯彻执行政策的情况,分类排队。当时,地委的中心工作就是开展以剿匪反霸、土地改革为中心的群运工作和建立党的组织和基层人民政权。通过全面的调查研究,裴孟飞感到许昌地区群众基础总地说是比较好的,但是各县发展极不平衡,应当根据各地不同情况,采取相应的方针和措施,有计划、有步骤、分期分批地进行。根据许昌群运工作的实际,他把全区的群运工作大致分为两类:一类是解放比较早,群众基础好,反霸、减租任务已基本完成,马上可以进行土改的一部分县,如鲁山、临汝、宝丰、叶县、郏县、襄县、禹县等7县;另一类是由于解放较晚,群众基础差,反霸、减租任务重,如许昌、长葛、鄢陵、临颍、郾城、舞阳等6县。在这部分县主要精力应放在反霸、减租上,切忌只乐意搞土改,不愿搞反霸双减的错误思想。他提醒大家,无论是哪一类型,都要吸取急性土改的教训,防止过急过"左"的倾向。

为促进整个地区群运工作的发展,裴孟飞特别重视"点"的经验。他选择群众基础较好的鲁山、宝丰、临汝等县的重点乡村,带领一批工作能力较强的干部亲自蹲点,摸索经验。他深入各村户中去调查情况,了解各阶层群众对土改的反应。通过"点"的试验和面的工作,他总结出许多好的经验。如,(一)干部掌握政策是最基本的一条。在重点土改开始之前,针对不少干部是在反霸减租中成长的新干部的特点,为提高他们的政策水平,掌握土改的方针政策。他主持召开长达35天的土改会议,大规模地训练专、县、区、乡干部,使他们学会划阶级、算地主的剥削账、掌握政策界限、制订计划等,为各县开展土改训练一批干部。土改进行中,他又在3个关键问题上建议地委召开会议,解决部分干部违反政策大轰大嗡,放手发动群众不够,束手束脚及不敢将中央有关土改新精神向群众传达等问题,使许昌地区整个土改运动始终遵循中央的政策进行,没有出现大的偏差。(二)让群众掌握政策。土改开始,裴孟飞就同地委研究,注意调动一切宣传力量,运用各种形式,宣传土改的意义、目的、政策和具体做法,做到家喻户晓,深入人心,启发广大农民的阶级觉悟和政治觉悟,积极参加土改,动员工人阶级、民族资产阶级、开明士绅积极帮助和赞助土改。许昌地委这种为搞好土改,进行土改宣传,让群众掌握政策和调动一切积极因素的做法,后来受到中央的表扬。(三)采取切实可行的步骤。根据许昌地区土改的试点经验,裴孟飞科学地总结出土改的方法步骤是:第一步,宣传政策,了解情况并结合整编好的土改队伍;第二步,划阶级,核算地主、富农的剥削量,诉地主、富农剥削、压迫等,正确划分阶级成分;第三步,没收、征收地富多余的土地财产与分配果实,确定地权、产权。每一步都相互衔接,严格要求,认真做好。(四)建立健全区乡村党的组织和人民政权。裴孟飞根据许昌专区的实际情况,在农村实行小乡、小区制,并运用农代会,点面结合,波浪式发展。(五)土改密切结合生产,使二者相互促进,从而推动整个专区的群运工作出现高潮,巩固土改胜利成果。

裴孟飞主持许昌地委工作期间,因地制宜创造的这套土改工作经验,华中局、河南省委都非常重视,经常派巡视团、工作队到许昌一些重点县区检查、帮助工作,总结推广经验。河南省土改方案和条例就是省委书记张玺及省委政策研究干部到许昌考察后同裴孟飞等人一起总结研究形成的,并在全省第一、二批土改运动中贯彻执行,收到良好的效果。

1949年11月,中共中央任命裴孟飞为河南省委宣传部部长并领导省委政研室的工作。这时,正是土改运动的关键时期,作为全省重点进行土改的鲁山、宝丰、叶县等7县,工作刚刚开始,而且,省土改条例还未制定出来,土改工作尚在试点中进行。这一炮能否打响,不仅对全区,而且对全省的工作来说都是极为重要的。裴孟飞再一次放弃个人利益,向省委提出暂不回省工作,完成第一批重点县的土改工作。经省委同意,他仍留在许昌,直到第一批重点工作完成,帮助省委制定出河南土改条例才回省委工作。

由于裴孟飞和地委其他同志认真扎实的工作,使许昌地区的土改运动及各项工作一直走在全省的前列,得到省委的表扬,并将他们的成功经验推广到全省和整个华中(后改中南地区)地区。

1950年3月,河南省第一届农民代表大会在开封召开,成立了省农民协会执行委员会,裴孟飞当选为省农协主席。到省委工作后,他先后担任(或兼任)省委宣传部部长、省土改委员会主任、省委农村工作委员会副书记、省委副书记和省委第三书记等职,一直分管农村工作,用主要的精力领导全省的土地改革工作。

1953年2月,中央决定,裴孟飞调任中南局常委兼组织部部长。1954年底,中央所辖各大局撤销后,裴孟飞调任中央组织部副部长,具体分管干部计划、分配、管理等工作。1956年,中央学习苏联体制管理方面的经验,对干部实行分级管理,成立中央财贸部,他又调任中央财贸部副部长。1958年6月,裴孟飞调山东省委任书记处书记,1961年任常务书记,一直分管农业。1962年中央决定,调裴孟飞到甘肃,任省委书记处常务书记。1972年2月24日,裴孟飞因病在兰州逝世,享年64岁。

身经百战的老革命段永健

段永健(1905—1971),河南叶县人。1928年,加入中国共产党。历任中共叶县段庄支部委员,中共许昌特委、河南省委交通员,中共叶县工作委员会书记,中共确山县、唐河县、叶县县委书记。中华人民共和国成立后,任河南省总工会许昌办事处副主任、主任,中共许昌地委委员、常委、纪律检查委员会书记,地委书记处书记、地委副书记。1971年在上海逝世。

在革命斗争中成长

1905年,段永健出生在叶县段庄村一个贫苦农民家庭。他10岁起跟父母下田劳动,14岁和大哥轮着出村打短工,18岁开始长工生涯。大革命失败后,在外地活动的共产党员段语禅、董锡之相继回原籍创建党组织。段永健是段语禅的堂弟,常常帮段语禅传递消息、信件,并接受段语禅、董锡之的先进思想。1928年秋,段永健由段语禅、董锡之介绍加入中国共产党,不久,任中共段庄支部委员。1929年组建中共汽路(许南公路)区委时,任区委负责人。1930年汽路区委同中共豫中特委接上关系后,段永健又兼任特委交通员,负责往南阳、方城等地转送党的文件。

1932年12月,段永健、段凤和、蓝德修3名农民党员随中共河南省军委负责人张振亚、豫中中心县委书记刘晋一行5人赴上海,段永健等3人参加党中央开办的党员训练班,以提高他进行革命斗争的能力。

投身党的工人运动

1933年2月,段永健从上海回到叶县,开展革命活动,发展党组织。这时,省工委已在许昌正式组建,吕文远到叶县视察工作,任命段水健兼做省工委交通员。4月,省工委组织部部长刘晋派段永健到焦作煤矿,化名常文治,以做小生意为掩护开展工人运动,深入矿区传达贯彻省工委"关于开展红五月工作的指示",通过矿工中的共产党员和积极分子,发动群众,把共产党的革命主张,全国工人运动的消息在矿工中广为传播,先后发展4名共产党员,成立矿工党支部,段永健任支部书记。5月,焦作煤矿工人在党组织的领导下,接连数次罢工,反抗中外资本家及工头、监工的压榨。这时,国民党焦作保安团发现段永健身份不明,怀疑通匪,把他扣押。中共党组织获悉此事,通过关系立即进行营救,很快把段永健保释出来。他遂被省工委调回,任郑州和上海间的交通员,同时兼顾省工委和叶县的党组织联络。

恢复叶县党组织

1933年6月,段永健因身份暴露,调离叶县,后经河南省委(省工委改称)同意,段永健在地下交通员的护送下到江西瑞金参加党中央直接领导的"白区训练班",后改为军队建制,在根据地内和敌人展开艰苦的游击战。1935年3月,段水健回到叶县,与先期回叶县的共产党员李子健等取得联系,共同恢复党的部分基层组织,并于8月间组建中共叶县工作委员会,段永健任工委书记。

1936年6月初,段永健和李子健、蓝德修、王汉卿由叶县到确山,经博楼党的联络站介绍,在朱古洞杜李庄参加鄂豫边游击队。同月,中共豫鄂边省委决定建立确山县委,调段永健任县委书记。12月初,省委书记王国华派段永健到唐河县任县委书记。1939年,省委书记王国华又派段永健到竹沟新四军八团留守处任军需队队长。11 月，国民党顽固派制造确山"竹沟惨案"，段永健克服重重困难，突围回叶县。段永健回到叶县后，奉中共豫中特委指示，在常庄以开饭铺为掩护，开办秘密联络站，继续进行党的活动。1942 年 10 月，根据党组织的指示，段永健到延安工作。

1946 年 3 月，姜宗仁、段永健等 15 名在延安的河南籍干部，组成河南地下党工作队到河南工作。1948 年 2 月，党组织派段永健担任中共叶县县委书记。

开创许昌工会工作

1949 年 1 月，段永健调离叶县。6 月，河南省总工会许昌办事处成立，段永健任办事处副主任，主持办事处工作。他用工人运动理论，结合许昌地区的实际状况，贯彻执行"以党为核心领导"和"明确依靠工人阶级"的指导思想，积极围绕党的中心任务开展工作。他不仅提出干部要多下基层密切联系群众，而且身体力行，经常骑自行车到许昌所属厂矿，调查工会工作的开展和工业生产的恢复情况。一次从烤烟厂考察回来，因路不好走，他从车上摔下来，自行车链割破脚后筋，经医院多天治疗才痊愈。段永健凭借自己的带头作用，调动广大党员干部的积极性，使工会工作健康发展。半年之内，发展会员近 14000 人，建立基层工会组织 79 个，在配合完成党的各项任务中发挥重要作用。1950 年 1 月，段永健任中共许昌地委委员、省总工会许昌办事处主任，他从自身的经历深切体会到用革命理论武装工人的重要性。经许昌地委和上级工会同意，在他的领导和筹备下，许昌办事处于 10 月间开办第一期县级工会主任短训班，以"如何开展好工会工作"和"关于加强工会组织工作"等上级文件为重要内容，学习月余，段永健亲自负责短训班工作并指导学习活动。

1951 年，工会工作转向民主改革。段永健亲自到新峰煤矿蹲点。

他以普通一员的身份和矿工同吃住同劳动。工人们见他关心群众，平易近人，都愿意和他拉家常，讲心里话。依靠广大工人，他很快了解清楚矿上情况。事实情况令他大吃一惊。解放前后，一批逃亡地主、国民党军官、土匪、青红帮、会道门头子，靠裙带关系潜伏到矿上，这引起段永健的高度警觉。他布置对分布在叶县、鲁山、郏县、禹县、临汝、宝丰6县的74个煤矿逐个调查，此类情况均有，公私合营矿和私营矿更加严重。他分析全区工会工作，感到工作中的薄弱环节是：工人要真正当家做主，民主改革的任务十分繁重。在这种情况下，他以高昂的斗志和高度负责的精神，带领有关人员与当地党组织一起，深入宣传党的民主改革政策，形成强大政治舆论，放手发动群众，检举揭发坏人坏事。在整顿煤矿领导班子时，段永健采取从职工中直接产生工会筹备委员会的办法，先掌握工会领导权，再改组党政机构，把煤矿战线的民主改革扎实地开展起来。工会组织在矿工心目中的威望空前提高。

随着人民政权的日益巩固，基层工会发展很快，工会许昌办事处的自身建设走上正轨并不断得到加强。为适应形势发展要求，工会基层干部的素质急待提高。1952年初，段永健布置并拟订培训计划，先后开办四期轮训班，历时8个月，参加人员800名。工会基层干部经过分期分批轮训，了解工人运动的光荣历史，明确工会的性质和任务，结合抗美援朝，加强爱国主义教育，提高工会干部的理论水平、思想觉悟和工作能力。

1953年，工会工作重心转向帮助工矿企业恢复和发展生产。段永健根据上级精神，主持召开教育工会代表会议、矿工工会代表会议，指导帮助建立产业工会。同时深入生产第一线参加劳动，调查和解决生产中的实际困难。许昌烤烟厂从筹建到投产的整个过程，他都亲自参与指导。

段永健在领导工会期间，十分注意维护职工的合法权益。中华人民共和国成立初,许昌太兴烟厂负责人怀疑某工人盗窃厂里物品,在无任何证据的情况下,对其吊打。段永健闻听此事,即让工会组织调查落实,结果是件冤案。经他要求,在许昌群英剧院召开公审大会,工会许昌办事处作为原告,控告太兴烟厂负责人侵犯职工人身安全,许昌地区法院认为证据确凿,将该厂负责人绳之以法。

鞠躬尽瘁为革命

1954年8月,段永健任中共许昌地委常委、纪律检查委员会书记。对违纪干部的处理,段永健非常慎重。他按照党的"惩前毖后、治病救人"的方针,广泛开展深入细致的思想工作,挽救一些犯错误的党员干部。1955年,中共许昌地委成立政法党组,段永健任组长。他对政法工作极其负责,向他反映的问题都能及时得到妥善解决。对于群众议论的问题,他也会及时召集有关人员调查处理。

1958年,段永健任中共许昌地委书记处书记,分管商水、西华、扶沟三县的工作。1963年,段永健任地委副书记,主抓农业工作。1971年10月5日,段永健病逝于上海肿瘤医院。

艰苦卓绝的神垕保卫战

1944 年四、五月间,日本帝国主义发动了河南战役,37 天里豫中豫西 38 座城镇和 3 万多平方公里的国土沦为敌手,广大的豫中豫西人民陷于水深火热之中。

中共中央和毛泽东同志为了拯救河南人民,1944 年 9 月至 1945 年 6 月,先后派出 6 个抗日支队(约 6000 人),组成河南军区(又称河南人民抗日军),在司令员王树声、政委戴季英的率领下来到豫西,开展轰轰烈烈的抗日斗争,建立巩固的抗日根据地。

张才千司令员率领的河南人民抗日军第四支队,根据军区给各支队划定的活动范围,首先解放了禹密边界区,随后又解放了禹县西部地区和神垕镇。在解放了的地区,地方政权相继建立,社会秩序不断好转,人民群众的思想情绪逐渐安定。可是,盘踞在禹县的土匪头子、汉奸卖国贼席子猷和郏县的顽固派县长刘子振不甘心失败,纠集了禹、襄、郏、临(汝)等县的土匪,企图夺回神垕,摧毁新建的地方政权。在几个月的时间里,日、伪、顽勾结在一起,先后三次袭击神垕,但都被抗日军民打败。

(一)

1945 年 4 月,四支队解放了神垕镇,并建立了区委、区政府。抗战初期就加入了中国共产党的刘西等同志,与区委取得了联系并恢复了活动,区干队也发展到 100 多人,商会、税收机关也相继建立,社会秩序恢复安定,百业兴隆。可是,被赶出神垕的敌人却时刻在谋划着夺取神垕的阴谋。4月中旬的一天,四支队十二团政委舒烈光接到了支队司令部的敌情通报,日伪军有攻击神垕的动向,要有所防范。果不出所料,第二天早饭后,日军30多人,伪军500余人,从大刘山方向向神垕扑来。政委舒烈光、区委书记顾渤、区长刘文贵当即研究决定:舒烈光政委率一个连控制神垕东面山头制高点,顾渤、刘文贵率区干队和民兵武装埋伏在泰山庙以东的高地,待敌人进入火力范围后,前后夹击,一举全歼。气势汹汹的敌人由伪军打头阵,日军尾随其后,向区干队预设的阵地扑来。区干队员和民兵焦急地等待开火的命令,而顾渤、刘文贵却显得异常的沉着和冷静,100米、50米、30米,眼看敌人就到了跟前,有些民兵紧张得全身冒汗。忽然间一声高喊:"打!"枪声、手榴弹爆炸声响彻了整个山谷,十几具敌人的尸体倒在了阵地前,敌人败退了。正当区干队员高兴之际,敌人又组织起了第二次冲锋。这次冲锋却改变了原来的阵形,由日军在前分成梯次展开了攻击,一阵炮击过后,日军怪叫着向阵地扑来。同时,伪军分成东西两路,从侧面也向区干队攻击,区干队和民兵坚守的阵地受到了正面和两个侧翼敌人的攻击,在这重要的关头,舒烈光率领的部队从敌人后边打响了,敌人一看前有堵截后有伏兵,伪军就先自乱了阵脚,各奔东西去了。日军见此情景也无心再战,拉上同伙的尸体,坐上汽车逃跑了。神垕又恢复了往日的平静。

(二)

1945年6月的一天,神垕镇的瓷器生意突然显得兴隆起来,而神垕镇的人们认出了在众多买瓷器(实际上只是看瓷器)的人中,有几个是郏县来的伪军便衣。几乎同时,区政府也接到了有关敌人化装成便衣混进神垕、欲实行内外夹击的通知。区委区政府根据这一紧急情况,迅速进行了战斗部署,决定由舒烈光带一个连,迫击炮1门、重机枪1挺、轻机枪3挺,在大刘山西头山口古岭阵地,以阻截敌人的退路,区干队和民兵由金鸡嘴北坡向南运动。这次进犯的敌人是郏县的匪首赵岐山带领的 1000 多名伪军,他们吸取了上次进犯神垕失败的教训,以郏县的安良为进攻基地,想等混进神垕的便衣得手时,再里应外合,血洗神垕镇。为了迷惑敌人,区干队员和往常一样,贴标语、散传单、开大会发动群众,同时严密警戒区政府所在地,不使敌人摸到真实情况,这就给敌人造成了我方毫无防备的错觉。于是,敌人大摇大摆地向神垕扑去,结果到了区政府、陶瓷中学都连连扑空。正当赵岐山大发雷霆训斥便衣头目时,舒烈光率领的一个连犹如下山的猛虎一般向敌人压了过来,枪声、手榴弹爆炸声、喊杀声交织在一起,打得敌人晕头转向。此时,已等得不耐烦的区干队和武装民兵早已跃出自己的阵地向敌群冲去,神垕的广大居民有的拿着锄头,窑工抡着轮杆从四面八方向敌人打来,整个神垕像燃起的一团熊熊烈火,把敌人围了起来。赵岐山及其伪军没敢顽抗,丢下了百多具尸体和枪支,向南落荒而去。

(三)

1945 年 4 月 25 日,河南军区司令员王树声、政委戴季英根据豫西敌我态势,为进一步扩大敌后抗日根据地,在给中央的电报中提出:"自本月初,我打击了极其反动势力席子猷后,即进占禹(县)郏(县)临(汝)地区,占领河南瓷矿神垕镇……而敌伪顽还在企图与我争夺。并望中央从华北再调两个或三个小团来河南,加强现有支队的独立活动,并另成立支队。"6 月,以三十六团、三十七团组成的河南军区第六支队,在司令员刘昌毅、政委张力雄率领下,接替了第四抗日支队在神垕的防务,准备以神垕为后方基地,大刘山为依托,向郏县、宝丰、襄县等县发展,开辟新的抗日根据地。

为了适应斗争形势的需要,六支队进驻神垕以后,成立了六地委、六专署。不久,又成立了禹郏县委和禹郏县抗日民主政府。在六支队立足未稳,地方政权刚建立之际,7月初,日军便调集了禹、郏、临、襄等日伪军2000余众,从神垕东南、西南两个方向向神垕进犯,以阻止其向南发展。

这次进犯神垕的敌人,比前两次进犯神垕的总数还要多,在敌众我寡的情况下,六支队研究决定:部队主动撤出、诱敌深入,掌握敌情,寻机歼敌。不可一世的日伪军占据了神垕,随后便分兵布防,伪军分别布防在神垕的东山和南山,封锁了唯一能够进入神垕的南大门,而一个中队的日军则驻守在神垕北面的制高点祖师庙。祖师庙位于神垕北约3华里的一架山梁上,这架山梁北面陡悬,南面呈45°坡状,山脚基本快要延伸到神垕镇北沿。山梁呈东西走向,西高东低,像一头雄狮头西脚东而卧,而祖师庙就坐落在雄狮头顶之上,四周视野开阔,居高临下,便于发挥火力。日军企图凭借有利地形,妄想长期占领神垕。

根据敌人兵力和布防情况,六支队认为敌人兵力分散,分别布防在三个山头,弱点是不能呼应,遂决定先打日军,攻下祖师庙,然后向纵深发展。于是,主攻祖师庙的任务就交给了能攻善守的三十七团一连、七连。7月13日晚,部队出发前,团政治委员何德庆作了战前动员,他高声说:"祖师庙的日军是这次进犯神垕的主力,消灭了祖师庙之敌,就可以打乱这次敌人整个的进攻计划。打胜这一仗,也算是我们支队送给禹郏人民的一份见面礼。你们一连、七连过去打过许多胜仗,我相信这次一定能打得更好。"他的眼睛扫视了一下整装待发的勇士们,接着大声问:"同志们能不能打胜这一仗?""请首长放心,我们能打好。"战士们异口同声地振臂高呼。

夜晚10时左右,一连、七连兵分两路从东北、西北两面向敌人接近。勇敢善战的七连红军连长王思炎,带领干部战士担任西北方面正面进攻的任务,负责消灭狮头上的日军。一连由邢二敦连长带领从东北方向沿山梁向西疾进,配合七连攻击祖师庙之敌。当部队进至祖师庙与东山梁接合部时,突然发现一块比较平坦的草地上睡着40多名日本士兵,有的鼾声如雷,而哨兵也在不远处的一块石头上抱枪坐着打盹。这时,一连想直接攻击祖师庙的敌人是不可能了,只有迅速消灭眼前的敌人才是上策。只听邢二敦连长一声令下,"坚决消灭敌人!"一颗颗手榴弹投向敌人,有不少日军在睡梦中成了异国之鬼,没被炸死的日军来不及穿衣服,仓皇应战。喊声、杀声、拼刺刀的金属撞击声连成一片,一向善于夜战的战士们如同猛虎般和敌人厮杀在一起。特别是二班长手握钢枪,左拨右挡,勇猛无敌,一连刺倒6名日军,只几分钟的时间,这群日军就全部消灭了。

此时,担任正面进攻的七连,由于一连先敌开火,在离山顶还有几十米的时候,就被敌人的密集火力压在了山半腰,无法前进。一连在消灭掉日军以后迅速西进,终因地形不利和敌人居高临下的射击,进攻受阻。当一连、七连再次进攻时,接到了团指挥所要其撤出战斗的命令。

夜间进攻未获成功,干部战士焦急不安,担任主攻任务的七连干部战士们更是心情沉重。尤其七连长王思炎紧锁双眉,思考着昨晚进攻路线上的地形地物和战斗情况。一阵深思熟虑之后,一个大胆的想法,"白天进攻祖师庙"的方案被提了出来。第二天,区干队和民兵同时向伪军占领的据点发起了进攻,而担任主攻祖师庙之敌的七连在一连的配合下,顺着不规则的山沟向敌接近。原来昨晚夜战之后,日军错误地断定六支队不会白天进攻,所以都在庙里睡大觉,只有两个哨兵无精打采地在庙前站岗。因白天观察地形一清二楚,连长王思炎带领战士们选择了既隐蔽又可攀登的石缝很快便到了山顶,连日军打呼噜的声音都听到了。几乎同时,一连在东边打响,七连投出的手榴弹也把敌哨兵炸死。瞬间,憋了一肚子气的七连指战员跃上山顶包围了祖师庙,日军成了瓮中之鳖。只听得屋内的敌指挥官急得嗷嗷直叫,乱作一团。孤注一掷的日军为了活命拼命地往外冲,祖师庙前展开了一场白刃战。刀光闪闪,杀声阵阵,震撼着山谷,没被刺死的日本兵连滚带爬地往山下跑。祖师庙前横七竖八地躺着几十具日军尸体。此时,冲锋号声骤起,狗仗人势妄想血洗神垕的伪军听到祖师庙被攻下,日军被消灭的消息后,无心再战,就一窝蜂似的溃逃了。从此,日伪军再也没敢向神垕进犯,神垕成了六地委向南发展的后方基地。

禹县浅井纪念馆

禹县唐庄之战

1944 年 4 月 18 日,日本侵略军发动了河南战役,调集四个师团 9 万余人,从豫北、豫南、晋南向豫西、豫中地区大举进攻。国民党蒋鼎文、汤恩伯等部队的 40 多万人,在 9 万余名日本侵略军的进攻面前一触即溃,37 天就失去了郑州、洛阳、许昌等 38 座城池。为了遏止日军的继续进犯,拯救河南人民,收复失地,中共中央发布向河南进军的命令,决定把战争引向日军占领区,扩大解放区,痛歼日军的有生力量。

4 月 22 日,中共中央军委主席毛泽东审时度势,致电"十八集团军"前方总部参谋长滕代远、北方局书记邓小平,并转杨勇、苏振华、黄敬,令唐天际部向垣曲、博爱、孟县地区侦察,趁敌南犯后方空虚时,乘机开展豫北地方工作,以便有可能时,开辟豫西工作基地。7 月 25 日,中央正式下达了向河南敌后进军的命令。9 月 5 日,在河南林县郭家园举行豫西抗日游击支队(亦称先遣支队、皮徐支队,后改为河南人民抗日军第一支队)成立和进军豫西誓师大会,并于 9 月下旬迅速进入豫西的登封、巩县一带。1944 年 10 月,中共中央决定建立河南区党委、河南军区和河南人民抗日军。1945 年 2 月,以王树声、戴季英为主要领导的河南人民抗日军在登封县白栗坪正式成立。

河南人民抗日军先后共有六个支队组成。这六个支队在上级领导的统一部署下,分别活动于被指定的区域内。以皮定均为司令员的第一支队,以陈先瑞为司令员的第三支队,以张才千为司令员的第四支队和以刘昌毅为司令员的第六支队,都先后在禹县一带活动过,

282

其中第四支队从进入豫西到抗战胜利后撤出豫西,其间主要活动于禹县一带。他们在这里与敌人作战,建立地方政权,发展人民地方武装,为打败日本侵略者做出了不可磨灭的贡献。

1945年2月,张才千率领的河南人民抗日军第四支队到达豫西后,为开辟密(县)、禹(县)、新(郑)地区,建立根据地,与先期到达豫西的第一支队活动密切配合。一、四两个支队遂决定打击驻守在禹县唐庄一带的师易达率领的别动军。这个别动军系国民党特务系统,为特务、地痞流氓、打手等组成,有1500余人。如将其歼灭,一方面可扫除开辟密禹新地区的障碍,同时又可震慑其周围的小股土顽。在唐庄一带,别动军和土顽共3000余人,师部与土顽之间虽无大的摩擦,但相互矛盾甚多,如遇紧急情况,互相支援可能很小。师部虽有1500余人,但战斗力较强的仅有一个大队和一个警卫中队,其配属美式冲锋枪七八十支,迫击炮2门,轻机枪10余挺,短枪百余支。

2月21日(农历十二月二十九),河南人民抗日军第一支队三团和三十五团、四支队十团,在第一支队司令员皮定均的统一指挥下,合袭唐庄守敌师易达部。皮定均亲自率领该支队的两个团由方山出发,冒充"皇协军"越过公路到磨房沟向守敌奔袭,未被敌人识破,敌还派出一大队长与皮部联系,被皮部扣住,通过这意外的俘虏,进一步弄清了敌方的情况。与此同时,第四支队十团在副团长江贤玉的率领下,从东涧山出发,绕密县经白沙公路到达唐庄西南。在这里,他们接到皮定均司令员关于"十团打北山,三十五团打南山"的电示。次日晚8时许,十团采取奔袭战术向北山进攻,首先抓住敌两个传令兵,弄清敌情继续奔袭。北山地势险要,敌人较为麻痹。夜12时,北山为十团一举占领,敌人还像做梦一样被蒙在鼓里。拂晓,各路抗日部队向唐庄之敌发起了总攻。守敌处于三面夹击之中,顿时恐慌万状,仓皇撤出唐庄寨。四支队十团二连首先占领敌寨门,大部队对逃窜之敌紧追不舍,敌人在混乱中互相倾轧,死伤甚多。这时,集结在磨房沟的某机动部队一支队三团以猛烈的火力向逃窜之敌压了过去。敌1500余人，除百余名弃械而逃外，其余全部被歼。计毙、伤、俘敌1400余名，缴获电台两部，战马数匹，粮食数万斤，货币10余万元，冲锋枪七八十支，轻机枪12挺，短枪四五十支，部队得到了武器粮草的补充。当地群众纷纷议论："不可一世的别动军，今天被八路军打得落花流水。"此仗使河南人民抗日军声威大震。

1945年2月下旬，河南人民抗日军攻下唐庄之后，为了扩大战果，对唐庄一带并未据守。日军和叛国投靠日军的国民党保安团席子猷部则乘机而入，占据唐庄一带，席子猷部约有5000人，分别驻守唐庄东北方山镇一个团，唐庄以西上官寺、下官寺两个团，唐庄东南文殊店一个团，指挥部设在唐庄，配属迫击炮12门，炮弹有两三窑洞，重机枪18挺，子弹有十几房间。

4月初，河南人民抗日军四支队十团和十二团，一支队的一个团及三支队的两个团，在河南军区的统一部署下，由一支队司令员皮定均统一指挥，对日军和席子猷部展开了攻击，持续10余天。

四支队十团和十二团主攻方山镇。当发起攻击时，日军一个中队约150人协同驻守的保安团计2000余人向四支队进击，四支队遂采取伏击战术待机歼敌，果然不出所料，敌保安团在前，日军紧跟在后向我方逼近。当敌进入我方伏击圈后，我方突然向敌展开攻击，敌保安团被打得七零八散、溃不成军。继而向日军攻击，战斗进行到下午4时许，打死日军七八十人，缴获歪把机枪2挺、九二重机枪2挺、步枪30余支，余敌退守在石洞内，因地势有利于敌，四支队即放弃追歼。

四支队击溃方山之敌，有力地策应了一、三支队的行动，同时使部队消除了对日军的恐惧心理。一、三、四支队相配合，经过10余天激烈的战斗，先后攻克了唐庄、上下官寺、范门寨、天王寨、固城寨，文殊店等10多个寨子和敌据点，打死打伤敌人300多人，席子猷仅率百余人逃窜。与此同时,河南人民抗日军一、三、四支队还解放了瓷业重镇——神垕等禹西大片土地。

1945 年 4 月 21 日,《解放日报》为此次战斗发专稿称:"席逆(子猷)原为国民党一保安旅旅长,自日寇侵略豫西后,即叛国投敌,被委为伪禹县反共自卫团司令,盘踞临(汝)禹(县)之间唐庄、上下官寺、神垕、文殊店一带,为敌作伥,人民受害极深。我军于 2 日(1945 年 4 月)开始猛攻,激战六日,将上官寺、唐庄、官山寨、范门、神垕、文殊店等 10 余寨攻克。席部千余人全数被我击溃,毙伤伪军百余人,俘虏伪军 70 余人,获长短枪百余支,轻机枪 2 挺,迫击炮 2 门,炮弹百发。该伪残部向禹县城方向窜逃。是役,我解放国土 4200 平方里,人口 9 万余人。当战斗第二日,禹县日军百余人及伪 300 余人增援,被我支队击退,击毙伪小队长以下 15 名,敌遗尸五具。我缴步枪 10 支,机枪 2 挺。"

英雄血洒玩花台

　　抗日战争时期,在禹州市苌庄镇玩花台,肖戴天和他的仁人志士们,为了民族的自由,祖国的解放,不惜抛头颅,血洒玩花台,英勇悲壮,可歌可泣。

　　肖戴天,1923 年出生在河南省偃师县山化乡肖东沟村,原名心田,化名丁一。幼年时期,曾先后在偃师县立一小和洛阳市"河南省立第八初级中学"读书。他学习刻苦,成绩优异,善作诗文,酷爱进步书刊并崇尚革命。1937 年,抗日战争全面爆发。他怀着救国救民的满腔热情,积极投身青年学生的爱国救亡运动。1938 年,15 岁的肖戴天在洛阳、偃师一带秘密从事党的地下工作,并光荣地加入了中国共产党。其间,他写出了大量反映民间疾苦、控诉日寇暴行和揭露国民党假抗日、真反共丑恶罪行的战斗诗文,并以诗歌为斗争武器,唤醒民众,打击日伪,在当时不同程度地起到了振奋人心、鼓舞斗志和激励民众抗日救国的热情。他的一首"翠柏雄视宇寰/昂然截苍天/但愿我与精神同/誓复旧河山"的诗词,充分表达了铮铮铁骨和爱国忧民的气度。1942 年 12 月,肖戴天的爱国行为遭到了国民党当局的迫害。为躲避白色恐怖,他扮作要饭花子,一路乞讨来到了革命圣地延安,并潜心攻读《共产党宣言》《中国抗日必胜论》《论目前抗战的形势和任务》等革命著作,进一步坚定了为共产主义奋斗终生的坚强信念。

　　1944 年 7 月 25 日,中共中央发布向河南敌后进军的命令。9 月至 11 月,以皮定均为司令员的抗日先遣支队和以王树声为司令员的河南军区抗日人民军先后进驻豫西,开辟抗日根据地。随部队一同前来的肖戴天,受命组建禹县各级抗日民主政权,并担任禹县玩花台第六区抗日人民政府区长。上任后,他积极深入农户,进行访贫问苦,充分发动群众,开展倒地运动,组织抗日武装,打击日伪势力,使根据地日益巩固和发展壮大。1945年农历7月中旬,玩花台区干队配合兄弟部队赶赴密县歼灭日军,肖戴天奉命留守,坚持工作。匪徒杜春生闻讯,随即向国民党河南省保安第四旅旅长席子猷所属驻禹团长张锡爵告密。7月28日,天刚蒙蒙亮,张锡爵命令大队长李同德率两个中队约500多名匪徒突然包围了玩花台区政府。在敌众我寡、力量极为悬殊的危急时刻,肖戴天临危不惧,沉着应战。他立即烧毁全部文件,迅速率领30多名区干队员向外转移。为掩护战友突出重围,他手持双枪,同敌人展开殊死搏斗,连续打退了敌人的数次进攻,直至弹尽身亡,年仅22岁的肖戴天壮烈牺牲后,残暴的敌人将其头颅砍下,游街示众,后又挂在顺店寨墙头,当作枪靶瞄准射击,以警民众。

当时,第六区抗日人民政府被捕牺牲的同志还有艾文谦、李朝鲜、赵拴紧、万须、刘振坤,杨金山,合称"玩花台七烈士"。敌人为了从他们嘴里得到情报,软硬兼施,酷刑用尽,但他们坚守信仰,威武不屈。李朝鲜和赵拴紧先被敌人用烧红的钢锨烙,再被砍掉双臂,后又剖腹剜心,丧失人性的土匪竟把两颗人心油炸后分吃;刘振坤牺牲时先被砍了头,然后身子被断为五截,到后来连零碎的尸体也没有找到。匪徒的残暴,激起当地群众的愤恨,纷纷加入抗日队伍,掀起了抗日和消灭伪匪的爱国热潮。

值得欣慰的是:这些沾满烈士鲜血的刽子手,最终都没能逃脱人民的天罗地网。残害人民、罪大恶极的国民党匪首、匪徒,土改时全被人民政府镇压了!在中华民族饱受屈辱的年代里,是英勇的先烈们,前赴后继,视死如归,用青春和热血,毅然扑向战场,用自己的鲜血和生命留下了不朽功勋,谱写了一曲感天动地的悲壮赞歌。

颍桥保卫战

日军占领许昌后,为了尽快夺取许昌至南阳公路上的据点颍桥镇,阻止国民党抗日部队增援许昌,打开西进洛阳的道路,1944 年 4 月 30 日,其第三十七师团、第六十二师团从许昌泉店、灵井镇向颍桥镇进犯。之前的 4 月 28 日,国民党第二军第五十八团,在颍桥镇抗日联庄自卫会的配合下已从叶县出发驻守颍桥镇(现为颍桥回族镇),并迅速修筑工事,严阵以待,以迎击日寇。

严阵以待御敌寇

4 月 30 日上午 9 时许,国民党第一战区第二十八集团军暂编第十五军军长刘昌义,在河南战役中辗转于中牟、新郑、长葛、许昌等地,来到颍桥镇北门外。此时守卫颍桥的国民党第五十八团全体官兵,在团长王书鼎的指挥下,积极做好战斗准备,已进入临战状态。刘昌义率部立即进入颍桥镇,与王书鼎一起共同制订守卫颍桥的战斗方案。

颍桥镇位于襄城县城东北 19 公里、许昌西南 20 多公里的颍河南岸,是许昌出入西南地区的重要门户。春秋时期为郑国颍邑;秦汉时为颍阳县治;晋以后成为襄城县的一个集镇。自古至今都是南北交通要冲,且与许昌互为犄角之势,战略地位十分重要。该镇为长方形,南北长 2.5 公里,东西宽约 1 公里。镇寨内地势高于寨外,四周是又宽又厚又坚固的寨墙,墙高 5—8 米。为了防御日军入侵,保卫寨内百姓安全,颍桥镇抗日联庄自卫会的队员们早已在寨墙上面设有很多隐蔽的枪弹射击孔,射击孔用装满泥土的麻袋堆成。寨墙外约5米处有深2米、宽4米的壕沟,寨四周树木茂密,十分利于防守和隐蔽。颍河自北向南流经镇东北角处急转向东,行约2000米后又转向东南方向。河床宽约70米到100米不等,水面宽约40—60米,平均水深约3米。流速虽然不高,但河道两岸均是高数米的悬崖,想要涉渡和上下攀登均非常困难,从而为颍桥镇形成了一道天然屏障。

30日上午10时,日军从东北方向对颍桥镇和颍河沿岸抗日部队阵地发起进攻,抗日部队以迫击炮猛烈还击。1小时后,日军炮兵部队前来增援,于中午12时后日军攻占了抗战部队设在颍河对岸的前沿阵地关店村。接着,日军将大炮和重机枪架在关店村西头高坡上,与国民党第五十八团隔河激战。

刘昌义分析了当时的战况,认为日军从正面久攻不克,很可能会绕至颍桥以北或东南方向渡河,实施对五十八团的迂回,两面夹击,这样一旦受到日军

中共颍桥区委旧址

包围,颍桥镇就难以固守。于是,刘昌义立即命令特务连的一个排去寨外侦察地形和敌情。一排长郭贤德奉命迅速集合队伍,由国民党第十五军参谋处侍从参谋陈正风亲自督战。由于寨门已用装土的麻袋堵死,官兵们从东寨墙上缒下,越过外寨壕径直向东到达颍河西岸,然后顺着河岸向东南方向搜索前进,沿途未见防御工事,也未发现对岸有敌情。行至大马庄以南,他们即折转向西颍桥东南300米的

菅庄村,于下午 2 时许到达南寨门外。此时正西方向有日军大部队从 3000 米外的后庾河村南街口向东运动。郭贤德用望远镜清楚看到,敌人头戴钢盔,身着黄军装,确系日军无疑。日军行进速度很快,直扑颍桥镇而来。看到这种情况,郭贤德决定立即带队伍返回寨内。下午 2 时后,日军的炮火开始向颍桥镇寨墙内发射,密集的炮弹落在屋顶和街道。官兵们全部上了寨墙,以迫击炮和轻重机枪向寨西日军阵地猛烈还击。第五十八团团部的房屋被炸塌了一大半,团部指挥所不得已转移到东寨墙内 100 米处麦田里的地下掩体。陈正风立即命令郭贤德带队回到特务连,独自一人向掩体奔去。当他刚下到第三级台阶,突然一颗炮弹在洞口的一侧爆炸,掀起的土块劈头盖顶落了下来,砸得他一头栽进地下室。陈正风强忍疼痛站起身来,向军长报告了在寨外侦察到的情况。刘昌义听后,立即用电话向国民党集团军总司令李仙洲汇报敌情,请求火速派兵增援,在太阳落山前务必到达颍桥阵地。刘昌义放下电话,已是下午 3 时许。在此之前,日军已推进到了颍桥镇东南角,与抗日部队展开激战。

下午 6 时许,进攻颍桥镇西面的另一股日军已接近到冲锋距离时,随即对 2000 多米长的西寨墙发起了全面攻击。日军以寨墙西门两侧作为进攻重点,企图从颍桥镇中部实行拦腰突破。守卫西寨墙的抗日官兵沉着应战。就在日军刚接近寨墙还没有往寨墙上攀爬时,随着抗日部队指挥员一声令下,抗日官兵们数百枚手榴弹飞落在敌人阵地,顿时在敌群中开了花。冲在前面的日军被炸得血肉横飞,后面的日军急忙掉头往回逃窜,一直退到 500 米以外。当日军的第二次冲锋又被打退后,日军暂时停止了步兵的进攻,改用密集的炮火轰击西寨墙。抗日战士们不怕牺牲,继续战斗。颍桥镇抗日联庄自卫会的队员们发扬不怕牺牲、敢打硬仗的革命精神,与抗日官兵一道死守阵地。他们不仅往寨墙上送水送饭、运送弹药,用担架救治伤员,还冒着滚滚的硝烟和横飞的子弹,用装满泥土的麻袋填堵被炸塌的寨墙。

同仇敌忾肉搏战

下午 6 时 20 分,进攻颍桥镇东南角的一股日军占领了菅庄村。进入黑夜后,颍河东岸的日军强渡颍河,占领马庄村。此时颍桥镇已处于日军的四面包围之中,密集的枪炮声、手榴弹爆炸声和喊杀声此起彼伏。第五十八团官兵虽伤亡严重、弹药即将告罄,但仍坚守阵地。为节约子弹,抗日军民用枪托、刺刀狠狠拼向攀爬寨墙的日军。为了卫国保家,打击侵略者,民兵和群众把寨内各户的土枪、土炮、长矛、大刀、锄头、钉耙、铁锹、木棒都收集起来,送到寨上,甚至把砖石瓦块也搬上寨墙。群众的支持,极大地鼓舞了广大官兵和自卫队员的斗志。军民团结奋战,硬是用土枪、土炮、长矛、石块、锄头大刀、钉耙等作武器一次又一次打退了冲锋爬寨的日军。夜晚 10 时 30 分左右,国民党援军迟迟未到,而日军的炮火却更加猛烈。颍桥镇东南角的寨墙被日军炮弹炸开一个缺口,一群日军冲进寨内,抗日部队国民党暂编第十五军特务连当即冲上去与日军展开了肉搏战。稍后,西、北、南三面寨墙均有多处被日军突破。起初官兵们尚能集中火力封锁豁口,配合白刃战将突入的日军消灭或赶出寨去。但随着寨墙突破口的扩大和增加,冲进寨内的日军越来越多。抗日部队只得放弃原阵地,利用房屋、院墙和街道垒台与日军进行巷战。

激战到 5 月 1 日凌晨 3 时许,蜂拥而入的日军已占领了大半个颍桥镇,而抗日部队和联庄自卫队伤亡严重。此时,军长刘昌义、团长王书鼎和参谋陈正风都在镇东南角阵地督战。面对战斗节节失利,援军迟迟未到,颍桥镇失守已成定局的严酷局面,三人相对无言,沉默良久,最后王书鼎开口说:"军长,颍桥镇已被日军占领,我们现在没有弹药,无力把敌人赶出去,你看怎么办?"经过研究,他们决定分兵两路突围撤离。一路由第五十八团从寨西突围,另一路由暂编第十五军特务连保护军长刘昌义从寨东突围。

寡不敌众勇突围

此时,从东南角进寨的一股日军已冲到距离突围部队 100 米处,特务连且战且退,实在无力招架,刘昌义下令快速突围撤退。在联庄自卫会队员和群众的指引下,抗日官兵从偏僻处越过寨墙向东撤离。

按照预先选定的突围路线,他们出寨后先向东,直奔颍河南岸,然后再转向西南奔赴襄城。在行进到马庄村以南的麦田时,许多人不知被什么东西绊倒了。大家仔细一看,原来是几十具老百姓的尸体,他们显然是在此躲避战火而被攻占大马庄的那股日军残杀的。目睹如此惨状,官兵们个个义愤填膺。

凌晨 4 时许,刘昌义率领撤退官兵已走出大约 5 公里,冲出了日军的包围圈。突然,特务连先头部队与对面的一支部队交上了火,后面的人立即散开卧倒,准备战斗。为了弄清楚对方是敌还是友,刘昌义当即命令副官焦田上前询问,方知是奉命增援颍桥的国民党第二十师的部队。在该师前哨连人员的带领下,他们来到了设在颍桥镇东南约 3 公里郝庄村内的第二十师师部。刘昌义向二十师师长赵桂森介绍了所率第五十八团在守卫颍桥战斗中奋勇杀敌及被迫突围的情况。同时也了解到赵桂森于 30 日下午 3 时奉命率领第二十师主力由襄城向颍桥东南前进,准备与颍桥寨内的第五十八团官兵协力合歼颍桥镇外围之敌,然后一起向颍桥镇东侧抗击来自许昌的日军。但由于行动迟缓,到达郝庄后又迟迟不前,从而贻误了战机,致使重镇颍桥落入敌手。

颍桥保卫战中军民团结、顽强御敌的爱国主义精神,鼓舞着襄城人民为抗击日本侵略者,不怕牺牲,英勇杀敌,誓死保家卫国。

威震敌胆的抗日游击队队长白书奇

1944年,为了抗击日本侵略军,在豫西第六军分区的领导下,白书奇农民抗日游击队在襄城县范湖乡建立。

白书奇(1916—1947),是襄城县范湖乡秦寺村人,家庭贫穷。其父亲给地主扛长工,勤劳艰辛,吃苦受累。白书奇自幼跟随父亲下地干活儿,饱尝了人间冷暖。他少年时就很有志气,爱憎分明,爱打抱不平。15岁时因和镇上有钱有势人家的小孩子打架,惧怕父母责骂,一气之下离家出走,历尽磨难,辗转到了南方。

1931年,白书奇参加了中国工农红军。在红军队伍里受到了革命教育,得到了锻炼,特别是经过工农红军前四次反"围剿"战斗的洗礼,参加了中国共产党,成为一名坚强的红军革命战士。1934年中国工农红军第五次反围剿失败后,他随部队转移,经过二万五千里长征到达陕北。1938年,为抗击日军的侵略,他奉命参加开辟山西抗日根据地,并在党领导下的山西新军担任团长。在白书奇任团长期间,曾两次回到襄城家乡,把秦寺村的青年秦渭清、秦建功、秦福申、秦坎功、秦匡斗等带到山西参加抗日新军。

1942年,阎锡山消极抗战,破坏抗日民族统一战线,掀起第二次反共高潮。中共中央决定在全党开展整风运动时,白书奇奉命离职,到陕北参加延安整风运动。

1943年春,白书奇响应党的号召毅然从延安回到家乡,决定组建一支队伍,组织群众进行抗日。在与襄城县茨沟乡几次联络中,由于言语不慎,身份泄露,被国民党反动派以共产党嫌疑为由逮捕入狱。

当日军进犯中原时,才被释放出狱。白书奇出狱后,更加坚定了组建农民抗日游击队的决心,他亲自到禹县神垕镇与皮定均领导的八路军抗日武装联系。1944 年初,在禹县神垕镇八路军抗日武装部队的指导和帮助下,以狱中难友为基本队伍,很快在襄城县范湖乡建立了一支白书奇农民武装游击队。

白书奇农民游击队建立后,主要抓两项工作:一方面招兵买马,扩充队伍,增加枪支弹药;另一方面对队员进行思想教育和军事训练,提高政治素质和作战本领。白书奇经常向队员们讲解抗日救国道理,传授八路军的游击战术,介绍延安革命根据地大好形势。他鼓励大家,襄城县是八路军将要开辟的抗日根据地,要多杀日本侵略者,迎接八路军的到来。其间,他还多次到神垕镇与八路军联系,以配合他们抗击日军。在白书奇的努力下,游击队发展很快。到 1944 年底,游击队员已发展到 130 余人,有 100 多支枪,主要活动在襄城县东部、西北部一带地区的广大乡村。1944 年冬到 1945 年夏季,在豫西第六军分区的领导下,游击队在汾陈、半坡店、竹园、王洛、岗曹等一带村庄,多次夜袭日伪军,特别是在襄禹交界处,配合八路军打伏击战,打死、打伤日军多人,并击毙 1 名日军军官,极大鼓舞了抗日军民的斗争士气。

1944 年 5 月,日军第六十二师团一个中队,沿县城东北之盛寨、大磨张、大墙阎一带村庄向西进犯。日军一路上见人就抓,遇村便闯,烧杀抢掠,如入无人之境。当日军前锋部队靠近竹园村寨门口要进寨时,突然遭到寨上抗日部队守军第五十八团加强连的迎头阻击,日军当即改变队形向寨南撤退。游击队员早已埋伏在寨壕沟苇子丛中,只等日军上钩。当日军退到南寨壕沟时,白书奇一声令下,抗日部队和游击队一齐开火。日军晕头转向,不知所措,顿时乱了阵脚,慌忙撤退。此次战斗,日伪军伤亡 10 余人。

日军遭到重创后,队长恼羞成怒,下令重整队伍,用迫击炮轰击寨门,企图消灭抗日部队。守寨抗日部队五十八团官兵迅速撤离。白书奇率领游击队也早已安全转移。气势汹汹的日军冲进寨内,到处搜查,肆意杀人,激起村民们的无比愤慨。青壮年农民纷纷要求参加农民游击队,跟着白书奇抗击日寇,誓死保卫家乡,为死去的亲人报仇。

1944年冬季,日军第六十二师团一部从颍桥镇向汾陈村进犯,白书奇农民抗日游击队和抗日部队得知日军西犯必经半坡店方庄村寨内的消息。游击队员和部队官兵预先在方庄村东寨外壕沟处设伏,等候日本侵略者进入伏击圈。当伪军和日军行进到寨门外红石桥将要进寨时,抗日部队和游击队突然一齐开火,向敌人猛烈射击,经过近一个小时的激烈战斗,取得辉煌战果。日伪军有8人被打死,一名日军军官被击毙。为防止日军增援,白书奇农民游击队立即撤离转移。日军忙着焚烧战死的官兵尸体,直到下午将近黄昏时才用车拉着骨灰离去。半坡店阻击战的胜利,使白书奇农民抗日游击队在人民群众中名声大振。

抗日英雄贾叔申

贾叔申(1916—1944),襄城县紫云镇坡刘村人。由于从小受到父母的良好教育,目睹了旧中国军阀混战、百业凋零、民不聊生的局面,立志要长大报国。进入私塾后,不爱"四书""五经",转而拜师习武,准备成人后行侠济贫。

抗日战争爆发后,贾叔申已成年,他耳闻了国土沦丧下日本侵略者对中国人民残酷蹂躏的暴行,就想有一天能够亲临战场杀敌,但是由于痛恨国民党政府的腐败,未能入伍参军。

日军侵入襄城县城之前,受到党领导下的进步青年学生的宣传影响,贾叔申为实现报国之志,积极结交一些爱国人士,研习武艺,惩恶扬善,成了全县有名的行侠仗义之人。那些作恶的绅士土豪、地痞流氓们对他怕得要命,每逢遇到他都点头哈腰、百依百顺,倘若惹他不高兴,轻者,贾叔申便登门问罪,给几个耳光以示警告;重者,率弟兄们用刀枪恐吓或武力惩罚。因此,他得罪了许多人家,并被告上法庭。然而,由于贾叔申好名声响震全县,办案人员也暗中袒护他,对贾叔申的案件推诿扯皮,即便严重到要判刑入狱,也有人帮忙说话。

1944年4月底,日军开始侵入襄城县境,在颍桥一带遭到抗日武装力量的迎头痛击,伤亡惨重。贾叔申听说后,便摩拳擦掌地联络同志们等待时机,报名参加了中共党组织领导的抗日联庄自卫会预备队。

5月3日凌晨,日军包围了县城,但国民党汤恩伯第二十师所部为保存实力早已提前撤往襄西山区,准备稍加休整后依托地形优势伺机歼敌,县政府也随之迁到紫云乡政府驻地盛庄西邻的刘庄;另外还有闻讯进山躲难的老百姓约 2000 多人。日军知道后,尾追至国民党守军的北大门黄柳村一带,激战约两小时毫无进展,伤亡甚大。

为尽快消灭汤恩伯部,解除后患,日军旋即调整部署,分东西两面对汤恩伯部迂回包围。西线,日军第七旅团从郏县出发,沿视野开阔的紫云山上襄郏分界处半截塔,向南寻战机往东穿插;东线,日军第三十七师团从黄柳东面的马赵村出发,顺南面令武山上的柏树沟,以成片的柏树作掩护,偷偷地摸上国民党迫击炮班控制的令武山制高点马赵寨,成功后往南疾进,准备和西线日军会合,击垮国民党部队防线。

10 时左右,西线日军顺利攻破了半截塔、豆角寨、谢寨等消极防御的国民党据点,准备下山过雪楼和东线日军会合。而东线日军畅通无阻迅速进至令武山和龟山,并控制住了龟山战略制高点。在龟山上架起机关枪,袭击了从许南路和首山撤退过来的国民党部队,用机关枪一扫射,国民党军队以为日军大部队进攻,立刻丢下辎重溃散。

日军的突击速度超出了汤恩伯部的想象,使得国民党部队陷入手忙脚乱状态,纷纷向盛庄以南逃窜,县政府的工作人员也吓得丢下电台等物逃之夭夭。

由于黄柳以南沿钱家沟、杨沟、李沟、孟沟再往林洞村,是西面柳河和东面令武山相夹的狭长地带,洞穴很多,躲避的 2000 多人一部分藏匿其中,另一部分由于容纳不下,陷入混乱,失去保护。

当时正在雪洞附近维持秩序的紫云乡政府乡长林松坡和预备队骨干贾叔申与县政府失去了联系,预备队队员有的逃跑,有的失散,只剩下贾叔申等七人了。虽然他们心里明白大势已去,但怀着一腔爱国热情的几个人决定紧随贾叔申伺机杀敌。这几个人都是紫云乡人,分别是林松坡、贾叔申、贾彦、林妮子、张洼斗、樊老黑(学名樊全福)、温奎,其中林松坡、林妮子、温奎都是林洞人,贾叔申与贾彦是亲叔侄俩,张洼斗是李钦庄人,樊老黑是盛庄人。

他们看形势紧迫,急忙安置逃难的人群。可是因洞穴少,很难安排千把人,不知所措。他们一边维持秩序,一边忧心忡忡,只知道西面日军就要到此,也不清楚龟山结果到底怎样了。这时,一部分日军从令武山上冲了下来,见人就杀,逢房便烧,遇见有点姿色的姑娘就奸淫。很快这里尸横遍地,火光冲天。贾叔申急命大家躲藏,准备等日军大部分过后,剩下后面的 10 个左右,再迅速行动,不做无谓的牺牲。因为他已看到了日军士气正旺,枪法准,射程远。

令武山的日军下山不久,西面的日军也赶上来了。他们紧跟逃难的人群进行血腥屠杀。土山附近人最多,刹那间,死尸成片,血流成河。经过一段时间烧杀之后,日军会合向北而去,想围攻黄柳的国民党部队。

约中午,有 10 来个日军士兵在附近转悠。贾叔申认为时机到了,带领大家从躲藏的地方冲了出来,有的用枪朝敌人射击,有的用刀朝敌人身上捅,几个日军士兵或即刻毙命或成为重伤。大家越战越勇,都更加佩服贾叔申的机智勇敢。日军突遭袭击,摸不着头脑。很快弄清是几个庄稼汉子偷袭了他们,且不好对付,急忙命令前面部分官兵掉头,朝贾叔申等围了上来,一场残酷的生死拼杀开始了。

激战中,林松坡受了轻伤,被几个日军逼到了麦田西的一个高六七米的土崖边跳了下去。因为他熟悉地形,跳进温姓院落的粪土堆上,又爬到柴草上,在一个隐蔽的山洞里藏起来。日军顺着复杂地形下去找了一圈,没有见人很生气地走了。

贾叔申开始离大家很近,后来冲在前面。温奎见情势不利,也利用熟悉地形逃走了。林妮子是教师出身,文质彬彬,连打架也没参与过,没有什么战斗力,不久便死在了敌人刺刀下。张洼斗才 18 岁,平时在家很少出门,也没见过世面,刚刚报名参加预备队一天,即指派在雪洞,稚气未脱,哪见过拼命场面,很快也被敌人刺死。随后樊老黑也在不远处牺牲,只剩下贾叔申和贾彦叔侄俩人了。由于两个人体力较好,加上武艺高强,对敌搏斗中勇猛如虎。他们一个战斗在麦田北,一个战斗在麦田南。贾彦被围攻的日军刺中肩膀下一刀,血流不止,衣服都被血水浸透,疼痛难忍但仍坚持战斗,后被恼怒的日军子弹击中,退在雪洞北的大沟旁,又被子弹击中腰部,倒地滚下深沟。

只剩贾叔申一人了。由于他人高马大,一米九的个子,武艺超群,一直没有受重伤。日军都朝他逼过来,但他毫不畏惧,继续冲杀。他坚定以死殉国的信念,决不逃跑或投降。后来由于体力消耗过大,渐渐不支,受了重伤。日军指挥官见状,一阵狂叫,指挥十几个士兵从四面一齐向贾叔申刺去。日士兵前面三个,后面三个,两侧各两三个,贾叔申无力还击,随后倒地。日军看他还有一口气,接着一阵乱扎,简直被扎成了马蜂窝,怒气未消的日军官又把贾叔申的两只胳膊用指挥刀砍为数截,直到血肉模糊,不成人形才肯罢休。

日军撤走以后,躲藏起来的老百姓出来寻亲的过程中,认出了贾叔申的尸首。贾叔申的岳父知道后,急忙找人去土山南边贾叔申牺牲之地准备墓葬,大家见状都禁不住失声痛哭。兵荒马乱时节贾叔申的岳父费尽周折,只找到三块和贾叔申身材差不多的薄木板,挖了浅浅的一个东西向墓坑,把两块摆放两侧。收殓时无法抬挪,只好想法找个箩筐装起来,抬到墓坑边草草掩埋。

贾叔申牺牲时年仅28岁。他丢下了和自己同岁的妻子,也丢下了六七岁可怜的孩子,同时也丢下了双方年迈的父母。

贾叔申等人,作为襄城县的普通农民,在国难当头,外敌入侵的危难时刻,胸怀杀敌报国之志,积极参加抗日武装,视死如归,奋力搏杀,最终以身殉国,用生命和鲜血换来了今天的幸福生活。

抗日英雄吴存义

吴存义（1926—1948），出生在襄城县山头店镇山头店村，中国共产党党员。年幼丧父，家境贫寒，靠母亲抚养长大。他天资聪颖，忠实厚道，秉性刚毅，一身正气，胆识过人。由于他出身在贫苦家庭，对富人欺压穷人的不公平社会十分不满。所以他从小爱憎分明，同情穷人，憎恶地主、保长和官府，常常爱打不平。1941年，他小学毕业回村劳动，当他看到地主、保长欺压穷人时，就毫不犹豫地挺身而出，与地主、保长辩理抗争。因此，地主、保长怀恨在心，曾相互勾结，找借口诬陷吴存义偷盗，派人把吴存义捆绑送交乡公所。后经丁营乡小学校长、中共地下党员王仁甫多次保释才被放出来。1942年，在王仁甫的帮助下，年仅16岁的吴存义通过考试被录为学校教员，分配到丁营乡霍堰镇葛庄回民小学当教师，由于他出色的教学成绩和敢于担当的责任感，任教近半年时间，便被任命为学校校长。

追求进步投身革命

吴存义在教学期间，虚心好学，追求进步，胸怀忧国忧民之心。他经常同中共地下党组织及进步人士秘密交往，先后结识了曾在湖南农民运动讲习所受过训练的国民党军队旅长彭干卿及部下郜某，还和后来以丁营乡联保主任身份作掩护的王仁甫及学校教师汤玉楼等中共地下党员保持秘密联系。在他们的影响下，吴存义的政治觉悟不断提高，经中共地下党组织批准，他光荣地加入了中国共产党。1943年，他结识了驻西安八路军办事处战士黄志平，二人一见如故，谈得十分投机。经黄志平邀请,吴存义以经商的名义去西安考察了三个月,在那里使他大开眼界。在黄志平的启发和帮助下,他懂得了更多的革命道理。回到襄城县后,他和挚友崔中和到郏县、禹县与八路军取得联系。1944年初,在八路军的帮助下,年仅18岁的共产党员吴存义毅然举起抗日大旗,拉起了一支200余人的农民抗日游击队,并担任游击队队长。之后,他被中共党组织任命为襄城县游击大队总指挥。

机智勇敢斗敌寇

1944年5月,日军三十七师团独立步兵三十大队在河南许昌骚扰之后,途经襄城县颍桥镇向南进犯,到达百宁岗五岳庙宿营庙中。日军在庙里住了数日,对周围村庄奸淫烧杀,肆意抢掠。一日,一群日军官兵牵着一只一米多高的东洋军犬在庙门前溜达,看见一名年轻农妇出门打水,便一拥而上将那女子按倒在地,脱光衣服,在大庭广众面前轮番强奸后,将其活活撕成两半。

日军的无恶不作使当地群众义愤填膺,吴存义得知这一情况后,决定伺机打击敌人。他指示郎如山带领纪模轩、任国增等6名游击队队员在当天夜里翻墙进入五岳庙内,趁日军官兵裸体酣睡院中,先集中力量往树上挂枪,然后又采取传递办法将部分枪支转移到庙外。天亮时,当日军官兵看到自己的枪支飞挂到了柏树上,个个吓得屁滚尿流,他们认为这是庙内神圣显灵,害怕受到警戒,就仓皇撤离。

"首山罢工"惩凶顽

1945年初,日本侵略军为巩固和扩大其占领区襄城县,企图阻止抗日部队进攻收复襄城县,在县境内抓捕2000多名农民,在县城南部首山南麓开挖战壕,修筑工事,抢占首山制高点。在敌人严密监视下,被抓的民工们住在湛北乡山前杨庄北地的大窝棚里,天不亮就被驱赶起床干活儿，一直干到天黑才收工。这个工程很大，是围着首山东西山梁绕一大圈挖一道总长达数千米、宽 2 米、深 1.8 米的战壕。日军为了尽快完成战壕修筑任务，不顾民工的死活，用刺刀威逼民工们夜以继日地劳作。民工们饿着肚子、拖着疲惫的身躯挣扎在工地上。尽管天寒地冻，饥饿难忍，民工们也不得不苦苦支撑，稍有懈怠，"苦力头汉奸"便伙同日本兵用皮鞭、木棍毒打。民工们忍无可忍，愤怒的火焰在胸中燃烧。此时，襄城县游击大队总指挥吴存义接神垕镇豫西第六军分区的指示，让其阻滞日军的工事进度，粉碎日军修筑工事的企图，为此，吴存义考虑再三，决定举行民工大罢工。为完成这次罢工任务，吴存义派人称"小机灵鬼"的姜庄乡耿庄自卫会队员年仅 15 岁的张焕章，还有吴存义的地下通信员，在工地深入民工之中秘密串联，准备行动。并通知住在南山坡几个村的民工听见暗号，趁天色黑暗，统一撤离至工地大窝棚集中。行动一开始，吴存义命令把准备告密的"苦力头汉奸"和替日军欺压民工的汉奸捆绑起来，并在民工住的工棚前木板上书写标语："替日本人干活可耻、罢工光荣！""打倒小日本、打倒汉奸！"民工们响应罢工，纷纷拥向工地大窝棚前。吴存义向 2000 多名民工郑重宣布："此次罢工是襄城县农民游击大队组织的反抗日本侵略者的重要行动，我是县游击大队总指挥吴存义，愿意跟随游击大队抗击日本鬼子的留下来，参加抗日活动，其余人员可以全部撤离工地。"话音刚落地，当时就有 100 多名青壮年民工自愿报名参加游击大队，其余的民工连夜按照预先规划的路线全部撤离。这就是襄城县著名的首山大罢工。

剿匪反霸献青春

1946 年，吴存义任教的学校迁至霍庄村，他继续以小学校长的身份作掩护从事革命活动。1947 年秋，解放军挺进豫西，他约挚友崔中和到郏县与人民解放军一〇四师取得联系,并在郏县李口、张店一带从事地下武装斗争,还智擒了国民党少校特务侯子良。据侯子良供悉敌人正在组织力量企图围歼襄城县游击大队。吴存义立即先发制人,予以反击,使敌人的"围歼"企图彻底破灭。

1948 年 1 月,襄城县第二次解放后,中共襄城县委决定将襄城县游击大队更名为"襄城县人民武装大队",并任命吴存义为"襄城县人民武装大队"副大队长,继续开展剿匪反霸斗争。为了保卫人民革命的胜利成果,保卫新生的人民民主政权,他不负党和人民的重托,组织带领县人民武装大队夜以继日地战斗在剿匪反霸斗争的最前线。他和队员们每到一处,广泛宣传发动群众,组织武装民兵,同敌人展开斗争。襄城县刚解放时,敌我斗争极其复杂艰苦,当时对人民群众和新生的人民民主政权危害最大的,一是地主恶霸、土豪劣绅反动武装的组织破坏;二是土匪和国民党残余势力的侵扰。在中共襄城县委的领导下,吴存义带领县人民武装大队除配合县独立团参加剿匪斗争外,主要任务是到各地收缴地主恶霸、土豪劣绅武装组织的枪支弹药。他以惊人的胆略和高超的智慧,带领队员一连数日出入土豪劣绅反动派武装组织之中,与地主恶霸做面对面的斗争。他和队员们常在村镇街头、集市、庙会上宣讲革命道理,宣传人民解放战争胜利的形势,宣传共产党的政策,让人民群众揭发报告地主恶霸、土豪劣绅枪支弹药的藏匿处。根据群众提供的线索和掌握的可靠情报,及时果断地收缴了地主恶霸和土豪劣绅的枪支弹药。经过艰苦卓绝的斗争,县人民武装大队收缴了民间的一批批武器,解除了多起反动组织的武装,安定了民心,保护了人民群众的生命财产安全。

1948 年 4 月,吴存义带领 5 名县人民武装大队战士和部分民兵到县城东南部的霍堰街收缴枪支弹药时,当地恶霸地主李国斌派人密报已逃出县境的国民党县保安团大队长刘凤吉。刘凤吉带领 100

多名残匪,连夜窜扰到丁营乡霍堰街,将吴存义和队员包围,吴存义临危不惧,镇定自若,一方面派队员尽快通知民兵前来支援,另一方面指挥队员和民兵迅速突围。突围后他带领队伍转移到蒋湾村渡口附近,在清点人员时发现队员二虎和几个民兵未撤出来。吴存义让撤出来的人员隐蔽待命,他只身一人返回冲进敌人的包围圈接应战友。他和民兵队员同残匪边打边撤,当突围至横梁渡,同敌人激烈战斗中,吴存义不幸中弹,壮烈牺牲。

抗日志士耿谆

耿谆(1914—2012),字信庵,襄城县北大街人。幼年家贫,仅读私塾4年。喜爱史籍,倾慕民族英雄人物。18岁从戎,加入国民党陆军十五军六十四师某连做文书上士。历机枪连少尉排长、营部中尉副官、团部上尉军械官,中条山战役后调任上尉连长。

1987年6月30日,旅日台胞张碧华赠耿谆匾额"花冈义举永垂不朽"。图中老人为耿谆

1944年4月,日本侵略军大举进犯中原。当时,国民党第十五军布防洛阳,耿谆在西工西下池构筑阵地工事。5月中旬,日军以5辆坦克由龙门一线向西猛攻西下池,耿谆率全连奋力抵抗。耿谆所在的部队最初布防在洛阳市郊区邙岭北边的聂家沟,后来战事吃紧,他

们又被派到了洛阳西工区下池守防。耿谆的连队是前哨连,阵地在洛河边上。然而由于国民党第一战区司令长官蒋鼎文、副司令长官汤恩伯等畏敌退缩,溃不成军,使洛阳守军陷入极其困难的境地。洛阳守军将士多为河南省豫西人,为保家卫国,使家乡父老不受日军蹂躏惨杀,士气高昂,官兵视死如归,个个英勇杀敌,仗打得异常惨烈,一举歼敌2万多人。但终因外无救援,孤军奋战,最后牺牲殆尽,耿谆在战斗中多次负伤。

第一次负伤是个中午,一颗炸弹在其身旁爆炸,他的左脚、后背、尻骨、耳轮等六处被炸伤。他让战地卫生员用刺刀将衣裤划开,简单包扎一下就继续投入战斗,一直坚持到了下午。全连撤出阵地时,他由于失血过多没能走出阵地就昏倒了,士兵们用门板把他抬出了阵地。在那次战斗中,耿谆的连队有40多名官兵为国捐躯。

耿谆在战地医疗所治疗10多天后,虽伤势大有好转,但腿上还有腐肉,当团长到战地医疗所看望他时,他求战心切,立即向团长请缨,要求再次回到前线去。团长被他的精神所感动,答应了他的请求。

之后的激战中,耿谆多处负伤仍继续战斗,师部曾以"受伤不退传令嘉奖"。后转移至洛阳东关,在护桥战斗中受重伤,被日军俘虏,辗转送至北京清华园战俘营。

9月,日军挑选耿谆等300名健壮战俘,押送至日本秋田县花冈町铜矿做苦役。1945年1月,又有700名战俘押解至花冈,合编为一个华人劳工大队,因耿谆在千名战俘中军阶较高,被指定为劳工大队长。日军视战俘如牛马,肆意践踏,一日三餐,不得一饱,每天在泥水中劳动长达15个小时以上,在寒风刺骨、大雪没膝的天气亦不停工。稍有不慎,便遭拳打脚踢,甚或鞭抽铁烙。未半年,战俘因受摧残、冻馁、疾病而死者达200余人。此情此景,使耿谆如芒在背,坐立难安,于是便寻机与难友刘虞卿、刘智渠、李光荣等10余人密商暴动。但深知日本四面环海,又孤立无援,举事之后,生路无望,数百名难胞必全遭涂炭,故踌躇未决。

1945 年 6 月中旬,在一次收工返队途中,战俘薛同道因至居民家觅食,被日军发现抓回后,用皮鞭毒打殒命。全体难胞目击惨状,无不以"辱我中国人太甚"而愤火中烧,皆愿头断血流,亦不能坐以待毙。经缜密研究后,于 6 月 30 日夜,率队包围花冈工地看守所,击毙日军看守 4 人,发动了震惊日本的"花冈暴动"。

在耿谆的号令下,近 1000 名中国劳工揭竿而起。手持铁锹高声怒吼着向敌人冲去,劳工们首先杀死作恶多端的"辅导员"和监工,砸开铁门,暴动队伍浩浩荡荡向附近一座名为"狮子森"的高山奔去。中国劳工的义举震惊了花冈,震惊了秋田,也震惊了日本政府,日本当局立即调集数千名宪兵、警察镇压起义的中国劳工。

一场惊天动地的肉搏战在狮子森山展开,劳工们用山上的石块打退了敌人一次又一次进攻,中国劳工胜利的呼喊声震荡在狮子森山的上空。当敌人发动第四次进攻时,山上已经无石块可用,劳工们勇敢地用铁锹、铁镐、木棒同敌人进行搏斗,震天动地的喊杀声一直传到大馆市。日本军警越来越多,团团围住了狮子森山,100 多名中国劳工命殒花冈,10 多名坚贞不屈的中国劳工纵身跳下断崖。

日军闻讯出动 2 万多人追击镇压,暴动队伍被围攻,死伤近半,大部遭逮捕。耿谆见杀敌之愿难偿,而一死之志可遂,即解下绑腿带系树自缢,昏迷中亦被捕。

7 月初,日本政府设军事法庭,由宪兵司令亲讯。法庭上耿谆慷慨陈词,一次又一次重申:"我是暴动的唯一领导者、指挥者。我没有同谋,我是大队长,大家都听我的,一切责任我全部承担。"初审后,耿谆等 12 人被送入秋田县监狱。经月余审讯,开庭宣判:耿谆以杀人主谋罪判处死刑,余 11 人分别判处 5 年有期徒刑至无期徒刑。1945 年 8 月 15 日,日本战败投降,耿谆始免其难。

1946 年 4 月,中国政府驻日代表团接耿谆等 20 余人至东京,由国际法庭中国科佥事张乃文,代向横滨国际 B 级法庭指控原花冈工地看守所所长河野正敏等虐待中国战俘的罪行。耿谆等暂留日本,待出庭做证。后因在狱中时备受折磨,患严重脑痛,久医不愈,于同年 11 月先行回国,居原籍襄城县疗养。1948 年 3 月,国际法庭对河野正敏等 6 名罪犯审讯终结,分别判处死刑、绞刑和重劳动 20 年。1985 年 11 月,日本著名进步作家石飞仁和日本扎市华侨总会顾问、花冈暴动参加者刘智渠,从日本专程至襄城,请耿谆校正《华人在日本花冈暴动记录》一书的漏误,重行修订。并转达日中友好协会会长宇都宫德马等 10 位日本知名人士请求题词的委托。专访历时 3 天,耿谆向其详述了当年暴动经过,并为日本友人挥毫题词。

襄城籍著名作家郑旺盛著长篇纪实文学《中日民间索赔第一案》和《震撼日本列岛的中国英雄》详细生动记述了耿谆事迹。

耿谆自居乡疗养后,沉疴渐愈,虽年逾古稀,而精神犹佳,步履健壮,积极参加各项社交活动,为振兴地方发挥余热。1986 年,被补选为中国人民政治协商会议平顶山市委员会常委。1987 年 4 月,被选为襄城县政协副主席。2012 年病逝,享年 98 岁。

智取方山寨

    1945 年 5 月中旬,日军出动 160 多人,并调集密(县)、登(封)、临(汝)、郏(县)、禹(县)5 县的兵力几千人扫荡禹西抗日根据地。日伪军人以方山为据点,分两路由神垕及方山向唐庄、上下官寺一带进犯,企图一口吃掉禹西根据地的河南人民抗日军。

    为粉碎敌人企图,河南人民抗日军对日伪军实施反击。在张才千司令员率领下,四支队两个独立团首先将方山一路 300 多日伪军击溃,并巧取方山寨日军"围剿"指挥部。接着六支队的一个团又在刘昌毅司令员的率领下,将由神垕进犯的日伪军 400 多人全歼。根据地地方武装县大队、独立团、区干队、民兵及根据地群众,也都参加了战斗,打退敌人多次进攻,毙俘大批敌人,胜利地粉碎了日伪军的"围剿",保卫了根据地。

    一天,四支队经侦察得到情报,敌"围剿"总指挥部设在方山,即下决心组织精干的 50 余人的小分队,乘敌宿营未定、立足未稳之机,出其不意,攻其不备,用挖心战术偷袭歼敌。当日夜,小分队奉命向方山寨开进,进至方山寨南头,发现敌前沿警戒,尖兵组以巧妙的方法活捉了两个哨兵,经审问得知敌人的部署、口令,遂利用口令顺利进入寨内,突然向敌聚集处投掷一排手榴弹,冲向敌人,与敌展开了肉搏战。抗日战士们个个英勇机智,奋勇杀敌,当场毙敌数十人,然后迅速撤离,胜利返回。

    敌人为保存其方山寨总指挥部,第二天又向寨内增援残兵 200 多名。晚上,四支队 40 多名勇士乘敌增兵之机,化装伪军组成两个分队,第二次向敌袭击。当一个分队20几人冒充柳林、王宝的军队行至寨门前时,敌军检查询问,答复是奉席子猷之命前来增援,敌听后鼓掌欢迎。进至寨内,日军让先休息,我勇士则说:"上寨防守要紧。"并告诉他们后面还有队伍前来,敌信以为真,点头称赞。我军勇士马上登寨并分布在日军身边。当我另一分队一进寨,就按原计划突然向敌人袭击,一举歼敌80多名。登寨分队也迅速消灭了寨上的20多个日本士兵,敌惊慌失措,从寨北溃逃,四支队智袭方山寨圆满成功。接着又解放了方岗、张得、鸿畅等乡镇,扩大了解放区。

棠梨山阻击战

棠梨山阻击战是禹州抗日英雄郑发昌指挥的禹州人民抗击日本侵略者"以少胜多,无一伤亡"的典型模范战例。

1944年春,日寇大举进犯中原,国民党汤恩伯40万大军不战自溃。一个多月的时间,河南沦陷40余城,禹县也陷于日寇的铁蹄之下。1945年5月20日,两路日军分别从新郑、许昌出发,在禹县无梁庙会合,企图增援洛阳战役。中共豫西抗日先遣队司令员皮定均得知信息后,立即命令禹、新、密抗日游击队第二十二支队,在棠梨山附近进行阻击,钳制并打乱日寇的增援阴谋。

棠梨山距无梁庙2公里,旧有禹北通往登封、洛阳的官道从山下经过,南临诸侯山,北邻红石寨,东横南岭坡,西傍棠梨山,中间一条皇路河从龙门口下来。两边崖高沟深,山石危岩,古树茂密,道路狭窄,是打阻击的好地势。

第二十二支队司令员郑发昌是我党早期地下党员,曾多次参加豫西山区游击战、方山奇袭战、长葛暖泉寨保卫战,多次立功,受到皮定均司令的褒奖。

郑发昌家乡就在附近的月湾村,从小常到棠梨山打猎,他早年参加革命并经常组织禹、密、新和长葛的地下党员在这里秘密聚会,对这一带非常熟悉。郑发昌接到命令后,迅速将自己所属的400多人马埋伏在官道入口的南岭坡、河南岸的红灯笼和河北岸的棠梨山。当天下午,两股日军在无梁会合后,气势汹汹地向西进发,四点左右进入埋伏圈。郑发昌一声令下,我军前堵后截,两边夹击,机枪、手榴弹

311

齐发。日军措手不及,立时乱作一团,晕头转向,东奔西逃,无力还击。激战到傍晚时分,日军不敢再向西前进,只得收拾残部,掉头逃窜。清理战果,此次阻击共打死日军54名,打伤日军70多名,缴获日军轻重武器300余支,极大地削弱了日军的力量,有效地配合了豫西部队对日军的机动作战,在禹县抗战史上占有重要地位。

八路军攻克禹西战斗场景

收缴国民党禹县保安旅军械辎重及其档案的斗争

　　抗日战争胜利后,中国人民要求和平,希望建立一个独立、自主、民主、富强、统一的新中国。但是,国民党反动派在美帝国主义支持下,妄图依靠军事优势,抢夺抗战胜利果实。在内战危机十分严重的关头,中国共产党为了避免内战的发生,从大局出发,1945年10月,河南人民抗日军(即八路军)奉中央命令撤离豫西,南下桐柏,豫西沦为国民党统治区。

　　禹(县)密(县)郏(县)地区的汉奸土匪头子席子猷不甘心灭亡,使尽伎俩,网罗汉奸土匪招兵买马,很快便又拼凑了一支号称3000余人的土匪武装。不久,便被国民党当局改编为河南保安旅第四旅。席子猷被委任为保安旅四旅旅长,成了国民党在禹密郏地区的一股较大的反革命武装力量。他们昼为国军夜为匪,大肆进行抢劫,敲诈勒索,抓兵派粮、奸淫妇女等,闹得这一地区鸡犬不宁。

　　1948年元月18日,陈谢兵团九纵队二十七旅八十团、八十一团解放禹县城。保安旅遭到了人民解放军的毁灭性打击。其残部和席子猷一起逃窜到禹密交界的深山区,大批的军械、辎重,以及文件档案也都转移到扒村隐藏了起来。席子猷为什么要逃到禹密边界山区和把大批的军用物资等转移扒村呢?因为禹密边界一带,地势险要,扒村有一条山路可通往密县、郑州(当时郑州未获解放),这里退可守,进可攻,万一站不住脚,可以逃往郑州,保全一条生路,席子猷正是从"退守""进攻""逃窜"这几方面考虑的。2月,豫陕鄂五地委、五

313

专署决定,南下干部阎海、陈瑛等30多人赴禹县开展工作,同时,组建了禹县工作委员会和禹县临时人民政府,阎海任工委书记,陈瑛任副县长。3月,禹县工作委员会决定李振家担任罗集区区长。罗集区当时辖国民党统治时期的康城镇、东张镇和龙池镇颍河北面的两个保。为了尽快开辟罗集区的工作,禹县工作委员会又派南下干部郭四虎一起开辟罗集区的工作。他们得知席子猷把一批军械等物资藏在扒村时,喜出望外。

为了尽快搞到这批武器,必须首先弄清武器的埋藏位置。他们充分发动扒村周围的人民群众提供线索,并把侦察武器位置的具体任务交给了老韩同志(河北石家庄人)。老韩过去曾在野战部队当过侦察员和首长警卫员,胆大、智广、粗中有细,有一手好枪法,人称孤胆英雄。一天,他独自一人全副武装闯进了东张镇公所,声称人民解放军要路过扒村、麻地川向密县进军,责令镇公所要尽快筹备粮款,不得有误。他在镇公所吃饭时,当众枪打飞鸟,使陪饭人员为之震惊。待他了解了敌情和察看了地形之后,就大摇大摆地离开了东张镇。自从老韩独闯东张镇公所以后,敌人也弄不清是否真有人民解放军过境,镇公所、保安队一杆人马就仓皇地撤离了镇公所。后来,在多次和群众的接触中,才终于了解到埋藏武器的具体位置——扒村西北寨墙下两孔窑洞内。

正当紧急部署起械的时候,却发现东张镇公所保安队留有暗探和化了装的人员在窥视着区干队的动静,而席子猷残部在刘家寨、大鸿寨居高临下,俯瞰扒村,和留下的暗探保持着不断的联系,随时都可以对区干队造成武力威胁。而区干队总共也不过20几个人,10多条枪和几枚手榴弹。为此,罗集区领导经过认真研究,决定只能智取,不能硬夺。硬夺,不但难以完成起械任务,反而会吃亏上当,造成不必要的损失。于是,根据智取方针,制订了行动方案:一是乘背集(没有集市的那天)行动,便于封锁消息;二是由军队留下的同志张文新、老韩分别率领几名精悍的区干队员负责扒村河东边山口和通往麻地川山头的警戒任务;三是严密监视扒村寨门,行人只准进不准出;四是由李振家和郭四虎责令保甲人员派民工起械装运。

五月中旬的一天,根据预先制订的行动计划,大约凌晨时分,起械队伍迅速到达指定位置,立即按计划行动起来。存放军械的两孔窑洞,仅是土坯封口,没费多大劲就把洞口扒开了,按照事先分工,边挖掘,边装车,在装车中,李振家发现有14挺机枪,他当即决定,给担负警戒任务的张文新、老韩各送一挺机枪和一箱子弹,加强阻击火力。10时左右,顺利完成起械任务。区干队员一直都很紧张的心情,变成了胜利的喜悦,护卫着30多辆满载军械的大车浩浩荡荡地向区政府所在地进发。

下午1点多钟到达区政府,罗集周围的群众闻讯赶来围观,纷纷议论说,想不到区政府那么几个人,竟把席子猷的家底全缴了过来,解放军真是有办法。

正当人民群众分享胜利喜悦之际,区政府却听到了一股谣言,说席子猷要在当天黑夜下山血洗区政府,夺回军械。区政府尽管还没有发现席子猷要下山的迹象,但针对谣言,区政府作了认真分析和研究,认为一是威吓群众,扰乱民心;二是有可能施行报复。为了防止敌人的袭击,区政府决定把区干队员分为五个武装小组,各配一挺机枪,一个小组担任区政府的警戒,另四个小组分守四个寨门,以防敌人袭击。其实,后来才知道,起械的那天中午,席子猷就知道了消息,没敢行动,只是大发雷霆,大骂暗探、便衣人员草包、无能。而跟随席子猷的几个匪首曾要其带队下山夺回军械,扬言要血洗区政府。老奸巨猾的席子猷则认为这是共产党有计划的行动,生怕中了引他下山的计谋,没敢轻举妄动,并给他的部下打气说:"留得青山在,不怕没柴烧。"席子猷一直在做着东山再起的美梦,可是,众匪徒见大批军械被运走,席子猷又表现得失魂落魄,龟缩在山里不敢露头,而广大的人民群众要求剿匪反霸的呼声日趋高涨,匪众惶惶不可终日,感到当地难以存身,有的不辞而别、远走高飞,有的反正投降参加了人民武装。随着保安旅的不断瓦解,席子猷妄图东山再起的梦想永远破灭了。

缴获保安旅的军械辎重,起到了预料不到的作用。一是在政治上,提高了区政府在人民中的威信,鼓舞了人民的斗志。这实际上可以说是一次强大的政治攻势,地方保甲组织和人员不敢公开对抗人民政府,并听从指挥和人民群众的联系加强了,那种"见了人民武装躲着走,一问情况三不知,老装聋、少装哑"的局面改变了,不少群众密报匪情,规劝走上邪路的自家亲人反正投降。二是军事上瓦解了残余敌人。不少匪徒脱离席匪控制,到人民政府投诚登记,表示愿意悔过自新,也有的愿意戴罪立功。一部分伪镇长、保长等也派人向人民政府联系,表示愿意改邪归正,拥护共产党的领导,如东张镇长宋跃臣、康城镇长甄文斌等。十分反动的康城镇、东张镇副镇长王明山、白双,也愿交出武器,悔过自新,希望政府给予宽大处理。三是武装了自己,增强了战斗力。这次起械缴获的战利品有:步枪800支,迫击炮3门,重机枪3挺,轻机枪14挺,还有大批的子弹、手榴弹、炮弹以及军用地图,保安旅各大队官佐、士兵名册,国民党三青团、区分部人员名册等文件。区政府除留下三挺机枪,近百支步枪和部分弹药外,其余物资、档案等全部上交到县,区干队和县独立团装备不足的问题得到了解决,特别是县委掌握了国民党统治时期的军政等人员名册,为有针对性开展对敌斗争提供了依据。

文武双全的颍川之子——王云

颍河,发源自嵩山,从襄城县流入许昌,在建安区榆林乡刘王寨前抱村而过。1939年,在日寇侵华的战火烧到中原之际,刘王寨村一户殷实人家的老三,19岁的青年王正瑞扛着行李卷离开家乡。他没有回许昌他应聘的小学校,而是投笔从戎,奔赴了延安抗大。

原来王正瑞的哥哥王兆瑞也是许昌中学毕业的青年学生,在共产党的外围组织青年救国会的暗中牵线下,王兆瑞先期通过地下交通线到达延安。王正瑞一腔热血,毫不犹豫地在哥哥的指点下,通过地下交通线去了延安,从此踏上了革命征程。

出 生 入 死

王正瑞到延安入抗大后改名王云,被分在抗大第五期一大队一队。一年后,王云任八路军一二九师的文化教员,后因能编善演,先后到太行六纵文工队、晋冀鲁豫军区文工团当宣传队员,后又担任华中野战军(二野)文工团队长,编写了一批宣传抗日歌颂八路军英雄的文艺作品。

1947年,人民解放军由战略防御转入战略进攻。刘邓大军千里挺进大别山。为打破敌人对大别山的围剿,刘、邓首长根据敌强我弱的形势和大别山中心区回旋余地小,不利于大部队作战的地形,采取"内线坚持,分兵向外"的行动方针,内外结合,寻机歼敌。刘伯承率部分部队转出大别山去淮北、临泉等地发展,邓小平率千余人坚持大别山斗争,继续牵制敌人,在游击区采取武工队的形式打击敌人。王云任一个武工队的队长,有一次,敌兵云集,王云带领武工队必须寻找敌人的空隙突围出去。夜间,四下黑黢黢的,王云带领两人担任前卫,其他战士在后面不远处跟进。在一片丘陵地走到拐弯处,冷不丁就和敌人碰了个照面。一下双方都乱了阵营,盲目互射了一阵之后,各自悄悄集合人马。

王云在黑沉沉的夜雾中,看见前面人影绰绰,以为是自己的人,便跑进队里排队看齐,忽然感觉哪儿有点不对,他定睛一瞧,右边是个戴尖顶草帽的人,左边也是个戴尖顶草帽的人。他心中猛地一惊,暗道:坏了,站在敌人队伍中来了!因他自己头上扎的是白毛巾,马上便要被敌人辨认出来。他迅速从腰间拔出匣子枪,枪口对准右首敌人的头,扣动扳机,叭的一声,机头击在撞针上,真不凑巧,偏偏遇上个瞎子儿,没响。他刚要拉栓重新推子弹上膛,敌人已把他拦腰抱住。他拼命抽出拿匣子枪的胳膊,举起匣子枪用尽全力猛砸敌人的

头。敌人号叫了一声,松开了手,他纵身跳下了坡,敌人一阵乱枪打来,子弹从他头上飞过,扑哧扑哧落在他脚边。

过了一会儿,王云浑身上下像个泥人似的找到了自己人。原来他跳进了稻田,两腿陷在泥里,跑也跑不动,任着挨敌人的打。幸好那天没有月亮,夜色漆黑,敌人看不清,胡打一气便撤

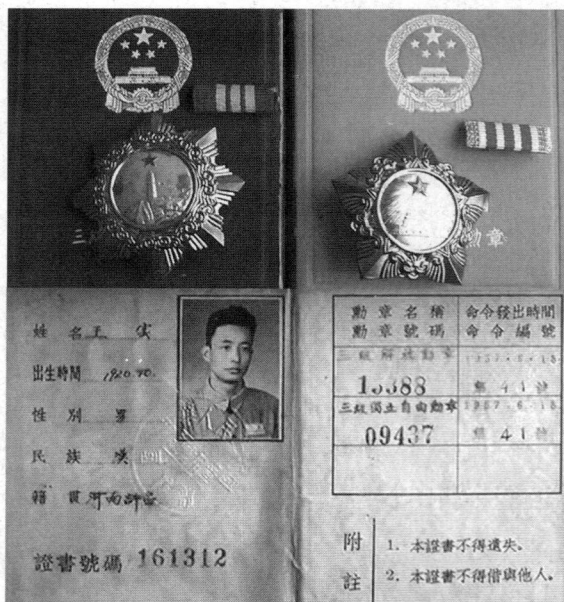

1957年6月颁发给王云的三级解放勋章和三级独立自由勋章

318

了。战友们为他庆幸,可王云满脸不高兴。瞎火子弹使他恼怒,他念叨着他枪里的 10 粒子弹:一粒开一个瓢,10 粒就是二五,即便自己当时报销了,他也是一比十,赚了!

虎口脱险的事不止一次。另一次,武工队来到一个树林茂密的山头,领导派王云和战友史超带一个侦察员到五里外的集镇上去收税。这个集镇是附近几个县出了名的反共堡垒,盘踞在这里的敌人地方武装,不但人数众多,而且狡猾善战。土地革命和抗日战争期间,我军就没少吃他们的亏。现在我们三个人去,无疑像闯虎口。尽管风险大,王云还是一声不吭领受了任务,带领另外两人下了山。他穿着白土布小褂、蓝裤子,脚蹬一双开了花的布鞋,肩挎一条粮袋,里面装着多半袋大米,腰间插着他那把形影不离的匣子枪。在路上,王云提议:侦察员在镇外警戒,发现敌情就鸣枪,他和史超进镇收税。

谁知他俩刚进镇,便感到气氛不对。只见路上行人慌乱,街旁的摊贩匆忙收摊,商店中的买卖人交头接耳,原来是"小保队(地方反动武装)"已到镇外。他们从早到现在连口水还

解放上海入城仪式(举旗者为王云)

未喝,刚到一个摊贩前买了四个粽子,粽叶还没剥掉,一声清脆的枪响划空而过,接着两声,第三声,侦察员按照预先的约定,向他俩发出报警信号。王云一摆手,他们两人,一个目视前方,兼顾左右,担任开路,另一个倒退着走,担当断后。

镇外,机枪像刮风似的响了起来,敌人和侦察员交上了火。镇里

大乱,人仰马翻,这也给他俩造成了向外突围的条件。到了镇口,王云一面向敌人射击,一面憋足气飞奔出了镇。敌人支在距镇口三四十米的山坡上的三挺机枪射出的子弹就像雨点似的,劈头盖脸扫过来,从他俩头上、身边、脚下嗖嗖穿过。镇外有一条大路,敌人以为他俩准会从那里跑,用全部火力封锁住道路。哪知王云撇开大路,跳上田埂,敌人只能从侧面对他俩扫射。田埂既窄又不平,两旁是蓄满了水的稻田,一不小心掉下去,脚陷在泥里,就只有当俘虏了。他俩十分小心地跑着,子弹在他们身边穿过。密集的子弹不断穿过他们脚下,落在稻田里,溅起一串串的水花。王云的粮袋上被子弹钻了个窟窿,大米像水柱似的往外流,注进他的鞋壳里。王云连忙从肩上取下粮袋,抱在怀里。

田埂好像没有尽头,敌人的子弹一直欢叫着为他俩送行。他俩跑得气喘吁吁,累得再也挪不动步了,这时已经到了山脚下,山体遮住了敌人的视线,凌空飞过的子弹,不过是敌人恫吓的盲目射击了。

开快擦黑,侦察员和他俩会了面。他们仨个个筋疲力尽,肚子饿得咕咕叫。摸到山洼洼里,寻到一户人家。满心欢喜,以为可以弄到一点吃的,谁知户主听见枪响,吓得不知躲到哪儿去了,史超挺泄气,这时王云拿出了米袋。

"这倒省事,不用解袋口了。"他抖动米袋,大米顺着洞眼流进了锅。

侦察员惋惜地咂着嘴,说:"唉! 才半斤!"

"还有储备。"王云说着,脱下鞋,把灌在鞋壳里的米倒出来,估摸着分量,"没有一斤也差不多。"

军 旅 作 家

在真枪实弹战场上,王云出生入死,毫无畏惧。作为炮火中成长起来的军旅剧作家,在以笔为武器的战斗中,他的作品始终弥漫着战场滚滚硝烟,也散发着生活的浓郁芳香,始终以饱满的热情歌唱英雄的人性美。从抗日战争、解放战争再到抗美援朝,以及在中华人民共和国成立以后的社会主义建设时期,他创作面很广,有歌剧、话剧,也有电影文学剧本,其代表作有歌剧《吕登科》,话剧《决战》《为了幸福》《水往高处流》,电影《江山多娇》《战斗的山村》……

王云亲任歌剧《吕登科》舞台监督,因地制宜,利用大自然作布景,燃起堆堆野火照明,当无形的"大幕"拉起,那碉堡、爆炸、火光、冲锋、白刃、肉搏宛如真战场一般。多少人为看这个戏的演出,不顾狂风大雪,坐在湿漉漉的地上,和剧中人同呼吸,时而发出会心的欢笑,时而流下悲痛的眼泪。这个剧本发表在当时的晋察冀边区的文艺刊物《平原文艺》上,王云得到边区邮局寄给他的创作稿酬壹万贰仟捌佰元(边币),这在当时,可以抵二百斤小米。王云没有去取钱,而是一直保留着这张取款单。他觉得戏的成功属于部队,属于英雄的感人事迹,英雄生命与精神是无价的!

1952年,王云奉命入朝参加抗美援朝战斗,完成一部戏剧作品的写作。他冒着敌人的炮火封锁,深入到前沿阵地和坑道里,和战士同吃同住,观察敌情,听战士们开战斗总结会,采访各级指战员。最后,带着前沿部队团长赠给他一把美式卡宾枪和一部话剧的手稿离开前线,回国后,完成了话剧《为了幸福》,这个剧本由新文艺出版社出版发行了单行本。

讴歌时代

1958年,河南禹县鸠山出了个全国治山劳模,18岁的农村姑娘郭仙。她带领一群大闺女、小伙子,响应党的号召,顶住冬天的刺骨寒风吃住在山上。他们在山上刨出了一片片"鱼鳞坑",种了一片片小树苗,防住水土流失,把荒山治得绿树丛丛,预示出花果满山的美景。已是南京军区前线话剧团创作组组长的王云,此时正在许昌县人武部挂职深入生活。他奉命到禹县鸠山采访，很快写出话剧剧本《岳仙》。剧本完成后，总政首长高度重视，指示不要等排演话剧了，直接上电影，于是指派八一电影制片厂编剧黄宗江来与王云合作。他们俩再度到禹县鸠山，体验生活，丰富采访素材，依据"郭仙治山"的事迹，创作出了电影剧本《江山多娇》。这是八一电影制片厂自成立以来，第一部非军事题材影片。王苹导演，著名电影演员田华和陶玉玲主演，一时轰动全国。

在《江山多娇》中，王云通过片中奶奶之口，向观众讲了一个本乡本土的民间故事。当年刘秀打天下之际，在这一带遭遇洪水，把他那匹视为无价之宝的金马驹也给埋在山下一座石门里头了。后世传说，把个钥匙埋在地里，用水浇上100天，就能拿它把石门打开。还就有那么个种钥匙的人，浇水浇到第九十九天，在石门外头都听见金马驹叫唤了。种钥匙的人沉不住气了，就把钥匙扒出来，打开石门，只见金马驹活蹦乱跳，那人牵着就往外走，石门"卡"的一声又关住了，连人带马都关到里头出不来了。在那个高喊"一天等于二十年"的岁月，这么一个"少一天也不成"的故事，自有它特殊的意义，既是艺术的描写，也是理智地表达。在影片中，有个瞎老头弹着三弦唱道：

"当年刘秀下南阳/遭洪水——金马驹埋在石门岗/历尽沧桑千百载/种钥匙的人儿今在何方？……"

一手拿笔、一手拿枪的老八路剧作家王云生命定格在一个甲子60岁上，1980年，身患癌症的他在北京去世。他一生的传奇经历和他创作的戏剧电影，可用"打江山的铁手，锁蛟龙的丹心"来概括。如今，在他的故居颍河边上的刘王寨村，新建了一个记录他一生戎马生涯和艺术成就的红色民宿"王云村舍"，继续向后人讲述着王云的故事……

攻克襄城县县城西城门

襄城县县城西城门位于襄城县城关镇西城墙中段的瓮城门至北汝河岸之间。

1947年7月,中原野战军陈谢兵团南渡黄河挺进豫西,克洛阳,战宛西,实施战略展开,解放了伏牛山区的一大批城镇,开辟了广阔的豫西解放区和中原新解放区。中原野战军陈谢兵团在中原战场上的神速进军,极大地打击和震慑了国民党反动当局。国民党襄城县反动政府为了维护其反动统治,连续召开联席会议,研究部署防共措施,困兽犹斗,挖战壕,修城墙,建碉堡,构筑防御工事;加紧扩充军力,购买枪支弹药,把县自卫队由1个营的兵力扩充为1个自卫团,下设3个大队;强行向各乡镇征粮派款,囤积粮草,企图阻挡中原野战军解放襄城的步伐。同时,他们自知难保,暗地里向许昌、开封转移财产,搬迁家眷。

1947年10月起,襄城县国民政府县长兼自卫总队队长廉明伦和国民党襄城县保安团团长英奇珊妄图负隅顽抗,组织反动武装疯狂反扑,镇压残害共产党员。他们丧尽天良地把纪殿元、杜石头、崔丙谦等10余名进步人士,押解到双庙乡草寺村活埋在枯井内,手段残忍,再次对人民犯下滔天罪行。襄城县反动势力加紧部署固守襄城防务,并下令"若有弃城逃跑者,格杀勿论"。为修筑城防工事,强行扒毁城墙外围民房300多间,使近百户群众无家可归。为加快防御工事进度,强征民夫数千人昼夜掘挖战壕,加固城墙,修筑碉堡,垂死挣扎。

1947 年 11 月中旬,中原野战军陈谢兵团奉命参加平汉铁路破击战,决定派九纵两个旅解放襄城。主力部队于 12 月 11 日由宝丰向襄城方向推进,驻守襄城县的国民党军第一二五旅闻风丧胆逃往许昌,襄城县反动县长廉明伦带着自卫队、保安团、警察局及其亲信 200 余人,也连夜撤出县城绕向临颍境内往许昌方向逃窜。当他们一伙逃至临颍县繁城镇时,被陈赓集团九纵某部包围歼灭,国民党襄城县长廉明伦、警察局局长王林阁、保安团团长英奇珊等在卫兵保护下侥幸逃脱。

1947 年 12 月 12 日,中原野战军陈谢兵团九纵第二十六旅和第二十七旅第八十团直抵襄城。八十团团长牛子龙按照上级党委的作战部署,兵分两路以猛烈的炮火攻西门破东门。四门守敌早已溃逃散去,襄城第一次解放。第二十七旅进驻县城和茨沟镇,第二十六旅进驻颍桥镇。襄城解放,人民解放军开仓放粮,救济贫困百姓,并发动群众砸衙门、破监狱、拆碉堡、捣毁城墙工事。县城内鞭炮齐鸣,民众欢欣鼓舞,庆贺襄城解放。

1947 年 12 月底,陈谢兵团九纵休整十几天后,奉命向平汉铁路一线进击歼敌,县城一时空虚。国民党反动头子廉明伦率自卫队、警察局、保安团趁机窜回县城。"还乡团"疯狂镇压和残酷迫害贫苦群众,丧心病狂地逮捕街道干部和进步青年 70 余人。将李成尚、李文焕等 10 余人活埋于城中西大街和东城门外城壕沟内。贫民积极分子马天恩、王老七、兰玉书、王各林、黄全保、李振方等 30 余人,被侦缉队刑讯逼供,用压扛子、支砖块、灌辣椒水等酷刑后,全部活埋或枪杀。白色恐怖笼罩县城大街小巷。

1948 年 1 月 18 日,以留守的豫西解放区第五军分区和陈谢兵团九纵第二十五旅七十五团组成独立团,承担第二次解放襄城和驻守治理襄城的重任,奉命由宝丰县向襄城县开进。当日凌晨即抵达县城近郊,独立团立即部署攻城战斗。负责指挥战斗的独立团团长郭谨、政委李瑞堂带领团指挥人员和担任攻击任务的营长、连长,对敌情实地侦察。经过侦察后,指挥员们对于敌人构筑的地形工事和火器配备情况有了较为详细的了解。大家认为守敌工事坚固,防御周密。因此,各营要准备好梯子、手榴弹、地雷、炸药等攻城器材。

根据侦察情况研究决定:独立团团长郭谨率一营两个连攻打东城门,独立团副政委刘庆余率二营一个连佯攻北城门,王彬率三营一个连埋伏在南城门外红石桥附近,等待总攻开始,独立团政委李瑞堂率领二营两个连、三营两个连和一营一个连所组成的加强营攻打西城门。

根据作战方案,战斗重点是攻打西城门,从西城门撕开口子,突入城中。18日拂晓4时许,攻城部队开始扫除外围据点,刚一交火,在东城门外围防守的县国民党保安团就溃入城内。在攻城部队强力扫射下,其余各城门的外围守敌纷纷放弃阵地退守城门内。早晨7时,攻城部队总攻开始,冲锋号在四个城门同时响起。主攻西城门的独立团政委李瑞堂率领加强营突击队在强大火力掩护下,越过护城河,将炸药包放在城墙根下,轰隆一声炸响,战士们冒着硝烟,向爆破点冲锋,枪声、爆炸声、喊杀声混成一片,守城的国民党保安队以为解放军的大炮轰击城墙,吓得纷纷撤离城楼防守阵地,撤到城门内据点。加强营突击队乘机架设梯子,奋力攀爬城墙,击溃守城敌军,首先登上西城墙。英勇的战士们,勇猛顽强地接近守城敌人的重要工事,巧妙地利用敌工事的死角,将大量手榴弹不断地投入敌人的战壕工事里面,炸伤了城墙上面的大量敌人。某连战士一口气将他所带的手榴弹全部投完,接着又把后面的战士递上来的20多个手榴弹都投入敌人的战壕内。这位战士负伤后,另一位战士接着冲上去,继续向敌人搏杀。经过一番恶战,固守西城门的国民党守军大部被歼,李瑞堂率部攻克西城门。

攻占西城门之后,李瑞堂命令战士鸣枪发出信号。县城其余三个城门的手枪、步枪、机关枪、手榴弹、迫击炮一齐开火。一时间,枪炮声、喊杀声响震云天。四路大军奋起攻城的强大攻势、猛烈的炮火使城内国民党守军和廉明伦顽匪如惊弓之鸟四散逃窜。四路攻城部队攻克城门,冲进城内,于大十字街口处会师。独立团仅用了40多分钟就摧毁了国民党苦心经营了多日的城防工事,击溃了国民党襄城反动武装。毙敌80多人,俘敌保安团大队长张贯江及以下官兵300余人;缴获迫击炮1门,重机枪2挺,轻机枪5挺,电台1部,各类轻型武器500余支,弹药2万余发。闻讯胜利的人们,纷纷走上街头端茶送饭慰问人民解放军进城。百姓们从四面八方拥进城来,载歌载舞,欢庆胜利。顿时,欢庆的锣鼓声、鞭炮声与群众的欢呼声和部队人民子弟兵的口号声汇成一片,震撼城区,整个襄城一片欢腾。

1948年1月18日襄城第二次解放攻克的西城门

1月19日,陈谢兵团九纵第二十五旅独立团党委宣布襄城县人民民主政府成立,王彬任襄城县人民民主政府县长,陈廉任副县长。1月21日,新上任的县长王彬让在全县城乡贴出安民告示,宣告襄城县彻底解放了,人民民主政府诞生了,襄城永远回到人民的怀抱了。

1月21日上午,襄城县独立团党委和襄城县人民民主政府在城关区广场(今文化广场)举行了有数千名人民群众和驻军指战员参加的庆祝襄城解放的军民联欢大会。

在军民联欢大会上，县独立团党委接到由群众联名的举报信，强烈要求严惩欺压百姓、杀害群众、作恶多端的国民党襄城县保安团大队长张贯江。经县独立团党委和县人民民主政府研究决定，当即由襄城县人民民主政府县长王彬代表全县人民宣判了血债累累的国民党襄城县保安团大队长张贯江的罪行，判处死刑并立即执行枪决。广大人民群众扬眉吐气，拍手称快。

5月上旬，在解放许昌战役中，人民解放军将恶贯满盈的国民党襄城县长兼自卫总队队长廉明伦和国民党襄城县保安团团长英奇珊捉拿归案，中原野战军某部将其押回襄城。经襄城县人民民主政府公开审判后，由襄城县公安局将廉、英二犯押赴刑场，枪决于王洛镇北寨门外。人民群众热烈拥护人民民主政府的正义行动，襄城广大人民群众真正感受到了翻身解放的喜悦。

以少胜多的关店阻击战

襄城县颍阳镇的关店是一个紧临颍河的小村庄。河水由北而来,绕村西转弯东去,河对岸是颍桥古镇。一座始建于北宋年间(11世纪中期)的大石桥将村镇相连。颍河水虽常年流速不急,但河两岸都是数米高的悬崖,涉渡和上下攀登都非常不易,这样的地形成为两军对垒的天然屏障。

1948年5月20日,我华东野战军三纵九师二十五团二营六连的战士在参加解放洛阳的战斗后,到汾陈一带休整。22日夜里该连突然接到上级命令,要求就近火速赶往颍桥镇执行阻击任务,阻击从南阳往开封增援的国民党十一师。

六连指战员接到命令,连夜急行军赶赴颍桥后,考虑到在镇中作战不利,且战火祸及群众,随即撤往颍河北岸赶修工事,以迎来敌。

23日上午,国民党十一师突入颍桥镇。我部分解放军战士沿东寨墙自南向北边打边退,跨过颍河,撤往北岸埋伏。十一师是国民党部队的精锐之师,有万余之众,全部美式装备,他们进入颍桥镇后,杀鸡宰羊,抓兵拉夫,并以找八路军为名到群众家翻箱倒柜,抢劫财物,把整个五里长街折腾得鸡犬不宁。

接近中午时分,十一师一个营的兵力在颍河边与北岸解放军交上了火。敌人弄不清对岸底细,缩头缩脑不敢蹚过河,敌军官端着枪督促当兵的强渡颍河。此时我解放军战士在河东北岸一字排开,居高临下,占据有利地形。当敌人进入射程后,解放军轻重武器一齐开火,敌人丢下十多具尸体,仓皇撤回。

敌人强渡颍河受挫,恼羞成怒,抓来了十几名群众在前边做"挡箭牌",向北岸压过来,妄想通过一道壕沟通口进入关店。解放军等待走在前边的群众从壕沟里上岸后,方才跃出战壕和敌人英勇搏斗。当时敌人的枪弹密射似雨,打得关店村南树叶纷纷飘落,但解放军战士沉着应战,英勇阻击,没让一名敌人渡过河来。经一阵拼杀射击,敌人又退回南岸,而解放军无一人伤亡。

连续击退敌人的两次进攻后,敌人改变了作战方式,既采取正面攻击,又采用两侧迂回的包抄办法,分三股渡河。左翼从颍桥西北经小河村过颍河,迂回到解放军阵地右侧。右翼从颍桥东北自寇庄渡河绕到解放军左后方,余部则在正面强渡。

激烈的战斗进行到午后2时,天空突然刮起黑黄大风,风力极大,一时间刮得天昏地暗。解放军连长见敌人从两侧包抄过来,形势危急,考虑到阻击目的已经达到,遂命令战士们撤出战斗。战士们借助狂风造成的天然障碍,顺利地撤出阵地。二排五班班长、三排一名副班长和两名机枪射手,为掩护其他战士未来得及撤出,壮烈牺牲。

在关店阻击战中,解放军战士在敌我力量悬殊的情况下,敢打敢拼,誓死阻击,圆满完成了任务。可是,血洒关店的四名战士牺牲后,连姓名也没有留下,被安葬在襄城县首山烈士陵园里。

水西抗日根据地的建立

　　水西地区是抗日战争时期中原地区特殊的政治地理概念。系指1938年国民党炸开郑州黄河花园口大堤,黄河改道,在安徽、河南境内变成西北东南走向,故黄河新河道以东称"水东",河道以西称"水西"。确切地说,"水西"系指新黄河以西,平汉铁路以东,大沙河以北,东西宽约60公里,南北长200多公里的宽广地域。它是一个狭长的平原地区,其地域包括许昌、鄢陵、尉氏、扶沟、西华、商水、临颍、漯河、西平、上蔡、郾城等县,因该地有1000多平方公里,又处于豫东新黄河西部的广大平原地区,故称"水西"。

　　1945年1月,中共冀鲁豫中央(中原)分局、冀鲁豫军区根据中共中央"恢复水东、开辟水西"根据地的指示精神,派遣冀鲁豫军区第八军分区第八团进驻该地区,由团长王定烈、政治委员李任才率领,执行西渡新黄河、挺进豫中、插入敌后开辟新的抗日根据地的任务。中共豫皖苏边区成立后,经过半年多的顽强战斗,建立了豫皖苏解放区,并多次挫败了敌人企图围剿豫皖苏解放区的阴谋,歼灭了国民党军队的有生力量,鼓舞了豫皖苏解放区军民抗战的士气。

　　中共豫皖苏边区委员会在组织军民保卫豫皖苏解放区的同时,对水西地区的斗争形势也十分关注。日本投降后,为了创建和扩大水西解放区,1947年初,豫皖苏军区一分区西渡贾鲁河,先后解放了水西广大地区。中共豫皖苏一地委决定,派地委组织部部长施德生率领一批党政军干部返回新黄河以西,开辟水西地区根据地。3月,中共豫皖苏边区委员会决定建立中共水西工委、水西行政办事处及水西支队。施德生任工委书记兼政治委员,施裕民任行政办事处主任兼水西支队队长。水西工委辖扶沟、西华、洧川、尉氏、鄢陵、许昌六县,隶属中共豫皖苏区委领导。并以此为基础,向北、西、南挺进。

4月,经水西工委批准,重新建立了中共鄢(陵)扶(沟)县委员会,施德生兼任县委书记。鄢(陵)扶(沟)县委开始时属豫皖苏水西工委领导。同年11月,改属豫皖苏五地委领导。同月,豫皖苏区行政委员会和豫皖苏第一专署决定,建立鄢(陵)扶(沟)县人民民主政府,孙志光任县长。始属水西行政办事处领导,同年11月改属豫皖苏五专署领导(机关驻地无固定地点)。同时建立了鄢(陵)扶(沟)县大队,县大队政委由施德生兼任,孙志光任县长兼县大队长。5月,水西工委对鄢(陵)扶(沟)县委、县人民民主政府加派干部,支援和帮助鄢(陵)扶(沟)县委、县人民民主政府开展工作。陶均安接任县委书记、县大队政委,施裕民兼任县长、县大队大队长。副县长为程彦洛,县大队副大队长为刘国玺(后调任许昌为县大队长),张金荣任参谋长。

鄢(陵)扶(沟)县人民民主政府建立后,成立了练寺(属扶沟境)、张桥、望田(属鄢陵境)三个区,同时组建了三个区的区委和区人民民主政府。中共练寺区区委书记居福田,副书记贺居清,区长先后由翟云飞、李中皋担任;中共张桥区区委书记相继由岳庭祥、陈新民担任,区长翟云飞;中共望田区区委书记赵佑栋,区长刘复生。中共鄢(陵)扶(沟)县委、县人民民主政府、县大队在水西工委领导下,发动群众配合主力部队,同国民党当局和反动派进行了不屈不挠的武装斗争,对水西解放区的建立和发展做出了贡献。在此期间,第五军分区在鄢陵县马坊彪岗村举办了"中州学院""建国学院",分区和专署还开办了短期轮训班,培训军政干部,先后培养和发展干部、教师共1100余人。

截至1948年6月,仅鄢陵、扶沟、通许、尉氏4县就有2800人参加华野解放军。西华、临颍两县为华野解放军输送子弟兵2800余人,通许县为二十八团补充兵员400余人,"水西根据地"为解放战争做出了巨大贡献。

设计救亲人

　　1948 年 5 月末的一天,大清早,长葛马台寨西门口就站满了武工队员、保田队员和贫苦农民,他们个个脸上带着期待而焦急的神色向前张望。

　　这时,正西方的大道上,走来一帮身着三种不同服装的人:前头的六七人长袍短褂,一派地方绅士装束;中间走着步履艰难的八个人,都破衣烂衫,带着斑斑血迹;最后跟着 10 多名身穿黑色保安服的国民党大兵,只见他们情不自愿地牵牛赶羊,拉粮驮物,完全失去了往日下乡抢劫时的那股凶恶劲。越来越近了,武工队员、保田队员和群众拥上前去,紧紧拉住那些衣破体伤的亲人,泪水止不住地流了下来……

　　这是怎么回事呢? 故事还得从头说起。

　　1948 年初,豫皖苏区党委从山东渤海地区抽调了一批得力干部,组成武装工作队,巩固扩大河南新解放区。王家岐率领的南席武工队就是其中的一个。南席武工队在很短的时间内开辟了以马台寨为中心,西到和尚桥、北接长葛城的大片新区,并在各村建立农会、保田队,组织贫苦农民搞土改、分浮财,工作搞得非常红火。

　　5 月 20 日,正在董村开展减租减息的武工队夜宿曹庄王家坟。第二天天刚亮,侦察员赵根跑来报告:长葛城夜间开出一股匪兵,很可能是要偷袭马台寨。

　　马台是武工队的根据地、堡垒村,事关重大。王队长遂率武工队和保田队火速赶回马台寨,组织积极分子和群众撤退。

上午 9 时,黑压压的匪兵从庙张、贾集和魏庄呈扇面形向马台袭来,王家岐一边命令保田队掩护群众转移,一边带领武工队冲上寨墙,阻击敌人。匪兵越来越多,并架起迫击炮向寨内射击。王队长见敌众我寡,即命令武工队边打边撤,向双洎河东转移。

匪兵像狼群般冲进马台寨,奸淫掳掠,无恶不作,见门就砸,见东西就抢。他们没有抓到武工队、保田队,离村时竟把 10 名保田队员家属和群众五花大绑,押到长葛县城,上老虎凳,灌辣椒水,要他们供出谁参加了武工队、保田队?谁是穷人头儿?最后,惨无人道的匪兵竟把唐森、赵学中二人活活打死。

得知乡亲们被绑架走的消息,王队长心急火燎,急忙派侦察员赵根、李冬至化装成卖黄豆的农民,到长葛城内进行侦察。获悉袭击马台寨的是刚收编进自卫机动总队的第三大队赵华山中队,这帮人多系散兵游勇、土匪地痞之流。中队长赵华山系土匪出身,在自卫机动总队依仗着大队长杨德的势力,横行霸道,作恶多端。其亲戚是贾集的恶霸地主,在土改中被农会分了土地和粮财,怀恨在心,便举家逃往长葛城,唆使赵华山借武工队暂离马台之机前来报复。抓去 10 名保田队员和群众后,扬言要武工队拿 3000 大洋和 10 袋"老海"才能放人。

王家岐队长和来马台看望群众的豫皖苏区党委民运部副部长兼尉氏县县长何郝炬、县委副书记陈光(1948 年 3 月,豫皖苏五专署建立尉氏县人民民主政府,长葛县平汉铁路以东地区归其管辖)听了汇报,立刻研究对策。

"要救人回来,只有两条路:一是答应敌人的条件;二是偷袭长葛县城。"大家七嘴八舌地议论着。

"条件不能答应。攻击长葛城,敌众我寡,恐怕救不出人反害了他们。"何县长摇了摇头。

"他们抓咱的人,咱就不能抓他们的人?"王家岐一句话提醒了大家。

"对！就这样办！"何县长经过深思，果断地说。

曾在长葛自卫队当过兵、熟知敌人内幕的武工队队员李进才逐一讲述了匪兵头目的出身、劣迹和家庭住址。

何县长慎重考虑后说："不能抓那些一般的敌属，要抓那些作恶多、有民愤的人。"接着，拟定了抓捕对象和行动方案。

29日傍晚，王家岐队长亲自带领由20几名战士组成的突击队，沿着双洎河大堤，借着夜幕的掩护，直扑邢志高、口王等村。武工队行动神速，相当顺利地抓捕到敌军头头家属9人，连夜返回了马台寨。

第二天，敌自卫机动总队队部炸开了锅，被武工队捕去人的几家男女老少哭闹着，向张总队长要人。张总队长原系冯玉祥将军部下，治军较严，有正义感。无奈部队扩编时将当地民团和溃逃来的邻县自卫队吸收进来，鱼目混珠，良莠不齐，难以一一管制。这次偷袭马台寨，赵华山知道张总队长决不会同意，遂夜间秘密出城，单独行事。

张总队长问明缘由，气得一拍桌子，大声吼道："把那几个为头的给我叫来！"

"混账东西！谁叫你们去抢民财、抓人质的？当初你们归顺我时，我给你们说的什么？到如今，你们不办好事，专办坏事，坑害百姓。我毙了你们！"

"我……我们是去打共产党……"一名中队副低声申辩着。

"哼！打共产党？共产党是好惹的吗？睁开狗眼看看，天到啥时候了，还敢胡来！"训得一帮人唯唯诺诺，大气也不敢出。

次日，敌自卫机动总队托了七名开明绅士作为说客，前来马台求情。见到何县长等人，一再赔礼道歉，连说："误会、误会。"并说张总队长对此事十分重视，只要能释放他们的人，什么条件都好商量。

何郝炬县长威严地说："自卫队先抓我们的人，他们白日抢劫，残害无辜，不是我们不仁，而是他们不义！"

谈判结果,武工队提出四个条件:(一)不准再拷打、虐待被捕群众,保证他们的生命安全;(二)被抢走的牲畜、粮食、财物要如数退还,并赔偿我方战斗损失,计"403"子弹50条,步枪子弹2000发,手枪2支;(三)为死难的群众召开隆重的追悼会,抚恤死者家属,费用由自卫机动总队承担;(四)谁就先抓人谁就先放人。

双方又谈妥了交换人员的时间、地点和具体方式。第二天,在七名说客陪护下,敌人乖乖地把被捕的群众、抢走的财物和赔偿的武器弹药如数送还。

黎明前的起义

1948年10月18日上午,晴空如洗,阳光灿烂。从鄢陵县城往西绵延10余里,欢声雷动,彩旗飘扬,中国人民解放军豫皖苏五军分区的全体指战员和刚刚获得翻身解放的鄢陵县人民,排成了一眼看不到头的欢迎队列。

"欢迎长葛保安团起义!"

"起义光荣!"

"革命不分先后!"

看着这动人的场面,走在起义队伍最前面的团长张惠民不禁流出了激动的泪花。他心潮翻滚,一幕幕往事历历再现……

1947年初,国民党长葛县县长李乐安看到中国人民解放军势如破竹节节胜利,感到大局不妙,就绞尽脑汁,企图以加强对全县反动武装的控制,来维持自己摇摇欲坠的反动统治。于是,他把几个机动中队合并为千把人的"长葛县机动大队",网罗了一批从国民党部队归里的营、连、排长,分别安排到机动大队任中队长、分队长。他想,这样一来利用他们为自己卖命,二来免得他们"惹是生非"或投靠解放军。

机动大队成立后,李乐安看着身边的几个土匪头目,论抢掠,一个赛过一个,可要让他们对付共军,看谁会装孙子。必须找一个精明能干又信得过的人当大队长,让谁当呢? 李乐安考虑再三拿不定主意。忽然,他想到了曾在冯玉祥部队任职多年的张惠民。

张惠民原是国民党第二路军总指挥部独立团的团长,1946年冬在扬州驻防时,因不愿接受总指挥孙良诚帮助蒋介石打内战的命令,愤然离开队伍,带一个营长、一个连长、两个排长和十几个士兵返回长葛老家。这个人能文能武,让他当大队长再合适不过了。

这天,李乐安身着便衣,带些礼物,只身来到长葛县北门里张惠民家中。

张惠民见李乐安微服而来,知道事情不一般,立即迎上前去:"县长大人,怎敢劳您大驾,有事通知我一声就是了。"

"久闻张团长大名,只是近日忙些公务,拜访来迟,请海涵。"李乐安双手一拱,装得非常谦和有礼。

"太客气了,李县长请坐。"

两人边喝茶,边闲扯,寒暄几句,李乐安便入了正题:"张兄,说正经的,我李某上任不久,还望大家多抬举,为了长葛父老乡亲的安危,我把全县 1000 多人的武装拢到一起,成立了民团。你知道,百分之八十的武力都在机动大队,大队长这个职务举足轻重,争着干的人不少,但都是无能之辈,我一个也看不上。张兄在部队带兵有方,战功显赫,在地方又很有声望。所以这次我来,主要是请你出山,出任大队长这个职务。咱俩共同合作,一文一武,把长葛治理成模范县,不知张兄意下如何?"

李乐安话一出唇,张惠民已明白八九,心里暗暗骂道:这小子看到大势已去,让我给他当炮灰,想得真美,我要堵死他,免得以后再来纠缠。

"李县长过奖了,鄙人实感惭愧。至于委以重任之事嘛,我张某实在不能从命。一是我从二路军独立团回来时就发誓不再过行伍生活;二是地方上事情复杂,难干,我也应付不了;三是我的家庭有实际情况走不开。实在对不起县长,你另请高明吧!"

张惠民一番婉言谢绝之辞,说得李乐安进退不得,心想:哼,张惠民,你好不识抬举,时间往前退两年,你磕头我还不一定用你呢。他忽地站起来,皮笑肉不笑地说:"既然张团长不肯赏光,我李某也不勉强。不过,利害关系嘛,恐怕还是考虑考虑为好。我公务繁忙,告辞了。"

送走李乐安,张惠民和妻子王风云对坐而叹,妻子担心地说:"惠民,我看心狠手辣的李乐安是不会就此罢休的。"

张惠民把桌子一拍:"反正我张惠民决不干祸国殃民之事。什么大队长,总司令我也不干!"

一天,在国民党部队共事过的好友张益民来找张惠民聊天。张益民原在冯玉祥部任少校营长,回家后也曾发誓不干军人这一行,因怕李乐安扣上"共党嫌疑"的帽子,只好出任机动中队长的职务。

"团长,你今天看南门墙上贴的布告没有?"

"李乐安这小子来了一趟,气得我几天没出门。什么布告?"张惠民惊奇地问。

"国民党的布告,内容是共军王发祥部要来郑州以南、信阳以北活动。让各地提高警惕,加强防范。"

"什么?发祥老弟要来咱这一带,那咱更不能干国民党的事了。"

原来,王发祥是在苏北盐城同张益民一块起义的,起义后王发祥留下参加了解放军,张益民因思念双亲回到老家。张惠民与王发祥在冯部也是故交,所以才说出上述话来。

"团长,您的为人我知道。不过在这个事上,我的认识却不同,依我看,咱们直接掌握一部分武装大有用场。只要不干伤天害理之事,即使王发祥打过来也没事。还是捡起'大队长'这顶乌纱吧!张兄你看如何?"张益民以期待的神情注视着张惠民。

张惠民沉思一会儿说:"这事非同小可,我考虑考虑再说。"

7 月中旬的一天,李乐安再次找到张惠民,先是许愿让他统一指挥长葛警察局和自卫大队等武装力量,再是以高薪劝诱。最后看软的不行,脸一沉,厉声道:"张团长,这么优厚的待遇你都不干,是不是想投靠共产党？如果是那样,我可保不了你呀,何去何从,看着办吧!"在李乐安软硬兼施下,考虑到自己眼前的处境和张益民意味深长的劝告,张惠民答应出任机动大队队长。

张惠民上任长葛县机动大队长的消息,马上传到了我豫皖苏五军分区。时任军分区副司令员的王发祥和参谋长路耀林都是张惠民的故交,深知他为人正直,有爱国之心,讲义气,守信用。他们商量决定利用适当时机,劝张惠民带机动大队起义。于是,先写了一封信,让与张惠民曾同在孙良诚部下当过兵的、现我中共党员芮文彩到长葛试探一下情况。

这天,商人打扮的芮文彩来到张惠民家,掏出王发祥和路耀林写的信。信中写道:"惠民兄,已经知道你在长葛交了一批朋友,我们希望你和朋友们搞好关系,在你认识的人员中,多团结一些兄弟。今劳文彩到你处共事,望团结共进为上。"张惠民看罢信,芮文彩又委婉地和他谈起了当前的形势,并流露出劝他弃暗投明,参加解放军之意。这时的张惠民,虽不愿替国民党卖命,但对参加解放军也顾虑重重,内心非常矛盾,他为难地说:"我刚当这个大队长,上司还不十分信任我,手下人心也不齐,这事以后再说吧。"

王副司令员听了芮文彩的报告,认为争取张惠民只是有可能性,要把可能变成现实,还要做大量的工作。以后,芮文彩又多次对张惠民讲国民党军队节节败退的形势,讲地方反动武装前途黯淡的处境,指明只有投靠共产党才是唯一的出路。同时,解放战争飞速发展的形势,也给张惠民以巨大而深刻的教育。渐渐地张惠民的思想发生了根本转变,决心走起义之路,不过要等牢固地掌握了全县武装之后。

张惠民心中的那盏灯拨亮之后,情绪大振。他首先严明部队纪律,进行正规的军事训练,把机动大队调理得整整齐齐、规规矩矩。这些,深得县长李乐安和其他党政要人的赞赏。

为进一步取得县太爷的"信任",张惠民特意派一班人为他日夜护家。这样一来,乐得李乐安手舞足蹈,认为张惠民对自己真是忠心耿耿,有这样的人在自己身边,可以高枕无忧了。

1948年2月,豫皖苏五分区第二十八团进军长葛,李乐安在张惠民的"护驾"下,准备逃往郑州。临走之前,李乐安召开了军事会议,会上宣布:即日起,长葛所有武装,统改称为自卫机动总队,张惠民为总队长,谷耀宗为副总队长,总队以下各大队、中队的职务安排,统由总队长做主。

张惠民统率了全县武装后,立即和芮文彩、张益民进行了商议,对原有建制进行了调整改编。总队下设三个大队,分别由张益民、张殿卿、杨德任大队长,每一个大队、中队都安插有自己的亲信,并任命芮文彩为特邀参谋。

此后,张惠民根据军分区首长"尽一切办法保存实力,团结一切可以团结的力量"的指示,收容了周围几个县的残余武装300多人,合编为第四大队,进一步壮大了自己的武装力量。

9月,长葛县自卫机动总队遵照五分区的指示,集结在郑州东北祭城一带。李乐安为了虚张声势和便于搜刮粮饷,将自卫机动总队改编为长葛保安团,张惠民任团长。一切条件都成熟了,只等起义,"但五分区为什么不来通知呢?"张惠民、芮文彩心里非常着急。

10月13日晚饭后,张惠民从祭城到郑州城内所谓的"长葛办事处"察看情况,突然与其妻王风云和8岁的儿子小林州在大街上相遇,亲人相见又惊又喜。他把母子俩带到僻静处,王风云掏出王发祥司令员的信来:"时机已成熟,沿途已向有关方面和人员下达了通知,可立即率部起义。"看完信,张惠民脱口而出:"盼望已久的日子终于来到了。"

"惠民,你要多加小心,多保重。"王风云深知部队上什么事情都会发生。

"放心吧！这么多弟兄拥护我，不会出差错的。"张惠民让她母子速回老家躲避起来。

回到团部，张惠民立即向芮文彩、谷耀宗、张益民秘密传达分区指示，命令自己的亲信对团长住室严加警卫，任何人不经许可禁止入内。四人密谋了起义前的准备，决定立即把队伍拉到郑州、中牟之间的白沙镇。

晚9时半，天上乌云密布，下着蒙蒙小雨。

在一片"唰……唰……"的脚步声中，队伍迅速集合在祭城东门外。张惠民团长下达了转移的命令："据便衣侦探报告，各方共军大队似有进攻郑州之状，祭城飞机场在此，为共军注意之重点，我部为了保存实力，撤离险区，向敌我双方的交界处挺进。目标——白沙镇。今晚口令——挺进。"

"出发！"张惠民一声令下，部队冒雨向白沙镇开去。行军途中，雨越下越大，积水淹过了膝盖，经过艰难跋涉，终于在翌晨到达了白沙镇。

下午，团长召开连长以上军官会议，张惠民严肃地说："我长葛保安团，经过一年多四方游击，到处流窜，让弟兄们跟我吃尽了苦头。目前共军声势浩大，所向披靡，国民党军队节节败退，整军整师起义投诚者不计其数。古人云：'识时务者为俊杰'，我个人谋穷计尽，今请大家来献计献策，指出避死投生之路。"

团长话讲完，大家面面相觑。这时，三营营长杨德站起来厉声说道："好啊，张团长，你想投奔共军，共军给了你什么好处？我要去报告，看你长了几个脑袋……"

说时迟，那时快，杨德身后立即有几个人端着枪指向了张惠民。

顿时，气氛异常紧张，守卫在屋外的士兵在一营长张益民的示意下，都紧握顶上膛的盒子枪，随时应付意外。

在这千钧一发之际，副团长谷耀宗挺身站起，直言驳斥："根据河南战局,目前只有少数城市尚未解放,但也是指日待毙。长葛保安团何堪一击!我们应当明辩是非,弃暗投明,举义旗,走正路,负隅顽抗,只有死路一条。"

话音刚落,张益民就挺身而起:"我同意团长、副团长的意见,高举义旗,投靠共产党。"

沉默的会场沸腾了,这个说:"跟着张团长干,您到哪儿我们跟到哪儿。"那个说:"听团长的话,就是出路,我们不愿为国民党卖命了。"门口站岗的士兵们手握盒子枪大声说:"我们坚决服从团长的命令,谁要反对,就别想活着走出这屋门。"

看到大局已定,杨德吓得只好让他那几个信徒乖乖地收起枪,再也不敢说一句话了。

张团长看局面已经稳定,大声说道:"现在我决定:长葛保安团全体官兵携带武器、马匹、电台等等,向豫皖苏五分区驻地——鄢陵县城起义投诚。"接着,又进行了具体部署,"今夜12点出发。从现在起,各营、连认真检查一下人员和武器弹药。白沙镇已经封锁,只准进,不准出,执法队加强巡逻,出现问题,严肃处置。"

历时四个小时的白沙镇会议结束了。

散会后,张惠民正在思考着如何防止出现意外情况。突然,一声"报告"打断了他的沉思,原来是杨德要求面见团长。为应对不测,张惠民手枪上膛后说:"请杨营长进来。"

杨德进屋后,芮文彩、张益民立即派便衣队队长和警卫排排长严密监视屋内动静,如杨德有不规举动,立即逮捕。

屋内,杨德把两支手枪拿出放在桌子上说:"团长,我并不是不愿跟你走光明道路,只因我个人实在有困难,请团长看在咱共事这么久的分儿上,允许我带一些弟兄回家。"

"三营长,眼下这个局势,你到哪儿,也是解放军的天下。跟我投诚,我保证你的绝对安全,解放军是讲信义的。"张惠民苦口婆心地挽留,杨德执意不肯。

张惠民看劝说无用,便说:"杨德,你知道,此举关系到全团 1000 多名弟兄们的生命安全。我可以放你走,但是,只能今晚 11 点整,再则,不要带那么多弟兄,给你两个警卫员。枪你拿走,跟我这么长时间,还不送一点礼物。"

"感谢张团长,我杨德无论到哪里,决不忘您的大恩大德。"

杨德走后,张惠民找来芮参谋、谷副团长和张益民,研究了杨德的举动,命令一营、二营做好战斗准备,由芮参谋带一个执法队严密监视杨德,一有动静,就地解决。

深夜 12 点,张惠民带领队伍悄悄向长葛县城进发。次日拂晓,进入长葛县境。突然,警卫员领着几个干部走来,他们上前握着张惠民的手说:"我们代表区委、区政府欢迎你们的到来。今天早上我们才接到县政府转达分区司令部的指示。"

16 日上午,队伍完全进入了解放区,在长葛县城北口村的一个打麦场上,张惠民给部队讲话:"从今天起,我们起义投诚,不再是长葛保安团了,共产党向我们伸出了热情的双手。我宣誓:永远跟着共产党,全心全意为人民,打败蒋介石,解放全中国!"

"跟着共产党!""参加解放军!"的口号响彻云霄。18 日上午,起义部队开进了豫皖苏五分区驻地——鄢陵县,在一片欢呼声中,军分区司令员王建青、副司令员王发祥、政委王其梅和政治部主任王洪川等首长出城迎接起义部队。王发祥副司令员紧紧握着张惠民的双手说:"惠民大哥别来三年,身体尚好,此次率全团归来,真乃正义之举。"张惠民眼含热泪激动地说:"感谢党对我们的关心,我们走上起义这一步,多亏共产党的指引和帮助啊!"

王发祥副司令员代表五分区欢迎起义部队的到来,并宣布:起义部队正式改编为中国人民解放军豫皖苏五分区独立支队,张惠民任支队长。

在斗争中建立巩固新生政权

——1948 年的禹县人民政权建设

陈谢兵团九纵二十七旅于 1948 年元月 18 日,第一次解放禹县县城后,即开始组建人民政权。建政初期,尽管敌人作垂死挣扎,多次反扑,但新生的人民政权在与敌人的斗争中,并没有被摧垮,相反,日臻巩固,逐步完善。禹县解放的第二天,中共豫陕鄂五地委、五专署即派副专员李尧如(禹县人)带领安伯康、李治彬等回禹县开辟工作,筹建地方政权。

为震慑敌人,宣传人民,他们在部队的护送下,举行了隆重的入城仪式。禹县人民兴高采烈,载歌载舞,当他们骑马从西关走到南大街时,成千上万的群众夹道欢迎,李尧如当即发表了"抚慰"演说,并向禹县的乡亲们亲切问候。

接管了国民党政府后,他们立即宣传了共产党的政策和主张:对人民财产和旧政府的一切建筑物给以保护;各大小商号照常营业;动员各界人士捐粮捐款,救济贫苦市民;号召青年学生参军参战,收缴敌人遗留的枪支弹药,支援前线。同时,还驱逐了美国传教士。

为了保护人民,打击敌人,稳定社会秩序,10 天后,他们奉命带领六七十名武装起来的青年学生撤出禹县城,到郏县西部一带剿匪,成立了禹郏独立团,李治彬任团长。2 月初,豫陕鄂区党委决定派南下干部工作团成员阎海、陈瑛等 30 多人开展禹县党的工作。在五地委的帮助下,在宝丰召开会议,宣布成立中共禹县工作委员会和禹县临时人民政府。阎海任工委书记,陈瑛任副书记,张效程、杨茂为工委委员。副专员李尧如兼政府县长,陈瑛兼副县长,张效程任政府秘书主任。并做了具体分工:阎海负责区级政府建设,李尧如负责征收粮款,陈瑛负责剿匪、支前和教育工作,张效程负责建立方岗中心区,杨茂负责建立城关工商联合会,李治彬负责地方武装建设。区级政权暂设方岗、神垕、梁北、顺店四区。会议还决定:工委召开关于政府工作和武装工作的会议,可吸收非党员李尧如、李治彬父子参加。

2月21日,陈谢兵团一部再次解放禹县。禹县工委和临时人民政府即从宝丰迁回禹县。3月初,禹县临时人民政府贴出了第一张公告,宣布人民政府的各项现行政策,号召广大人民努力生产,支援前线;提高警惕,打击敢于破坏的伪顽分子和反革命匪特,维护社会秩序,保护工商业合法经营。接着,中共禹县工委召开第一次扩大会议,决定成立城市工商联合会,杨茂兼任会长,再建花石、古城、张得三区。对下边不经人民政府同意而私自建立的区级政权,宣布解散。不久,五地委宣布成立许西县委和许西县人民民主政府。禹县东南部划归许西县。

3月20日夜,逃至外地的国民党禹县县长黄汝璋趁解放军参加洛阳战役,地方政权撤出县城之机,带其残部冒充李尧如县长的队伍反扑进城,诱骗杀害无辜群众40多人,制造了耸人听闻的“马坟惨案”。

4月11日,华东野战军陈唐兵团再度收复禹县。地方政权随之由乡村迁回县城,禹县临时人民政府改为禹县人民民主政府,禹郏独立团改为禹县独立团。李尧如兼任团长,李治彬、刘清甫为副团长,阎海兼任政委。

接着,中共禹县工委召开第二次扩大会议,研究布置了五项任务:第一,逐步建立村政权,以稳定民心,征购粮款,保证部队供给。第二,保护工商业,活跃城乡市场。确定三峰山煤矿、神垕钧瓷厂、大喜烟厂、三德合食品厂等由县政府直接管理。对名药材及其加工厂、药行等加以保护,使其正常生产和营业。第三,开展剿匪反霸斗争,收缴枪支弹药,严惩民愤极大的乡、保长。第四,访贫问苦,扎根串联,依靠贫雇农建立农会和民兵组织,斗争有罪恶的地主恶霸,争取开明绅士。第五,发动群众参军参战,支援前线,组织担架队,抢修公路,保证运输。会后,各区迅速进行贯彻,积极行动起来,但由于残匪作乱,使工作一度受阻。在一段时间内,工委和政府的工作人员只能白天在县城工作,晚上到乡间隐蔽。

5月22日,国民党禹县、长葛、鄢陵、扶沟、洧川五县"剿匪"副总指挥兼禹县县长席子猷纠集长葛等地残匪对新生政权进行反扑,中共党政机关被迫下乡。五天后,五军分区政委冷裕光率领分区部队和禹、郏两县独立团一举再克县城,从而使禹县最后获得解放。6月19日,席子猷在郑州东南15公里处之祥云寺被我军俘获,押回禹县后,在城隍庙召开万人大会,由陈瑛代表民主政府对其宣判,由李治彬代表禹县60万人民对其控诉,对恶贯满盈的席匪执行了镇压。

至此,禹县地方工作得以顺利开展。仅7月一个月,全县就建立村级政权304个,发展民兵千余人。8月18日到20日,禹县工委在十三帮(地名)召开中共禹县第一次扩大干部会议(当时也称党代会),宣布了豫西五地委关于改禹县工作委员会为禹县县委的决定,任命刘坪为县委书记,芦鹤年为副书记兼组织部部长,阎海、陈瑛、王秀、周士珍、张天和为县委委员,边利民为组织部副部长。同时,对县政府领导也做了调整,任命张天和为县长,陈瑛为副县长。9月,任命田树凡为宣传部部长。

同期,阎海、张效程、李振家等五人去鲁山参加党委召开的为期两个月的会议。会议中心是贯彻中央"六六指示",纠正土改中的右倾路线,继续发动群众,搞剿匪反霸斗争。9月初,根据五地委指示,在禹县成立禹、密、郏三县联防剿匪指挥部,指挥长由郏县县委书记李辉兼任,政委由刘坪兼任,副政委由芦鹤年兼任,三县独立团正副团长为指挥部成员。剿匪重点定在禹县西部山区官山、磨街一带。区党委会议结束后,县委即组织以阎海、芦鹤年为队长的土改反霸工作队,分头在葛村、花石搞剿匪反霸、减租减息工作试点。三个月后,在全县范围内普遍展开,为以后的土改运动的顺利进行打下了基础。

10月13日,陈谢兵团司令部根据中原军区首长指示,在禹县拟订了郑州战役计划。19日,陈毅、邓小平等首长自宝丰皂角树来到驻禹的陈谢兵团司令部,亲临指挥。

为支援郑州战役,禹县县委、县政府设立了城关、兵河铺、柏村3个兵站。修复公路3条,82公里,出动担架1850副,民工1万余人,支援电杆1050根,粮食27万斤,柴草298700斤。同年11月6日,淮海战役开始。县委、县政府又及时成立了支前委员会和支前司令部,刘坪兼主任,张天和兼副主任和司令部司令员。司令部下设民动、宣教、供应三科和总务股,在全县交通要道设立了五个兵站,同时,各区建立支前委员会和支前司令部,各村也都建立了支前小组。全县掀起了轰轰烈烈的支前热潮,共支援淮海战役粮食14万余斤、军鞋35万余双、军袜30万双、柴草110万斤、电线杆500根,出动大车3000辆、担架1700副,出动民工5万人、修筑公路5条,架桥11座。由于支前工作有声有色,成效显著,受到了中原局领导的表扬。

11月23日,县委给各区发出指示信,指出自郑、汴解放后,中原局势由动荡转向稳定,要求各区积极完成秋粮征收工作。同时,猛烈开展政治攻势,做好瓦解残匪工作。

刚刚跨入新的一年的时候,1949年元月,传来了振奋人心的消息,淮海战役胜利结束。县委、县政府立即在全县组织开展广泛的宣传和庆祝活动,并号召全县人民积极开展拥政爱民和拥军优属活动。通过这些活动,人民群众扬眉吐气,精神大振,从而带动了全县各项工作胜利地向前推进。

鄢陵马坊晋门战斗

鄢陵县马坊镇晋门村,地处鄢陵县城北 12 华里,交通便利,人口稠密。1944 年 6 月,日本侵略者从尉氏县南侵,鄢陵县城沦陷。伪三十二军六十一师汉奸师长贺凯还部驻扎鄢陵,被日军收编后,越发狐假虎威,时常下乡抢劫财物,奸淫妇女,无恶不作。老百姓骂他们是"麦牛队",整天吃、喝老百姓,就是不干正事儿,他们用顺口溜讽刺:"麦牛队,麦牛队,白天吃饱他就睡,夜里翻箱又倒柜。听说打仗就后退,他们都是汉奸队。"老百姓提起"麦牛队"无不咬牙切齿,恨之入骨。

1945 年 8 月 15 日,日本无条件投降,举国欢庆。而盘踞在鄢陵县城的六十一师长贺凯还摇身一变,由日伪、汉奸的身份迅速被国民党收编。9 月 14 日(农历八月初九),贺凯还一部 100 多名官兵窜至城北晋门、钦桥一带劫掠老百姓的财物,搜刮民财,准备过一个丰盛的中秋节。

这些无恶不作的匪军进村后牵猪逮羊,激起村民的公愤。一帮匪兵钻进钦桥村钦建臣的油坊内,掂起 60 多斤的一桶香油就走,顺手还把炸好的鱼块全部端走吃掉。更有甚者,几个匪兵见到一位大姑娘长得水灵,几个人使个眼色就把姑娘拉到竹园内进行轮奸。因为匪兵们手里有枪,老百姓看在眼里,气在心里,却是敢怒不敢言。

晋门村农民田发群、晋玄两人看到匪兵的恶劣行径,心中悲愤难忍,决定找抗日民主政府整治一下这些无耻的匪兵。

田发群和晋玄一起迅速到城北彭店村找到鄢(陵)尉(氏)抗日民

348

主政府的武装队伍,报告了敌人的踪迹和恶行,要求民主政府锄奸除害。

鄢(陵)尉(氏)民主政府县长李子明闻讯后,立即带领 28 名指战员奔赴晋门村,从东、西、北三面悄悄地把敌人包围在几处院子里。战斗打响后,村民知道是抗日民主政府来到村里为民除害,纷纷拿起铁叉、抓钩参加战斗。这些顽固派官兵见形势不妙,各自弃物逃窜,满大街地乱窜。

由于伪军不知道抗日民主政府有多少人参加战斗,正在争抢财物的匪兵一个个如惊弓之鸟,听到枪声后也顾不得抢来的财物,纷纷抱头鼠窜。敌伪军一时间溃不成军,四处乱跑,根本形不成战斗力。村民晋西臣追匪兵到十字街口,见到一位战士正在追击一名匪兵。匪兵走投无路,一头钻进晋铁聚家里。战士问道:"那匪兵跑哪儿了?"晋铁聚指了指:"进了这家!"两个人来到院里仔细搜查,在东山墙的夹道里找到了那位蜷缩在树根下的匪兵。晋西臣解下晋铁聚家晾晒衣服的绳子,把匪兵捆了个结结实实。几个人把匪兵拉到大街上,忽然听到妇女晋张氏大声喊道:"俺家棚子上还有一个哩!"其余几个村民一拥而上,爬上屋内的棚子把匪兵捉着。正行走之间,又见一匪兵自胡同口向南逃窜,几个人奋勇向前,一起在后边紧追不舍,最终把此匪徒捉拿。

匪兵弄不清楚八路军有多少人,胡乱开枪,纷纷向县城方向逃窜。抗日民主政府武装在村民的帮助下,又俘虏了两名顽固派士兵,经过辨认,被追捕到的那个人正是在一户农家中轮奸妇女的恶徒。村民们义愤填膺,围着这名伪军痛揍了一顿,村民十分痛恨匪兵的胡作非为,当即挖了一个坑把这名恶徒活埋了。

晋门战斗是抗日战争胜利不久发生在鄢陵县境内对日伪军的最后一次围歼,打击了土顽势力的嚣张气焰,体现了鄢陵县抗日民主政府对敌斗争的意志。

望田战斗

　　望田镇位于鄢陵县西南隅,西南与临颍县接壤,西北与许昌县毗邻,北邻鄢陵只乐。1945年10月初,根据中共中央的指示精神,为了顾全大局避免内战,河南军区所属部队除一部分转移至黄河以北外,其余人员撤离豫西解放区,南下桐柏山地区。9月底,国民党四十一军、四十七军、五十五军气势汹汹地向豫中根据地扑来,不断挑起战端,扩大冲突,一时间,中原大地战争阴云密布。

　　在中原水西解放区,冀鲁豫军区司令员杨勇、政治委员宋任穷电令位于西华、鄢陵、扶沟一带的冀鲁豫军区豫中支队迅速撤离水西解放区,挥师北上,拟于1945年10月15日前抵达黄河北岸的河南滑县,参加将要举行的河北邯郸战役。冀鲁豫军区豫中支队接到命令后,冒雨火速向西华县逍遥镇集结。10月5日清晨(农历八月三十),冀鲁豫军区豫中支队开始北撤行动,团政委李仕才率领第四营先行,由西华县逍遥镇向北经鄢陵县的陶城、望田,然后折转向东进入扶沟,预定于两天后控制扶沟县新黄河渡口,接应后续部队到达。

　　10月6日清晨,冀鲁豫军区第十三军分区主力部队和地方党政军机关离开了自己亲手开创的豫中革命根据地,告别了鱼水情深的中原父老乡亲,挥师向北进发。途中发现国民党第四十一军一个团在左侧平行向北开进(十三军分区在东侧,国民党军在西侧),企图抢占鄢陵县西南的望田寨,扼住冀鲁豫军区豫中支队北上的咽喉要道,切断其后续部队道路。先头部队杨劲营长率领第三营跑步前进,于当日下午3时许,抢先控制了鄢陵县西南的望田寨,并立即投入了紧张的战斗准备。

晚到一步的国民党军队在望田寨以西的郭家、任庄、李庄等地构筑工事,依仗优势兵力对望田寨形成半包围之态势,妄图围歼第三营。国民党士兵占据望田寨周围的几个村庄后,家家住满士兵,对老百姓不断进行骚扰,闹得鸡飞狗跳,不得安宁,全村的猪羊鸡被宰杀殆尽。豫中支队进驻望田镇后,对老百姓态度和蔼,秋毫无犯,征用老百姓的物品合理补偿,守寨的战士蹲守在寨墙上,国共两党的军队形成强烈的对比看得清清楚楚,战士们同仇敌忾,严阵以待。

10月7日破晓,驻扎在望田寨南、北、西边几个村子的敌人发起了对望田寨的强攻。营长杨劲率领第三营指战员,发挥近战优势,严守在阵地,加强望田寨四周的防护。当敌人离寨墙100米左右时,豫中支队密集的子弹射向敌人。敌人纷纷倒地,伤亡惨重,敌连长苏茂林在第一轮进攻中就被打死,敌军的第一次进攻被击退。

乘敌人败退后的间隙,指战员们一边轮流吃早饭,一边监视着敌人的动向。为鼓舞士气,豫中支队的战士拉起了弦子,唱起了雄壮的战斗歌曲,嘹亮的战歌响彻村寨上空。敌人见状恼羞成怒,马上组织了第二次进攻,很快又被我军击溃。一个上午,敌人连续组织了三次进攻,除消耗大量的子弹、丢下几十具尸体外,没有前进半步。下午,敌军官组成了"敢死队",强迫士兵光着脊背,顺着路沟贴近望田寨墙,他们在机枪火力的掩护下又发起了第四次进攻。当敌人逐渐靠近寨子时,守寨的指战员向敌群猛烈射击,敌人死伤满地,指挥官见无法靠近寨墙,就率先后退。敌人的第四次进攻又告失败。

此时,八团团长王定烈和参谋长常志义率领的第一营和第二营在西华县逍遥镇钳制敌人,利用敌人不擅夜战的弱点,于10月7日晚突破国民党第四十一军一个师的重围,趁着夜幕撤离了西华县逍遥镇,于次日凌晨4时到达鄢陵县望田寨附近。第一营、第二营分别暂住在望田镇东侧的店东刘、边王两村待命,王定烈则带一个连进入望田寨与守卫的第三营会合。杨劲刚向王定烈团长刚刚汇报完敌情，敌人又发起了第五次进攻。

这次，敌人同时派出两股兵分别从南、北两面对望田寨进行夹击。一股从李庄、任庄出发向望田北迂回，攻打寨子北门。王定烈登上北寨墙，见敌人在炮火掩护下抬着云梯接近寨墙，距寨墙只有二三十米远时，敌人刚要架云梯攻寨，守寨的指战员甩出的手榴弹就在敌群里炸响，攻寨的云梯被炸得七零八落地丢在地上。这时，第一营战士从敌人左侧发起了攻击，敌人顿时大乱，丢下云梯向西北方向溃逃。第一营的指战员乘胜追击，追至望田寨北门外的三官庙，俘虏敌军数名。另一股敌人从望田桥李村出发，向望田寨南门迂回。这时，驻扎在望田南侧的边王村第二营奉命增援，行进至望田南地时与敌遭遇，部队迅速投入战斗，打死打伤敌人数人，活捉官兵7人，其余的敌人向西狼狈逃窜。第二营营长带领全营指战员押着俘虏进入了望田寨内，与坚守的三营会合。

敌人多次进攻受阻后，到了中午时分，敌人调来了炮兵进行增援，发动了第六次攻击，妄图把望田寨内的第二营、第三营置于死地。下午，敌人用火炮向寨内集中炮击，炸毁民房数十间，守卫寨西门的一名战士不幸中弹牺牲。王定烈、杨劲根据敌军炮火猛烈的情况，毅然决定撤出战斗，寻机转移。

晚8时许，豫中支队趁着夜色悄悄从望田寨东门出发向扶沟县方向转移。经过一夜的急行军，冀鲁豫军区豫中支队主力于10月9日拂晓，在鄢陵境内的马栏东章甫村附近与第四营会合，并获悉前日（10月7日）下午扶沟县城内发生激战，冀鲁豫军区第二十九团已东渡新黄河，国民党第五十五军曹福林部占据了扶沟县城，并封锁了扶沟新黄河渡口，正面切断了冀鲁豫军区豫中支队的北撤道路。

此时，国民党第四十一军又在后面步步逼近豫中支队，敌众我寡，冀鲁豫军区豫中支队处境十分危险。眼下的情势，按原计划从扶沟县渡过新黄河的计划显然是行不通的。鉴于东渡与北上均受阻这一情况，冀鲁豫军区豫中支队党委研究决定避实就虚，改北上为南下，并急电上报冀鲁豫军区。经批准后，部队进行了短暂的战地动员，迅速组织部队轻装突围。10月10日午夜，豫中支队横穿鄢陵境向西转向许昌方向，经张潘、临颍等地，行程700多里，连续作战10余次，于10月14日到达遂平县嵖岈山解放区土山镇，同河南军区王树声部会师，并受到新四军第五师师长李先念的亲自接见。

发生在鄢陵县望田镇的这场战斗，是日本投降后国民党在中原地区围剿共产党军队的一个铁证，由此可以看出国民党"假和平，真内战"的本质。

伏村王村战斗

大马镇伏村王村位于鄢陵县城西南 20 华里。日军投降后,1945
年 9 月 6 日(农历八月初一)上午,被国民党收编的伪军第六十一师
贺凯还部本性难移,继续作恶。这天,贺凯还一部三四十人闯进城西
的伏村王村进行劫掠。

伏村王村虽然是个小村但有土寨,寨子有东西两个寨门,全村仅
有 300 多口人。土顽进村后,由副连长派两个排的士兵住进村西头王
松亭家中,另一个排住进村子东头王松铎家,并分别把守东西两个
寨门。

敌顽的连部设在村子正中的大财主王纯志家的楼房院子内。进
村的土顽如饿狼一般闯进老百姓家里,见东西就拿,见货物就抢,翻
箱倒柜,把值钱的物品顺手装进口袋。老百姓十分气愤,与之争执,
遭到打骂。一时间伏村王村鸡犬不宁,老百姓个个胆战心惊。

接近中午时分,匪连副招呼人在王家大院垒砌锅灶,杀猪宰羊做
饭吃。

伏村王村有人听说北边的田王庙村有八路军,就撺掇村民王聚
震偷偷溜出村子去找县大队的人快来解围。此时,恰遇鄢(陵)扶
(沟)县抗日民主政府大队长徐鹤琼、组织部部长孙志光、独立营营长
刘国玺带领一个连的指战员从豫西执行任务返回鄢陵。组织部部长
孙志光本人就是伏村王北边田王庙村(孙家)的人,邻村伏村王遭到
土顽的骚扰,他义愤填膺,决心敲掉这股土顽。7 日上午,孙志光见到
了王聚震,获悉一股土顽正在伏村王抢劫财物,顿时怒火万丈,三个

人仔细听王聚震述说,土顽人数不多,仅有三四十个,消灭他们应该没问题。三个人一商量,决计顺手牵羊把这伙土顽吃掉,为民除害。

为了不惊动窜进伏村王村的这伙土顽,鄢(陵)扶(沟)县长徐鹤琼和孙志光一商量,先把队伍悄悄地潜伏下来,瞅准机会围歼寨子内的土顽。徐鹤琼、刘国玺二人带领战士埋伏在伏村王东二里的戏楼陈村,在王聚震的带领下,察看了伏村王寨子周围的地势。当晚9时许,徐鹤琼带领大队指战员迅速包围了伏村王,趁着夜色掩护,从寨墙的东北角竖起梯子悄悄翻过寨墙进入寨内。

匪连副正与十几个匪兵围着一张八仙桌贪婪地吸食"老海",一副欲醉欲仙的样子。突然寨子内传来一声枪响,原来是匪兵发现了进入寨子的战士,慌乱之间开了一枪。枪声惊动了国民党官兵,他们利用夜色熄灯掩火躲藏起来。徐鹤琼进村后未见到匪兵,就命令指战员先撤到附近的姚家村隐蔽待命。原来这些匪兵以为是高迁王村的土匪头子王明黑吃黑抄他们的后路,观察了一阵子不见动静,就认为是当地的土匪劫掠了一番逃走了,就放心大胆起来。寨子内的匪连副一班人虚惊一场后,便陆续从路沟里走出来回到村内继续抢劫,更是肆无忌惮。有的匪兵吃饱喝足后,连夜闯进农户家中,调戏了几名妇女,惹起了村民的极大愤怒。折腾了半夜,有的匪兵脱光了衣服钻进被窝儿酣然入睡。

8日凌晨时分,有几名匪兵把抢来的粮食拉到东边的朱店集上卖掉换成现钱,被埋伏的几名战士俘获。经过审问,更加了解了村寨内土顽们的恶行,县大队下决心歼灭这股顽匪。鄢扶县大队分两路团团包围了伏村王村,一路主攻东寨门,一路从寨子南边绕过攻打西寨门。天蒙蒙亮时,只见东寨门一名哨兵正扛着枪在寨门口来回走动,从东边戏楼陈村走过来三位老百姓打扮的人,哨兵端起枪问道:"干啥哩?"

一名战士答道:"俺是这村的,去赶集去啦!"哨兵放松了警惕。

眨眼之间,三人猛地扑向哨兵,夺下了他的枪支。

另一名战士打开寨门,开枪撂倒了近处的一名匪兵,大声喊道:"我们是八路军,快缴枪投降!"

听到枪声,正在被窝里的匪兵们如惊弓之鸟,顾头不顾腚地四处逃窜。埋伏在东寨门的战士们一跃而起,击毙了两名意图逃窜的匪兵。匪连副听见寨子东边响起激烈的枪声,吓得慌忙穿衣逃命,撒腿就向西寨门逃命。只见两名匪兵越过西寨墙,跳进了寨海子,寨墙上的战士占领有利地形,果断开枪射击,把两名匪兵击毙在水壕里。战斗很快就结束了,经过清点,共击毙国民党顽固派士兵7人,俘虏20余人,除七八名匪兵越过寨墙逃命外,匪连副也被生擒活捉,打击了敌顽的嚣张气焰。

谢坊、魏庄围歼战

谢坊村属鄢陵县彭店镇,位于县城西北方向,地处较为偏僻。魏庄属许昌县(今建安区),与谢坊村毗邻,相距不足三华里,但两村分属鄢陵、许昌两县管辖。

为了加强和统一领导豫东、淮北地区的对敌斗争,充分发挥这一战略地区的重大作用,1946年10月19日,中共中央决定,以冀鲁豫第六地委和华中第八地委所辖地区为基础,重新建立中共豫皖苏边区委员会、豫皖苏边区行政工作委员会(后改称行政主任公署)和豫皖苏军区。

在此期间,豫皖苏军区分别组建了水西支队和豫南支队,开辟、扩展了贾鲁河以西和沙河以南的两个根据地。淮河以北地区,成立了中共水西工作委员会,王其梅兼任书记。1946年底,他们开始在许昌、鄢陵一带,寻机作战,给敌人以沉重打击。

1947年5月7日,豫皖苏军区司令员张国华率领独立旅第三十团和军区特务团2000多名指战员解放了洧川(今分属长葛、尉氏)。稍作休整后,5月9日(农历三月十九日)上午,豫皖苏军区司令员张国华准备向鄢陵县挺进,计划解放鄢陵县城。当时,国民党南阳专员公署集结了两个保安团近2000人,受河南省剿共司令部的调遣北进路过鄢陵,顺着鄢陵至洧川公路向长葛县南席行进。下午3时左右,当保安团行至长葛县曹碾头村时,看到该村地形不利于防守,既不敢贸然前进,又不敢就地停留,于是掉头返回鄢陵县谢坊村和长葛县的魏庄村。谢坊、魏庄两村相距较近,每村的四周都筑有高6米、顶宽2

357

米的坚固寨墙,寨墙上面还修有许多小墙垛,寨墙外有数米宽的护寨河,且河水充盈。魏庄的寨墙四角各有1个炮楼,谢坊的寨墙四面有6个炮楼。保安团见此地筑有寨墙,易守难攻,便分别选择在此临时驻扎。国民党南阳专员公署两个保安团进驻谢坊、魏庄后,首先占据了各个炮楼,并在寨门和寨墙上布置了兵力,还在寨墙上挖了掩体沟,摆满了许多碴木,寨墙豁口处及寨门也用树木堵上,妄图在此固守休整。下午,豫皖苏军区独立旅第三十四团和军区特务团准备向鄢陵县城进发时,侦察人员发现国民党保安团正在谢坊、魏庄修筑工事,立即向军区司令部作了汇报。根据首长指示,司令部决定改变解放鄢陵县城的计划,要求第三十四团就地隐蔽休息,伺机歼灭这股乌合之众。

黄昏时分,第三十四团和特务团接到军区司令部的作战命令,首长立即组织召开连以上干部会议,传达司令部的作战命令,研究具体战斗部署。经过仔细研判,决定采取围魏(庄)打谢(坊)、分而歼之的战术,具体由第三十四团攻打谢坊村,特务团包围魏庄村。特务团对魏庄采取围而不攻,钳制敌人,既不让其逃跑,又使其无法增援谢坊,待第三十四团攻克谢坊后,再集中优势兵力攻下魏庄。9日晚上8时许,我军兵分两路,趁着暮色,轻装出发,悄悄地靠近这两个村庄,神不知、鬼不觉地将两个村庄包围起来,并根据地形构筑了简易工事。

深夜11时,谢坊、魏庄外围上空突然升起了明亮的信号弹。顿时,四周枪声大作,杀声震天,谢坊的枪声尤为激烈。隐蔽在谢坊村外东北角坟地里的第三十四团突击连指战员在火力的掩护下,按照进攻路线,战士们左胳膊上缠着白毛巾,扛着云梯,迅速接近了谢坊东寨门北边的寨墙。当他们竖起登寨的云梯准备攻寨时,敌人对第三十四团突击连进行了猛烈的还击。此时,我军突击连的轻、重机关枪一齐射击,用强大的火力压制住敌人。突击连的战士们很快登上了寨墙,翻越寨墙冲进寨内,并在村头寨尾与敌人短兵相接,展开了激烈的巷战。当敌人企图以户、院为依托进行抵抗时,指战员们分割包围农户的院子,开始对敌人进行喊话,展开政治攻势。院子里的敌人眼见成了瓮中之鳖,思想发生动摇,准备放下武器。可是督战的军官却不从,提着手枪逼迫士兵往外冲。嘴里叫嚷着:"谁冲出去可以升官!后退一步就枪毙!"伏击的战士瞅准时机,一枪撂倒了这位敌军官,其他人见势不妙,纷纷缴枪投降。龟缩在炮楼里的敌军拼命用机枪扫射,阻止三十四团的冲锋,战士们依托房屋做掩体,最终冲进了寨子中心。一伙敌兵躲在靠寨墙的李震家里,我军战士准确射击,连续抛掷手榴弹,当场击毙八九个敌兵。

经过两小时的激战,围歼谢坊之敌的战斗胜利结束,三十四团的指战员们立即投入围攻魏庄的战斗。魏庄战斗打响后,魏庄被困之敌人企图从西门突围逃跑。军区特务团某营在岳华副团长的指挥下,冲向西寨门,集中火力把敌人压缩在一个很小的包围圈内。当时的敌人已经乱作一团,很快被前来支援的特务团和第三十四团联手歼灭。在村民阎德运家里,有12个敌兵藏在屋子一角,被三十四团的战士俘虏。一位镶金牙的敌营长带着残兵向西北角方向突围至寨墙边,被冲锋的战士当场击毙,其余80多名敌兵乖乖举手投降。

经过10多小时的战斗,除两个保安团团长带领部分残敌逃窜外,其余大部分被歼灭。此次战斗共击毙敌人200多名,俘虏900多名,缴获步枪630多支,轻机枪10挺。豫皖苏军区三十四团和特务团有6位指战员英勇牺牲,副团长岳华也献出了宝贵的生命。

张桥小寨突围战

1947 年,是国共双方激烈对抗的时期,中国人民解放军处于战略守势,在运动战中瞅准时机,集中优势兵力聚歼国民党军队。8 月的一天,中共鄢(陵)扶(沟)县委书记施德生、水西支队支队长王发祥、副支队长田震环和陈端、彭干卿、路延岭等人一起,率领水西支队一、三大队 300 余名战士,为打击张桥、望田一带的土顽,筹集粮款,从西华县的红花集出发向西北方向行进。部队经过一夜的行军,天亮时分,来到了紧靠黄泛区边沿的鄢陵县东南 40 多里的张桥小寨村。

小寨村是鄢陵县张桥东北部的一个小村庄,距离鄢陵县城 21 公里,寨子南北约 150 米,东西约 250 米,寨子四周筑有三人高的土夯寨墙,仅有一座东寨门。寨门外东边 200 米处就是一条南北向的人工筑就的黄水防护大堤,黄水防护大堤向东 2000 米就是大浪沟河,越过大浪沟河就是扶沟县境。

小寨东 200 米处有一座韩货郎庙(民国初年,辟为韩货郎小学),庙宇坐北朝南,寨子东门与韩货郎庙之间的路北侧有 1 米多深的沟壕。施德生率领支队 300 多名战士驻扎小寨后,为防敌人袭击,就派一个连守住东边的韩货郎庙,并在寨子四周都设了岗哨。这里进可攻、退可守,可以利用黄水防护大堤做天然掩体。

水西支队驻扎在小寨的情况被国民党鄢陵县保安团侦知,他们紧急联络了扶沟县保安团人马 1000 余人,从岐岗村越过大浪沟河向小寨逼近。第二天上午,鄢陵、扶沟两县保安团从西边包围了小寨村,强占了小寨村南边的大王庄、西边的唐庄及北边的潘庄一带,从北西南三面合围形成半圆形包围圈。支队的哨兵发现了敌人的动向,立即向驻扎在寨子内的支队领导报告。支队长王发祥果断命令战士快速占据寨墙的有利位置,随时准备迎击敌人的进攻。上午8时许,保安团开始试探性地向寨子进攻时,立即遭到支队战士的迎头痛击,死伤惨重。敌军不知寨内的虚实,不敢硬攻,只好在寨子外围放冷枪,试图把水西支队逼出小寨,进而围歼之。

战斗相持到午时,一股敌人企图向寨子东边的韩货郎庙迂回包抄,妄图占据韩货郎庙,阻断水西支队东撤之路。施德生、王发祥发现敌情有变,且敌众我寡,商议后决定马上突围转移。王发祥当即命令警卫员从东门的水沟内潜行至韩货郎庙内,向守卫韩货郎庙学校(当时正值学校放暑假)的部队传达命令,一定要集中火力,压制敌人,保证支队从寨子突围后向东撤退之路的畅通无阻。守卫韩货郎庙的战士们得到领导的指示后,从庙前和庙后分别向敌军进攻,让敌军不知我军的真实意图。

支队长王发祥又命令十几名战士翻越小寨寨墙,偷偷绕到敌后骚扰敌军,迷惑敌人,以便钳制敌人注意力便于实施突围。守寨的战士接到命令后,选派的战士在机枪的掩护下快速冲出东寨门,翻越防护大堤,钻进高粱地内,然后摸到敌人后方,用机枪、步枪一齐向敌群猛烈射击。敌人被这骤起的枪声吓得惊慌失措,以为来了增援部队,不敢再战,仓皇向西北方向逃窜。趁此机会,据守在寨内的水西工委和支队战士们迅速顺着路沟向韩货郎学校方向撤退。

据知情人介绍,当天下午,水西支队一班人马从小寨东门突围时,敌人发现了,尾追着开枪射击。此时,小寨村北的潘庄村潘某背起施德生,再用一块门板掩护阻挡子弹,子弹打在门板上"当当"作响,施德生却安然无恙,成功脱离险境。

在韩货郎庙内战士的策应下,水西工委和支队战士们迅速撤至庙宇东边,一转身钻进高粱地,淹没在绿色的青纱帐内消失得无影无踪。此次战斗以毙伤敌军 30 人,我军仅一名战士轻伤的代价胜利撤退小寨,支队人马有惊无险地越过大浪沟河,迅速向东南方向的黄泛区转移,当天夜里,队伍即安全抵达西华县红花集一带。

保安团占领小寨后,寨子内仅剩下老百姓,这些敌顽分子在寨子内骚扰一番后,一无所获,收拾起士兵的尸体和伤兵,狼狈而逃。

中国人民解放军七次解放鄢陵县城

1947年7月,全国解放战争进入第二年。根据中共中央、中央军委的战略部署,中国人民解放军刘邓(刘伯承、邓小平指挥的晋冀鲁豫野战军4个纵队)、陈粟(陈毅、粟裕指挥的华东野战军)和陈谢(陈赓、谢富治指挥的晋冀鲁豫二个纵队)三路大军挺进中原,揭开了中国人民解放军战略进攻的序幕。解放军三路大军挺进中原后,互为掎角,犹如三把钢刀,刀锋所指,雷霆万钧,所向披靡,给国民党当局造成空前的压力。解放军一方面破击平汉、陇海铁路,切断敌人的交通运输线;另一方面把国民党军队分割包围在各个城市,集中优势兵力聚而歼之,先后解放了国民党统治下的众多中小城市,鄂豫皖、豫皖苏、豫陕鄂三大解放区迅速形成。

第一次鄢陵解放 1947年9月下旬,中国人民解放军以摧枯拉朽之势席卷中原地区,解放鄢陵势在必行,且指日可待。国民党鄢陵县长田荆茂唯恐鄢陵城难守,三番五次地向国民党许昌守军打电话求助,要求派援军帮助守卫鄢陵城。中共鄢陵县地下党探获这一情报后,立即向活动在鄢(陵)许(昌)交界处的水西支队报告情况。9月30日下午,华野某部在鄢陵至许昌公路上伏击了国民党增援鄢陵的警察部队,就利用缴获的服装,化装成国民党交通警察总队的人马向鄢陵县城进发。国民党鄢陵县长田荆茂误认为是"国军"来援,以礼相迎,"迎接"解放军进入鄢陵县城内。当晚,解放军被安排守卫县城西大街的主要巷口。国民党县长田荆茂邀请"交警总队"队长(实为华野某部连长)看戏,演出的节目是《黄鹤楼》。与此同时,水西支队迅速将这一情况报告给集结在豫东陈留、杞县一带待命的华野一纵首长。

午夜时分，华野一纵二师迅速包围了鄢陵县城，随着两颗绿色信号弹腾空升起，总攻开始。所有的轻重武器一齐开火，手榴弹在敌军阵营爆炸，冲起了无数烟柱。驻扎在城内的华野一部从城内做策应，向固守西关城门的敌军发起进攻。顷刻，固守在县城泰山庙和乾明寺两个外围据点的敌军全部被歼。主攻西门的四团一营，以猛烈火力压住敌人，枪弹像暴雨般倾泻在西城门楼上，工兵在火力掩护下用炸药包实施爆破。随着一声巨响，西城门被炸开，突击部队趁烟雾冲进城内，控制了西城门楼，在城内接应部队的配合下，全营战士随即冲进城内，扩展向两侧和纵深发展。当我突击部队贴近东、北门时，守城的敌军还在用沙袋加固城门。城内的枪声一响，敌人乱作一团，有的将武器投入护城河，有的换成老百姓的服装逃命，有的虽作抵抗，但无济于事，见到情势不妙，就乖乖缴械投降做了俘虏。担负主攻南门的五团二营一连指战员们向城南门进攻，事先潜入城内的水西支队占领西街后迅速转向南门，策应攻击南门的战友。攻击南门的战士无一伤亡就突击进了城，在连长叶丙生的带领下，迅速穿插到东门与兄弟部队会合，占据了位于县城东大街的卷烟厂。

攻击部队占领主城区后，在城西朱元庄待命出击的六团三营作为后续部队疾速向城内进发，分南北两路冲向十字街，沿大街小巷清剿残敌。刚从孟良崮战役前来参战的解放军战士王忠林冲进敌人固守的一个大院内，向敌人喊话展开了政治攻势，10 多名敌人向他缴械投降。不到一个时辰，攻城战斗结束，入城部队在人民群众的协助下，经过群众检举和部队严密搜索，隐藏在城内的敌人全部被俘。国民党鄢陵县长田荆茂、县自卫总队副大队长洪启龙在激战之中见大势已去，率残敌连夜逃走。

10 月 1 日（农历八月十七）天亮后，县城内四街民众奔走相告：

"解放军来了！鄢陵解放了！"群众得知国民党鄢陵县长田荆茂意外逃窜，纷纷懊悔不已。原来，攻城的信号弹升空时，田荆茂觉得大事不妙，悄悄带着亲信急急如丧家之犬逃命而去。此次战斗，我军仅用两个小时，就将国民党苦心经营多年的鄢陵城防工事一举攻破，鄢陵县城获得第一次解放。鄢陵县城解放之役共歼敌、俘敌600余人，缴获长短枪400余支，重炮4门，子弹千余发。

10月1日（农历八月十七）上午，根据水西支队司令员王其梅指示，鄢（陵）扶（沟）县政府贴出安民告示，派出部队武装巡逻，维护城内社会秩序。并将当日早上大清查时拘捕的敌军政人员和劣绅交由民主政府审查处理，罪大恶极的中统特务赵鸿猷、王鸣午二人被镇压，其余经教育后释放。

第二次解放鄢陵　1947年10月12日（农历八月二十八），华野一纵再克鄢陵县城，国民党鄢陵县县长田荆茂及其反动武装再次闻风而逃，鄢陵获得第二次解放。解放军发布安民告示，缉捕敌顽，为地方武装配备枪支弹药，壮大地方武装力量。根据战时形势所需，为了继续扩展周边县城的解放，华野一纵第二次解放鄢陵后，再度离开鄢陵，转战中原。国民党鄢陵县长田荆茂溜回鄢陵县城，继续作福作威。

第三次解放鄢陵　1947年10月18日（农历九月初五），华野八纵在豫皖苏地方部队配合下，第三次解放鄢陵县城。国民党守卫鄢陵县城的保安部队被击溃，其残部逃遁。

第四次解放鄢陵　1947年12月13日（农历十一月初二），华野三纵第四次解放鄢陵县城。同月，中共豫皖苏地委根据战时形势的发展，决定撤销鄢（陵）扶（沟）县委、县人民民主政府、县大队，恢复原建制，重新成立中共鄢陵县委、鄢陵县人民民主政府、县大队和中共扶沟县委、扶沟县人民民主政府、县大队。陶均安任中共鄢陵县委书记、刘希骞任县长，县大队由刘希骞兼大队长、陶均安兼政委。

第五次解放鄢陵 1948 年 1 月 13 日(农历腊月初三)拂晓,华野第五次解放鄢陵县城,俘敌 100 余人,缴获轻机枪 3 挺,步枪 60 多支,汽车 1 辆及部分弹药辎重。

第六次解放鄢陵 1948 年 4 月 11 日(农历三月初三),陈谢兵团第六次解放鄢陵县城。5 月 26 日,国民党暂编十一师和七十五师企图尾追华野主力作战,我主力部队诱敌南下时,鄢陵再度陷落。

第七次解放鄢陵 1948 年 6 月上旬,陈谢兵团第七次解放鄢陵县城。至此,鄢陵县最终获得全境解放,结束了"拉锯"的战争局面,饱经战争创伤的鄢陵县人民,从此在人民民主政府的领导下开始了新生活。

鄢陵卜岗追歼战

1947年10月31日(农历九月十八),中原地区正处于"拉锯"状态,水西支队五六百名指战员在扶沟县南园村与扶沟、太康两县县大队的人马遭遇,双方进行了激烈的战斗。战斗中,水西支队多次击退敌人的进攻,歼敌三四十人。但是,鄢扶大队副政委何介夫和五名战士不幸牺牲。敌人眼看吃了亏,就向西北方向鄢陵境内逃窜而去。

何介夫牺牲后,水西支队全体指战员的心情很悲痛,他们决心歼灭这股地方武装,一边尾追敌人,一边派人去扶沟昌潭一带同豫皖苏独立旅联系,准备聚歼这股敌人。

傍晚时分,这伙敌人窜进鄢陵县城东北的卜岗寨村驻防,意图利用卜岗寨的土寨墙驻扎休息。豫皖苏独立旅派出两个营的兵力迅速赶往鄢陵县。根据敌情,决定采取由独立旅负责攻寨打援,水西支队的战士埋伏在扶沟韭园、大王庄、李集一带阻敌增援。

鄢陵东北的卜岗村的寨子建在一个沙土岗上,寨内仅有五六十户人家不足300口人。卜岗寨墙高三丈,墙体上筑有三尺高的砖墙,东南寨门和西寨门各有岗楼,寨子西北角、西南角和东北角各筑有一丈高的炮楼,寨外有两米多宽、水深近两米的护寨河,敌军正是看中了卜岗寨易守难攻的地理优势,才在这里安营扎寨,固守待援。

这伙敌军进入寨子后,先行占领寨门,然后到农户家中搜寻财物,把值钱的东西集中在一起,又吩咐人宰杀肥壮的猪羊,一饱口腹之欲。一个不足300口人的小寨子,一下子驻进几百名匪兵,把村子搅得不得安宁。士兵把老百姓从卧室内赶出来，让当官的住，还把住户家里养的鸡宰杀殆尽。吃饱喝足后，一名头目剔着牙花，伸着懒腰说："打了一天仗，跑了几十里，今晚可该脱光睡一觉！"

村子安定下来后，月亮慢慢爬升上来。翌日丑时，寨子东侧突然响起一声枪响，随之进攻的号角响起。埋伏在寨子南侧的独立旅战士一跃而起，击毙了执勤的岗哨，迅速占领了东南寨门上的岗楼，战士们潮水般涌进寨门，分组搜寻分散在农户家中的敌军。正在睡梦中的敌人被激烈的枪声惊醒，赤身裸体四处逃窜。

村民梁金方家房间多，住的士兵多，住在卧室的一名敌军官听到枪声，从墙头向外打探，刚一露头，就被打爆了头，一下子栽下墙。霎时，院子里枪声、手榴弹爆炸声响成一片，十几个敌兵在院子里胡乱窜走，战士们冲进院子，把他们全部活捉了。有一个敌兵趴在屋里的棚子上，伸出头问道："大嫂！人都走了吗？"梁金方母亲斜了一眼："都走完啦！"这名士兵颤抖着脚刚落地，就被梁金方兄弟俩扭住胳膊推向大门外，并迅速插上了大门。那名士兵站在门外手足无措，就躲在一个席篓里藏身，被我军战士用枪顶着脑袋，只有乖乖举手投降。

村民梁平均家紧挨寨墙，家里驻有三四十个敌兵，听到枪声后，纷纷从院子里跑出来翻越寨墙。可寨墙又高又陡，无法攀登，就转身折回院子躲藏，不料在门口被独立旅的战士团团围住。走投无路的情况下，敌兵慌忙扔下枪支缴械投降。

寨子东北角梁培章家院子里驻有国民党扶沟县白潭乡长何太峰及几十个乡丁，听到攻打寨子的枪声后，像炸了窝儿的马蜂，蜂拥着跑出大门。他们刚走出大门，就被密集的机枪子弹封锁了出逃的路径。这伙人慌不择路，从东北角一处被雨水冲刷的寨墙豁口攀上寨墙，蹚水爬出了寨沟，向东北方向逃命而去。

经过两个小时的战斗，独立旅牺牲了两名战士，肃清了寨子内的

368

敌军,完成了围歼任务。独立旅的指战员们,不顾疲劳,把俘虏押往寨子东南角的一片空地上集合,向水西支队的战友交付了缴获的各种器械装备,立即撤退领受新的任务,走向新的战场。

这次卜岗围歼战共俘敌 300 余人,击毙敌军 8 人,缴获各类枪支 300 多支,是鄢陵解放战争历史上一次完胜的围歼战。

姚家寨突围战

1948年2月21日（农历正月十二），鄢陵县的城乡还弥漫着春节浓浓的年味儿。中共陈店区委趁老百姓过年的机会在城西姚家村搞"急性土改"。国民党鄢陵县长田荆茂、自卫队副队长洪启龙派人回乡，侦探到陈店区工作队在柏梁姚家村的消息，便勾结扶沟县自卫队的100多人，连同鄢陵县自卫队的人马共纠合300多人，包围了鄢陵县城西的姚家寨。

当日下午时分，田荆茂一帮人从西门和南门窜进了姚家寨。陈店区部的战士和工作人员刚端起饭碗吃午饭，忽然听到一声枪响，大家一惊，便丢下饭碗，迅速拿起了武器。区长卢修纯大声命令全体集合，他与区委副书记魏士兵、区副队长杨再义共同商议如何突围。经过短暂的分析，大家形成决议，决定由区委干部指挥大家从姚家寨东门撤出去，向东边的圪垱头村一带撤退。这时，派出去侦察的人报告说，敌人已在东边的圪垱头村、朱店村的路沟里埋伏，还有四挺机枪封锁道路。区委副书记魏士兵改变路线，凭借姚家村种植的花圃作掩护，向西北方向转移。敌人发现陈店区队的人马后，一边吆喝，一边紧追着开枪射击。

陈店区队的工作人员和战士不足30人，有一挺机枪和4支手枪，18条长枪，敌众我寡，实力悬殊。区队的那挺机枪刚刚打完两梭子子弹就卡壳了。其他几个队员边开枪射击，边向姚家村西北的一个大坟地（马家坟）撤退。突然，一颗子弹射穿了魏士兵的腿部，顿时血流如注，行走不便。魏士兵忍着剧痛向敌人开枪射击，他一步一个血印,直到打完最后一颗子弹。敌人渐渐包围了他,在最后的时刻,为了不让自己的枪支落在敌人手里,魏士兵把手枪埋了起来,艰难地离开埋枪的地方(事后,枪支被区队发现)。敌人渐渐地包围上来,魏士兵匍匐爬行一段距离后被捕。区财粮助理员杨林刚走出姚家村的一个胡同口,就被捕了。通信员曹河相年仅 14 岁,在姚家村北地被抓。国民党鄢陵县长田荆茂见到被捕的几个人,凶相毕露,百般折磨魏士兵、杨林和曹河相三个人,企图得到他们的口供。但是,三个人宁死不屈,绝不透露区队的行动方向。当晚,失去人性的田荆茂吩咐把三人活埋在陈店村西的路沟里。

姚家村突围战是在敌强我弱情况下发生的一场战斗,国民党反动派的残忍令人发指,而陈店区委牺牲的三位英雄表现出了大无畏的革命牺牲精神。中共鄢陵县委考虑到这次急性土改工作安排的地点大多在鄢陵县城西侧,距离许昌较近,敌顽势力不断进行骚扰,不利于开展工作。经中共鄢陵县委研究,遂将"急性土改"工作队向鄢陵县东部转移,移至张桥、南坞一带开展工作。

鄢陵田岗围歼战

　　1948年2月,中原地区处于国共两党政权反复易手时期,解放战争呈胶着状态。2月17日(农历正月初八),中共鄢陵县黄龙店区委选择在彭店田岗村进行"急性土改"。田岗村村落较大,人口近2000人,村子筑有坚固的土寨墙,有东西两个寨门,寨壕内蓄水盈岸。

　　工作队进村后,经过访贫问苦,建立了农会和民兵武装组织,没收了地主田保运家的浮财分配给贫苦农民。田保运不甘心财产被分割,就站在大街上骂街示威,恶言恐吓贫苦农民。工作队看到田保运的嚣张气焰后十分气愤,立即召开群众大会,批斗田保运和儿子田旺枝,经过斗争会,村民控诉田保运的累累罪行,经区委研究决定,于3月6日,将田旺枝处以极刑。老奸巨猾的田保运得以逃脱,投靠了鄢陵县自卫总队寻求保护,意欲报复黄龙店区委工作队。田保运搬兵求救的信息被区委侦知后,认为敌强我弱,不宜硬拼。当晚9点,区队工作人员和农会的30多人迅速撤离到彭店刘桥、毛家等村埋伏,静观其变。

　　3月7日一大早,国民党鄢陵县自卫总队一班人马悄悄地包围了田岗村,他们分别在寨子西门和东门开枪射击了一阵子,观察是否有人。停顿了片刻后,见无人还击,判断黄龙店区队的人被吓跑了。于是,自卫总队的人马便放心地走进寨子,见人就打,见东西就抢,杀猪宰羊,闹得鸡飞狗跳不得安宁。此时,国民党鄢陵县长田荆茂在谢坊村,听说在田岗村开展工作的区队人员跑了,就下令一定要抓住穷人头儿,杀鸡儆猴,一是为田旺枝报仇;二是震震这帮穷鬼。随后,他带着警卫员亲自骑马到了田岗村。

自卫总队的人跟随田荆茂于上午 10 点集中开进了田岗村。在大街上,自卫总队的人见到村民毛大山衣服破烂,硬说他就是穷人头儿,把他五花大绑拉到田坤玉家院子里的枣树上,连续用棍子抡起来打。田坤玉痛不欲生,连喊带叫,整条街的人都听到了。不到一个时辰,全村共有 24 名村民被押解到田坤玉家。这时,被区委镇压的田旺枝的老娘、外号母老虎的刘省披头散发来到院子里,跪在自卫队副队长的面前,大声哭述了自己儿子被枪毙的事实,一把鼻涕一把泪地说道:"青天大老爷,可要为俺做主啊!"一个带兵的小头目吩咐道:"去找一把铡刀,把这几个人用铡刀铡了!"几个敌兵就去找铡草的铡刀。

正说话间,寨子东门突然响起了枪声,院子里的自卫总队士兵便慌忙走出院子察看究竟。他们最初还以为是士兵走火了,并不在意。原来,田岗村的农会委员田石头、田丙戌、毛石德三人早上起床时见自卫总队的人进了村子,趁敌人不注意,偷偷溜出寨子,向黄龙店区委报告了敌人围村的消息。区委将这一情况迅速向五分区首长汇报,首长了解敌情后,当即调七十一团的一个步兵连和一个骑兵排进行增援,解救被围困的村民。

七十一团指战员有骑兵作为先头部队,队伍行动快捷,在距离田岗村北二里的前步村隐蔽集中,部队首长做了简短的战斗部署,决定兵分三路:骑兵包围田岗村南边,区队包围村子北侧,步兵连主攻东寨门。随着冲锋号响起,枪声、喊杀声不绝于耳。守寨的敌顽误以为是黄龙店区队的人马攻打寨子,颇不以为然。后来发现了穿黄色军装的解放军,还有骑着高头大马的骑兵,知道是解放军的正规部队,见势不妙,立即报告敌顽头目:"七十一团来打田岗寨啦!"正在村寨里行凶的敌顽听到消息,立刻吓破了胆,慌忙之间就向谢坊方向逃窜。被捆在院子里的 24 名村民得救后,几十人一起操起农具参与追逃敌顽,他们见到了一名刚刚捆打村民的敌顽士兵,大家一起向前,用乱棍打死了他。骑兵发挥速度快捷的优势,在追捕敌兵时,击毙了敌兵三人。国民党县长田荆茂骑马逃跑,帽子也被子弹打掉,他顾不得下马捡帽子,急急如丧家之犬一般逃命,而他的警卫兵却在寨墙口被击毙。

七十一团战士们打扫战场时,在刘家坟发现了躲藏在荒草丛中的财主田保运,就把他押解回了田岗村,又把他老婆刘省、自卫总队的袁治一起押解村寨里召开批斗会,会后将三人一并处决。

田岗围歼战是一次漂亮的战斗,此役共击毙敌顽10多人,由于进军神速,解放军无一伤亡。通过这次战斗,解救了濒临被祸害的村民25人,同时粉碎了敌顽企图绞杀新生人民政权——黄龙店区委的企图,为急性土改工作队顺利开展工作赢得了宝贵的时间。

大圣寺歼灭战

1948 年,国共两党在中原地区激烈交锋,地方政权反复易手。因鄢陵县地处平汉线东侧 35 公里,国民党为保障平汉线的畅通无阻,对鄢陵县城的占领显得十分重要。鄢陵县城经过解放军的几次解放,但国民党土顽势力不甘心失败,频频向中共地方政权发起围剿,在国民党许昌专员范仁的支持下,他们拼凑残余的势力,时刻准备向中共鄢陵县地方政权进行反扑。

国民党鄢陵县长田荆茂、鄢陵县自卫总队队副洪启龙遵从范仁的调遣,以"河南省自卫总团"为后盾,纠集数县的土顽势力不断骚扰中共政权。尤其是田荆茂对鄢陵县的人民政权恨之入骨,经常从许昌出发偷袭鄢陵县区两级人民政权。

时任许昌县"剿共司令"的信丰泰是许昌有名的黑恶势力,平日里欺压百姓,无恶不作,专门与中共政权作对。1948 年 4 月 3 日(农历二月二十四)上午,信丰泰纠集了 60 多人的地痞无赖,拍胸脯承诺要为田荆茂、洪启龙撑腰做主。他们从许昌五女店出发,一路大摇大摆向鄢陵县进发,这群土顽扛的枪支并不咋的,大多是"湖北汉阳造""老套筒",人员多是地痞无赖,一路上见东西就抢,看谁不顺眼就抓。在大马义女店街上,土顽们抓到村民吕海金,逼迫他说出区工作队的住址。听说大圣寺驻有区队的工作人员,转头向北,企图乘人不注意闯进大圣寺的西寨门。大圣寺距离义女村不足二里,转眼就进了村。土顽们发财心切,闯进农户家里就翻箱倒柜找值钱的东西。土顽的目的是寻找"穷人头儿",他们抓住大圣寺村的一位农民,把他带到

"剿共司令"信丰泰的跟前。信丰泰用枪抵住村民的下巴，威胁说："你叫啥？是不是穷人头儿？"这位村民说："俺叫李永太，俺大圣寺没啥穷人头儿！"信丰泰皮笑肉不笑地说："我就相信你一回。是不是穷人头儿，就看你咋为我办事儿！"李永太说："俺就是个小老百姓，我能为你办啥事儿？"信丰泰说："听说西南方向的任营村驻的有八路，你去看看有没有。如果有的话，你要马上回来给我言一声；如果你说假话骗人，小心我杀你全家！"李永太心里想，我先逃个活命再说，谁还会回来见你个鳖孙！说完就满口答应，趁机脱身走出寨门向西南方向逃命。

信丰泰未曾走到大圣寺村时，陈店区队已经侦知了这伙土顽的行踪及枪支配备情况。在义女村西地，李永太就遇到了陈店区长卢修纯、区队副队长杨再义，当即向他们述说了土顽在大圣寺村的情况。卢修纯把人马分为两路，一路由副队长杨再义率领，迅速包围大圣寺村的西门和北侧寨墙，截断敌顽向西北撤退的后路。另一路由区长卢修纯带领人马从大圣寺南边的后刘、后雷两村出发，分别从南面和东面两个方向包围大圣寺村。区队战士迅速行动，利用沟渠掩护，悄悄接近大圣寺村。

大圣寺村有寨墙，分东西两个寨门，东门的偏北方向有一座大的寺院——大圣寺，寺院的西侧有李氏祖坟地，里边松柏树参天蔽日，便于隐蔽。区队的一挺机枪就架在松柏茂密的坟地里，另一挺机枪就架在寺院的墙壁西侧，枪口对准东寨门。中午时分，土顽正在争抢宰杀的鸡子吃，一个个吃得津津有味。西寨墙上有一个土顽正准备走下寨墙吃东西，不料被偷偷摸上来的区队战士用枪抵住了脑袋，"缴枪不杀！"战士们一声吼叫，土顽吓得乖乖地缴械投降。寨墙外的战士迅速越过寨墙西大门，抢占了有利地势。

这时，大街上有一位土顽发现了西寨门有异常，"砰！"地打了一枪。正在抢吃食物的土顽听到枪声，一时像没头苍蝇乱作一团。"剿共司令"信丰泰掏出手枪,向空中开了一枪,吼道:"慌什么慌!快抢占东边寨门!"敌顽们蜂拥着冲出东寨门,被两挺机枪火力压了回去。土顽只好退回到东寨门的马道里,毫无目的地开枪射击。区队的战士们抢占了东寨墙,居高临下向敌人开枪射击,土顽们顿时成为瓮中之鳖,一个个抱头鼠窜,顾头不顾腚,哪儿还有开枪还击的机会。

信丰泰见状不妙,一跃骑在马上,指挥着土顽突围。岂知骑在马上的信丰泰目标更大,区队战士的机枪"突突"一梭子子弹就准确地射中了他的心窝儿。信丰泰身子一挺,一头栽倒在马下,滚落在粪坑的污水里一命呜呼。刚刚上任三天的许昌"剿共司令"信丰泰横行乡里数十年,不料却丧命于大圣寺村。其余的土顽们见司令已经见了"阎王",哪个还有心思徒劳抵抗?大圣寺歼灭战胜利结束战斗,除一二十名土顽拼死逃命外,此役共毙敌 2 名,俘敌 30 多人,缴获枪支 20 余支,还击毙了信丰泰,缴获信丰泰战马一匹。

这是陈店区队单独作战获得的一次胜利的战斗,作恶多端的许昌"剿共司令"信丰泰折戟沉沙于大圣寺村寨内。

鄢陵彭店毛横战斗

毛横村属鄢陵县城北彭店镇的一个自然村,村子小,人口少,地处偏僻。1948 年 3 月 6 日,鄢陵县黄龙区委、区人民民主政府在田岗村镇压了反攻倒算的大地主分子田旺枝,老百姓无不拍手称快。4 月 4 日(农历二月二十五),驻守在新郑的国民党十一师到安徽阜阳增援。上午 9 时,十一师的队伍到达彭店谢坊村。当天,谢坊有"缏会",附近的村民纷纷赶会置办春耕的农具,因第二天是清明节,老百姓都有上坟祭祖的习俗,赶集上会的人特别多。正在赶会的人抬头看见国民党的大部队后,就惊恐地四处奔逃,这个春耕大忙时的缏会就早早地结束了。

黑刘村村民徐振廷从缏会回家后,急忙去见黄龙区委民运部部长房允柱,向他报告了国民党军队的情况。房允柱一边吩咐群众转移,一边派区事务长徐振清迅速向七十一团首长报告敌情,请求派兵增援。

此时,驻扎在县城西新庄村的黄龙区区长翟云飞、区委书记董其伦、区队副陈连山等人得到鄢陵县自卫总队来犯的消息,商量后决定予以痛击。翟云飞带领 10 多名战士埋伏在新庄村西边的一堵矮墙后边,看到有七八十个穿便衣的人向他们走来,翟云飞误以为是国民党自卫总队的人,立即开枪射击。自卫总队的人都是穿的便衣,遇到痛击后,转头就跑,翟云飞就紧追不放。翟云飞一行人刚走出村子不远,就见西北方向有黑压压的人朝他们拥来。翟云飞知道遇到了国民党大部队,他一见情况有变,判断出敌情十分严重,就立即命令停

378

止射击,转头撤退。一行人撤退至彭店黑刘村南的徐家坟,与黑刘村的40多名民兵相遇,大家会合在一起,沿着土岗边打边撤退至毛横村一带。

国民党十一师的先头部队发现了区队人员,马上派一个营的兵力追击。这时,增援解围的七十一团赶到了,翟云飞一行人立即参与战斗,双方激烈交火。七十一团一位连长指挥战士们散开队形,迅速占领土岗的高地,待敌人靠近时,集中甩出手榴弹,阻止了敌人的进攻势头。经过一阵交火,可以判断出敌人的火力过于猛烈,为减少伤亡,连长指挥战士从岗顶上下撤,从东边迂回包抄敌人。敌军不知是计,依然集中火力向岗顶上射击。迂回包抄的七十一团的战士利用有利地形,用排枪和手榴弹攻击敌人。刹那间,土岗周围枪声和手榴弹爆炸声震耳欲聋。在我军猛烈的攻击下,敌人一时摸不清我军的底细,便四处逃窜溃不成军,慌忙丢下十几具尸体后转移。敌军在土岗一侧集中了两挺机枪,疯狂向土岗东侧扫射。七十一团的一名战士悄悄地迂回靠近,接连甩出两颗手榴弹,敌军的两名机枪射手顿时毙命。敌人机枪手被消灭以后,火力锐减,趁这个空隙,七十一团的战士们乘势发起冲锋,排枪子弹和手榴弹在敌群中爆炸,敌军被打蒙了,丢下几十具尸体,狼狈地向南逃窜。

此次战斗共历时一个半小时,战斗结束后打扫战场,七十一团战士共毙敌50多人,俘敌30余人,缴获重机枪2挺、步枪10余支、重机枪子弹20多箱、步枪子弹3000余发,解放军七十一团取得了毛横村战斗的胜利。

张亮桥战斗

　　1948 年 4 月 7 日,晋冀鲁豫野战军陈谢兵团一部第四次解放许昌,地处京汉线的中州名镇——许昌再次重回人民政权手中。盘踞在许昌城内的国民党许昌专员公署专员范仁认识到国民党大势已去,且有分崩离析之势,便带领河南省保安团残部和许昌行署各县自卫总队 2000 余人,于 4 月 8 日弃城沿许昌、鄢陵和临颖三县交界处向东南方向溃逃。

　　8 日晚,自卫总队逃到鄢陵境后,驻扎在鄢陵县只乐的顺羊、后杜一带。9 日晨,自卫总队的一班人马分三路继续出逃,西路经鄢陵县望田堤王村向南,中路沿泄黄大堤(1938 年为防止黄河水漫延而筑的大堤)向南,东路折向东北向张桥一带撤退。顺东北路出逃的是国民党鄢陵县自卫总队,他们妄图偷袭驻扎在鄢陵县城南 20 里屈庄村的中共张桥区部。张桥区部得知敌人来袭的消息后,立即转移到屈庄村东的大坟地,借助坟丘隐蔽监视敌人的动向。中午时分,敌人窜至屈庄村,遭到了早已做好准备的区部战士的伏击和骚扰。双方交火后,因敌众我寡,张桥区部知道敌人有优势兵力,火力又强,就主动向东(黄泛区)迅速撤退。敌人见屈庄区队已撤走,便一窝蜂地窜进屈庄寨内,四处抢劫,抓鸡逮羊牵牲口,又抓了几十名壮丁。鄢陵县自卫队把全村的青壮年集中到寨内的火龙庙前,一名军官模样的人大声说:"谁是土八路,谁是穷人头儿,自己站出来!"可是村民谁也不接茬儿,任凭他吼叫。这时,两个士兵看到村民吴留勤穿着一身破烂衣服,就把他拉出来并记下了名字。不到一刻钟,敌人陆续把葛朝发、张新平、王秀平、吴庚戌等几十名青年集中捆绑起来,意图把他们当作壮丁一起带走。下午4点钟左右,鄢陵县自卫队一班人马押着几十名青年和抢劫的粮食、衣物,装满了十几辆太平车,浩浩荡荡向西南方向走,意图与许昌自卫总队的人马会合。

豫皖苏第五军分区得知这一消息后,知道这是一股乌合之众,人马虽然多,但战斗力不强。军分区领导经过商议后,立即命令驻防在尉氏县南席一带的七十一团追歼这股顽敌。4月10日早晨,团长王法山带领七十一团连夜从尉氏南席出发,轻装疾行,一夜急行军,以每小时15华里的行进速度,奔袭120里。第二天清晨,已经两顿水米不曾打牙的先头部队,在陶城北追赶上鄢陵自卫队。中共鄢陵县陶城区队为阻止敌人逃跑,也不断地进行阻击骚扰,迟滞敌军逃跑的速度。七十一团战士在鄢陵县城南的陶城追岗村与敌人遭遇,双方展开了激战。

此时,七十一团先头部队的骑兵班已到达鄢陵县陶城贾庄村。一经接火,敌人发现对方系解放军主力部队,慌忙弃寨向南突围逃跑。我军指战员们紧追不放,死死咬住敌军,迟滞敌人的逃跑速度。敌人见势不妙,拼命向鄢陵与西华、临颍交界处的陶城张亮桥方向狼狈逃窜。

张亮桥位于鄢陵、临颍、西华三县交界地带,是紧傍清溧河的一个村庄,河上10余里距离内仅有一座三孔砖石桥,桥面较宽,又是贯通南北的一座桥。张亮桥桥宽两丈余,桥北侧是龙王庙,龙王庙前的山门以北是高出地面一米多宽的乡间道路,直通地槽沟(泄洪沟)桥。张亮桥与地槽沟桥两桥南北相照,是南通西华、临颍,北达鄢陵的必经之路。清溧河两岸有张亮桥、阎庄、刘拔庄、铁佛寺等村庄。敌人逃到张亮桥后,据守清溧河南岸,以河堤为掩体,企图阻击七十一团渡河。敌军认为这里的地形对其十分有利,据守河堤可以阻止对岸的进攻,他们以河堤为屏障企图与解放军七十一团决战。七十一团王法山团长根据地形和敌人据河自守的部署情况，立即采取正面以炮击为主、步兵侧面包围、多面出击的战术，立即对敌发起勇猛进攻。

河对岸的敌军指挥机关设在沟刘寨，其布防情况：太康县"自卫总队"据守槽沟上的三通碑桥，鄢陵县"自卫总队"二营把守阎庄和铁佛寺，国民党省"保安团"、许昌行署"自卫总队"守卫张亮桥村和张亮桥头，并在桥头架设了一挺重机枪，豫西各县的"自卫总队"把守张亮桥以西的河堤。为压制我军的火力，敌军还在龙王庙的房脊上架设了两挺轻机枪，居高临下射击，火力十分猛烈。根据敌兵部署情况，王法山团长果断决定采取正面进攻、左右两翼包抄的战术，集中优势火力坚决消灭这股逃窜的顽匪。

下午3时，七十一团攻击战斗打响。解放军集中优势火力攻击，敌军火力被压制。经过一场火力接触，慑于我军火力猛烈，敌人招架不住，便准备弃桥逃窜。七十一团乘胜追击到张亮桥村东头，迅速包围逃跑的敌人，并将其全部歼灭。敌军营长毕金生组织"敢死队"，头扎白毛巾，赤着脊梁，企图夺回桥头与解放军拼个你死我活。敌军营长毕金生趴在河岸上观察动静，他刚一露头，"啪"的一声枪响，就被子弹打爆了脑袋。营长一毙命，小兵就像无头苍蝇，丢下阵地纷纷向南逃窜。从杨桥、刘拔庄过河的七十一团与攻占桥头的部队会合在一起，向张亮桥头发起猛烈进攻，迅速占领了敌人据守的阵地，其余敌军溃不成军，仓皇南逃。

解放军七十一团指战员从尉氏县南席到鄢陵县城南的张亮桥，一夜急行军120里，共击毙敌人近百人，俘虏100多人，缴获了大量武器装备。战斗中，解放军七十一团参谋长王昌来等20多名指战员英勇牺牲。

张亮桥战役又称"一百二十里追歼战"，这是一场漂亮的追歼战斗，这场战斗消灭了许昌、鄢陵及周围几县境内的敌顽势力，有力地打击了国民党反动势力的嚣张气焰。

黄柳古楼珍藏的红色记忆

襄城县紫云镇黄柳村现存一栋清代建造的古楼,见证了发生在这里的许多红色故事。

黄柳古楼 红色基因

黄柳古楼于清朝乾隆十年由黄柳村铁匠黄元正筹资兴建。该楼红石墙体,铁叶填缝;蓝瓦房顶,山木构架。三层楼高,直插云端,四方院落,横布厢房,整套建筑既彰显襄城红石文化特色,又体现襄城古代建筑业的精湛工艺。近300年来,该楼屡驻部队,饱经沧桑。

抗日战争爆发后,中共地下党组织在中原大力发展抗日根据地,襄城县地下党组织的电台设在县城西大街,总联络人是紫云镇河沿村的宋克昌、滕靖东等共产党人和国民党左派县长李峰,他们经常到各乡镇组织活动,发动群众。黄柳村是紫云乡的一个重要联络点,早期联络开始是在位于黄家楼西侧10余米的辛家楼上,辛令山是黄柳片区联络负责人。由于辛家和黄家是世代友好,后来就将活动场所移至较宽敞的黄家楼院。滕靖东等中共襄城县委早期领导人,多次在楼上商议创建襄城党组织的工作,使该楼院成为襄城党组织的摇篮,为后来中共襄城县党支部和中共襄城县委在龟山寨成立奠定了基础。

襄城县党组织建立后,这里有不少进步青年加入共产党。1938年秋,地下党负责人宋克昌介绍辛令山加入中国共产党,并负责紫云乡黄柳村及周边的组织发展工作,参与抗日救亡活动。他早期在黄柳联络的同村农民有温大庆、温双立(解放后党支部老委员老贫协)、范书林(解放后第三任村党支部书记、区委副书记范运收之父)、黄纪中(黄楼主人,重兴父亲)、黄来友、黄长云、陈学娃(解放后第一任村党支部书记)、薛兆(解放后第二任村党支部书记)、崔留、辛长山(解放后党支部老委员)、辛成斌(解放初期老党员老贫协)及孟沟的孟老八(孟沟村负责人,孟祥钦的爷爷)等。

黄柳联庄抗日自卫会旧址

大量进步人士加入共产党也使黄柳村成为紫云乡的一个重要据点,城里的宋克昌,十里铺的余冰鸿等常来联络。抗战胜利后,地下党组织曾在首山乾明寺设立联络站点,有一位辛姓领导见过辛令山认作宗亲,并约定全国解放之后,带领襄城县辛氏与北京辛氏认祖归宗,但大军南下后其再无消息。

抗日备战　训练场地

黄柳村自古以来就有文治武功的优良传统。清代辛氏家族出了辛伯莲、辛尚忠、辛梦兰三个文科举人和辛正、辛甲炎、辛逢寅、辛占元四个武科举人。武术训练的普及和历代传承的侠胆浩气给组建抗日武装组织提供了条件。1938年,在黄柳村地下党组织的共同努力下,以村内硬肚社民团青壮年为骨干,组建了襄城县抗日联队黄柳小队。小队部设在黄柳古楼,集中开会或骨干训练时都在古楼大院。平时训练主要是武功和体能,组建初期是以硬肚社的名誉,以大刀、长矛和棍棒为主要武器,日寇侵犯中原前,配备了步枪,加强了军事训练。黄柳村抗日小队部分骨干成员有黄重兴、黄文善、黄海发、黄顺德、黄顺章、王书正、崔来玉、辛木林、辛勺、辛长保、柳盖世等。抗日小队的成员平时种地,闲时训练,战时配合正规军抗敌。

抗击日寇　楼作令台

黄柳村解放前是黄柳寨,位于令武山和紫云山之间狭窄地带的最北端及九宫山东首,北临汝河,称为襄西山区北大门,依山傍水,战略地位十分突出。黄柳寨原属襄城县紫云乡,现在属襄城县紫云镇。1944年5月2日,驻襄城的国民党汤恩伯部,虽在县城北前冀一带痛击了日军,却未取胜,导致县城一片恐慌。汤恩伯部遂命令驻襄国民党部队一部分撤离县城,前往襄西山区的紫云山、令武山、九宫山一带构筑工事,凭借有利地形抗击日军的进攻。县城里面的县政府各部门也往外迁。汤恩伯急令团长王克强所辖的一部,在襄西黄柳一带布防,以配合在首山、紫云山及令武山的国民党部队,使日军不能顺利控制许南公路,然后组织各部寻求战机对日军反击。

国民党军第二十师第六十四团团长王克强受命率部急奔西南山区布防,团部驻扎在黄柳村黄氏古楼,以坚固的寨墙、四门和壕沟为守备重点,派营长谢文远在孟沟西边辛寨和黄柳西南的安寨及西北的九宫山设伏,以阻击敌人,令武山寨设一个连据险固守。黄柳抗日小队100多人部署在黄柳寨、辛寨等地,协助国军阻击敌人。龟山小队固守龟山,县抗日联队主要在令武山上协助固守山寨,并策应辛寨和龟山两小队。1944年5月3日,日本鬼子进攻令武山黄柳寨等战斗中,黄柳抗日小队配合国民军第二十师某团布防黄柳寨、孟沟辛寨主战场进行阻击,杀伤大量敌人,但在抗日保卫战中黄顺章、黄留兴、辛木林、辛勺、赵玉镜、赵勤学等壮烈牺牲。辛令山等组织率领本村千余群众转移隐藏于令武山下黑狗洞内,躲过了一场杀劫。

黄柳石寨东西长 1.5 公里,南北宽 1 公里,三面环水,寨墙高而厚,壕沟深而宽,很多地方设有垛口,便于互相呼应支援,还有许多小的射击孔,加上党的宣传发动,村民心齐,积极支援部队抗敌,使寨子易守难攻,固若金汤。当日,日军到达黄柳,攻击黄柳寨,遭受重挫。但日军不甘心失败,又重新组织进攻,连攻连败,丢下大量尸体而退。后来又和郏县来的日军配合,强攻到西寨门跟前,甚至手榴弹都扔到了寨墙上、寨墙里,震得藏兵洞掉下土来,始终没能突破黄柳寨的一个缺口。在这次与日军的战斗中,抗日联队黄柳小队阵亡的义士有黄顺章、黄留兴、辛木林、辛勺等,国军牺牲级别最高的军官是叫谢文远的营长。

日军担心令武、紫云山的国军部队前来围攻,就调整攻击目标,放弃了黄柳和安寨,开始撤向马赵村,集中兵力攻击令武山上面的制高点马赵寨,还命令郏县的日军发动对紫云山北部的国军部队猛攻。在令武山北坡发生了一场异常惨烈的阻击战。国军的一个连和八路军抗联战士携手阻击,打死打伤了很多鬼子,日军的大队长被击毙,将近中午,马赵寨失守,最后固守在山寨内阻击日寇的几名八路军战士全部壮烈牺牲。5 月 3 日,我方据点全被攻破,为保存实力,黄柳守寨武装在 3 日深夜悄悄撤离。

襄城解放　楼为村部

1945 年 8 月,日军投降。1948 年 1 月 18 日,襄城二次解放后成立了县委、县政府,并分八区开展工作,建立了乡村基层政权。黄柳村组织成立了农会,农会会址就设在这所黄柳古楼之上。农会推荐辛令山为好人头,以他为首的党组织及其积极分子们,带领并发动群众开展轰轰烈烈的减租减息、土地改革和反匪反霸斗争运动,并且在黄柳村成立了令武山以北唯一的一座小学校。穷人们都有了自己的房子和土地,孩子们也能上学了,他们都从心里拥护共产党,感谢解放军,一切听从政府召唤,为解放和建设新中国做好了各种准备工作。黄柳村成了紫云乡的先进村,黄柳古楼也成了中华人民共和国成立后首个村部——黄柳村部。

一不怕苦、二不怕死的
共产主义战士杨水才

苦 难 童 年

杨水才,1925 年 6 月出生于许昌县桂村乡水道杨村的一个贫苦农民家庭。全家 9 口人,只有 7 亩多薄地,常年过着饥寒交迫的生活。因家贫,杨水才上小学不到两年,就被迫跟着母亲讨饭度日。从 12 岁起,他就给本村一家地主当童工,每天起早贪黑拼死干,连顿饱饭也吃不上。因生活所迫,母亲把他的姐姐送人当童养媳。在苛捐杂税逼迫下,杨水才的父亲忍痛卖掉 3 亩地;为治病,又卖掉 1 亩 8 分地。医生还没请到,地主就派人闯进家里逼债,将卖地的 300 元钱夺走。因家贫无力缴纳苛捐杂税,他母亲被关押到伪镇公所遭毒打威逼。父亲将剩下的 3 亩地全卖光,才把他母亲赎回来。母亲刚到家,他的小弟弟就死了。地主阶级的残酷剥削压迫,在杨水才幼小的心底埋下阶级仇恨的种子。

1942 年,河南大旱,饿殍遍野。杨水才一家米无一粒,柴无一根,为活命全家只得外出逃荒。奶奶饿死在讨饭路上,两个妹妹也被卖掉。1943 年,托亲戚说合,杨水才一家租种桂村一家刘姓大地主 10 亩地,一家老小累死累活,打下的粮食却还不够交租。杨水才忍无可忍,指着地主鼻子大骂:"你这斗是吃人的斗,你这秤是要命的秤,我们穷人总有一天要和你算清这笔血泪账!"刘姓地主恼羞成怒,抓起一把又向杨水才打来。杨水才猛地一闪,地主摔倒在地,刘姓地主怀恨在心,伺机报复。为躲避仇人,杨水才到郅庄当长工。1944 年冬,杨水才正在干活儿,刘姓地主串通伪保长,抓了杨水才的壮丁。

革命新生

1949 年 1 月,杨水才在北平随傅作义部参加起义,从此踏上革命征途。1949 年 3 月,杨水才被编入中国人民解放军第四十一军一二一师三六三团。在苦水中泡大的杨水才,深知手中钢枪的分量和肩上担负的职责,决心为全国解放战斗到底,誓把自己的一生献给无产阶级的解放事业。

杨水才随大军南下,先后参加安阳战役和解放汉口、长沙、衡阳、桂林等地的激烈战斗。他作战勇敢,每次总是冲锋在前。因身体素质较差,加之连续行军作战,生活艰苦,杨水才患上了肺结核。在解放广东南澳岛的战斗中,他肺病发作,仍坚持不下火线,持枪跑 80 里追击敌人,直到胜利。在部队一年多的时间里,他立大功 1 次、小功 2 次,获“人民功臣”的光荣称号。中南军区、第四野战军为他颁发“立功证明书”和“解放华中南纪念章”。

初 心 不 改

1951 年 10 月,杨水才怀着改变家乡落后面貌、建设社会主义新农村的志向,复员回到水道杨村。当时,农村政权刚建立不久,阶级斗争十分复杂,被推翻的反动势力不甘心失败,制造谣言,从中捣乱破坏。杨水才在对敌斗争中立场坚定,深受群众的信赖和拥护。第二年,大家一致推选他为农会武装委员。反动势力对他又恨又怕,他们知道硬的不行,就施放“糖衣炮弹”。一天深夜,杨水才已经睡了,一恶霸偷偷地摸到他的窗外,把早已买好的袜子放在他的窗台上。

后经了解,该恶霸给其他干部也送了东西。杨水才敏锐地意识到,这是阶级敌人在进行新的进攻,必须坚决回击。根据杨水才的建议,农会召开斗争大会,杨水才带动贫下中农,揭发敌人的破坏活动,提高了干部群众的政治觉悟。

他还带领民兵,将大恶霸岳安如捉拿归案,被水道杨贫下中农称赞为"风吹不动、浪打不摇的铁柱子"。

互助合作运动开始后,杨水才走东家、串西家,宣传农业合作化的优越性,同老贫农岳石头等10户农民成立水道杨第一个互助组。他不顾自己有病和家庭困难,把自己仅有的40万元(旧币)复员费交给组里使用,大家非常感动。1954年,杨水才领导的互助组率先转入初级社。第二年,杨水才被选为副社长。

1956年1月31日,杨水才光荣加入中国共产党,并当选为党支部副书记。从此,他更加严格要求自己,决心以自己的模范行动,带领大伙坚定地走社会主义道路。

1957年,杨水才担任水道杨高级社副社长。他吃苦在前,处处想着群众,盖的仍是从部队复员回来的那床破军被。县民政局救济他一条新被子,他自己舍不得盖,送给困难户杨二木。这年7月,大雨倾盆,水道杨遭水灾。杨水才家地势低洼,屋里灌进1尺多深的水,土坯垒的房子随时有倒塌的危险。他不顾自己家,拄着棍子蹚着水,挨家挨户查看灾情。当他发现王翠妮、张爱莲两家的房子有倒塌危险时,就立即帮助他们转移到安全地带。

水道杨有岳、杨两大家族,分别住在沟东沟西。由于历史原因,两姓群众长期隔阂。经过多次耐心地说服教育,杨水才硬是把岳、杨两姓群众紧紧地捆在一起。

1958年,以高指标、瞎指挥、浮夸风和"共党风"为主要标志的"左"倾错误泛滥,加上自然灾害,水道杨村的农业生产受到很大损失,群众生活十分困难,人心浮动。杨水才鼓励群众不泄气、不动摇,坚信只有社会主义才能救中国,困难必将过去,光明就在前头。他经常对群众进行社会主义教育,激励党员群众共渡难关。

杨水才勇挑重担,哪里矛盾多困难大,他就出现在哪里。1962年麦收后,第五生产队由于管理混乱,夏种进度慢,质量差,拖了全大队的后腿。杨水才主动向党支部提出,自己去帮助这个队改变落后面貌。他找群众谈心,搞调查研究,还帮助群众开展生产自救。他发动群众突击栽种红薯,扩种荞麦,加强晚秋管理;还组织12名有烧窑经验的老农烧制砖瓦,增加经济收入。结果这个队秋粮增产,经济增收,人均口粮提高到250多斤,超额完成粮食征购任务。窑业生产一季就盈利1800多元,由三类队变为一类队。

杨水才坚持实事求是的科学态度,勇于探索,集中群众智慧,总结出水道杨"岗地六月常缺雨,十月无寒霜,冬初和秋末,气候较正常"的气候特点,反复实践,摸索出一套在岗地合理安排种植农作物的规律,使粮食产量不断提高,为水道杨战胜三年严重困难,巩固壮大集体经济,恢复农业生产,改善人民生活做出了积极贡献。

挖 塘 治 岗

水道杨村是丘陵地貌,"两岗夹一洼",世代缺水。为从根本上解决缺水问题,他爬东岗上西岗,勘察一条条岭,一道道沟;晚上他走东家串西家,找老农座谈请教,查找水源。在掌握大量资料基础上,经全面分析,他构思出在村南沟咀挖个5亩大的坑塘,建提灌站,引水上岗,变旱地为水浇地的设想,决心带领水道杨村民打场治岗治水的翻身仗。

大队党支部采纳了杨水才的意见。但挖塘地点正是杨水才所在三队的那块数得着的好地。三队一些干部群众一时想不通。杨水才耐心地说服开导,反复讲解其中的辩证关系,大家思想上的疙瘩逐渐解开了。在村党支部和杨水才的带领下,党团员、积极分子和群众很快动员起来。1964年春节,大队召开挖塘誓师大会,一场战天斗地的动人场面在大年初一就开始了。

杨水才带头日夜奋战在挖塘第一线。休息时他用愚公移山精神鼓励大家,说得大伙干劲倍增。繁重的劳动,使杨水才的肺结核病发作,多次大口吐血。大家劝他休息,他只是笑笑,仍坚持同大伙一起挖塘。一次,他正挖着泥,突然昏倒在坑塘里,大家赶忙扶起,让他休息一下,他却毫不介意地说:"不碍事,小车不倒只管推!"

当坑塘挖到两三丈深时,碰到坚硬的石层,给施工带来严重困难。这时,有人产生畏难情绪,他就讲愚公移山的故事,讲共产党、毛主席的英明领导,增强了大家的信心。接着,杨水才从外地借来打井锥,经8昼夜奋战,终于打穿石层,清清的泉水从石层下冒出来。看着满塘泉水,水道杨村干部群众欢呼跳跃,奔走相告。

为尽早引水上岗,杨水才土法上马,制成"土水平仪""土标杆",分级测量出东西两岗的高度。他根据往年抗旱"群井归一,五龙上岗"的经验,领导群众建成三级提灌。塘水按照杨水才的设计规划,欢快地流向东西两岗,1000多亩岗地得到灌溉。从此,水道杨结束了干旱的历史。

植 树 造 林

1963年,水道杨大队党支部做出植树造林规划。杨水才建议自力更生,发动群众,采集适合当地种植的用材林和果木林等树种,开垦荒片地作苗圃,很快育上三四万株树苗。为掌握果树嫁接技术,杨水才带着馒头,亲自到长葛县太平店林场投师学习,很快掌握这项技术。返回途中,天突降暴雨,他几次跌倒,累得吐血。他奋力爬起,揩干嘴上血迹,继续赶路,直到晚上 10 点多,才回到水道杨。次日,他不顾疲劳,又把学到的技术及时传授给林场其他同志,使果树嫁接工作顺利地开展起来。

炎热的夏天,嫁接树苗成活率高。杨水才就和林场的同志抓紧时机,冒着烈日暴晒,争分夺秒地嫁接树苗。林场离他家虽然很近,可他常常顾不上回家吃饭,钻进蒸笼般的苗圃里。病发作时,他就吃瓣大蒜压一压;昏倒了,醒过来继续干。就是这样,杨水才带领大家完成几万棵树苗的嫁接任务。为防止人畜糟踏苗木,他还在林场搭个简易的小草庵住下来,日夜看护。

1964 年 2 月,为扩种经济林木,队里买回陕西汉中速生核桃种。杨水才十分珍惜。有一次,杨水才将核桃种装进麻袋,系在井里浸泡。当提上来时,他发现掉进井里一个核桃。他想,一个核桃一棵树,是大老远从陕西运来的良种,便把裤腿一卷,下到井里,在水里摸了个把小时,才把那个核桃摸上来。

1965 年冬,水道杨大队掀起大规模造林热潮。杨水才带领群众,跑遍全村和东西两岗。大队党支部按照他提出的"站村看岗树成行,站岗看村不露房"的绿化标准,制定出"一年绿化,二年补充,三年调整,四年成林,五年见收益,六年大变样"的造林宏伟蓝图。

植树过程中,身患多种疾病的杨水才由于劳累过度,多次累倒在地。他谢绝大队和公社给他请医生治病,还把领导为他买的药品送给患有肺结核的杨万顺。病情刚有好转,他就挣扎着起床,提着石灰篮,在凛冽的寒风中颤抖着规划树坑。1965 年冬春,全村植树 5 万多棵。由于事迹突出,这一年杨水才荣获地、县林业劳动模范的光荣称号。

兴办教育

针对农村专业技术人才奇缺的现状,杨水才决心依靠农民自己的力量,办一所培养农业技术人才的学校,造就一大批农村急需的实用新人。

为闯出一条农民自己办学的路子,杨水才跑遍周围大小村庄,广泛宣传和动员他们一起创办学校。在他的说服动员下,水道杨、桂东、桂西、贺张、于寨、姜庄、郏庄等7个大队,经过多次协商,终于在办学上取得一致意见。1963年9月1日,一所由农民自己集资创办的桂村农业中学正式诞生,杨水才被推选为校长。

学校初建,困难重重。一无食堂,二无寝室,学生全部走读,借用公社一个破戏院做教室,条件十分艰苦。第一期招收的78名新生,不同程度产生思想波动,不到两个月,就有20名学生先后退学。面对这种现状,杨水才心情十分沉重。经他语重心长地说服教育,孩子们逐步安下了心。

杨水才带领农中师生,走"抗大"的办学道路,一面学习,一面劳动创建学校。他带着重病,带领师生很快盖起6间草房,学生有了自己的教室。随着学校规模的不断扩大和校址变迁,杨水才带领全体师生,奋战40多天,打坯5万多块,建房21间,清除炉渣铁屑,开荒20多亩。农中不仅有了宽敞的教室,还有了自己的农林试验园地。

杨水才领导创办的这所新型农校,坚持为农村经济建设服务的办学方向,以满足当地经济发展需要为目的,坚持理论实践相结合,学生们学到了科学种田的真本领,练就了一身农业生产硬功夫。

1964年秋,学校第三次搬迁。新校址是原来社办铁工厂和一座破砖窑废墟,四条六七米深、100多米长的荒沟横穿校院。杨水才和师生们边学习边劳动。他们克服困难,经过两年艰苦奋战,动土两万多方,填平4条大沟,学校面貌为之一新。

杨水才认为,育苗先育人,育人先育心。他同教师们一起促膝谈心,研究探讨如何把农中真正办成农民所欢迎的新型学校。他外出开会,常常啃干馒头,把省下来的补助费买成书籍送给教师,引导他们坚定不移地走"知识分子革命化劳动化"的道路。在杨水才的带领下,桂村农中坚持德智体全面发展,在农林牧、科学实验等多方面取得了丰硕成果,受到省地县领导的表扬。1965年冬,省文委副主任刘文澍专程到桂村农中调研,对学校发展给予充分肯定。

在农中教学中,杨水才重视社会实践,让学生深入农业生产第一线,学以致用,直接为群众服务。全公社共28个大队,他们就为其中24个大队嫁接各种树木25万余株。农民非常满意。《红旗》杂志曾以《一所新型的农业中学》为题,介绍杨水才办学的先进事迹。《人民日报》《河南日报》等中央和省市媒体刊发农中办学经验的报道及文章30多篇,赞扬杨水才为桂村农中的发展做出的重要贡献。

1966年12月3日,杨水才到林县参观红旗渠。回到水道杨,他已累得精疲力尽。12月4日一大早,杨水才仍坚持工作。早上,他向各生产队学习毛泽东著作辅导员作《愚公移山》的示范辅导。上午,他主持召开支部委员会,介绍林县人民劈山引水上太行的经验。下午,他召开会议,研究学习林县经验,改变水道杨面貌。晚上,他召开全大队党团员和干部会议,安排学习毛泽东著作和建设水道杨的工作。讲话时,他蜡黄的脸上渗出大量汗珠,一会儿嚼口大蒜,一会儿揉揉心口,忍受着病痛的折磨顽强工作。会议结束后,夜已很深,杨水才不顾重病折磨,又召开水道杨小学教师座谈会,交流学习毛泽东著作经验。这一天,杨水才工作了18个小时。12月5日早晨,当人们推开杨水才的房屋门时,惊呆了,只见小煤油灯还在亮着,桌上放着毛泽东的著作和几页稿纸,上面写着深入开展学习毛泽东著作和建设水道杨的计划。杨水才披着破棉袄,坐在桌前与世长辞,年仅42岁。

噩耗传来,水道杨的群众、公社干部、农中师生无比悲痛。当天下午,水道杨大队党支部为杨水才举行隆重的追悼大会。杨水才用自己的行动，实践了他"小车不倒只管推，只要还有一口气，就要干革命"和"誓为共产主义奋斗终生"的钢铁誓言。

1969年7月13日，《人民日报》头版头条发表长篇通讯"一不怕苦、二不怕死的共产主义战士——记共产党员杨水才同志的光辉事迹"，中央人民广播电台同日播出。全国各省（市、区）的报纸和电台相继转载转播。许昌县、许昌地区和河南省先后做出向杨水才学习的决定，全国掀起了学习杨水才的活动。同年7月31日，《人民日报》又在头版头条发表了"为人民鞠躬尽瘁"的评论员文章，学习杨水才精神的活动在全国轰轰烈烈地开展起来。

杨水才的事迹不仅在国内为人们所传颂，在国外也颇有影响。1969年，水道杨村建起了杨水才生平事迹展览馆，来自国内外的上百万人到水道杨村了解杨水才生平事迹，学习杨水才精神。

建安区桂村乡杨水才纪念馆杨水才塑像

"时代楷模"燕振昌

燕振昌(1942—2014),长葛市人。历任长葛市坡胡镇水磨河村党支部书记、党总支书记、党委书记。他为水磨河村物质文明和精神文明建设做出了巨大贡献,病逝在工作岗位上。他的事迹在《许昌日报》《河南日报》刊登后,引起中央媒体高度关注。2015 年 6 月 3 日,《农民日报》率先进行连续报道,在社会上引起强烈反响。8 月 17 日、18 日,新华社、《人民日报》《光明日报》《经济日报》《中国青年报》等中央主要新闻媒体及所属新闻网站对燕振昌同志的先进事迹进行密集宣传报道。同时,河南省迅速掀起学习宣传燕振昌先进事迹的热潮。9 月 17 日,中共河南省委做出关于开展向燕振昌同志学习的决定,号召全省开展向燕振昌同志学习活动。2016 年 1 月 25 日,中宣部授予燕振昌"时代楷模"称号。2019 年 9 月 25 日,燕振昌被评选为"最美奋斗者"。

出身贫寒年少立志

1942 年 7 月,燕振昌出生于长葛县坡胡乡(现长葛市坡胡镇)水磨河村。燕振昌自幼家贫,6 岁时母亲早亡,父亲一人拉扯 5 个孩子。燕振昌边上学边帮助父亲照顾年幼的弟和妹。1962 年,燕振昌高中毕业,决定留在农村。20 岁的燕振昌被分配到长葛县税务局后河区税务所工作,成为大队为数不多的回乡知青。他立志用所学知识改变家乡贫穷落后面貌。

1964 年,燕振昌参加社会主义教育工作队,由于他工作成绩突出,县里准备选拔他为国家干部。可他却怀着"广阔天地、大有作为"的雄心壮志,毅然回到贫瘠的水磨河村当农民。1968 年,燕振昌被群众推举为水磨河大队第八生产队的队长。他敢于负责,踏实肯干,以身作则。由于劳动工具少,坚持"人闲车不闲",换班拉架子车。每当遇到不懂不会的地方,他总是虚心向有经验人请教。这些经历磨炼了他的意志,也使他熟悉掌握了农村工作方法。燕振昌感到做事不能急于求成,不能贪功,不论大事小事都要认真对待,做成一件是一件,日积月累,水到渠成。

脚踏实地发展村办企业

1970 年,燕振昌被推选为水磨河大队党支部书记。为使社员有饭吃、有衣穿,他和党支部一班人想了很多办法:组织社员打井、积肥、修路整田,发展农业生产,提高粮食产量。1972 年,燕振昌把 13 个生产队的能工巧匠集中起来办综合厂,修理自行车、架子车,磨面粉,做冰糕,打铁等。不断增加生产项目,从与群众生产生活息息相关的事项开始,方便生产队,解决人多地少和资金不足问题。在燕振昌带领下,水磨河的村办企业从无到有、从小到大、从弱到强发展起来。村里办起商店、饭店、理发店、缝纫社等。从业人员最多时达 350 多人,每年给村集体带来 30 多万元利润,解决新村建设、农田基本建设等所需资金问题。面粉厂投产后,产品供不应求。大队又办起砖瓦厂、白灰厂、预制板厂、机械厂、车队、木工厂、供销社等集体企业,凡具备条件的企业都办起来。水磨河股份制造纸厂是全省第一批股份制企业。造纸厂给全村开个好头儿,为村里解决几十个就业岗位,带来可观收入,股东获得盈利,村集体腰包逐渐鼓起来,培养锻炼一批管理人才、技术骨干,很多人成为自主创业的企业家,成为村里发展的中坚力量。1980年,水磨河人均收入增加到240元。1981年8月,大队实行以农户为单位的家庭联产承包责任制,调动大家生产积极性,完成农业生产改制。邓小平"南方讲话"后,燕振昌鼓励村民摆脱"大锅饭",经商办企业,村民思路开阔了,甩开膀子干起来。仅几年时间,村里就吸收股金800多万元,建立铸钢厂、淀粉厂、瓷厂等股份制企业50多家。特别是燕振昌等人建成的铸钢厂,股东的实力越来越强,纷纷组建自己的铸钢厂,大厂再分小厂,个体铸钢厂先后建立起来。村里经济发展迅猛,入住各类商户近400家,吸纳、带动剩余劳动力近万人就业,在商业街上开门店的60%是外来人。全村有劳动能力的人或办企业、或经商业、或者到工厂打工。有3家企业把产品销往俄罗斯、西欧和东南亚各国。2014年村产值增长到5亿多元,人均年收入近2万元。村个体经济及股份制经济呈现出爆发式增长,成为长葛市第一个工农业总产值超亿元的富裕村。

改造老屋建新村

在发展村办企业的同时,燕振昌又开始了长达10年的新村建设。他带领大家做出水磨河村有史以来的第一个新村规划,街道由大队出钱修,小巷由各生产队出钱建,住宅由各家各户承担,通过生产大队和小队补助、个人承担三结合,推动新村建设健康发展。

针对宅基地不足问题,他组织村民群众扒老寨墙、关爷庙,填平19个大坑,腾出土地200亩。针对盖房材料问题,他与禹县无梁镇协商,带领13个生产队到无梁镇拉石头;动员群众建设石灰窑、砖瓦窑,以成本价提供砖和灰;成立建筑队和石工队,给各户建房。针对各户宅基地面积大小不一问题,他拿亲戚"开刀",对水磨河的宅基地统一规划,人人平等。新排房建成后,群众争着要门面房,燕振昌没有给自家和亲戚保留一间。1985年,新村建设接近尾声,仍有几十户家庭依旧拿不出盖房资金,燕振昌提出以借贷方式帮助困难户盖房的想法获得村"两委"通过,这使所有困难户如期建起新房。其间,大队为小学盖了10间青砖红瓦房,改善村小学的办学条件,使队里的孩子可以更好地就近入学。在新村建设时,他还整修大街、架电线、建大队部、盖粮仓和食堂。在修建大街的材料上,他号召党员、干部和社员多想办法,就地取材。在资金上,他动员党员干部,发动亲友,齐心协力把大街修好。1986年,历时10年的旧村改造工作结束,为1070户群众建新房5500间,取得纵成排、横成行的效果。新村建成后,开展集中整治"脏、乱、差"现象,成立卫生小组,他亲自担任组长,建立垃圾中转站,家家户户参与卫生评比,对不符合要求的地方限期整改。

1994年,在村委大院建起集办公、老年活动、青少年娱乐为一体的文化大院,党建室、灯光球场、计划生育学校、图书室、科技室、电教室、礼堂一应俱全。由村集体出资在村里建起号称"镇第二卫生院"的村卫生所,基本医疗器械一应俱全,卫生员服务热情周到,满足群众日常就医需要。

实施村级道路硬化、农网改造、村容绿化、休闲活动场所建设等为民服务工程。在村内街道硬化中,燕振昌宣布,村里每硬化一条道路,自己捐献1000元人民币。目前,水磨河村大街小巷15条近2000米的道路全部硬化完毕;8条15000米长的高低压线路整修规范,架设路灯146盏;修建草坪、花坛300余个,栽植绿化树16000余株;占地30亩的葛天文化广场和占地80余亩的生态园成为群众休闲娱乐的好去处。村里投资建设服务楼,购置洒水车、垃圾清运车、花木修剪设备等,组织专业队伍,开展常态化服务保洁。

严于律己廉洁为公

燕振昌严于律己,他处处以身作则。在任44年,凡是影响党的形象的事自己一律不干;凡是容易造成腐败、影响党群干群关系的事自己一律不沾。他从不经手集体的钱物,连镇党委、镇政府发给他的奖金都如数上缴。他说:工作不是我一个人干的,成绩是大家的功劳。他严格要求自己,为群众办事,从不花大家一分钱。他靠自己的实际行动为"两委"班子树立榜样,赢得了广大村民群众的心。燕振昌为村"两委"一班人定下规矩。那就是"四个不干":村民不同意的不干、收费摊派的不干、搞形式做面子的不干、村民得不到实惠的不干。村里每年腊月初八向群众公开村里各种账目,对于一些中心工作或较大事项,村"两委"班子先召开会议研究,再召开

燕振昌事迹展馆

党员、群众代表会讨论,做出的每项决定都能得到群众的拥护和支持。

在燕振昌带领下,水磨河村成为有名的先进村、明星村。1993年3月,河南省委省政府授予该村为"文明村";2010年1月,国家司法部、民政部授予该村"全国民主法治示范村"。燕振昌先后获得河南省"劳动模范"、河南省"优秀共产党员"、河南省"农村基层干部标兵"等荣誉称号。

2014年12月12日凌晨,因操劳过度导致心梗突发,燕振昌病逝在工作岗位上。2015年1月13日,中共许昌市委做出《关于开展向燕振昌同志学习的决定》;4月27日,中共许昌市委做出《关于在全市开展向党的基层好干部燕振昌同志学习的决定》;9月17日,中共河南省委做出《关于开展向燕振昌同志学习活动的决定》;2016年1月31日,中央电视台向全社会发布"时代楷模"燕振昌的先进事迹。

用生命书写忠诚的优秀共产党员冯中申

投身军旅屡建功

冯中申,1952年6月出生于许昌县小召乡屯里村。青少年时期,冯中申勤奋好学,追求进步,1972年12月参军入伍,被分配到成都军区后勤部汽车第二十七团一营三连从事生猪饲养工作。由于他勤于观察、善于动脑,加之工作认真细致,在短短几个月时间内,便由一个门外汉变成养猪的行家里手,当年荣获三等功一次。他的事迹被制作成幻灯片,在全团巡回放映。

1974年3月,冯中申光荣加入中国共产党。从1975年5月开始,冯中申先后任成都军区后勤部汽车第二十七团排长、二十七团政治处组织股干事、一营副教导员、团宣传股股长。常年奔波在条件艰苦、道窄路险的川藏公路上,使他落下了严重的膝关节炎病。

1979年对越自卫还击战开始后,当时在团政治处工作的冯中申多次向领导要求参战。他服从命令,听从指挥,不怕苦累,不怕牺牲,带领战士们穿梭于炮火中,圆满地完成各项任务,被团党委记三等功。

1986年8月,冯中申所在的汽车二十七团解散,但他毅然服从组织决定,先后在泸定兵站、川藏兵站部政治部、巴塘大站、扎木大站工作了六七年。

1992年1月,冯中申调任位于云南文山的成都军区最偏远的陆军第六十七医院政治委员、党委书记。当时正值医院精简整编,他带领院党委一班人和全院官兵认真贯彻执行上级的命令指示,教育全院官兵正确对待走与留,并逐一找干部们谈心,使医院整编平稳过渡,保证了医院的高度稳定和统一,受到上级领导机关的好评。他严格标准,从严治院,各项业务工作都有较大发展,医院被成都军区评定为二级甲等医院。他经常深入科室检查指导,找干部战士及伤病员谈心交心,深受全院官兵和伤病员的拥护与信任。1994 年 7 月的一天中午,冯中申通过耐心的说服教育和制止,及时化解了一个住院伤病员和炊事员发生争吵,继而持刀追打的流血事件的发生。

在部队工作 25 年间,冯中申勤奋工作,成绩突出,先后荣立三等功三次,数次受到连、营、团和成都军区后勤部的嘉奖,被成都军区后勤部评为优秀政治领导干部。他还先后两次被选举为党代表,出席成都军区后勤部第 23 分部党代会和成都军区后勤部第 8 次党代会。

廉洁从政做楷模

1996 年 8 月,冯中申转业到许昌市计划委员会工作,任党组成员、纪检组组长,分管纪检监察、机关党务、办公室等工作。他注重学习国家产业政策和经济知识,在很短时间内进入角色、熟悉业务,不仅对自己分管的工作了如指掌,对全委的各项工作也有深入的了解。他酷爱学习,经常与有关科室的同志们探讨,对许昌市经济发展中的问题提出许多合理化建议。在对某县污水处理厂检查时,他发现有挪用国债资金的嫌疑。根据委党组安排,他亲自带领有关专业人员进驻该厂清查,使问题消除在萌芽状态,确保了国债资金的正常使用。

冯中申廉洁从政,以身作则,率先垂范。不管刮风下雨,他总骑着一辆破自行车上下班,从不搞特殊。1999 年 11 月,他到郑州参加会议,去时顺便搭乘别的单位的车,回来时下着大雪,天气寒冷,他谢绝了单位司机到郑州接他,自己坐公共汽车回去,结果回来后得了重感冒。他负责办公室的财务工作,但他从不用公款招待。老家的村干部来找他,他安排在家里吃饭。2000年腊月二十二晚上,村干部为感谢他支持村里修路打井,送去2000元钱,冯中申坚决退回,并严肃地批评教育。平时上班,他总是提前10分钟到单位,把办公室和走廊清理得干干净净,让同志们感动不已。在他的带动下,同志们纷纷提前上班,打扫办公室内外卫生。

长期政治工作生涯,养成他坚持原则、敢于负责的品格。负责市计委"三讲"教育活动时,他勇于剖析自己存在的不足和问题,与同志们坦诚相见。同时,他带头向领导提意见,坦率地指出许多尖锐问题。他分管机关党务,总是亲自找申请入党的同志谈话,指出问题,提出要求,直接培养了6名同志加入党组织。为确保财务开支符合财经纪律,市计委成立以冯中申为组长的民主理财小组,每月集中一次审核开支项目,使财经制度得到严格执行。他起草的《关于规范接待行为严格控制招待费支出的规定》得到市纪委的肯定和表扬,市直许多单位都到计委学习。由于成绩突出,计委党支部连年被评为市直单位先进党支部,他也连年被评为市直单位优秀党务工作者,他分管的交通战备工作还受到济南军区的表彰。

驻 村 帮 扶 为 百 姓

2001年3月,许昌市驻村工作和"三个代表"学习教育活动开始后,冯中申主动要求带队到偏远的许昌县桂村乡宫后村担任驻村工作队队长。

宫后村是许昌县和禹州市交界处一个偏僻贫穷的村庄,号称许昌县的"青藏高原"。由于地处岗地,村里严重缺水,全村1347口人吃水靠四眼辘轳井,庄稼只能望天收;村里窄窄的土路沟沟坎坎,下雨时泥泞不堪;3个自然村仅有一台50千瓦的变压器,根本无法保证正常生产生活用电;全村140多名学生挤在20世纪70年代建的破旧教室里读书,教师人心浮动;村里基本没有副业,群众手中无钱;村级组织建设薄弱,在桂村乡21个行政村中最差,统筹提留款还有尾欠。面对此种情况,冯中申暗下决心,要多为村里群众办实事做好事,真正把"三个代表"的要求落到实处,努力用自己的实际行动赢得群众对党的信赖。短短几天时间,他召开座谈会,走村串户,熟悉村里情况,了解群众反映最强烈的问题,厘清了工作思路:一是改造农村电网;二是修路;三是彻底解决村民吃水问题;四是改善村小学办学条件;五是调整种植业结构;六是发展农副产品加工业。

一件件的实事、好事逐步办成了:

改造农村电网。在宫后村未被列入政府第一、二批农电网改造的情况下,冯中申带领村"两委"主要领导多次到市、县、乡电业部门协调,克服重重困难,终于争取到一台容量80千瓦的变压器。从2001年5月8日动工到23日竣工,仅用15天时间就完成了线路改造,为村里节约资金1万余元,电费价格大幅度下降。群众感动地说,十多年来村里用电问题一直都是老百姓的一块心病,人家老冯来半个月就解决了。

修路。将宫后的3个自然村之间的道路连接起来,因受资金制约困难重重,但冯中申从长远考虑,计划把宫后与小宫、王门也连起来。邻近的小宫村档发业发达且有柏油路和许禹路相通,宫后村西北2.5公里的王门村是许昌县最贫穷的村之一,村里没有公路与外界相连通。在市、县两级计委、交通局和乡党委政府的支持下,冯中申决定把3个村的路连起来一块修。规划道路时正值酷暑季节,他不顾天气炎热和患有严重膝关节炎和骨质增生带来的病痛,沿着5公里长的乡间小道,来回数十趟,考察丈量,寻找最佳路线,节约资金。为筹集55万元的修路款,冯中申多次召开宫后、王门两个村的党员、干部、群众会议,商讨办法。最后,他采取上级拨一点、群众集一点、施工单位帮一点的办法解决资金问题。经过努力,两村群众集资13.5万元,省计委拨付专项资金20万元,交通部门承担23万元,最终使修路款落实到位。2001年9月17日工程开工,经过两个月的紧张施工,5.63公里的柏油路使宫后、王门、小宫三个行政村的道路全线贯通。这是全市驻村工作队修的最长的村级公路。在11月18日举行的开通仪式上,时任许昌市市长毛万春评价冯中申是一个高尚的人、有道德的人、纯粹的人、有益于人民的人,是全市广大党员干部学习的楷模。

打井。为解决村里缺水问题,冯中申带上村"两委"主要成员到市县两级水利部门,用具体翔实的材料反映宫后村人畜饮水的困难。几经努力,争取到5万元专项资金,在村委会院内打一口150米的深水井。11月2日,深水井开凿完工。

改善办学条件。宫后村小学的校舍是20世纪70年代修建的,早已破烂不堪。冯中申走进学校,看到孩子们在如此简陋的教室里学习,他忍不住流下眼泪。他带领村组干部义务出工,修补围墙,还主动拿出500元钱捐给学校,添置了两班学生所用的60个凳子。他还打算把学校搬迁出去,成立中心小学,提高教学质量。

此外,冯中申还计划调整种植业结构,拟在岗地栽种甜柿和反季节桃树,搞农副产品深加工产业,引进短平快项目,增加农民收入。

宫后村一些群众叫他冯书记,老人们亲切地叫他"老冯"。驻村188天中,冯中申没有花过村里一分钱,村干部和他一起办事,每次吃饭总是他付钱;他和村里群众一起乘车,也总是他买票。他经常帮助蔬菜专业户李子民干活儿,但买菜照样付钱。他入村回城从不乘坐小轿车。他常说,坐小轿车不便与群众接触交心,还要负担路费、油费40元,还得司机陪伴,坐公交车来回8元就够了。再说,有的群众连浇地都很困难,我咋能车接车送。

冯中申时刻把群众疾苦放在心头。五六月份正是农村收麦大忙季节,他经常到劳动力不足的农户家帮忙。冯中申自己家并不富裕,家有70多岁的老母亲,妻子下岗多年,儿女正在上学,因集资建房还欠外债3万多元,但他总是乐于助人,连单位的同志都不知道他家的困难情况。他到特困户张石头、陈保殿家走访,发现这两家经济拮据,生活困难,就不声不响地为他们代交了村提留。

以身殉职留美名

正当冯中申甩开膀子埋头为党的事业和驻村老百姓竭尽全力工作的时候,2001年9月24日,一场意外的车祸夺去了他宝贵的生命。

冯中申是优秀共产党员、人民的好干部、"三个代表"重要思想的忠诚实践者,驻村工作队员的优秀代表。2001年10月10日,许昌市驻村办公室做出《关于在全市驻村工作队员中开展向冯中申同志学习的决定》。11日,《许昌日报》刊发长篇通讯《用生命书写忠诚——记许昌市计委党组成员、纪检组组长,驻许昌县桂村乡宫后村工作队队长冯中申》,并配发评论员文章《诚心诚意为群众谋利益的典范》。2002年3月19日,许昌市委、市政府做出《关于开展向冯中申同志学习活动的决定》,《许昌日报》配发评论员文章《学习冯中申,做实践"三个代表"的典范》。4月17日,《许昌日报》刊发通讯《离开英雄的日子里》。时任河南省委书记陈奎元同志称赞冯中申为"优秀共产党员、优秀军转干部、优秀驻村干部",号召全省党员干部和驻村队员向他学习。

2003年9月23日,在宫后村举行追思活动。村民们把冯中申修的路命名为"中申路"。村民们动情地说,冯书记就是他们心中的焦裕禄、孔繁森,是他们的贴心人。

"蘑菇大王"李彦增

2021年6月29日,北京。河南世纪香食用菌开发有限公司党支部书记、董事长李彦增作为建党100周年全国优秀共产党员代表在人民大会堂受到中共中央表彰和习近平总书记的亲切接见。

他没有想到,39年前自己为过上好日子种成的小蘑菇,现在已成为带领群众共同致富的大产业——此时此刻,激动的泪花盈满眼眶,追梦的历程萦绕脑海。1985年,当李彦增试种成功第一茬平菇后,他百折不挠、自强不息的故事就随着中国改革开放的浪潮写在了食用菌产业中,写在了他的人生里。

男儿当自强

1982年,李彦增高考落榜了,但他总感到一丝不甘,今后的人生道路怎么走？一个偶然的机会,他被报纸上发展食用菌生产的报道吸引住了。1984年春,他考入中央农业广播学校,边打工,边通过收音机和教材学习食用菌培育知识。他立志要在小蘑菇上干出一番大事业。

他把自己的想法告诉父亲,还说要到河南农业大学去买菌种。父亲说他"瞎逞能"。无奈,李彦增跑了三户人家凑够60元的菌种钱,又用架子车到100多公里的扶沟县拉了400多公斤棉籽壳开始种蘑菇。好不容易接种完成,一个月却毫无动静。李彦增跑到郑州请专家"问诊",原来是买了发霉的棉籽壳导致菌种被污染。没钱买菌

408

种的李彦增只能自己学制菌种,自己动手做接种箱、灭菌炉……他没明没夜地咬牙解决着一个又一个难题。

"屋漏偏逢连阴雨。"当白色菌丝长势喜人、成功近在咫尺时,因他照顾姑父住院治病,年幼的弟弟烧蜂窝煤火引发大火,一下子烧了菌种和家里攒了多年用于盖房的木梁和橡子。未婚妻为此还退了婚。

接踵而至的挫折,并没有动摇李彦增对事业的追求。1985年春,李彦增第三次种植终获成功。这一年他收入1000多元。到1987年时,李彦增仅种植食用菌的收入就有上万元。

榜上无名,脚下有路!这无疑为千万农村青年致富带了个好头。为此,共青团许昌市委授予他"科学致富状元"称号。同年,李彦增光荣地加入了中国共产党。

入党后的他坚定了带富群众的初心。他说:"只有把自己挣的钱拿出来救济困难户,把技术教给大家,才能带富大家。"于是,在他的帮助下,附近的长村张、长村刘、高庄、寇庄、三桥等村先后有50多家农户搞起食用菌生产来了。

禹州市小吕乡的马家成,因为家里太穷没钱盖房子,儿子都快30岁了还没成家。马家成求李彦增帮忙,李彦增二话没说,不但免费供给他菌种200多公斤,还亲自帮他制种、栽培。一年后,马家成不仅盖了新房,儿子也顺利地谈了对象成了亲。

为了满足乡亲们的要求,李彦增白天搞服务,晚上办培训班。"有困难找李彦增,想致富找李彦增。"很快,乐于助人的李彦增的名字就传开了。

1986年底,几位南方客人慕名而来,想高薪聘请他当技师,李彦增婉言相谢。1988年,沙特阿拉伯一家企业又高薪聘请他到国外从事食用菌生产,李彦增又一次拒绝了。对此,有人讥笑他"傻"。

　　不是李彦增傻，他想的是如果自己一走，没有菌种供应，没有技术辅导的种植户又会返贫。他说，我通过种植蘑菇致了富，我不能忘记众乡亲。现在我是党员，应该带领乡亲们共同走上致富路。

　　随着种菇农户和求学人数增多，1988 年，县里相关部门因势利导，成立了许昌县食用菌研究所，想聘任李彦增为所长。虽然工资加上补贴才只有 120 元，但他二话没说，卷起行李就去所里上了班。为了开展工作，李彦增将家里价值 5000 多元的菌种器械无偿投入到所里，用一年时间开发了一个面积 1600 平方米的真菌试验厂。过度的劳累和无规律的生活使李彦增患上了胃炎、关节炎，身体明显消瘦下来，但李彦增的创业大志并未消减。1996 年，李彦增多方筹资，创办了许昌县食用菌开发公司，建起食用菌培训学校和实习基地等实体，不仅自编教材向广大群众传授食用菌种植技术，而且把自己投入大量资金研究出的"补氧法立体化栽培平菇""低温发酵法""浸泡覆料法"等种植技术毫无保留地传授给菌农。

　　2002 年，李彦增创办河南世纪香食用菌开发有限公司，并先后建成食用菌精深加工基地、食用菌研究所、食用菌培训学校、食用菌菌种厂、国家农业科技示范基地，以及珍稀食用菌工厂化生产基地、优质菌种生产基地、食用菌休闲观光园、俄罗斯绿色庄园有限公司等实体。截至目前，世纪香公司已拥有 13 大类百余种产品，其中"百珍""世纪香"等品牌荣获河南省名牌产品、河南著名商标，产品出口远销欧美、东南亚等 30 多个国家和地区，白灵菇生产加工出口位居世界前列。

初心永不忘

　　"一人富不算富，众人富才是富。"这是李彦增常讲的话，也是他始终不忘的初心。为带富群众，在党组织的帮助下，他探索实施党建引领,走"公司+合作社+贫困户+基地+标准化"的产业化运作模式,把世纪香打造成前方市场与后方生产农户紧密相连的科技开发型农业产业化实体。公司辐射和吸纳了许昌市及周边近6万人从事无公害食用菌的生产、加工、包装、运输等工作,其中,许昌周边有1万余户种菇致富。许昌食用菌产业从无到有、从小到大,发展成为享誉全国的特色产业、富民产业,建安区也因此被命名为"河南省珍稀食用菌之乡""河南省食用菌十大基地县"。

2017年5月,当全国脱贫攻坚激战正酣时,李彦增就在区委、区政府的支持下建基地、助扶贫,坚定走在脱贫攻坚第一线。他在建安区12个乡镇20个贫困村建成了228座食用菌连栋温室和大棚。

全国优秀共产党员李彦增

到2018年底,全区20个扶贫基地实现第一批收益323万元,部分白灵菇种植户达到了单棚产值6万多元,收益4万多元的高收益。贫困户通过土地出租、务工、分红实现了脱贫,还为他们提供就业岗位800余个,带动了320户贫困户实现稳定脱贫。公司20个产业扶贫基地被河南省总工会、省扶贫办授予"劳模助力脱贫攻坚示范基地",董事长李彦增荣获劳模助力脱贫攻坚"河南省十大领军人物",公司荣获全国"万企帮万村精准扶贫优秀民营企业"。

据统计,40年来,李彦增为菇农免费代购各种原材料上万吨,免费为军烈属、困难户供应菌种10万余公斤;接待来访学习人员4万多人,技术咨询6万余人次,对3万余户菇农进行技术承包;先后举办食用菌技术培训班430期,遍布全国26个省、市、自治区达30多万人,免费发放各种技术资料18万套。

2020年新冠疫情发生以来,他三次将价值80多万元的抗疫产品捐给抗疫一线。2021年中原抗洪中,他又捐出20余万元的抗灾物资。他还在河南农大等校设立世纪香奖学金,为老区和社会捐款,安排残疾人和军烈属就业……。

如今,小蘑菇长成了大产业。李彦增创办的河南纪香食用菌开发有限公司已发展成为一家集食用菌科研、培训、生产、加工、销售、进出口、生态观光为一体的科技开发型国家级农业产业化重点龙头企业,国家星创天地,全国精准扶贫行动优秀民营企业,首批河南省境外农业合作示范区建设试点,河南省"专精特新"小巨人企业,全国农村创新创业实训孵化基地,国家食用菌标准化示范基地等。李彦增本人还当选为河南省劳动模范、中国食用菌协会副会长、中国食用菌协会白灵菇分会会长等。

创新扬风帆

近年来,事业有成的李彦增又快马加鞭投入到了乡村振兴大潮中。他先后建成河南省食用菌加工工程技术研究中心、河南省珍稀食用菌工厂化工程技术研究中心、河南省企业技术创新中心,河南省博士后研发基地、河南省食用菌产业研究院、中原学者工作站食用菌重点实验室、河南省示范性劳模和工匠人才创新工作室、河南省食用菌种质资源保护库等科研平台,和国内外50多家大专院校开展技术合作,承担完成了国家"十二五"科技支撑项目、中央引导地方科技发展专项、河南省科技创新引导项目、河南省重大科技专项、中原产业创新项目、食用菌种质资源项目等。他还引进选育了30多个食用菌优良品种,研究开发出63项具有国内先进水平的优质高产栽培加工新技术,荣获国家、省、市科技成果奖19项,发表省级以上学术论文50多篇,编著14种技术书籍和资料8万余册发行全国。他主持建设的"三产"融合协调发展示范园区和全国一流的现代农业生产示范园区采用国际领先的液种菌种培养和自动化灭菌接种技术以及整套自动化瓶装袋装食用菌智能生产线,配备了全自动化智能生产车间,使灵芝、白灵菇等珍稀食用菌达到周年出菇,实现了农业生产工业化、自动化、规模化。

近期,李彦增又发起和中科院、中国农科院、河南农大、省农科院等21家科研院校单位以及规模企业成立了河南省珍稀食用菌良种产业技术创新战略联盟,承担河南省食用菌良种联合攻关项目,现已选育出的阿凡达蓝平菇许平9号、许平6号等新品种,并获得国家农业农村部新品种授权。

进入新时代,创新扬风帆。李彦增,这位全国星火科技二传手、河南省劳模助力脱贫攻坚十大领军人物,十大中原产业创新领军人才,建党百年全国优秀共产党员,2022年度"全国农业技术推广贡献奖"荣誉获得者正踌躇满志,以党的二十大精神为指引,坚持创新发展,进一步把小蘑菇做成乡村振兴大产业,续写带领群众走共同富裕之路的人生新华章。

后　记

　　正值全市开展学习贯彻习近平总书记新时代中国特色社会主义思想主题教育活动期间,在中共许昌市委、市政府领导关心和有关部门的支持下,《许昌革命故事》结集出版了。

　　《许昌革命故事》是在许昌市委政策研究室主管,市第六届老区建设促进会会同各市、县、区老促会,在编纂《革命老区县发展史》基础上,选取真人真事,以故事形式编写的一部红色革命历史题材专著。全书92篇,从不同方面述说在许昌这块红色的土地上,在建党初期、大革命时期、土地革命战争、抗日战争和解放战争时期,发生的一曲曲可歌可泣的英雄故事、一幕幕感人至深的战斗场景;在新时代,一个个鲜活的模范人物积极进取,顽强拼搏,踔厉奋发,践行建设有中国特色社会主义思想所做出的贡献,成为大家的典范和榜样,值得赞扬和传颂。

　　《许昌革命故事》由各县(市、区)老促会负责供稿,许昌日报社文化传媒有限公司承接出版印刷事宜并提供红色革命遗址、红色革命故事视频资料供扫码视频,增添了革命故事内容。该书图文并茂,故事性强,扫码视频特点明显,使读者不仅能读,还能看能听,魅力无限!

　　本书特聘邢志坚、解淑云参与全书编辑,对革命故事提炼、加工、润色;邀请张海涌、段佳佳从党史史料角度把关审核;《许昌日报》文化传媒有限公司苏广志、陈朝阳配合出版事宜。本书参考《许昌革命老区史典》《许昌党史人物传》《豫中壮歌》《豫中惊雷》等书刊,诚挚感谢原书作者;感谢赵俊峰、魏宏恩、高秀荣、魏书轩、古西岭、刘富贵、陈琼、贾维德、连学卿、王殿永、郭水林、张国俊、赵璀芬、王中合、辛士秀、邓军、应军、张丹等作者供稿,使《许昌革命故事》顺利出版,及时奉献给读者。值此,特致谢意!

由于年代久远,时间跨度大,加之能力不足,资料所限,故事内容实难齐全,错讹之处在所难免,恳望各位领导、革命前辈和广大读者批评指正。

编　者

2024 年 1 月